EDIÇÕES BESTBOLSO

Os portões de Roma

Conn Iggulden nasceu em Londres e formou-se em inglês pela London University. Trabalhou como professor por sete anos, até a publicação de *Os portões de Roma*, primeiro livro da série *O Imperador*, cujo sucesso permitiu que passasse a viver exclusivamente de literatura. Autor de oito livros, incluindo *O livro perigoso para garotos,* em coautoria com o irmão Hal, Conn Iggulden tornou-se sinônimo de best seller em todo o mundo.
A série *O Imperador* é composta de quatro volumes:
Volume 1: Os portões de Roma
Volume 2: A morte dos reis
Volume 3: Campo de espadas
Volume 4: Os deuses da guerra

CONN IGGULDEN

OS PORTÕES DE ROMA

VOLUME 1 DA SÉRIE
O IMPERADOR

Tradução de
ALVES CALADO

EDIÇÕES
BestBolso
RIO DE JANEIRO – 2010

CIP-BRASIL. CATALOGAÇÃO-NA-FONTE
SINDICATO NACIONAL DOS EDITORES DE LIVROS, RJ

Iggulden, Conn
I26p Os portões de Roma / Conn Iggulden; tradução de Alves Calado. – Rio de Janeiro: BestBolso, 2010.

Tradução de: Emperor – The Gates of Rome
ISBN 978-85-7799-184-6

1. César, Júlio – Ficção. 2. Roma – História – Guerra social, 90-88 a.C. – Ficção. 3. Roma – História – República, 265-30 a.C. – Ficção. 4. Romance inglês. I. Alves-Calado, Ivanir, 1953-. II. Título.

10-1393 CDD: 823
CDU: 821.111-3

Os portões de Roma, de autoria de Conn Iggulden.
Título número 169 das Edições BestBolso.
Primeira edição impressa em junho de 2010.
Texto revisado conforme o Acordo Ortográfico da Língua Portuguesa.

Título original inglês:
EMPEROR – THE GATES OF ROME

www.edicoesbestbolso.com.br

Design de capa: Flavia Castro

Impresso no Brasil

ISBN 978-85-7799-184-6

Agradecimentos

Sem a ajuda e o apoio de muitas pessoas este livro jamais teria sido iniciado ou terminado. Gostaria de agradecer a Victoria, que tem sido uma fonte constante de ajuda e encorajamento. Além disso, aos editores da HarperCollins, que conduziram o processo sem muita dor. Quaisquer erros que permaneçam são, infelizmente, meus.

Além disso, a Richard, que ajudou a cozinhar o corvo e tornou Marco possível. Finalmente, a minha mulher, Ella, que teve mais fé do que eu e fez com que o caminho parecesse fácil.

Para meu filho Cameron e meu irmão Hal,
o outro membro do Clube do Gato Preto

1

A trilha na floresta era uma verdadeira estrada para os dois meninos que caminhavam. Ambos estavam tão sujos de lama grossa e preta que era quase impossível reconhecê-los como seres humanos. O mais alto tinha olhos azuis que pareciam brilhar de modo não natural em contraste com a lama rachada que o cobria e provocava coceiras.

– Vamos ser mortos por isso, Marco – disse ele rindo. Em sua mão uma funda balançava preguiçosamente, esticada com o peso da pedra lisa de rio.

– Culpa sua, Caio, por ter me empurrado. Eu disse que o leito do rio não estava seco o caminho inteiro.

Enquanto falava, o menino mais baixo riu e empurrou o amigo nos arbustos que ladeavam o caminho. Depois deu um grito e correu, enquanto Caio lutava para se livrar e partir em perseguição, com a funda girando e formando um disco no ar.

– Batalha! – gritou ele em sua voz aguda, firme.

A surra que levariam em casa por terem arruinado as túnicas estava distante, e os dois conheciam cada truque para escapar de encrencas – tudo que importava agora era disparar pelos caminhos da floresta em alta velocidade, assustando os pássaros. Os dois estavam descalços, com calos já se formando, apesar de não terem visto mais de oito verões.

– Dessa vez vou pegá-lo – disse Caio consigo, ofegante, enquanto corria. Para ele era um mistério o modo como Marco, que tinha o mesmo número de pernas e braços, conseguia movê-los mais rápido que ele. De fato, como era mais baixo, seu passo deveria ser um pouco mais lento.

As folhas passavam por ele chicoteando-o, fazendo arder os braços nus. Podia ver Marco provocando-o adiante, perto. Caio mostrou os dentes quando os pulmões começaram a doer.

Inadvertidamente, chegou a uma clareira a toda velocidade e derrapou numa parada súbita e em choque. Marco estava caído no chão, tentando se sentar e segurando a cabeça com a mão direita. Três homens – não, três meninos, mais velhos – estavam parados ali, segurando cajados.

Caio gemeu quando percebeu onde estava. A corrida os tinha levado para fora da pequena propriedade de seu pai, entrando na parte da floresta que pertencia aos vizinhos. Deveria ter reconhecido a trilha que marcava o limite, mas estivera muito preocupado em perseguir Marco.

– O que temos aqui? Dois peixinhos da lama que se arrastaram para fora do rio!

Era Suetônio quem falava, o filho mais velho do vizinho. Tinha 14 anos e estava matando tempo antes de ir para o exército. Possuía o tipo de músculos treinados que os dois meninos ainda não tinham começado a desenvolver. Um tufo de cabelos louros crescia acima do rosto marcado por erupções de pontas brancas que cobriam as maçãs do rosto e a testa, algumas vermelhas e muito espalhadas, desaparecendo debaixo da toga. Além disso, tinha um cajado comprido e reto, amigos para impressionar e uma tarde para aproveitar.

Caio ficou apavorado, sabendo que estava fora de seu ambiente. Ele e Marco tinham invadido a propriedade vizinha – o melhor que poderiam esperar eram algumas pancadas; o pior, uma surra de quebrar os ossos. Olhou para Marco e o viu tentando ficar de pé, cambaleando. Obviamente fora atingido por alguma coisa quando esbarrara nos garotos mais velhos.

– Deixe-nos ir, Tônio, estão nos esperando em casa.

– Peixes da lama *falantes*! Vamos ganhar uma fortuna, pessoal! Peguem os dois, tenho um rolo de corda para amarrar porcos, e vai servir muito bem para peixes da lama.

Caio não pensou em correr, com Marco incapaz de se salvar. Aquilo não era um jogo – a crueldade dos meninos podia ser administrada se fossem tratados cuidadosamente, engambelados como escorpiões, prontos para atacar sem aviso.

Os dois outros meninos se aproximaram com os cajados prontos. Ambos eram estranhos para Caio. Um fez Marco ficar de pé, enquanto o outro, um garoto corpulento e de aparência estúpida, acertou seu cajado na barriga de Caio. Ele se dobrou em agonia, incapaz de falar. Podia ouvir o garoto rindo enquanto se retorcia e gemia, tentando se enrolar na dor.

– Um galho vai servir. Amarrem as pernas deles e pendurem os dois para balançar. Vamos ver quem é o melhor atirador com dardos e pedras.

– Seu pai conhece o meu – cuspiu Caio, enquanto a dor em sua barriga afrouxava.

– Sim, mas não gosta dele. Meu pai é um verdadeiro patrício, não é como o seu. Toda a sua família poderia ser serviçal dele, se ele quisesse. Eu faria aquela sua mãe doida limpar os ladrilhos.

Pelo menos ele estava falando. O bandido com a corda de crina de cavalo estava amarrando os pés de Caio, pronto para erguê-lo no ar. O que poderia dizer como barganha? Seu pai não tinha poder verdadeiro na cidade. A família de sua mãe tinha produzido uns dois cônsules – só isso. Tio Mário era um homem poderoso, pelo que sua mãe dizia.

– Nós somos *nobilitas*. Meu tio Mário não é um homem que deva ser contrariado...

Houve um grito súbito e agudo quando a corda sobre o galho se retesou e Marco foi erguido de cabeça para baixo.

– Amarre a ponta naquele toco. Este peixe é o próximo – disse Tônio, rindo animado.

Caio notou que os dois amigos seguiam as ordens sem questionar. Seria inútil apelar para algum deles.

– Solte-nos, seu saco de pus cheio de espinhas! – gritou Marco, enquanto seu rosto ficava escuro com o fluxo de sangue.

Caio gemeu. Agora seriam mortos, tinha certeza.

– Você é um idiota, Marco. Não fale das espinhas: dá para ver que ele deve ser muito sensível em relação a elas.

Suetônio levantou uma sobrancelha e sua boca se abriu, perplexa. O menino corpulento parou enquanto jogava a corda por cima do mesmo galho onde estava Marco.

– Ah, você cometeu um erro, peixinho. Termine de amarrar esse aí, Décio, vou fazê-lo sangrar um pouco.

De repente o mundo se inclinou de modo enjoativo, e Caio pôde ouvir a corda estalar e um assobio baixo nos ouvidos enquanto a cabeça se enchia de sangue. Girou lentamente e viu Marco em situação parecida. Seu nariz estava sangrando por causa da primeira pancada.

– Acho que você parou com o sangramento no meu nariz, Tônio. Obrigado. – A voz de Marco tremia ligeiramente e Caio sorriu diante de sua coragem.

Quando tinha vindo morar com eles, o garotinho era naturalmente nervoso e um tanto pequeno para a idade. Caio tinha lhe mostrado a propriedade e os dois foram parar no depósito de feno, bem em cima dos fardos. Tinham olhado para a pilha solta lá embaixo e Caio viu as mãos de Marco tremerem.

– Vou primeiro e mostro como é – disse Caio alegre, saltando em pé e gritando.

Lá de baixo, olhou para a borda durante alguns segundos, esperando Marco aparecer. Quando estava pensando que isso jamais aconteceria, uma pequena figura disparou no ar, saltando alto. Caio saiu do caminho enquanto Marco se chocava contra o feno, sem fôlego e ofegante.

– Pensei que você estava com medo de pular – disse Caio à figura deitada, piscando no meio da poeira.

– Estava – respondeu Marco em voz baixa –, mas não vou *ser* medroso. Não vou.

A voz dura de Suetônio interrompeu os pensamentos que giravam na cabeça de Caio:

– Senhores, a carne deve ser amaciada com malhos. Tomem suas posições e comecem, assim.

Suetônio girou o cajado na direção da cabeça de Caio, acertando-o acima do ouvido. O mundo ficou branco, depois preto e, quando ele abriu os olhos de novo, tudo estava girando enquanto a corda se retorcia. Por um tempo, pôde sentir os golpes enquanto Suetônio gritava:

– Um-dois-três, um-dois-três...

Pensou ter ouvido Marco chorando, e então desmaiou ao som de zombarias e risos.

ACORDOU E PERDEU os sentidos algumas vezes à luz do dia, mas estava ficando escuro quando finalmente conseguiu recobrar a consciência. Seu olho direito era uma pesada massa de sangue, e o rosto parecia inchado e coberto por uma coisa grudenta. Os dois ainda estavam de cabeça para baixo e balançando lentamente enquanto a brisa da noite vinha das colinas.

– Acorde, Marco... Marco!

O amigo não se mexeu. A aparência dele era terrível, como se fosse algum tipo de demônio. A crosta de lama do rio tinha se rachado e caído, e agora havia apenas um pó cinza, com riscas de vermelho e roxo. Seu queixo estava inchado e um galo se projetava da têmpora. A mão esquerda estava inchada e tinha um tom azulado à luz do crepúsculo. Caio tentou mexer as mãos presas pela corda. Ainda que estivessem dolorosamente rígidas, podiam se mexer, e ele começou a retorcê-las para se soltar. Seu corpo jovem era ágil, e a explosão de dor mais recente foi ignorada na onda de preocupação que sentia pelo amigo. Ele tinha de estar bem, tinha de estar. Mas primeiro Caio precisava descer dali.

Uma das mãos se soltou e ele a estendeu para o chão, roçando a terra e as folhas mortas com as pontas dos dedos. Nada. A outra mão se soltou e ele ampliou a área de busca, fazendo o corpo balançar num círculo lento. Sim, uma pedrinha com ponta afiada. Agora vinha a parte difícil.

– Marco! Está me ouvindo? Vou tirar você daí, não se preocupe. Depois vou matar Suetônio e os amigos gordos dele.

Marco balançava lentamente em silêncio, com a boca aberta e frouxa. Caio respirou fundo e se preparou para a dor. Em circunstâncias normais, dobrar-se para cima e cortar uma corda grossa tendo apenas uma pedra afiada seria difícil, mas com a barriga transformada numa massa de ferimentos parecia uma tarefa impossível.

Coragem.

Ele se obrigou a subir, gritando com a dor na barriga. Dobrou-se até o galho e o agarrou com as duas mãos, os pulmões arquejando pelo esforço. Sentia-se fraco e com a visão turva. Pensou que ia vomitar e não conseguiu fazer nada além de segurar-se por alguns instantes. Depois, centímetro a centímetro, afastou a mão com a pedra e se inclinou para trás, dando-se espaço suficiente para alcançar a corda e serrá-la com a pedra, tentando não pegar a parte em que ela havia penetrado na carne.

A pedra era deploravelmente cega e ele não conseguiu se segurar durante muito tempo. Tentou se soltar antes que as mãos escorregassem, para controlar a queda para trás, mas era difícil demais.

– Ainda tenho a pedra – murmurou consigo. – Preciso tentar de novo, antes que Suetônio volte.

Outro pensamento o assaltou. Seu pai poderia ter voltado de Roma. Deveria voltar a qualquer momento. Estava ficando escuro e ele iria se preocupar. Já poderia estar à procura dos meninos, chegando perto daquele lugar, gritando seus nomes. Ele não podia encontrá-los assim. Seria humilhante demais.

– Marco? Vamos dizer a todo mundo que caímos. Não quero que meu pai saiba disso.

Marco girava com a corda estalando, sem ouvir.

Por mais cinco vezes Caio se ergueu num espasmo e serrou a corda antes que ela se partisse. Bateu no chão quase estatelado e soluçou enquanto os músculos estirados e torturados se repuxavam e saltavam.

Tentou baixar Marco lentamente, mas o peso era demais para ele, e o baque o fez se encolher.

Quando caiu, Marco abriu os olhos, sentindo fortes dores.

– Minha mão – sussurrou, com a voz falhando.

– Acho que está quebrada. Não a mexa. Precisamos sair daqui para o caso de Suetônio voltar ou meu pai tentar nos encontrar. Está quase escuro. Pode ficar de pé?

– Acho que posso, mas minhas pernas estão fracas. Aquele Tônio é um desgraçado – murmurou. Não tentou abrir o maxilar inchado, falou através dos lábios dilatados e partidos.

Caio assentiu, sério.

– Certo. Acho que temos contas a acertar.

Marco sorriu e se encolheu com a dor dos cortes se abrindo.

– Não enquanto não nos curarmos um pouco, certo? Não estou com vontade de falar com ele agora.

Apoiando-se mutuamente, os dois cambalearam para casa no escuro, andando um quilômetro e meio pelos campos de trigo, passando pelos alojamentos dos escravos que trabalhavam nas plantações e indo até as construções principais. Como esperavam, as lâmpadas a óleo ainda estavam acesas nas paredes da casa principal.

– Tubruk está esperando por nós, ele nunca dorme – murmurou Caio enquanto passavam sob as colunas do portão externo.

Uma voz das sombras fez com que os dois se assustassem.

– Ainda bem. Eu odiaria perder o espetáculo. Vocês têm sorte por seu pai não estar aqui, ele teria tirado a pele de suas costas por voltarem à vila desse jeito. O que foi desta vez?

Tubruk apareceu à luz amarela das lamparinas e se inclinou para a frente. Era um ex-gladiador de compleição poderosa que tinha comprado o cargo de supervisor da pequena propriedade perto de Roma e jamais olhara para trás. O pai de Caio dizia que ele valia por mil como talento organizador. Os escravos trabalhavam bem sob seu comando, alguns por medo, outros porque gostavam. Ele fungou para os dois meninos.

– Caímos no rio, não foi? Pelo cheiro, é o que parece.

Eles concordaram felizes diante da explicação.

– Vocês não conseguiram essas marcas de porrete no fundo de um rio, conseguiram? Foi Suetônio? Eu devia ter pego esse garoto há anos, quando ele era suficientemente novo para isso fazer diferença. E então?

– Não, Tubruk, tivemos uma discussão e brigamos um com o outro. Ninguém mais estava envolvido, e mesmo se estivesse nós iríamos querer cuidar disso sozinhos, está bem?

Tubruk riu ao ouvir isso de um garoto tão pequeno. Estava com 45 anos, e tinha os cabelos grisalhos desde os trinta e poucos. Fora legionário na África, na Terceira Legião Cirenaica, e lutara quase cem batalhas como gladiador, colecionando uma massa de cicatrizes no corpo. Estendeu a mão que parecia uma pá e esfregou os dedos quadrados nos cabelos de Caio.

– Estou entendendo, pequeno lobo. Você é filho de seu pai. Mas ainda não pode cuidar de tudo, é apenas um garotinho, e Suetônio, ou quem quer que seja, está se tornando um jovem guerreiro excelente. Além disso, o pai dele é poderoso demais para ser um inimigo no Senado.

Caio se empertigou e falou do modo mais formal que pôde, tentando afirmar sua posição:

– Então é uma sorte Suetônio *não* ter qualquer parentesco conosco.

Tubruk assentiu como se tivesse aceitado o argumento, tentando não rir.

Caio prosseguiu com mais confiança.

– Mande Lúcio para cuidar de nossos ferimentos. Meu nariz está quebrado e tenho quase certeza de que a mão de Marco também.

Tubruk os viu cambalear até a casa principal e retomou seu posto no escuro, guardando o portão no primeiro turno de vigia, como fazia toda noite. Logo estariam no auge do verão, e os dias seriam quase quentes demais para suportar. Era bom estar vivo com o céu tão claro e um trabalho honesto pela frente.

A MANHÃ SEGUINTE foi uma agonia de protesto de músculos, cortes e juntas; os dois dias posteriores foram ainda piores. Marco tinha sucumbido a uma febre que, segundo o médico, entrou em sua cabeça através do osso partido da mão, que, presa com talas, inchou até proporções espantosas. Durante dias ficou quente e precisou ser mantido no escuro, enquanto Caio esperava na escada do lado de fora.

Quase uma semana depois do ataque na floresta, Marco estava dormindo, ainda fraco, mas se recuperando. Caio ainda sentia dor quando estendia os músculos, e o rosto era uma bela coleção de retalhos amarelos e roxos, brilhantes e esticados nos lugares onde iam se curando. Mas estava na hora: hora de achar Suetônio.

Enquanto andava pela floresta da propriedade familiar, sua mente se enchia de pensamentos de medo e dor. E se Suetônio não aparecesse? Não havia motivo para supor que ele ia regularmente à floresta. E se o garoto mais velho estivesse de novo com os amigos? Iriam matá-lo, sem dúvida. Dessa vez Caio tinha trazido um arco e treinava retesá-lo enquanto andava. Era um arco de adulto, grande demais para ele, mas achava que poderia plantar a ponta no chão e puxar uma flecha o bastante para amedrontar Suetônio, se o garoto se recusasse a ceder.

– Suetônio, você é um saco de merda cheio de pus. Se eu pegá-lo nas terras do meu pai, vou atravessar sua cabeça com uma flecha.

Falava alto enquanto ia. Era um dia lindo para andar na floresta, que ele poderia ter desfrutado se não fosse o objetivo difícil. Dessa vez, além disso, estava com o cabelo castanho gorduroso e chapado na cabeça, e usava roupas simples que lhe permitiam movimentos fáceis e o manejo do arco sem restrições.

Ainda estava do seu lado da fronteira entre as propriedades, por isso ficou surpreso ao ouvir passos adiante e ver Suetônio aparecer de repente com uma garota risonha na trilha larga. O garoto mais velho não o percebeu durante um momento, interessado demais em agarrar a garota.

– Você está invadindo nossa propriedade – disse Caio rispidamente, satisfeito em ouvir a própria voz saindo firme, mesmo que aguda. – Você está na propriedade de meu pai.

Suetônio deu um pulo e xingou, chocado. Quando viu Caio plantar uma extremidade do arco no caminho e entendeu a ameaça, começou a rir.

– Agora é um lobinho! Parece uma criatura de muitas formas. A surra da última vez não bastou, lobinho?

Caio achou a garota muito bonita, mas desejou que ela fosse embora e se danasse. Não tinha imaginado que alguém do sexo feminino estaria presente no encontro e sentiu um novo nível de perigo da parte de Suetônio.

Suetônio pôs o braço melodramaticamente em volta da garota.

– Cuidado, minha cara. Ele é um guerreiro perigoso. É especialmente perigoso quando está de cabeça para baixo. Nessa situação ele é invencível! – Suetônio riu de sua própria piada, e a garota o acompanhou.

– Foi dele que você falou, Tônio? Olhe que rostinho raivoso!

– Se eu encontrá-lo aqui de novo, vou atravessá-lo com uma flecha – disse Caio rapidamente, as palavras tropeçando umas nas outras. Em seguida puxou a flecha alguns centímetros para trás. – Vá agora ou o derrubo.

Suetônio tinha parado de sorrir enquanto avaliava suas chances.

– Certo, *parvus lupus*, vou lhe dar então o que parece estar querendo.

Sem aviso, Suetônio correu para ele e Caio soltou a flecha rápido demais. Ela acertou a túnica do garoto mais velho, mas caiu sem penetrá-la. Suetônio gritou de triunfo e se adiantou com as mãos estendidas e os olhos cruéis. Caio girou o arco em pânico, acertando o outro no nariz. O sangue jorrou e Tônio rugiu de fúria e dor, com os olhos se enchendo de lágrimas. Enquanto Caio levantava o arco de novo, Tônio o agarrou com uma das mãos e segurou sua garganta com a outra, empurrando-o seis ou sete passos para trás com a simples fúria do ataque.

– Mais alguma ameaça? – rosnou, enquanto o aperto aumentava. O sangue escorria de seu nariz, manchando a toga. Em seguida ele arrancou o arco da mão de Caio e começou a acertá-lo com a arma, uma chuva de golpes, o tempo todo sem largar sua garganta.

"Ele vai me matar e fingir que foi acidente", pensou Caio, desesperado. "Posso ver em seus olhos. Não consigo respirar."

Bateu no garoto maior com os punhos, mas o tamanho de seu braço não era suficiente para causar qualquer dano real. Sua visão perdeu a cor, ficando como um sonho; seus ouvidos cessaram de escutar. Perdeu a consciência enquanto Tônio o jogava sobre as folhas úmidas.

TUBRUK ENCONTROU Caio no caminho cerca de uma hora mais tarde e o acordou jogando água em sua cabeça machucada. De novo o rosto era uma crosta de sujeira e sangue. O olho que mal tinha criado casca havia se enchido de sangue, de modo que a visão estava escurecida daquele lado. O nariz fora quebrado de novo, e todo o resto era um ferimento só.

– Tubruk? – murmurou ele, atordoado. – Caí de uma árvore.

O riso do homem grandalhão ecoou na floresta densa.

– Sabe, garoto, ninguém duvida de sua coragem. Não tenho tanta certeza é de sua capacidade de lutar. Está na hora de ser bem treinado, antes que seja morto. Quando seu pai voltar da cidade vou conversar com ele.

– Você não vai contar sobre... minha queda da árvore? Acertei um monte de galhos enquanto caía. – Caio sentiu gosto de sangue na boca, que escorria do nariz quebrado.

– Você conseguiu acertar a árvore? Ao menos uma vez? – perguntou Tubruk olhando as folhas remexidas e lendo as respostas sozinho.

– A árvore está com o nariz igual ao meu. – Caio tentou sorrir, mas em vez disso vomitou nos arbustos.

– Hum. Você acha que isso é o fim? Não posso deixar que vá em frente e termine aleijado ou morto. Enquanto seu pai está na cidade, ele espera que você comece a aprender as responsabilidades de herdeiro e patrício, e não que se comporte como um moleque e se envolva em brigas sem sentido. – Tubruk parou para pegar o arco caído no mato baixo. A corda estava partida. – Olhe só para isto. Eu devia esquentar seu traseiro por ter roubado este arco.

Caio assentiu, arrasado.

– Chega de brigas... entendeu? – Tubruk levantou-o e limpou parte da lama do caminho.

– Chega de brigas – respondeu Caio. – Obrigado por ter vindo me buscar.

O garoto cambaleou e quase caiu enquanto falava, e o velho gladiador suspirou. Com um movimento rápido, levantou-o sobre os ombros e o carregou até a casa principal, gritando "abaixe-se" quando passavam por galhos baixos.

A NÃO SER PELA mão na tala, na semana seguinte Marco estava de volta à velha forma. Era cerca de cinco centímetros mais baixo que Caio, tinha cabelos castanhos e membros fortes. Os braços eram meio desproporcionais, o que, segundo ele, iria torná-lo um grande lutador de espada quando fosse mais velho, por causa do alcance extra. Era capaz de fazer malabarismo com quatro maçãs e teria tentado com facas se os escravos da cozinha não tivessem contado a Aurélia, mãe de Caio. Ela gritou com o menino até ele prometer que nunca faria aquilo. A lembrança ainda o fazia parar sempre que pegava uma faca para cortar algo de comer.

Quando Tubruk trouxe Caio quase inconsciente de volta à vila, Marco estava fora da cama, tendo se esgueirado até o vasto complexo da cozinha. Estava enfiando os dedos nas panelas de ferro meladas de gordura quando ouviu as vozes e correu, passando pelas fileiras de grandes fornos de tijolos até a enfermaria de Lúcio.

Como sempre, quando eles se machucavam, Lúcio, um escravo médico, cuidava dos ferimentos. Ele também cuidava dos escravos da propriedade, bem como da família, atando inchaços, aplicando compressas de vermes nas infecções, arrancando dentes com sua torquês e costurando cortes. Era um homem quieto e paciente que sempre respirava pelo nariz enquanto se concentrava. O som baixo do ar saindo dos pulmões do médico idoso tinha passado a significar paz e segurança para os garotos. Caio sabia que Lúcio seria libertado quando seu pai morresse, como recompensa pelos cuidados silenciosos a Aurélia.

Marco sentou-se e mastigou pão com gordura preta enquanto Lúcio consertava de novo o nariz quebrado de Caio.

– Então Suetônio o espancou de novo? – perguntou.

Caio assentiu, incapaz de falar ou ver através dos olhos marejados.

– Devia ter me esperado, poderíamos acabar com ele juntos.

Caio nem podia assentir com a cabeça. Lúcio terminou de sondar a cartilagem nasal e puxou com força para alinhar a parte solta. Sangue novo jorrou por cima da crosta criada naquele dia.

– Pelas têmporas sangrentas, Lúcio, cuidado! Você quase arranca meu nariz!

Lúcio sorriu e começou a cortar pano limpo em tiras para amarrar em volta de sua cabeça.

Enquanto isso, Caio se virou para o amigo.

– Você está com a mão quebrada e costelas machucadas ou rachadas. Não pode lutar.

Marco olhou-o, pensativo.

– Talvez. Vai tentar de novo? Ele vai matá-lo se fizer isso, você sabe.

Caio olhou o amigo calmamente por cima das bandagens, enquanto Lúcio pegava seu material e se levantava para sair.

– Obrigado, Lúcio. Ele não vai me matar porque eu é que vou derrotá-lo. Preciso apenas melhorar a estratégia, só isso.

– Ele vai matar você – repetiu Marco, mordendo, uma maçã seca roubada dos depósitos de inverno.

UMA SEMANA depois, Marco se levantou ao alvorecer e começou seus exercícios, que, acreditava, estimulariam os reflexos necessários a um grande espadachim. Seu quarto era uma cela simples, de pedra branca, contendo apenas a cama e um baú com seus objetos pessoais. O quarto ao lado era o de Caio, e no caminho para o banheiro Marco chutou a porta para acordá-lo. Entrou no cômodo pequeno e escolheu um dos quatro buracos com borda de pedra que levavam a um esgoto com água correndo constantemente, um milagre de engenharia que significava pouco ou nenhum cheiro, com a sujeira da noite indo para o rio que atravessava o vale. Tirou a tampa de pedra e levantou a camisola.

Caio não tinha acordado quando ele voltou, e Marco abriu a porta para provocá-lo pela preguiça. O quarto estava vazio, e Marco sentiu uma onda de desapontamento.

– Você deveria ter me levado, meu amigo. Não precisava deixar tão óbvio que não precisava de mim.

Vestiu-se rapidamente e partiu atrás de Caio enquanto o sol se soltava da borda do vale, iluminando as propriedades enquanto os escravos do campo se curvavam para trabalhar no primeiro turno.

O pouco de névoa que havia se dissipou rapidamente, mesmo na floresta mais fresca. Marco encontrou Caio no limite entre as duas propriedades. Estava desarmado.

Quando Marco chegou atrás dele, Caio se virou com um olhar de pânico. Ao ver que era o amigo, relaxou e sorriu.

– Que bom que você veio, Marco. Eu não sabia a que horas ele ia chegar, por isso já estou aqui há um bom tempo. Por um momento achei que você era ele.

– Eu teria esperado com você, você sabe. Sou seu amigo, lembre-se. Além disso, ele também me deve uma surra.

– Sua mão está quebrada, Marco. De qualquer modo, devo duas surras a ele, e você só uma.

– Certo, mas eu poderia ter pulado de uma árvore em cima dele, ou feito com que ele tropeçasse quando viesse correndo.

– Truques não vencem batalhas. Vou vencê-lo com minha força.

Por um momento Marco foi silenciado. Havia algo frio e implacável no garoto geralmente alegre à sua frente.

O sol se levantou devagar, as sombras mudaram. Marco sentou-se, a princípio agachado, depois com as pernas esticadas na frente do corpo. Não falaria primeiro. Caio tinha tornado aquilo uma disputa séria. Não poderia ficar de pé durante horas, como parecia disposto a permanecer. As sombras se moveram. Marco estabeleceu a posição delas com gravetos e avaliou que tinham esperado três horas quando Suetônio apareceu em silêncio, andando pelo caminho. Ele deu um sorriso lento quando os viu e parou.

– Estou começando a gostar de você, lobinho. Acho que vou matá-lo hoje ou talvez quebrar sua perna. O que acha mais justo?

Caio sorriu e ficou o mais alto e empertigado que pôde.

– Eu me mataria. Se não fizer isso, continuarei lutando até ser grande e forte o bastante para matá-lo. E então pegarei sua mulher, depois de tê-la dado a meu amigo.

Marco olhou horrorizado enquanto ouvia o que Caio estava dizendo. Talvez eles devessem simplesmente correr. Suetônio franziu o cenho para os garotos e tirou do cinto uma lâmina curta e de aparência maligna.

– Lobinho, peixe da lama... vocês são estúpidos demais para dar raiva, mas ficam latindo como filhotes. Vou deixá-los quietos de novo.

Correu para os dois Logo antes de chegar, o chão cedeu com um estalo e ele desapareceu em meio a um jorro de ar e uma explosão de pó e folhas.

– Fiz uma armadilha de lobo para você, Suetônio – gritou Caio, alegre.

O garoto de 14 anos pulou para alcançar a borda, e Caio e Marco passaram alguns minutos hilariantes pisando nos dedos que tentavam se agarrar à terra seca. Suetônio gritava contra os dois, e eles se davam tapinhas nas costas, zombando do prisioneiro.

– Pensei em jogar uma pedra grande em você, como fazem com os lobos no norte – disse Caio em voz baixa quando

Suetônio se viu reduzido a uma fúria impotente e carrancuda.

– Mas você não me matou, por isso não vou matá-lo. Talvez nem conte a ninguém como fizemos Suetônio cair numa armadilha de lobos. Boa sorte na saída.

E então soltou um urro de guerra, seguido rapidamente por Marco, e os gritos de êxtase foram desaparecendo na floresta à medida que os garotos se afastavam, sentindo-se no topo do mundo.

Enquanto corriam pelos caminhos, Marco gritou por cima do ombro:

– Pensei que você tinha dito que ia vencê-lo com sua força.

– E venci. Fiquei a noite inteira acordado cavando aquele buraco.

O sol brilhou entre as árvores, e eles sentiram que seriam capazes de correr o dia inteiro.

Deixado sozinho, Suetônio alçou-se com dificuldade pelas paredes do buraco, segurou uma borda e conseguiu subir. Durante um tempo ficou ali sentado, contemplando sua toga e os calções cheios de lama. Durante a maior parte do caminho para casa ficou com a testa franzida, mas, à medida que se afastava das árvores e saía ao sol, começou a rir.

2

Caio e Marco caminhavam atrás de Tubruk enquanto ele examinava um novo campo para ser lavrado. A cada cinco passos Tubruk estendia a mão e Caio lhe passava uma pequena estaca tirada de um saco pesado. Tubruk levava barbante enrolado num pedaço de pau, formando uma grande bola. Sempre paciente, amarrava o barbante em volta de uma estaca e depois o entregava a Marco para segurar enquanto martelava a estaca no chão duro. Ocasionalmente suspirava olhando para a linha estendida, para os marcos que tinha anotado, e grunhia de satisfação antes de ir em frente.

Era um trabalho monótono, e os garotos queriam escapar para o Campo de Marte, o enorme campo fora da cidade, onde podiam correr e praticar esportes.

– Segure firme – disse Tubruk rispidamente a Marco quando a atenção do garoto se desviou.

– Quanto falta, Tubruk? – perguntou Caio.

– Quanto for necessário para terminar o serviço. Os campos devem ser demarcados para o homem do arado, depois as estacas demarcando os limites devem ser fincadas. Seu pai quer aumentar os ganhos da propriedade, e esses campos têm solo bom para figos, que podemos vender nos mercados da cidade.

Caio olhou em volta, para as colinas verdes e douradas que compunham as terras de seu pai.

– Então esta é uma propriedade rica?

Tubruk deu um risinho.

– Dá para alimentar e vestir vocês, mas não temos terra suficiente para plantar cevada ou trigo para o pão. Nossas plantações precisam ser pequenas, por isso temos de nos concentrar no que a cidade quer comprar. Os jardins produzem sementes que são esmagadas para fazer óleo facial para as damas elegantes da cidade, e seu pai comprou uma dúzia de colmeias para abrigar novos enxames de abelhas. Daqui a alguns meses vocês terão mel em toda refeição, o que também dá um bom dinheiro.

– Podemos ajudar com as colmeias quando as abelhas chegarem? – perguntou Marco, mostrando um súbito interesse.

– Talvez, mas elas precisam de muitos cuidados. O velho Tádio costumava criar abelhas antes de virar escravo. Espero usá-lo para recolher o mel. As abelhas não gostam de ter suas provisões de inverno roubadas, e para isso é preciso mão experimentada. Segure essa estaca firme agora, completamos um estádio, 190 metros. Vamos fazer um canto aqui.

– Você vai precisar de nós por muito mais tempo, Tubruk? Queríamos levar os cavalos à cidade para ver se podemos ouvir o debate no Senado.

Tubruk bufou.

– Vocês vão correr no Campo e competir com seus cavalos contra os outros garotos, não é? Só falta este último lado para marcar hoje. Posso mandar os homens colocarem os postes amanhã. Mais uma ou duas horas, e terminamos.

Os dois garotos se entreolharam contrariados. Tubruk largou o rolo de barbante e o malho e esticou as costas com um suspiro. Deu um tapinha no ombro de Caio.

– É nas suas terras que estamos trabalhando, lembre-se. Elas pertenceram ao pai de seu pai e, quando você tiver filhos, pertencerão a eles. Olhe para isto.

Tubruk se abaixou sobre um dos joelhos e quebrou o chão duro com a estaca e o malho, batendo até que o solo preto e revirado estivesse visível. Apertou a mão contra a terra e pegou um punhado da substância escura, estendendo-a para sua inspeção.

Caio e Marco olharam confusos, enquanto ele esfarelava a terra entre os dedos.

– Durante centenas de anos houve romanos parados aqui onde estamos. Esta terra é mais que simplesmente terra. Esta terra somos nós, o pó de homens e mulheres que se foram antes de nós. Vocês vieram disto e voltarão para isto. Outros caminharão sobre vocês e nunca saberão que já estiveram aqui, tão vivos quanto eles.

– O túmulo da família fica na estrada para a cidade – murmurou Caio, nervoso diante da súbita intensidade na emoção de Tubruk.

O velho gladiador deu de ombros.

– Nos últimos anos. Mas nosso povo estava aqui muito antes de haver uma cidade. Sangramos e morremos nestes campos em guerras há muito esquecidas. Talvez isso aconteça de novo, nas guerras dos anos vindouros. Ponha a mão no chão.

Estendendo o braço para o garoto relutante, ele pegou a mão de Caio e a empurrou no solo partido, fechando os dedos enquanto a puxava de volta.

– Você está segurando história, garoto. A terra viu coisas que não podemos ver. Você está segurando sua família e Roma. Ela produzirá colheitas para nós, nos alimentará e nos renderá dinheiro, de modo que possamos desfrutar de luxos. Sem ela não somos nada. A terra é tudo, e para onde quer que você viaje no mundo apenas este solo será realmente seu. Apenas esta coisa preta e simples que você segura será seu lar.

Marco acompanhava a conversa, sério.

– Vai ser meu lar também?

Por um momento, Tubruk não respondeu e sustentou o olhar de Caio enquanto o garoto segurava a terra com força. Depois se virou para Marco e sorriu.

– Claro, garoto. Você não é romano? A cidade não é tão sua quanto de qualquer outro? – O sorriso desapareceu e ele voltou o olhar para Caio. – Mas esta propriedade é de Caio, e um dia ele será seu senhor e vai olhar para os sombreados pomares de figo, para as colmeias zumbindo, e se lembrar de quando não passava de um garotinho e só queria mostrar novos truques com seu cavalo para os outros garotos no Campo de Marte.

Ele não viu a tristeza que transpareceu no rosto de Marco por um momento.

Caio abriu a mão e pôs a terra de volta no buraco que Tubruk fizera, apertando-a com força.

– Então vamos terminar a marcação – disse ele, e Tubruk assentiu enquanto se levantava.

O SOL ESTAVA baixando quando os dois garotos atravessaram uma das pontes do Tibre que levava ao Campo de Marte. Tubruk tinha insistido em que eles tomassem banho e pusessem túnicas limpas antes de sair, mas mesmo na hora tardia o vasto espaço ainda estava cheio dos jovens de Roma, reunidos em grupos, lançando discos e dardos, chutando bolas uns para os outros e cavalgando pôneis e cavalos com gritos de encorajamento. Era um lugar ruidoso, e os garotos adoravam olhar os torneios de lutas e os treinos com carruagens.

Por mais que fossem jovens, ambos estavam confiantes montados nas selas altas que os apertavam na virilha e nas nádegas, mantendo-os seguros para as manobras. As pernas pendiam nas costelas dos animais, apertando com força nas curvas, para aumentar a estabilidade.

Caio olhou em volta procurando Suetônio e ficou satisfeito em não vê-lo entre os grupos. Os dois ainda não tinham se encontrado depois do episódio da armadilha, e era assim que Caio queria que continuasse – uma batalha vencida e terminada. Mais escaramuças só significariam problema.

Ele e Marco cavalgaram até um grupo de crianças mais ou menos de sua idade e gritaram para elas, desmontando com um movimento da perna por cima da lateral do pônei. Não havia ninguém que eles conhecessem, mas o grupo se abriu quando se aproximaram e o clima era amigável, com a atenção num homem que segurava um disco na mão direita.

– Aquele é Tani. É o campeão de sua legião – murmurou um garoto para Caio.

Enquanto olhavam, Tani se lançou, girando no local e soltando o disco na direção do sol poente. Houve assobios de admiração enquanto o objeto voava, e um ou dois garotos aplaudiram.

Tani se virou para eles.

– Tomem cuidado. Ele vai voltar num instante.

Caio pôde ver outro homem correr até o disco caído e pegá-lo antes de lançá-lo em voo novamente. Desta vez o lançamento foi feito num ângulo aberto, e a multidão se espalhou enquanto o disco ia em sua direção. Um garoto foi mais lento que o resto e, quando o disco bateu no chão e resvalou, acertou-o na lateral do abdome com um som oco no momento em que o garoto tentava se desviar. Caiu sem fôlego, gemendo, enquanto Tani corria até ele.

– Boa parada, garoto. Você está bem?

O garoto assentiu, levantando-se, mas ainda esfregando a área dolorida. Tani deu-lhe um tapinha no ombro, curvando-se com agilidade para pegar o disco. Em seguida voltou a seu lugar para lançá-lo de novo.

– Alguém está disputando corrida de cavalo hoje? – perguntou Marco.

Alguns se viraram e o avaliaram, lançando olhares para o cavalo pequeno e forte que Tubruk escolhera para ele.

– Até agora, não. Viemos ver as lutas, mas terminaram há uma hora. – O que falava indicou um pedaço de chão remexido nas proximidades, onde um quadrado fora marcado no capim. Alguns homens e mulheres estavam parados ali perto, em grupos, falando e comendo.

– Eu sei lutar – disse Caio rapidamente, com o rosto se iluminando. – Podíamos fazer nosso próprio torneio.

O grupo murmurou com interesse.

– Pares?

– Todo mundo ao mesmo tempo; o último a ficar de pé é o campeão – respondeu Caio. – Mas precisamos de um prêmio. Que tal apostarmos todo o dinheiro que temos, e o último a permanecer de pé leva tudo?

Os garotos do grupo discutiram o assunto e muitos começaram a revirar as túnicas procurando moedas e entregando-as ao mais velho, que andava cheio de confiança enquanto a pilha de moedas crescia em sua mão.

– Eu sou Petrônio. Há uns 20 *quadrans* aqui. Quantos vocês têm?

– Alguma moeda, Marco? Tenho umas duas de bronze. – Caio acrescentou-as ao punhado que o garoto das apostas segurava, e Marco pôs mais três.

Petrônio sorriu enquanto contava de novo.

– Uma boa quantia. Mas como também vou participar preciso de alguém que a segure até eu vencer. – Ele riu para os dois recém-chegados.

– Eu seguro para você, Petrônio – disse uma garota, agarrando as moedas com suas mãos pequenas.

– Minha irmã, Lavia – ele explicou.

Ela piscou para Caio e Marco, parecendo uma versão menor, mas mesmo assim atarracada, de seu irmão.

Conversando animadamente, o grupo foi até o quadrado marcado, e apenas uns poucos ficaram de fora para olhar. Caio contou sete outros garotos, além de Petrônio, que começaram a se aquecer cheios de confiança.

– Quais são as regras? – perguntou Caio enquanto alongava as pernas e as costas.

Petrônio reuniu o grupo com um gesto.

– Nada de socos. Quem cair de costas está fora. Certo?

Os garotos concordaram, sérios, os ânimos mais hostis à medida que se encaravam.

– Eu dou o sinal para começar – disse Lavia do lado de fora do quadrado. – Todo mundo pronto?

Os competidores confirmaram. Caio notou que algumas pessoas estavam se aproximando, prontas para assistir à peleja ou apostar num competidor. O ar tinha um cheiro limpo de grama, e ele se sentia cheio de vida. Raspou os pés no chão e se lembrou do que Tubruk tinha dito sobre a terra. Terra romana, alimentada com o sangue e os ossos de seus ancestrais. Parecia forte sob seus pés, e ele se preparou. O tempo pareceu se imobilizar, e ali perto pôde ver Tani, o campeão dos discos, girar e lançar de novo, o disco voando alto e reto sobre o Campo de Marte. O sol estava ficando vermelho à medida que baixava, dando um tom quente aos garotos tensos dentro do quadrado.

– Comecem! – gritou Lavia.

Caio se abaixou sobre um dos joelhos, evitando um golpe que passou por cima de sua cabeça. Em seguida se levantou rapidamente, com toda a força das coxas, erguendo outro garoto do chão e deixando-o chapado na grama empoeirada. Enquanto se levantava, foi acertado pela lateral, mas girou ao cair, de modo que seu atacante desconhecido acabou acertando o chão primeiro, com o peso de Caio tirando-lhe o fôlego.

Marco estava agarrado com Petrônio, as mãos segurando com força as axilas e os ombros um do outro. Outro combatente foi empurrado às cegas contra Petrônio e os dois caíram desajeitadamente, mas o instante de desatenção de Caio foi punido por um braço envolvendo seu pescoço por trás e apertando sua traqueia. Ele chutou para trás e acertou com a sandália a canela de alguém, ao mesmo tempo em que lançava o cotovelo para trás. Sentiu o aperto se afrouxar, mas então os dois foram lançados girando por um emaranhado de garotos em luta. Caio acertou o chão com força e foi para um lado do quadrado no momento em que um pé acertou o rosto, cortando-lhe a pele.

A raiva cresceu por um momento, mas ele viu que o atacante nem o havia percebido, e se retirou para a beira do quadrado, torcendo por Marco, que tinha ficado de pé outra vez. Petrônio estava caído e fora de combate, e somente Marco e outros dois continuavam competindo. A multidão que se reunira para ver soltava gritos de encorajamento e fazia apostas. Marco pegou um dos dois pela virilha e pelo pescoço e tentou levantá-lo do chão. O garoto lutou loucamente enquanto seus pés saíam do solo, e Marco cambaleou com ele no momento em que o último o agarrou pelo peito e o derrubou de costas numa pilha de membros.

O estranho se levantou com um grito e fez um circuito pelo quadrado, com as mãos levantadas. Caio pôde ouvir Marco rindo e respirou fundo o ar de verão enquanto seu amigo se levantava, espanando a poeira.

A meia distância, além do vasto campo, Caio podia ver a cidade, construída séculos antes em sete colinas antigas. À sua volta soavam os gritos de seu povo e sob seus pés estava sua terra.

NA ESCURIDÃO CALORENTA, iluminada apenas por uma lua crescente que sinalizava a chegada do fim do mês, os dois garotos andavam em silêncio pelos campos e caminhos até a propriedade. O ar estava cheio do aroma de frutas e flores, e grilos cricrilavam nos arbustos. Andaram sem falar até chegarem ao local onde tinham parado com Tubruk mais cedo, no canto da linha marcada com estacas para um novo campo.

Com a lua propiciando tão pouca luz, Caio precisou tatear ao longo do barbante até chegar ao local com a terra partida, no canto, e então parou e pegou no cinto uma faca que trouxera da cozinha. Concentrando-se, passou a lâmina afiada na cabeça do polegar. Ela afundou mais do que ele tinha pretendido, e o sangue jorrou em sua mão. Entregou a lâmina a Marco e levantou o polegar, ligeiramente preocupado com o ferimento e esperando reduzir o ritmo do sangramento.

Marco passou a lâmina no polegar uma vez, depois duas, criando um arranhão do qual espremeu algumas gotas de sangue.

– Praticamente arranquei meu dedo fora! – disse Caio irritado.

Marco tentou ficar sério, mas fracassou. Estendeu a mão e os dois as apertaram juntas fazendo o sangue se misturar na escuridão. Então Caio enfiou seu dedo sangrando no chão partido, encolhendo-se de dor. Marco ficou olhando durante um bom tempo antes de imitar o gesto.

– Agora você também faz parte desta propriedade, e nós somos irmãos – disse Caio.

Marco assentiu em silêncio e eles começaram a voltar para as amplas construções brancas da propriedade. Invisíveis no escuro, os olhos de Marco se encheram de lágrimas e ele os enxugou rapidamente com a mão, deixando uma mancha de sangue na pele.

CAIO FICOU DE PÉ em cima do portão da propriedade, abrigando os olhos do sol forte enquanto olhava para Roma. Tubruk tinha dito que seu pai voltaria da cidade, e ele queria ser o primeiro a vê-lo na estrada. Cuspiu na mão e passou-a pelo cabelo escuro, para alisá-lo.

Gostava de estar longe das tarefas e preocupações de sua vida. Os escravos raramente olhavam para cima quando passavam de uma parte das construções para outra, e era uma sensação curiosa olhar e não ser observado: um momento de privacidade e silêncio. Em algum lugar sua mãe o estaria procurando para carregar um cesto para ela colher frutas, ou Tubruk estaria procurando alguém para encerar e olear os arreios de couro dos cavalos e bois, ou mil outras pequenas tarefas. De algum modo pensar em todas aquelas coisas que não estava fazendo lhe dava ânimo. Eles não podiam encontrá-lo, ele estava em seu lugarzinho particular, olhando a estrada de Roma.

Viu a trilha de poeira e se levantou em cima do pilar do portão. Não tinha certeza. O cavaleiro ainda estava longe, mas não havia muitas propriedades que pudessem ser alcançadas pela estrada, e as chances eram boas.

Depois de mais alguns minutos, pôde ver claramente o homem a cavalo e soltou um grito, saltando para o chão numa confusão de braços e pernas. O portão propriamente dito era pesado, mas Caio lançou seu peso contra ele, que se abriu o suficiente para o garoto se espremer e correr pela estrada ao encontro do pai.

Suas sandálias de criança batiam no chão duro e ele sacudia os braços com entusiasmo, correndo para a figura que se aproximava. Seu pai estava longe havia um mês inteiro, e Caio queria mostrar o quanto tinha crescido nesse tempo. Era o que todo mundo dizia.

– Ta*tá*! – gritou ele, e o pai ouviu e puxou as rédeas, enquanto o garoto chegava correndo. Ele parecia cansado e empoeirado, mas Caio viu o início de um sorriso franzir os olhos azuis.

– Isso que estou vendo na estrada é um mendigo ou um pequeno bandido? – disse o pai, estendendo um braço para levantar o filho à sela.

Caio riu sendo girado no ar e agarrou as costas do pai enquanto o cavalo começava uma caminhada lenta até os muros da propriedade.

– Você está mais alto do que quando o vi da última vez – disse o pai com a voz animada.

– Um pouco. Tubruk disse que estou crescendo como o trigo.

O pai assentiu, e houve um silêncio amigável entre eles, que durou até chegarem ao portão. Caio desceu do cavalo e abriu o portão o suficiente para o pai entrar na propriedade.

– Desta vez o senhor vai ficar em casa muito tempo?

O pai desmontou e despenteou-lhe o cabelo, arruinando o alisamento a cuspe em que trabalhara tanto.

– Alguns dias, talvez uma semana. Gostaria de ficar mais, mas sempre há trabalho a fazer pela República. – Ele entregou as rédeas ao filho. – Leve o velho Mercúrio aqui aos estábulos e o escove bem. Vejo você de novo depois de inspecionar o pessoal e falar com sua mãe.

A expressão aberta de Caio ficou tensa à menção de Aurélia, e o pai notou. Ele suspirou e pôs a mão no ombro do filho, fazendo-o encará-lo.

– Quero passar mais tempo longe da cidade, garoto, mas o que faço é importante. Sabe o que significa a palavra "república"?

Caio assentiu e o pai pareceu cético.

– Duvido. Poucos de meus colegas senadores parecem entender. Vivemos uma ideia, um sistema de governo que permite a todos terem voz, até o homem comum. Percebe como isso é raro? Todos os outros pequenos países que conheço têm um rei ou um chefe governando. Ele dá terras aos amigos e tira dinheiro dos que se desentendem com ele. É como ter uma criança à solta com uma espada. Em Roma temos o governo da lei. Ainda não é perfeito, nem justo como eu gostaria, mas tenta ser, e é a isso que dedico minha vida. Vale minha vida; e a sua também, quando chegar a hora.

– Mas eu sinto falta do senhor – respondeu Caio, sabendo que estava sendo egoísta.

O olhar do pai endureceu ligeiramente, depois ele estendeu a mão para despentear o cabelo de Caio outra vez.

– E eu sinto sua falta também. Seus joelhos estão imundos e essa túnica é mais adequada a uma criança de rua, mas sinto sua falta também. Vá se limpar; mas só depois de ter escovado Mercúrio.

Viu o filho se afastar puxando o cavalo e deu um sorriso pesaroso. Ele *estava* um pouco mais alto, Tubruk estava certo.

Nos estábulos, Caio escovou os flancos do cavalo, tirando suor e poeira e pensando nas palavras do pai. A ideia de uma república parecia muito boa, mas ser rei era claramente mais empolgante.

SEMPRE QUE JÚLIO, o pai de Caio, ficava longe durante muito tempo, Aurélia insistia numa refeição formal no longo triclínio. Os dois garotos sentavam-se em bancos de crianças perto dos divãs em que Aurélia e o marido se reclinavam descalços, com a comida servida em mesas baixas pelos escravos da casa.

Caio e Marco odiavam aquelas refeições. Eles eram proibidos de conversar e ficavam sentados num silêncio doloroso durante cada prato, permitindo aos serviçais da mesa apenas uma rápida esfregada em seus dedos antes de mergulhá-los na comida. Apesar do grande apetite, Caio e Marco tinham aprendido a não ofender Aurélia comendo rápido demais, por isso eram forçados a mastigar e engolir tão lentamente quanto os adultos, enquanto as sombras da tarde se alongavam.

Banhado e vestido com roupas limpas, Caio sentia calor e desconforto perto dos pais. Seu pai tinha posto de lado a informalidade do encontro na estrada e agora falava com a esposa como se os dois meninos não existissem. Caio olhava a mãe atentamente quando podia, procurando o tremor que sinalizaria um de seus ataques. A princípio eles o aterrorizavam e o deixavam soluçando, mas depois de anos um calo emocional havia crescido, e ocasionalmente ele até esperava pelos tremores, de modo que ele e Marco fossem mandados para longe da mesa.

Tentava ouvir e se interessar pela conversa, mas era tudo sobre aperfeiçoamentos nas leis e regulamentos da cidade. Seu pai nunca parecia vir para casa com histórias empolgantes sobre execuções ou famosos vilões das ruas.

– Você tem muita fé no povo, Júlio – dizia Aurélia. – Ele precisa de cuidados, como uma criança precisa de um pai. Algumas pessoas têm espírito e inteligência, concordo, mas a maioria precisa ser protegida... – Ela deixou a frase no ar, e o silêncio baixou.

Júlio levantou os olhos e Caio viu uma tristeza chegar a seu rosto, fazendo-o desviar o olhar, embaraçado, como se tivesse testemunhado uma intimidade.

– Aurélia?

Caio ouviu a voz do pai e olhou de novo para a mãe, que estava como uma estátua, os olhos concentrados em alguma cena distante. Sua mão tremeu, e subitamente o rosto se retorceu como o de uma criança. O tremor que começara na mão se espalhou por todo o corpo e ela se agitou num espasmo, um dos braços derrubando tigelas da mesa baixa. Sua voz irrompeu violentamente da garganta, uma torrente de sons agudos que fez os garotos se encolherem para trás.

Júlio se levantou agilmente e pegou a esposa nos braços.

– Deixem-nos – ordenou, e Caio e Marco saíram com os escravos, deixando para trás o homem segurando a figura que se retorcia.

NA MANHÃ SEGUINTE, Caio foi acordado por Tubruk sacudindo seu ombro.

– Levante-se, garoto. Sua mãe quer vê-lo.

Caio gemeu, quase consigo mesmo, mas Tubruk ouviu.

– Ela sempre fica calma depois de uma... noite ruim.

Caio parou enquanto vestia a roupa. Olhou para o velho gladiador.

– Às vezes eu a odeio.

Tubruk deu um suspiro suave.

– Queria que você a tivesse conhecido antes do início da doença. Ela cantava sozinha o tempo todo, e a casa vivia feliz. Você precisa pensar que sua mãe ainda está aí, mas não pode chegar perto de você. Ela realmente o ama, você sabe.

Caio assentiu e alisou o cabelo descuidadamente.

– Meu pai voltou para a cidade? – perguntou, sabendo a resposta. Seu pai odiava sentir-se desamparado.

– Ele partiu ao alvorecer.

Sem outra palavra, Caio o acompanhou pelos corredores frios até os aposentos da mãe.

Ela estava sentada na cama, empertigada, com o rosto recém-lavado e os cabelos compridos presos numa trança às costas. A pele estava pálida, mas ela sorriu quando Caio entrou, e ele conseguiu sorrir de volta.

– Chegue mais perto, Caio. Sinto muito se o assustei ontem à noite.

Ele se aproximou dos braços da mãe e deixou que ela o envolvesse, sem sentir nada. Como poderia dizer que não ficava mais com medo? Tinha visto aquilo muitas vezes, cada uma pior que a anterior. Alguma parte dele sabia que ela ficaria cada vez pior, que já o estava deixando. Mas não podia pensar nisso – era melhor guardar para si, sorrir, abraçá-la e se afastar intocado.

– O que vai fazer hoje? – perguntou ela ao soltá-lo.

– Tarefas com Marco.

Ela assentiu e pareceu esquecê-lo. Ele esperou alguns segundos, e quando não houve mais reação virou-se e saiu do quarto.

Quando o espaço minúsculo nos pensamentos de Aurélia se esvaiu e ela focalizou o quarto de novo, estava vazio.

MARCO ENCONTROU-O no portão, levando uma rede para caçar passarinhos. Ele olhou nos olhos do amigo e fez a voz soar leve e alegre.

– Estou me sentindo com sorte hoje. Vamos pegar um falcão, dois falcões. Vamos treiná-los e eles vão pousar em nossos ombros, atacando ao nosso comando. Suetônio vai correr quando nos vir.

Caio riu e afastou a mãe dos pensamentos. Já sentia falta do pai, mas o dia seria longo, e sempre havia alguma coisa para fazer na floresta. Duvidava de que a ideia de Marco de pegar falcões fosse dar certo, mas concordaria até o dia terminar e todos os caminhos terem sido percorridos.

A sombra esverdeada quase os impediu de ver o corvo pousado num galho baixo, não longe dos campos ensolarados. Marco congelou ao vê-lo primeiro e apertou a mão no peito de Caio.

– Olha o tamanho dele! – sussurrou, desdobrando a rede de pegar pássaros.

Os dois se agacharam e se esgueiraram para a frente, observados com interesse pelo pássaro. Mesmo para um corvo ele era grande, e abriu as asas pretas e pesadas enquanto eles se aproximavam, antes de pular para a próxima árvore com um adejar preguiçoso.

– Você dá a volta – sussurrou Marco com a voz empolgada, fazendo movimentos circulares com os dedos. Caio riu, penetrando no mato baixo de um dos lados. Esgueirou-se num círculo amplo, tentando manter a árvore à vista enquanto verificava o caminho para evitar galhos secos ou folhas que fizessem barulho.

Quando emergiu do outro lado, Caio viu que o corvo tinha mudado de árvore de novo, desta vez para um grande tronco que tinha caído havia anos. Pela inclinação, o tronco era fácil de escalar, e Marco já havia começado a ir lentamente sobre ele na direção do pássaro, ao mesmo tempo tentando manter a rede livre para ser lançada.

Caio chegou mais perto da base da árvore.

"Por que ele não voa para longe?", pensou, olhando o corvo. O pássaro inclinou a cabeça grande para um dos lados e abriu as asas de novo. Os dois garotos se imobilizaram até que a ave pareceu relaxar, então Marco se ergueu de novo, com as pernas balançando de cada lado do tronco grosso.

Marco estava a pouco mais de um metro do pássaro quando percebeu que ele iria voar de novo. O corvo pulou no tronco e nos galhos, aparentemente sem medo. Marco desdobrou a rede, feita de barbante áspero, geralmente usada para guardar cebolas na cozinha da propriedade. Nas mãos de Marco, tinha se transformado instantaneamente no temível instrumento de um apanhador de pássaros.

Prendendo o fôlego, jogou-a, e o corvo saltou com um grito de indignação. Bateu as asas de novo e pousou nos galhos finos de uma árvore nova perto de Caio, que correu para ele sem pensar.

Enquanto Marco descia rapidamente, Caio saltou para a árvore e sentiu que ela cedeu inteira com um estalo súbito, prendendo o pássaro nas folhas e galhos junto ao chão. Com Caio apertando-a para baixo, Marco pôde enfiar a mão e agarrar o pássaro pesado, segurando-o firmemente nas duas mãos. Levantou-o em triunfo e depois se esforçou desesperadamente enquanto o corvo lutava para escapar.

– Me ajude! Ele é forte – gritou Marco, e Caio juntou suas mãos no amontoado em luta. De repente uma dor agonizante o atravessou. O bico era comprido e curvo como uma lança de madeira preta e golpeou sua mão, agarrando o pedaço de carne macia entre o polegar e o indicador.

Caio gritou.

– Tire! Ele pegou minha mão, Marco. – A dor era insuportável e os dois entraram em pânico juntos, com Marco lutando para continuar prendendo o bicho enquanto Caio tentava arrancar o bico maligno de sua pele. – Não estou conseguindo tirar, Marco.

– Você vai ter de puxar – respondeu Marco, sério, o rosto vermelho pelo esforço de segurar o pássaro furioso.

– Não consigo, parece uma faca. Solte-o.

– Eu *não* vou soltar. Esse corvo é nosso. Nós o pegamos no mato, como caçadores.

Caio gemeu de dor.

– Parece mais que ele pegou a gente. – Seus dedos balançaram em agonia e o corvo o soltou sem aviso, tentando bicar um deles. Caio ofegou aliviado e recuou às pressas, segurando as mãos de encontro à virilha e se dobrando ao meio.

– Ele é um lutador – disse Marco rindo, mudando a posição das mãos para que a cabeça agitada não achasse sua carne.

– Vamos levá-lo para casa e treiná-lo. Ouvi dizer que os corvos são inteligentes. Ele vai aprender truques e ir conosco ao Campo de Marte.

– Ele precisa de um nome. Alguma coisa de guerra – respondeu Caio, enquanto chupava a pele rasgada.

– Qual é o nome daquele deus que anda por aí como um corvo ou que carrega um?

– Não sei, é um dos gregos, eu acho. Zeus?

– Esse é uma coruja, eu acho, mas Zeus é um bom nome para ele.

Os dois riram um para o outro e o corvo ficou quieto, olhando em volta com calma aparente.

– Então é Zeus.

Voltaram pelos campos até a propriedade, com o corvo preso firmemente nas mãos de Marco.

– Precisamos achar um lugar para escondê-lo – disse ele. – Sua mãe não gosta que peguemos animais. Lembra quando ela ficou sabendo da raposa?

Caio se encolheu, olhando para o chão.

– Tem um galinheiro vazio perto dos estábulos. Podíamos colocá-lo lá. O que os corvos comem?

– Carne, acho. Eles rapinam os campos de batalha. A não ser que sejam as gralhas que fazem isso. Podemos pegar uns pedaços de carne na cozinha e ver o que ele aceita. Isso não vai ser problema.

– Precisaremos amarrar barbante nas pernas dele para treinar, senão ele voa embora – disse Caio, pensativo.

Tubruk estava falando com três carpinteiros que iriam consertar parte do telhado da propriedade. Viu os garotos entrando no pátio e sinalizou para se aproximarem. Os dois se entreolharam, imaginando se poderiam fugir, mas Tubruk não deixaria que dessem mais que alguns passos, apesar de toda a aparente desatenção quando se virou de novo para os carpinteiros.

– Não vou desistir de Zeus – sussurrou Marco.

Caio apenas confirmou com a cabeça enquanto se aproximavam do grupo de homens.

– Vou lá daqui a alguns minutos – instruiu Tubruk enquanto os homens partiam para suas tarefas. – Tirem as telhas daquela parte até eu chegar.

Em seguida se virou para os garotos.

– O que é isso? Um corvo! Deve estar doente, se vocês o pegaram.

– Nós o achamos na floresta. Fomos atrás dele e o pegamos – disse Marco com a voz desafiadora.

Tubruk sorriu como se entendesse e estendeu a mão para acariciar o bico comprido do pássaro. A energia do animal parecia ter ido embora, e ele ofegava quase como um cachorro, revelando a língua fina entre as lâminas duras.

– Coitadinho – murmurou Tubruk. – Parece apavorado. O que vão fazer com ele?

– O nome dele é Zeus. Vamos treiná-lo como animal de estimação, como um falcão.

Tubruk balançou a cabeça uma vez, lentamente.

– Não podem treinar um pássaro selvagem, garotos. Os falcões são criados desde filhotes por especialistas e mesmo assim permanecem selvagens. Até o melhor treinador pode perder alguns de vez em quando se o bicho voar para muito longe. Zeus é adulto. Se ficarem com ele, ele vai morrer.

– Podemos usar um dos velhos galinheiros – insistiu Caio. – Não há nada lá. Vamos dar comida e fazer com que ele voe amarrado num barbante.

Tubruk bufou.

– Sabe o que um pássaro selvagem faz se você trancá-lo? Ele não suporta paredes em volta. Especialmente um lugar pequeno como um dos galinheiros. Isso vai acabar com o ânimo dele e, dia a dia, ele vai arrancar as próprias penas, de tanto sofrimento. Não vai comer, só vai se machucar até morrer. O Zeus aqui vai preferir a morte ao cativeiro. A coisa mais gentil que vocês podem fazer por ele é soltá-lo. Acho que não poderiam pegá-lo se ele não estivesse doente, de modo que pode estar morrendo de qualquer modo, mas pelo menos deixem que ele passe os últimos dias na floresta, que é o lugar dele.

– Mas... – Marco ficou quieto olhando o corvo.

– Andem – disse Tubruk. – Vamos ao campo vê-lo voar.

Contrariados, os garotos se entreolharam e o seguiram de volta até o portão. Juntos ficaram olhando morro abaixo.

– Liberte o bicho, garoto – disse Tubruk, e alguma coisa em sua voz fez com que os dois o olhassem.

Marco se levantou e abriu as mãos, e Zeus se lançou no ar, abrindo as asas grandes e pretas e lutando para ganhar altura. Gritou de frustração contra eles até se transformar em apenas um ponto preto no céu acima da floresta. Depois eles o viram descer e desaparecer.

Tubruk estendeu as mãos ásperas e segurou a nuca dos dois garotos.

– Um ato nobre. Agora há um monte de tarefas a fazer, e como não consegui encontrar vocês antes, elas se amontoaram, esperando sua atenção. Para dentro.

Ele guiou os garotos pelo portão até o pátio, dando uma última olhada para os campos na direção da floresta antes de segui-los.

3

No verão teve início a educação formal dos garotos. Desde o começo os dois eram tratados igualmente, com Marco também recebendo o treinamento necessário para comandar uma propriedade complexa, ainda que menor. Além de continuarem com o latim formal que tinha sido martelado neles desde o nascimento, aprendiam sobre batalhas famosas e táticas, além de como administrar homens e cuidar de dinheiro e dívidas. Quando Suetônio partiu para ser oficial numa legião africana no ano seguinte, Marco e Caio tinham começado a aprender retórica grega e as habilidades de debate de que precisariam se, como jovens senadores mais tarde, optassem por processar ou acusar um cidadão baseados em algum ponto da lei.

Ainda que os trezentos membros do Senado só se reunissem duas vezes a cada mês lunar, Júlio, o pai de Caio, permanecia em Roma por períodos cada vez mais longos, enquanto a República lutava para lidar com novas colônias e com a riqueza e o poder que cresciam rapidamente. Durante meses os únicos adultos que Caio e Marco viam eram Aurélia e os tutores, que chegavam à casa principal ao alvorecer e partiam com o sol descendo atrás deles e os denários tilintando nos bolsos. Tubruk também estava sempre lá, uma presença amigável que não aceitava bobagens dos garotos. Antes de Suetônio partir, o velho gladiador caminhou os oito quilômetros até a casa principal da propriedade vizinha para ver o filho mais velho da família. Não contou a Caio o que se passou, mas voltou com um sorriso e despenteou o cabelo do garoto com sua mão enorme antes de ir aos estábulos ver as novas éguas que estavam entrando no cio.

Dentre todos os tutores, Caio e Marco gostavam mais das horas passadas com Vepax. Era um jovem grego, alto e magro em sua toga. Sempre chegava à propriedade a pé e contava cuidadosamente as moedas ganhas antes de voltar à cidade. Os dois ficavam com ele por duas horas a cada semana, numa saleta que o pai de Caio tinha designado para as aulas. Era um lugar nu, com chão de pedras chatas e paredes sem adorno. Com os outros tutores que arengavam os versos de Homero e a gramática latina, os dois costumavam se remexer nos bancos de madeira ou perdiam a concentração até o tutor notar e trazê-los de volta com bengaladas fortes. A maioria era rígida, e era difícil os garotos fazerem alguma travessura havendo apenas os dois para atrair a atenção do mestre. Uma vez Marco tinha usado seu buril para desenhar um porco com a barba e o rosto de um tutor. Foi apanhado tentando mostrá-lo a Caio e teve de estender a mão para a bengala, sofrendo horrivelmente pelos três golpes fortes.

Vepax não usava cajado. A única coisa que sempre trazia consigo era um saco de pano grosso cheio de tabuletas e pequenas figuras de argila, algumas azuis e outras vermelhas para simbolizar diferentes lados. Na hora marcada, ele afastava os bancos até um dos lados da sala e arrumava as figuras para representar batalhas famosas do passado. Depois de um ano, a primeira tarefa deles era reconhecer a estrutura e o nome dos generais envolvidos. Eles sabiam que Vepax não se limitaria a batalhas romanas; algumas vezes o cavalo minúsculo e as figuras de legionários representavam Pártia, a Grécia antiga ou Cartago. Sabendo que Vepax era grego, os garotos o tinham pressionado para que lhes mostrasse as batalhas de Alexandre, empolgados com as lendas e com o que ele tinha alcançado tão jovem. A princípio Vepax se mostrou relutante, não querendo ser pego favorecendo a própria história, mas acabou por se deixar persuadir e lhes mostrou cada batalha cujos registros e mapas tivessem sobrevivido. Para as guerras gregas Vepax jamais abria um livro, colocando e movimentando cada peça de memória.

Dizia aos garotos os nomes dos generais e dos principais atores de cada conflito, explicando também a história e a política quando tinham importância direta para a aula. Fazia as pequenas peças de argila ficarem vivas para Marco e Caio, e sempre que chegava o fim das duas horas eles olhavam desejosos para os pequenos objetos, enquanto o tutor os guardava em sua sacola, devagar e cuidadosamente.

Um dia, quando chegaram, acharam a maior parte da pequena sala coberta pelos personagens de argila. Uma batalha gigantesca fora arrumada, e Caio contou rapidamente os personagens azuis, depois os vermelhos, multiplicando na cabeça como tinha sido ensinado pelo tutor de aritmética.

– Diga o que está vendo – pediu Vepax em voz baixa a Caio.

– Duas forças, uma de mais de cinquenta mil homens, a outra com quase quarenta mil. Os vermelhos são... os vermelhos são romanos, a julgar pela infantaria pesada posta na frente, em quadrados de legiões. São apoiados pela cavalaria nos flancos direito e esquerdo, mas são enfrentados pela cavalaria azul diante deles. Há fundeiros e lanceiros do lado azul, mas não posso ver nenhum arqueiro, de modo que os ataques de projéteis serão sobre um espaço muito pequeno. Eles parecem mais ou menos equilibrados. Deve ser uma batalha longa e difícil.

– O lado vermelho é realmente dos romanos – assentiu Vepax –, disciplinados veteranos de muitas batalhas. E se eu dissesse que os azuis são um grupo misturado, composto de gauleses, espanhóis, númidas e cartagineses? Isso faria diferença no resultado?

Os olhos de Marco brilharam de interesse.

– Significaria que estamos olhando para as forças de Aníbal. Mas onde estão seus famosos elefantes? Você não tinha elefantes na sacola? – Marco olhou esperançoso para o saco vazio.

– É Aníbal que os romanos estão enfrentando, mas nessa batalha os elefantes tinham morrido. Ele conseguiu arranjar outros mais tarde, e eles eram aterrorizantes ao atacar, mas aqui ele teve de se virar sem esses animais. Aníbal está em menor número, duas legiões a menos. Sua força é misturada, ao passo que a romana é unificada. Que outros fatores podem afetar o resultado?

– A terra – exclamou Caio. – Ele está num morro? Sua cavalaria poderia esmagar...

Vepax balançou a mão suavemente.

– Esta batalha aconteceu numa planície. O tempo era fresco e limpo. Aníbal deveria ter perdido. Gostariam de ver como ele ganhou?

Caio olhou para as peças reunidas. Tudo estava contra as forças azuis. Levantou os olhos.

– Podemos mover as peças enquanto você explica?

Vepax sorriu.

– Claro. Hoje vou precisar de vocês dois para fazer a batalha se mover da forma como aconteceu. Pegue o lado romano, Caio. Marco e eu vamos cuidar das forças de Aníbal.

Sorrindo, os três se encararam sobre as fileiras de figuras.

– A batalha de Canas, há 126 anos. Todos os homens que lutaram na batalha viraram pó, todas as espadas enferrujaram, mas as lições continuam para ser aprendidas.

Vepax devia ter trazido cada soldado de barro e cada cavalo que possuía para formar aquela batalha, percebeu Caio. Mesmo com cada peça representando quinhentas, elas ocupavam a maior parte do espaço disponível.

– Caio, você é Emílio Paulo e Terêncio Varro, experientes comandantes romanos. Linha a linha você vai avançar direto para o inimigo, não permitindo desvios e nenhum afrouxamento na disciplina. Sua infantaria é soberba e deveria se sair bem contra as fileiras de espadachins estrangeiros.

Pensativamente Caio começou a avançar sua infantaria, grupo a grupo.

– Apoie com a cavalaria, Caio. Ela não deve ser deixada para trás, caso contrário você será atacado pelos flancos.

Assentindo, Caio avançou com os pequenos cavalos de barro para enfrentar a pesada cavalaria comandada por Aníbal.

– Marco, nossa infantaria *precisa* se sustentar. Vamos avançar para enfrentá-los, e nossa cavalaria vai enfrentar a deles nos flancos, segurando-a.

De cabeça baixa, os três moveram figuras em silêncio até que os exércitos tivessem se juntado, cara a cara. Caio e Marco imaginaram as bufadas dos cavalos e os gritos de guerra cortando o ar.

– E agora homens morrem – murmurou Vepax. – Nossa infantaria começa a se deformar no centro enquanto encontra o inimigo mais bem treinado que já enfrentou. – Suas mãos se adiantaram e puseram figura após figura em outras posições, instigando os garotos.

No chão à sua frente as legiões romanas empurravam o centro de Aníbal, que se dobrava diante deles, quase se partindo.

– Eles não podem sustentar – sussurrou Caio, ao ver o grande arco crescente que se aprofundava cada vez mais enquanto as legiões forçavam para a frente. Parou e olhou para todo o campo. A cavalaria estava parada, presa num confronto sangrento com o inimigo. Sua boca se abriu enquanto Marco e Vepax continuavam a mover peças, e subitamente o plano ficou claro.

– Eu não iria mais adiante – disse ele, e a cabeça de Vepax se levantou com uma expressão interrogativa.

– Tão cedo, Caio? Você viu perigo onde nem Paulo nem Varro perceberam até ser tarde demais. Avance com seus homens, a batalha precisa ser representada. – Ele estava claramente se divertindo, mas Caio sentiu um toque de irritação por ter de prosseguir com movimentos que levariam à destruição de seus exércitos.

As legiões marchavam através das forças cartaginesas e o inimigo as deixava penetrar, recuando rapidamente e sem afobação, perdendo o mínimo de homens possível para a linha que avançava. As forças de Aníbal estavam se movendo da parte de trás do campo para as laterais, aumentando a armadilha, e, depois do que Vepax disse terem sido apenas duas horas, toda a força romana estava cercada pelo inimigo em três lados, que lentamente se fecharam atrás deles até que foram apanhados numa caixa criada por Aníbal. A cavalaria romana ainda estava segura por forças igualmente hábeis, e a cena final precisou de pouca explicação para revelar todo o seu horror.

– A maioria dos romanos não podia lutar, presa que estava no meio de suas próprias formações fechadas. Os homens de Aníbal mataram o dia inteiro, apertando o cerco até não restar ninguém vivo. Foi uma aniquilação em uma escala raramente vista antes e depois. A maioria das batalhas deixa muitos vivos, pelo menos os que fogem, mas aqueles romanos estavam cercados por todos os lados e não tinham para onde fugir.

O silêncio se estendeu por longos momentos enquanto os dois garotos fixavam os detalhes na mente e na imaginação.

– Nosso tempo hoje acabou, garotos. Na semana que vem mostrarei o que os romanos aprenderam com essa derrota e com outras nas mãos de Aníbal. Apesar de terem sido pouco imaginativos aqui, eles trouxeram um novo comandante, conhecido por sua inovação e ousadia. Ele enfrentou Aníbal na batalha de Zama, 14 anos depois, e o resultado foi muito diferente.

– Qual era o nome dele? – perguntou Marco, empolgado.

– Ele tinha mais de um nome. Seu nome próprio era Públio Cipião, mas por causa das batalhas que venceu contra Cartago ficou conhecido como Cipião, o Africano.

À MEDIDA que se aproximava de seu décimo aniversário, Caio se tornava um garoto atlético e com boa coordenação. Podia montar qualquer um dos cavalos, até os difíceis, que exigiam mão brutal. Eles pareciam se acalmar ao seu toque e reagir a ele. Apenas um se recusava a deixá-lo na sela, e Caio foi jogado ao chão 11 vezes até que Tubruk vendeu o animal, antes que a luta matasse um ou outro.

Até certo ponto, Tubruk controlava os cofres da propriedade enquanto o pai de Caio estava longe. Ele podia decidir onde os lucros das colheitas e dos animais seriam mais bem gastos, usando seu critério. Era uma grande confiança, e rara. Mas não era função de Tubruk contratar lutadores especialistas para ensinar aos garotos a arte da guerra. Isso era decisão do pai – bem como todos os outros aspectos de sua criação. Segundo a lei romana, o pai de Caio poderia até mandar estrangular os garotos ou vendê-los como escravos, se eles o desagradassem. Seu poder no lar era absoluto e sua boa vontade não deveria ser posta em risco.

Júlio voltou para casa para a festa de aniversário do filho. Tubruk o atendeu enquanto ele se banhava na piscina mineral para limpar o pó da viagem. Apesar de ser dez anos mais velho que Tubruk, a idade se assentava bem em sua figura bronzeada que se abaixava na água. O vapor subia em pequenas nuvens enquanto um súbito jorro de água quente irrompia de um cano para as águas plácidas da piscina. Tubruk notou os sinais de saúde e ficou satisfeito. Em silêncio, esperou que Júlio terminasse a lenta imersão e descansasse nos degraus submersos de mármore perto do cano de entrada, onde a água era rasa e mais quente.

Júlio se recostou contra a frieza das pedras da piscina e levantou uma sobrancelha para Tubruk.

– Informe – disse ele e fechou os olhos.

Tubruk se levantou rigidamente e recitou os lucros e as perdas do mês anterior. Mantinha os olhos fixos na parede mais distante e falava com fluência sobre ínfimos problemas e sucessos sem examinar sequer uma vez alguma anotação. Por fim terminou e esperou em silêncio. Depois de um instante, os olhos azuis do único homem que o empregou sem ser seu dono se abriram de novo e o fixaram com um olhar que não se derretera com o calor da piscina.

– Como está minha mulher?

Tubruk manteve o rosto impassível. Haveria sentido em contar a ele que Aurélia tinha piorado ainda mais? Ela já fora linda, antes que o parto a deixasse à beira da morte durante meses. Desde que Caio chegara ao mundo, ela parecia insegura de pé e não preenchia mais a casa com os risos e as flores que ela própria colhia nos campos distantes.

– Lúcio tem cuidado bem da senhora, mas ela não fica melhor... Alguns dias precisei manter os garotos longe, quando o mau humor baixou sobre ela.

O rosto de Júlio endureceu, e uma veia engrossada pelo calor em seu pescoço começou a latejar com a carga de sangue raivoso.

– Os médicos não podem fazer nada? Eles recebem minhas peças de ouro sem reclamar, mas ela piora a cada vez que a vejo!

Tubruk apertou os lábios numa expressão de pesar. Algumas coisas simplesmente deviam ser suportadas, ele sabia. O chicote acerta e machuca, e precisamos simplesmente esperar que ele acerte de novo.

Às vezes ela rasgava as roupas em trapos e se sentava embolada num canto até que a fome a expulsasse de seus aposentos particulares. Em outros dias quase era a mulher que ele havia conhecido e amado quando chegou pela primeira vez à propriedade, mas dada a longos períodos de distração. Estava falando de uma colheita e, de repente, como se outra voz se manifestasse, inclinava a cabeça para ouvir, e era como se você tivesse saído da sala, porque ela nem sequer se lembrava de sua presença.

Outro jorro de água quente perturbou o silêncio pontuado por gotejamentos vagarosos, e Júlio suspirou como o vapor que escapava.

– Dizem que os gregos sabem muito no campo da medicina. Contrate um deles e despeça os idiotas que fazem tão pouco bem. Se um deles afirmar que somente suas habilidades a impediram de ficar ainda pior, mande açoitá-lo e jogá-lo na estrada da cidade. Experimente uma parteira. Às vezes as mulheres se entendem melhor que nós; elas têm muitas doenças que os homens não têm.

Os olhos azuis cerraram-se de novo e eram como a porta de um forno se fechando. Sem a personalidade, a forma submersa poderia ter sido de qualquer outro romano. Ele se mantinha como um soldado, e finas linhas brancas marcavam as cicatrizes de velhos embates. Não era um homem a ser contrariado, e Tubruk sabia que ele tinha uma reputação feroz no Senado. Mantinha seus interesses de forma discreta, mas os guardava com ferocidade. Em consequência, os famintos pelo poder não eram perturbados por ele e eram preguiçosos demais para questionar as áreas em que ele era forte. Isso mantinha a propriedade próspera, e eles eram capazes de empregar os mais caros médicos estrangeiros que Tubruk pudesse encontrar. Era dinheiro desperdiçado, tinha certeza, mas para que servia o dinheiro senão para ser usado onde havia necessidade?

– Quero começar um vinhedo na extremidade sul. O solo de lá é perfeito para um bom tinto.

Falaram sobre os negócios da propriedade e, de novo, Tubruk não fez anotações, nem sentiu necessidade disso, após anos de informes e discussões. Duas horas depois de ter entrado, finalmente Júlio sorriu.

– Você agiu bem. Nós prosperamos e permanecemos fortes.

Tubruk assentiu e riu de volta. Durante toda a conversa, nenhuma vez Júlio perguntou sobre sua saúde ou felicidade. Os dois sabiam que os problemas sérios seriam mencionados, e os pequenos, enfrentados sozinhos. Era um relacionamento de confiança, não entre iguais, mas entre um patrão e alguém cuja competência ele respeitava. Tubruk não era mais escravo, mas era um homem libertado e nunca poderia ter a confiança absoluta dos que nasceram livres.

– Há outra questão, mais pessoal – continuou Júlio. – É hora de treinar meu filho nas artes da guerra. Até certo ponto, estive afastado de minhas tarefas de pai, mas não existe melhor exercício para os talentos de um homem que a criação de um filho. Quero ter orgulho dele e me preocupo com a possibilidade de que minhas ausências, que provavelmente ficarão maiores, sejam a perdição do garoto.

Tubruk assentiu, satisfeito com as palavras.

– Há muitos especialistas na cidade, treinadores dos meninos e rapazes das famílias ricas.

– Não. Eu sei sobre eles e alguns me foram recomendados. Cheguei a inspecionar o produto desse treinamento, visitando vilas nas cidades para ver a nova geração. Não fiquei impressionado, Tubruk. Vi rapazes infectados por esse novo aprendizado filosófico, que dá ênfase demais à educação da mente e de menos à do corpo e do coração. De que serve a capacidade de jogar com a lógica se sua alma fraca foge do endurecimento? Não, as modas de Roma produzirão apenas homens fracos, com poucas exceções, pelo que vejo. Quero que Caio seja treinado por pessoas em quem posso confiar: por você, Tubruk. Não confiaria a nenhum outro uma tarefa tão séria.

Tubruk coçou o queixo, perturbado.

– Não posso ensinar as habilidades que aprendi como soldado e gladiador, senhor. Sei o que sei, mas não sei como passar adiante.

Júlio franziu a testa, aborrecido, mas não insistiu. Tubruk nunca falava levianamente.

– Então dedique seu tempo a deixá-lo em forma e duro como pedra. Faça com que ele corra e cavalgue por horas todos os dias, repetidamente, até que esteja pronto para me representar. Encontraremos outros para ensinar a matar e a comandar homens em batalha.

– E quanto ao outro garoto, senhor?

– Marco? O que é que tem?

– Vamos treiná-lo igualmente?

Júlio franziu a testa ainda mais e olhou para o passado durante alguns segundos.

– Sim. Prometi ao pai dele quando morreu. Sua mãe jamais foi adequada para ter o menino, foi a fuga dela que praticamente matou o velho. Ela era jovem demais para ele. Da última vez que tive notícias dela, parece que era pouco mais que uma prostituta de festas num dos distritos internos, por isso ele ficou comigo. Ele e Caio ainda são amigos, não são?

– Como dois pés de trigo gêmeos. Vivem se metendo em encrenca.

– Bem, isso acabou. De agora em diante aprenderão disciplina.

– Vou me certificar disso.

CAIO E MARCO ouviam do lado de fora da porta. Os olhos de Caio estavam brilhantes de empolgação com o que tinha escutado. Riu enquanto se virava para Marco e abandonou o sorriso ao ver o rosto pálido e a boca apertada do amigo.

– O que há de errado, Marco?

– Ele disse que minha mãe é uma prostituta – foi a resposta num sibilo. Os olhos de Marco brilharam perigosamente, e Caio engoliu a resposta brincalhona.

– Ele disse apenas que lhe contaram, deve ser boato. Tenho certeza de que não é verdade.

– Disseram que ela estava morta, como meu pai. Ela fugiu e me abandonou. – Marco ficou de pé e seus olhos se encheram de lágrimas. – Espero que ela *seja* uma prostituta. Espero que seja escrava e esteja morrendo com os pulmões podres. – Ele girou e saiu correndo, com os braços e as pernas tremendo, deixando claro seu sofrimento.

Caio suspirou e rejeitou a ideia de ir atrás dele. Marco provavelmente iria até os estábulos e ficaria sentado na palha, à sombra, por algumas horas. Se ele fosse procurá-lo muito cedo, haveria palavras iradas e talvez socos. Se Marco fosse deixado, tudo passaria com o tempo, a mudança de humor chegando sem aviso, enquanto seus pensamentos se acomodavam em outro lugar.

Era sua natureza, e não havia como mudá-la. Caio apertou de novo a cabeça contra a fenda entre a porta e o batente, que lhe permitia ouvir os dois homens falando de seu futuro.

– ... desacorrentados pela primeira vez, é o que dizem. Deve ser um espetáculo portentoso. Toda Roma estará lá. Nem todos os gladiadores serão escravos certificados; alguns são homens *libertos* que foram atraídos de volta com moedas de ouro. Rênio estará lá, pelo que dizem.

– Rênio! Ele já deve estar velho! Ele lutava quando eu ainda era jovem! – murmurou Júlio, incrédulo.

– Talvez precise de dinheiro. Alguns homens vivem muito acima de suas posses. A fama pode ter permitido que ele fizesse grandes dívidas, mas tudo precisa ser pago no fim.

– Talvez ele possa ser contratado para ensinar Caio; lembro-me de que ele aceitava alunos, mas faz muito tempo. Nem acredito que vai lutar de novo. Então compre quatro ingressos, isso aguçou meu interesse. Os garotos vão gostar de uma ida à cidade.

– Bom, mas vamos esperar até que os leões tenham terminado com o velho Rênio antes de lhe oferecer emprego – disse

Tubruk com um sorriso irônico. – Ele deve ficar mais barato se estiver sangrando um pouco.

– Mais barato ainda se estiver morto. Odiaria vê-lo morrer. Ele era invencível quando eu era jovem. Eu o vi lutar em demonstrações contra quatro ou cinco homens. Uma vez, lutou vendado contra dois. Derrubou-os com dois golpes.

– Eu o vi se preparar para essas lutas. O pano que usava permitia que entrasse luz suficiente para que ele pudesse ver os contornos das formas. Era só disso que ele precisava. Afinal de contas, seus opositores pensavam que ele estava cego.

– Leve uma bolsa gorda para contratar treinadores. O circo será o lugar certo para encontrá-los, mas quero sua atenção para os músculos e a honra.

– Como sempre, sou seu serviçal, senhor. Mandarei uma mensagem esta noite para que os ingressos sejam comprados em nome da propriedade. Se não houver mais nada...?

– Só meus agradecimentos. Sei com que habilidade você mantém este lugar funcionando. Enquanto meus colegas senadores reclamam de como sua riqueza é corroída, posso ficar calmo e sorrir do desconforto deles. – Ele se levantou e cumprimentou Tubruk com o aperto de pulso que todos os legionários aprendiam.

Tubruk ficou satisfeito ao notar a força que ainda havia na mão. O velho touro ainda tinha alguns anos pela frente.

Caio se afastou rapidamente da porta e correu para encontrar Marco nos estábulos. Antes de ter se afastado muito, parou e se encostou numa parede fresca e branca. E se ele ainda estivesse com raiva? Não, sem dúvida a perspectiva de ingressos para o circo – com leões desacorrentados, nada menos que isso! – bastaria para acabar com a tristeza. Com entusiasmo renovado e o sol nas costas, desceu correndo a colina até as construções de madeira de teca e reboco que abrigavam os cavalos de trabalho e os bois da propriedade. Em algum lugar ouviu a voz da mãe chamando seu nome, mas ignorou, como se fosse o grito agudo de um pássaro. Era um som que passava por cima dele e o deixava intocado.

Os DOIS GAROTOS encontraram o corpo do corvo próximo de onde o tinham visto pela primeira vez, perto da fronteira da floresta da propriedade. Estava caído nas folhas úmidas, rígido e escuro, e foi Marco quem o viu primeiro; sua depressão e raiva cresceram com o achado.

– Zeus – sussurrou. – Tubruk disse que ele estava doente. – Marco se agachou perto da trilha e estendeu a mão para acariciar as penas ainda brilhantes. Caio se agachou perto dele. O frio da floresta pareceu penetrar nos dois ao mesmo tempo, e Caio estremeceu ligeiramente.

– Os corvos são mau augúrio, lembre-se – murmurou ele.

– Zeus, não. Ele só estava procurando um lugar para morrer.

Num impulso, Marco pegou o cadáver, segurando-o como tinha feito antes. O contraste entristeceu os dois. Toda a luta havia sumido, e agora a cabeça estava frouxa, como se presa apenas pela pele. O bico pendia aberto e os olhos estavam encolhidos, como poços vazios. Marco continuou a acariciar as penas com o polegar.

– Deveríamos cremá-lo, dar-lhe um funeral honroso – disse Caio. – Posso correr até a cozinha e pegar uma lamparina. Podemos fazer uma pira e colocar um pouco do óleo por cima. Seria uma boa despedida.

Marco assentiu e pousou Zeus cuidadosamente no chão.

– Ele era um lutador. Merece mais que ser deixado aí para apodrecer. Há muita madeira seca por aqui. Eu fico para fazer a pira.

– Vou voltar o mais rápido possível – respondeu Caio, virando-se para correr. – Pense numas orações ou alguma coisa assim.

Caio correu de volta para as construções da propriedade e Marco ficou sozinho com o pássaro. Ele sentiu uma estranha solenidade baixar, como se estivesse realizando um rito religioso. Lenta e cuidadosamente, juntou gravetos secos e os arrumou num quadrado, começando com galhos mais grossos, mortos havia muito tempo, e fazendo camadas de gravetos e folhas secas. Parecia certo não se apressar.

A floresta estava silenciosa quando Caio voltou. Ele também andava devagar, abrigando a pequena chama de um pavio oleoso que se projetava de uma velha lamparina de cozinha. Encontrou Marco sentado no caminho seco, com o cadáver preto de Zeus deitado numa pilha bem arrumada de madeira morta.

– Precisarei manter a chama acesa enquanto derramo o óleo, de modo que possa pegar fogo depressa. É melhor fazermos as orações agora.

Enquanto a tarde escurecia, a luz amarela e tremeluzente da lamparina parecia ganhar força, iluminando o rosto dos dois ali parados junto do pequeno cadáver.

– Júpiter, chefe de todos os deuses, deixe que este voe para o outro mundo. Ele foi um lutador e morreu livre – disse Marco com a voz firme e grave.

Caio preparou o óleo para ser derramado. Manteve o pavio afastado, evitando a pequena chama e vertendo o óleo, encharcando o pássaro e a madeira em sua substância escorregadia. Depois encostou a chama na pira.

Durante longos segundos nada aconteceu, a não ser um leve chiado, mas então uma chama respondeu, espalhando-se e lançando uma luz tépida. Os garotos se levantaram e Caio pôs a lamparina no chão. Olharam com interesse as penas pegando fogo e queimando com um fedor terrível. As chamas tremeram sobre o corpo e a gordura soltou fumaça e estalou no fogo. Eles esperaram pacientemente.

– No fim podemos juntar as cinzas e enterrar, ou espalhar na floresta ou no riacho – sussurrou Caio.

Marco assentiu em silêncio.

Para ajudar o fogo, Caio derramou o resto do óleo da lamparina, extinguindo sua pequena luz. As chamas cresceram de novo, e a maior parte das penas já havia queimado, a não ser as que ficavam em volta da cabeça e do bico, que pareciam obstinadas.

Finalmente o resto do óleo queimou até o fim e o fogo se reduziu a brasas luzidias.

– Acho que o cozinhamos – sussurrou Caio. – O fogo não foi quente o bastante.

Marco pegou um graveto comprido e cutucou o corpo, agora coberto com cinzas de madeira, mas ainda reconhecível como corvo. O graveto derrubou aquela coisa enfumaçada para fora das cinzas e Marco passou alguns instantes tentando rolá-la de volta para o lugar, sem sucesso.

– Não adianta. Onde está a dignidade? – disse ele com raiva.

– Olhe, não podemos fazer mais nada. Vamos cobri-lo com folhas.

Os dois garotos começaram a juntar braçadas de folhas e logo o corvo chamuscado estava oculto. Ficaram em silêncio enquanto voltavam para a propriedade, mas o tom reverente havia desaparecido.

4

O circo foi organizado por Cornélio Sila, um jovem em ascensão nas fileiras da sociedade romana. O rei da Mauritânia havia hospedado o jovem senador enquanto ele comandava a

Segunda Legião Alaudae na África. Para agradá-lo, o rei Bocchus mandou cem leões e vinte de seus melhores lanceiros para a capital. Tendo esses como a principal atração, Sila montou um programa para cinco dias de provas e diversão.

Seria o maior circo já organizado em Roma, e Cornélio Sila teve sua reputação e seu status garantidos pelo feito. Chegou a haver pedidos no Senado para uma estrutura mais permanente a fim de abrigar os jogos. As arquibancadas de madeira aparafusadas e montadas para os grandes eventos eram insatisfatórias e pequenas demais para o tamanho da multidão que viria ver os leões do continente negro e desconhecido. Os planos para um vasto anfiteatro circular onde fosse possível colocar água e representar batalhas marinhas foram apresentados, mas o custo era gigantesco e foram vetados pelos tribunos do povo, como era de esperar.

Caio e Marco corriam atrás dos dois homens. Desde que a mãe de Caio piorara, os garotos raramente tinham permissão de ir à cidade, já que ela reclamava e se agitava, sofrendo ao pensar no que poderia acontecer com o filho nas ruas malignas. O ruído da multidão era como um soco, e seus olhos faiscavam de interesse.

A maioria dos senadores iria para os jogos em carruagens puxadas ou carregadas por escravos e cavalos. O pai de Caio desprezava isso e optou por caminhar pela multidão. A figura imponente de Tubruk ao lado, totalmente armado como estava, impedia que os plebeus empurrassem com muita grosseria.

A lama das ruas estreitas tinha sido pisoteada até virar um caldo fétido, e depois de pouco tempo as pernas deles estavam sujas com aquela imundície até quase os joelhos, as sandálias totalmente cobertas. Todas as lojas estavam cheias, e sempre havia uma multidão na frente deles e uma turba atrás, empurrando. Ocasionalmente, o pai de Caio pegava ruas secundárias quando as principais estavam totalmente bloqueadas pelos carrinhos dos vendedores que levavam suas mercadorias pela cidade. Essas ruas estavam apinhadas de pobres e havia mendigos, cegos e mutilados sentados às portas com as mãos estendidas. As construções de tijolos se erguiam acima deles, com cinco ou seis andares, e uma vez Tubruk estendeu a mão para segurar Marco quando um balde de água suja foi derramado de uma janela aberta.

O pai de Caio estava sério, mas caminhava sem parar, seu senso de direção guiando-os através do labirinto escuro pelas ruas principais até o circo. O barulho da cidade se intensificava à medida que chegavam mais perto, os gritos de vendedores de comida quente competindo com as marteladas dos artesãos de cobre e com as crianças que choravam, os narizes ranhentos, enganchados nos quadris das mães.

Em cada esquina malabaristas e mágicos, palhaços e encantadores de serpentes se apresentavam em troca de moedas jogadas. Naquele dia, os ganhos eram poucos, apesar da multidão enorme. Por que desperdiçar dinheiro em coisas que se podiam ver todo dia quando o anfiteatro estava aberto?

– Fiquem perto de nós – disse Tubruk, atraindo a atenção dos garotos para longe das cores, dos cheiros e do barulho. Ele riu das expressões boquiabertas dos dois. – Eu me lembro bem da primeira vez que vi um circo, o Véspia, onde eu faria minha primeira luta, sem treinamento e vagaroso. Era apenas um escravo com uma espada.

– Mas você ganhou – respondeu Júlio, rindo enquanto andavam.

– Minha barriga estava embrulhada, por isso estava de péssimo humor.

Os dois homens riram.

– Eu odiaria encarar um leão – continuou Tubruk. – Vi uns dois soltos na África. Eles se movimentam como cavalos no ataque quando querem, mas com presas e garras que parecem farpas de ferro.

– Eles têm cem animais desses e duas apresentações por dia durante cinco dias, de modo que devemos ver dez deles contra vários lutadores. Estou ansioso para assistir aos lanceiros negros em ação. Será interessante ver se podem se comparar à precisão de nossos atiradores de dardos.

Passaram sob o arco da entrada e pararam diante de uma série de tinas de madeira cheias d'água. Em troca de uma pequena moeda tiveram a lama e o cheiro lavados das pernas e das sandálias. Era bom estar limpo de novo. Com a ajuda de um auxiliar, encontraram os lugares reservados para eles por um dos escravos da propriedade, que tinha viajado na véspera para esperar sua chegada. Assim que se sentaram, o escravo se levantou para caminhar os quilômetros de volta à propriedade. Tubruk lhe passou outra moeda para comprar comida para a viagem, e o homem sorriu, alegre, satisfeito por estar longe do trabalho exaustivo nos campos.

Em volta deles sentavam-se membros das famílias dos patrícios e seus escravos. Apesar de haver apenas trezentos representantes no Senado, devia haver perto de mil outros. Os legisladores de Roma haviam tirado o dia de folga para as primeiras contendas do festival de cinco dias. A areia tinha sido alisada na vasta arena; as arquibancadas de madeira estavam lotadas com trinta mil pessoas das classes romanas. O calor da manhã não parava de aumentar, formando uma parede de desconforto, ignorada em grande parte pelo povo.

– Onde estão os lutadores, papai? – perguntou Caio, procurando sinais de leões ou jaulas.

– Naquele celeiro construído ali. Está vendo os portões? Lá.

Ele abriu um programa dobrado, comprado de um escravo na entrada.

– O organizador dos jogos vai nos dar as boas-vindas e provavelmente agradecer a Cornélio Sila. Todos vamos aplaudir a inteligência de Sila em tornar possível este espetáculo.

Depois virão quatro combates de gladiadores, só até o primeiro sangue. Em seguida um que irá até a morte. Rênio fará algum tipo de demonstração, e então os leões vão percorrer "as paisagens de sua África", o que quer que isso signifique. Deve ser uma apresentação impressionante.

– O senhor já viu um leão?

– Uma vez, no zoológico, mas nunca lutei contra um. Tubruk diz que eles são temíveis em batalha.

O anfiteatro ficou silencioso enquanto os portões se abriam e um homem entrou vestido com uma toga tão branca que ofuscava os olhos.

– Ele parece um deus – sussurrou Marco.

Tubruk se inclinou para o garoto.

– Não se esqueça de que eles branqueiam o tecido com urina humana. Há alguma lição a tirar disso.

Marco olhou para Tubruk, surpreso por um momento, como se houvesse acabado de ouvir uma piada. Mas logo se esqueceu do assunto e tentou escutar a voz do homem que se posicionara no centro da arena. Ele tinha a voz treinada, e o formato ovalado do anfiteatro atuava como um perfeito amplificador. Mesmo assim, parte de seu anúncio se perdeu enquanto as pessoas arrastavam os pés ou sussurravam para os amigos e outros pediam silêncio.

– ... muito bem-vindos... feras africanas... Cornélio Sila!

As últimas palavras foram ditas num crescendo, e a plateia aplaudiu devidamente, com mais entusiasmo do que Júlio ou Tubruk esperavam. Caio ouviu as palavras do velho gladiador enquanto se inclinava para perto do pai.

– Esse aí deve ser um homem digno de se ver.

– Ou digno de se tomar cuidado – respondeu o pai com um olhar significativo.

Caio se esforçou para ver o homem que se levantou e fez uma reverência. Ele também usava uma toga simples, com a bainha bordada em ouro. Estava sentado suficientemente perto para Caio ver que realmente parecia um deus. Tinha o rosto forte e bonito e a pele dourada. Ele acenou e se sentou, sorrindo diante do prazer da multidão.

Todos se acomodaram para o espetáculo, enquanto conversas brotavam em toda parte. Processos que estavam sendo julgados eram comentados e questionados pelos patrícios. Eles ainda eram o poder definitivo em Roma, e portanto no mundo. Certo, os tribunos do povo, com seu direito de veto, tinham retirado parte de sua autoridade, mas eles ainda tinham o poder de vida e morte sobre a maioria dos cidadãos de Roma.

A primeira dupla de lutadores entrou com túnicas em azul e preto. Nenhum dos dois usava armadura pesada, já que aquela era uma demonstração de velocidade e habilidade, e não de selvageria. Homens raramente morriam nessas disputas. Depois de uma saudação ao organizador e patrocinador dos jogos, eles começaram a se mover, com as espadas curtas seguras rigidamente e os escudos mexendo-se em ritmos hipnóticos.

– Quem vai vencer, Tubruk? – perguntou o pai de Caio subitamente.

– O menor, de azul. O trabalho de pés dele é excelente.

Júlio chamou um dos agentes dos grupos de apostas e deu a ele uma moeda de ouro, de um *aureus*, recebendo em troca uma minúscula placa azul. Menos de um minuto depois, o homem menor se desviou de uma investida longa demais e passou a faca de leve na barriga do outro, enquanto se adiantava. O sangue jorrou como se transbordasse da borda de uma taça, e a plateia irrompeu em aplausos e xingamentos. Júlio tinha ganhado dois *aurei* em troca do que havia apostado e embolsou o lucro animadamente. A cada luta que se seguia, ele perguntava a Tubruk quem ia ganhar assim que os combatentes entravam em ação. A percentagem paga diminuía se a aposta fosse feita depois do início da luta, claro, mas o olho de Tubruk estava infalível naquele dia. Na quarta luta todos os espectadores próximos se inclinavam para captar os palpites de Tubruk e depois gritavam para os escravos dos banqueiros de apostas pegarem o dinheiro.

Tubruk estava se divertindo.

– Esta próxima é até a morte. As chances estão a favor do lutador de Corinto, Alexandros. Ele nunca foi vencido, mas seu oponente, do sul da Itália, também é temível e nunca foi derrotado no primeiro sangue. Por enquanto não posso escolher entre eles.

– Diga assim que puder. Tenho dez *aureii* prontos para a aposta: todos os nossos ganhos mais minhas apostas originais. Seu olho está perfeito hoje.

Júlio chamou o escravo do banqueiro de apostas e disse-lhe que ficasse por perto. Ninguém mais na área queria apostar, sentindo a sorte do momento e contentes em esperar pelo sinal vindo de Tubruk. Olhavam para ele, alguns com a respiração presa, prontos para o sinal.

Caio e Marco olhavam a multidão.

– Esses romanos são bem gananciosos – sussurrou Caio, e os dois riram um para o outro.

Os portões se abriram de novo e Alexandros e Enzo entraram. Enzo, o romano, usava uma cota de malha padrão cobrindo o braço direito da mão até o pescoço e um capacete de latão acima das escuras escamas de ferro. Segurava um escudo vermelho à esquerda. A única outra vestimenta era uma tanga e pedaços de pano amarrados nos pés e tornozelos. Tinha um físico portentoso e poucas cicatrizes, mas uma linha franzida marcava o antebraço esquerdo do pulso ao cotovelo. Ele se inclinou para Cornélio Sila e saudou a multidão em primeiro lugar, antes do estrangeiro.

Alexandros se movia bem, equilibrado e seguro enquanto chegava ao meio do anfiteatro. Vestia-se de modo idêntico, mas seu escudo era manchado de azul.

– Não é fácil dizer quem é quem – disse Caio. – Com a armadura, eles poderiam ser irmãos.

Seu pai fungou.

– A não ser pelo sangue. O sangue grego não é igual ao romano. Ele tem deuses diferentes, falsos. Acredita em coisas que nenhum romano decente defenderia. – Júlio falava sem virar a cabeça, atento aos homens abaixo.

– E o senhor apostará num homem desses?

– Apostarei, se Tubruk achar que ele vencerá – foi a resposta, acompanhada por um sorriso.

A luta começaria com o soar de uma trombeta de chifre, que ficava presa em mandíbulas de cobre na primeira fila de assentos; e um homem baixo e barbudo esperava o sinal para encostar os lábios nela. Os dois gladiadores se aproximaram e o som da trombeta gemeu sobre a arena.

Antes que Caio pudesse dizer se o som havia parado, a multidão estava rugindo e os dois homens lançavam ataques um contra o outro. Nos primeiros segundos, golpe após golpe acertavam, alguns cortando, outros deslizando no aço tornado subitamente escorregadio com o sangue brilhante.

– Tubruk? – perguntou Júlio.

A área onde se encontravam na arquibancada estava dividida entre observar a fantástica demonstração de selvageria e entrar na aposta.

Tubruk franziu a testa, com o queixo no punho fechado.

– Ainda não. Não posso dizer. Estão muito equiparados.

Os dois homens se separaram um momento, incapazes de manter o ritmo do primeiro minuto. Ambos sangravam e estavam sujos da poeira grudada no suor.

Alexandros investiu com seu escudo azul por baixo da guarda do outro, quebrando seu ritmo e equilíbrio. O braço da espada veio por cima, procurando um ferimento em ponto alto. O romano recuou sem dignidade para escapar do golpe, e nesse momento seu escudo caiu no chão. A multidão vaiou e zombou, embaraçada com seu homem. Ele se levantou de novo e atacou, talvez espicaçado pelos comentários dos compatriotas.

– Tubruk? – Júlio pôs a mão em seu braço. A luta poderia terminar em segundos, e se houvesse uma vantagem óbvia para um dos lutadores as apostas estariam encerradas.

– Ainda não. Ainda... não... – Tubruk era a concentração em pessoa.

Na arena, a região em volta dos lutadores estava semeada de pontos escuros onde o sangue havia pingado. Os dois davam passos para a esquerda e para a direita, depois avançavam, faziam movimentos de cortar e furar, abaixavam-se e bloqueavam, davam socos e tentavam fazer o outro tropeçar. Alexandros aparou o golpe da espada do romano com o escudo, parcialmente destruído pelo terrível choque, e a lâmina ficou presa no metal mais macio do retângulo azul. Como o outro escudo, esse também foi jogado na areia, e os dois homens se encararam de lado, movendo-se como caranguejos de modo que a cota de malha os protegesse. As espadas estavam cegas e cheias de mossas, e o esforço sob o feroz calor romano ia começando a minar as forças.

– Aposte tudo no grego, depressa – disse Tubruk.

O escravo do banqueiro procurou a aprovação do seu dono, que estava atrás dele. As margens de lucro foram sussurradas e as apostas continuaram, com boa parte da multidão pegando uma fatia.

– Cinco a um contra Alexandros; poderia ter sido muito melhor, se tivéssemos apostado antes – murmurou Júlio, enquanto olhava os dois lutadores abaixo.

Tubruk ficou quieto.

Um dos gladiadores deu uma estocada e se recuperou rápido demais para o outro. A espada chicoteou de volta e bateu no lado de sua cintura, provocando um jorro de sangue.

A reação foi malignamente rápida e cortou um importante músculo da perna. A perna se dobrou, e enquanto o homem caía seu opositor golpeou-lhe o pescoço, repetidamente, até estar acertando um cadáver. Ficou deitado no sangue que se misturava e era sugado pela areia seca, e seu peito arfava com a dor e a exaustão.

– Quem venceu? – perguntou Caio freneticamente. Sem os escudos não era claro, e um murmúrio percorreu as arquibancadas enquanto a pergunta era repetida vezes sem conta. Quem tinha vencido?

– Acho que o grego está morto – disse o escravo do banqueiro de apostas.

Seu dono achava que tinha sido o romano, mas até que o vitorioso se levantasse e tirasse o elmo, ninguém poderia ter certeza.

– O que acontece se os dois morrerem? – perguntou Marco.

– As apostas são anuladas – respondeu o dono e financiador do escravo das apostas. Presumivelmente ele também tinha algum dinheiro dependendo do resultado. Sem dúvida parecia tão tenso quanto todos os outros.

Durante talvez um minuto o gladiador sobrevivente ficou deitado exausto, com o sangue escorrendo. A multidão ficou mais barulhenta, gritando para que ele se levantasse e tirasse o elmo. Lentamente, com uma dor óbvia, ele segurou a espada e se apoiou nela. Levantando-se, cambaleou lentamente e se abaixou para pegar um punhado de areia. Esfregou a areia em seu ferimento, olhando-a cair em torrões vermelhos. Seus dedos também estavam sangrentos quando os levantou para tirar o elmo.

Alexandros, o grego, ficou de pé e sorriu, com o rosto pálido pela perda de sangue. A multidão gritou palavrões contra a figura cambaleante. Moedas brilharam ao sol enquanto eram jogadas, não como recompensa, mas para machucar. Com xingamentos, dinheiro era trocado por todo o anfiteatro, e o gladiador foi ignorado enquanto se deixava cair de joelhos outra vez, esperando o socorro de escravos.

Tubruk o olhou ir embora, o rosto ilegível.

– É um homem para ser procurado, sobre o treinamento? – perguntou Júlio, empolgado enquanto seus ganhos eram contados e postos numa bolsa.

– Não. Acho que não vai durar uma semana. De qualquer modo, havia pouca inteligência em sua técnica, somente boa velocidade e reflexos.

– Para um grego – disse Marco, tentando participar.

– É, bons reflexos para um grego – respondeu Tubruk, com a mente distante.

ENQUANTO A AREIA era limpa com ancinhos, a multidão continuava com seus negócios, e Caio e Marco podiam ver um ou dois espectadores representando os golpes dos gladiadores com gritos e falsos berros de dor. Enquanto esperavam, os garotos viram Júlio dar um tapinha no braço de Tubruk, chamando sua atenção para dois homens que se aproximavam pelas fileiras de bancos. Ambos pareciam ligeiramente deslocados no circo, com suas togas de lã áspera e a pele sem adornos de joias de metal.

Júlio se levantou com Tubruk e os garotos os imitaram. O pai de Caio estendeu a mão e cumprimentou o primeiro a chegar mais perto, que baixou ligeiramente a cabeça durante o contato.

– Saudações, amigos. Por favor, sentem-se. Estes são meu filho e um garoto que está sob meus cuidados. Tenho certeza de que eles podem passar alguns minutos comprando comida, não é?

Tubruk entregou uma moeda para cada um, e a mensagem foi clara. Com relutância, eles se afastaram entre os bancos e entraram numa fila diante de uma barraca de comida. Ficaram olhando enquanto os quatro homens juntavam as cabeças e conversavam, com as vozes perdidas na multidão.

Depois de alguns minutos, enquanto Marco comprava laranjas, Caio viu os dois recém-chegados agradecerem a seu pai e apertarem sua mão outra vez. Então cada qual se dirigiu a Tubruk, que pôs moedas em suas mãos antes de se afastarem.

Marco tinha comprado uma laranja para cada um deles, e quando voltaram aos seus lugares ofereceu-as.

– Quem eram aqueles homens, papai? – perguntou Caio, intrigado.

– Clientes meus. Tenho alguns homens ligados a mim na cidade – respondeu Júlio descascando habilmente a laranja.

– Mas o que eles fazem? Nunca os vi antes.

Júlio se virou para o filho, observando o interesse. Sorriu.

– São homens *úteis*. Votam em candidatos que eu apoio ou me protegem em lugares perigosos. Levam mensagens para mim ou... fazem milhares de outras pequenas coisas. Em troca recebem seis denários por dia cada um.

Marco assobiou.

– Deve ser uma fortuna.

Júlio transferiu a atenção para Marco, que baixou o olhar e ficou mexendo na casca de sua laranja.

– Dinheiro bem gasto. Nesta cidade é bom ter homens que eu possa convocar rapidamente para qualquer tarefa súbita. Os membros ricos do Senado podem ter centenas de clientes. Faz parte do nosso sistema.

– O senhor pode confiar neles? – indagou Caio.

– Não para qualquer coisa que valha mais de seis denários por dia – resmungou Júlio.

RÊNIO ENTROU sem ser anunciado. Num momento a multidão conversava e a arena suja estava vazia, e no outro uma pequena porta se abriu e um homem passou por ela. A princípio não foi visto, então o povo o notou e começou a se levantar.

– Por que estão aplaudindo tanto? – perguntou Marco, forçando a vista para a figura solitária de pé sob o sol escaldante.

– Porque ele voltou mais uma vez. Agora você poderá dizer aos seus filhos, quando os tiver, que viu Rênio lutar – respondeu Tubruk sorrindo.

Todos em volta deles pareciam iluminados pelo espetáculo. Desatou-se um coro, que foi crescendo: "Rê-nio... Rê-nio!" O barulho abafou os sons de pés se arrastando e o farfalhar das roupas. O único som no mundo era seu nome.

Rênio levantou a espada numa saudação. Mesmo a distância ficava claro que a idade ainda não lhe dera um bom aperto.

– Parece bem para sessenta anos. Mas a barriga não é lisa. Olhe aquele cinto largo – murmurou Tubruk quase para si mesmo. – Você relaxou um pouco, seu velho idiota.

Enquanto o veterano recebia os aplausos da multidão, uma fila de escravos lutadores entrou na arena. Cada um usava um pano nos quadris, para dar liberdade aos movimentos, e carregava um gládio curto. Não se viam escudo nem armadura. A multidão romana ficou em silêncio enquanto os homens formavam um losango com Rênio no centro. Houve um momento de imobilidade e então a área dos animais se abriu.

Mesmo antes de a jaula ser arrastada para a arena, os rugidos curtos e penetrantes podiam ser ouvidos. A multidão sussurrou ansiosa. Havia três leões andando de um lado para o outro na jaula puxada por escravos suarentos. Através das barras eles eram formas obscenas; enormes ombros curvados, a linha da cabeça e das mandíbulas descendo até os quartos traseiros com malícia. Tinham sido criados para esmagar a vida com dentes enormes. Golpeavam com as patas numa fúria desfocada enquanto a jaula era sacudida e finalmente parava.

Escravos levantaram marretas para arrancar as travas de madeira que prendiam a frente da jaula. A multidão lambeu os lábios secos. As marretas baixaram e a grade de ferro caiu na areia, com um eco ouvido claramente no silêncio. Um a um os grandes felinos saíram da jaula, revelando no passo velocidade e segurança assustadoras.

O maior rugiu em desafio ao grupo de homens que o encarava do outro lado da arena. Quando estes não se mexeram, a fera começou a andar de um lado para o outro diante da jaula, olhando-os. Seus companheiros rugiram, circularam e sentaram-se nas patas traseiras.

Sem qualquer sinal, sem aviso, o animal disparou na direção dos homens, que se encolheram. Era a morte indo para eles.

Rênio podia ser ouvido gritando ordens. A frente do losango, formado por três homens corajosos, enfrentou o ataque, com as espadas prontas. No último momento o leão decolou num salto rápido e arrancou dois dos escravos do chão, com uma pata em cada peito. Ninguém se mexeu enquanto seus peitos se transformavam em lascas e adagas de ossos. O terceiro homem girou e acertou a juba enorme, causando pouco dano. As mandíbulas se fecharam em seu braço com um movimento brusco que parecia o bote de uma cobra. Ele gritou e continuou gritando enquanto cambaleava, com um dos pulsos segurando os restos do outro, de onde espirrava sangue vermelho. Uma espada raspou as costelas do leão e outra cortou um tendão do jarrete, de modo que os quartos traseiros ficaram subitamente frouxos. Isso só serviu para enfurecer o animal, que tentou morder a si mesmo, numa confusão vermelha. Rênio rosnou uma ordem, e os outros recuaram para lhe ceder a matança.

Enquanto ele dava o golpe fatal, os outros dois leões atacaram. Um pegou a cabeça do homem ferido que tinha se afastado. Um estalo rápido das mandíbulas e tudo estava terminado. O leão se acomodou com o cadáver, ignorando os outros escravos, mordendo o abdômen macio e começando a comer. Foi morto rapidamente com três lâminas de lanças na boca e no peito.

Rênio recebeu o ataque do último pela esquerda. O escravo que o protegia foi derrubado pelo golpe e, por cima dele, veio a fúria brusca do felino. Suas patas estavam atacando, e grandes garras escuras se projetavam como pontas de lança, tentando cortar e rasgar. Rênio se equilibrou e deu uma estocada contra o peito. Um ferimento se abriu com um jorro de sangue escuro e pegajoso, mas a lâmina resvalou no osso do peito e Rênio foi acertado em um ombro, e só a sorte deixou as mandíbulas se fecharem onde ele estivera. Ele rolou e se levantou em bom estado, ainda com a espada na mão. Enquanto a fera se levantava e se virava de novo para ele, o velho gladiador já estava preparado e mandou sua lâmina contra a axila e o coração acelerado. A força desapareceu do animal num instante, como se o aço tivesse lancetado um furúnculo. Ele ficou sangrando na areia, ainda consciente e ofegante, mas digno de pena. Um gemido baixo saiu do fundo do peito sangrento enquanto Rênio se aproximava, puxando uma adaga do cinto. A saliva avermelhada pingava na areia enquanto os pulmões rasgados tentavam se encher de ar.

Rênio falou baixinho com a fera, mas as palavras não puderam ser ouvidas nas arquibancadas. Ele pôs uma das mãos na juba e deu um tapinha distraído, como faria com um cão querido. Depois enfiou a lâmina na garganta e tudo acabou.

A multidão pareceu respirar pela primeira vez em horas, e então riu com o alívio da tensão. Quatro homens estavam mortos na arena, mas Rênio, o velho matador, continuava de pé, parecendo exausto. A turba começou a gritar seu nome, mas ele fez uma reverência rápida e saiu, indo para a porta sombreada e entrando na escuridão.

– Vá depressa, Tubruk. Você sabe qual é meu maior preço. Um ano, veja bem, um ano inteiro de serviço.

Tubruk desapareceu na multidão, e os garotos foram deixados para manter uma conversa educada com Júlio. Mas sem Tubruk para agir como catalisador, as palavras morreram rapidamente. Júlio amava o filho, mas não gostava de falar com os jovens. Eles tagarelavam e não sabiam nada sobre decoro e contenção.

– Rênio será um professor difícil, se sua reputação for verdadeira. Um dia ele já foi sem igual em todo o império, mas Tubruk conta as histórias dele melhor que eu.

Os garotos assentiram ansiosos e determinados a pedir detalhes a Tubruk assim que tivessem oportunidade.

As estações tinham caminhado em direção ao outono antes que os garotos vissem Rênio novamente, desmontando de um cavalo castrado no pátio de pedras do estábulo. Era uma marca de seu status o fato de poder cavalgar como um oficial ou membro do Senado. Os dois estavam no celeiro de feno ao lado, pulando das pilhas altas na palha solta. Cobertos de palha e poeira, não estavam em condições de ser vistos, e espiaram o visitante de um canto. Ele olhou em volta enquanto Tubruk vinha a seu encontro, tomando-lhe as rédeas.

– Você será recebido assim que descansar da viagem.

– Cavalguei menos de oito quilômetros. Não estou sujo nem suando como um animal. Leve-me agora ou eu mesmo encontro o caminho – disse bruscamente o velho soldado, franzindo a testa.

– Vejo que não perdeu nada de seu encanto e dos modos delicados desde que trabalhamos juntos.

Rênio não sorriu, e por um segundo os garotos esperaram um soco ou uma resposta violenta.

– Vejo que ainda não aprendeu bons modos para com os mais velhos. Esperava coisa melhor.

– *Todo mundo* é mais novo que você. É, dá para ver que você não iria mudar.

Rênio pareceu congelar por um momento, piscando lentamente.

– Quer que eu pegue minha espada?

Tubruk ficou imóvel, e Marco e Caio notaram que ele também usava seu velho gládio numa bainha.

– Gostaria apenas que você se lembrasse que sou o encarregado da administração da propriedade, e que sou livre, como você. Nosso acordo nos beneficia a ambos, aqui não há favores de qualquer espécie.

– Você está certo – disse então Rênio sorrindo. – Leve-me ao senhor da casa. Eu gostaria de conhecer o homem que tem interesse em tipos como eu trabalhando para ele.

Enquanto os dois saíam, Caio e Marco se entreolharam, os olhos brilhando de empolgação.

– Ele vai ser um mestre duro, mas ficará rapidamente impressionado com os talentos que tem em mãos... – sussurrou Marco.

– Ele vai perceber que seremos sua última grande obra antes de cair morto – continuou Caio, atraído pela ideia.

– Serei o maior espadachim da terra, ajudado pelo fato de que meus braços se esticam toda noite desde que eu era um bebê – prosseguiu Marco.

– Macaco lutador, é como vão chamar você! – declarou Caio cheio de espanto.

Marco jogou palha no rosto dele e os dois se agarraram com ferocidade fingida, rolando por alguns segundos até que Caio terminou por cima, sentando com força no peito do amigo.

– Serei o espadachim ligeiramente melhor, modesto demais para deixá-lo sem graça na frente das damas.

Em seguida fez uma pose orgulhosa e Marco jogou-o na palha de novo. Ficaram sentados ofegando e perdidos em sonhos por um momento.

Depois de um tempo Marco falou:

– Na verdade, você vai administrar este lugar, como seu pai. Eu não tenho nada, e você sabe que minha mãe é uma prostituta... Não, não diga nada. Nós dois ouvimos muito bem o que seu pai disse. Não tenho herança, a não ser meu nome, que está manchado. Só posso ver um futuro brilhante no exército, onde pelo menos meu nascimento é nobre o suficiente para permitir um alto cargo. Ter Rênio como treinador vai ajudar a nós dois, mas vai ajudar mais a mim.

– Você sempre será meu amigo, sabe disso. Nada pode ficar entre nós – disse Caio com clareza, olhando-o nos olhos.

– Vamos encontrar nossos caminhos juntos.

Os dois assentiram e se apertaram as mãos por um segundo, no pacto. Quando se soltaram, a forma familiar de Tubruk apareceu, enfiando a cabeça no depósito de feno.

– Limpem-se. Assim que Rênio terminar com seu pai, vai querer fazer algum tipo de inspeção.

Os dois se levantaram devagar, o nervosismo óbvio nos movimentos.

– Ele é cruel? – perguntou Caio.

Tubruk não sorriu.

– Sim, ele é cruel. É o homem mais duro que já conheci. Vence batalhas porque os outros homens sentem dor e têm medo da morte e do desmembramento. Rênio é mais parecido com uma espada que com um homem, e vai tornar vocês dois tão duros quanto ele próprio. Provavelmente vocês nunca vão agradecer, vão odiá-lo, mas o que ele lhes dará vai salvar suas vidas mais de uma vez.

Caio olhou-o com ar interrogativo.

– Você já o conhecia?

Tubruk riu, um grunhido curto e sem humor.

– Devo dizer que sim. Ele me treinou para a arena quando eu era escravo.

Seus olhos brilharam ao sol enquanto ele se virava e saía.

RÊNIO ESTAVA imóvel, com os pés separados por uma distância igual à largura dos ombros e com as mãos cruzadas às costas. Franziu a testa para Júlio, que estava sentado.

– Não. Se alguém interferir, partirei imediatamente. O senhor quer que seu filho e o filhote de prostituta sejam transformados em soldados. Sei fazer isso. Venho fazendo isso, de um modo ou de outro, durante toda a minha vida. Às vezes eles só conseguem aprender quando o inimigo ataca, às vezes nunca aprendem, e deixei alguns em covas rasas no estrangeiro.

– Tubruk quererá discutir o progresso deles com você. Em geral o julgamento dele é de primeira classe. Afinal de contas, foi treinado por você – disse Júlio ainda tentando recuperar a iniciativa que sentia ter perdido.

Aquele homem era uma força avassaladora. Desde o momento em que entrara na sala, dominara a conversa. Em vez de explanar como aconteceria o ensino de seu filho, como pretendia, Júlio se viu na defensiva, respondendo a perguntas sobre sua propriedade e instalações de treinamento. Agora sabia melhor o que *não* tinha do que o que tinha.

– Eles são muito novos e...

– Qualquer idade acima seria tarde demais. Você pode pegar um homem de vinte anos e torná-lo um soldado competente, em forma e duro. Mas uma criança pode ser transformada numa coisa de metal, impossível de ser quebrada. Alguns diriam que você já deixou demorar demais, que o treinamento adequado deve começar aos cinco anos. Sou da opinião de que dez é o melhor momento para começar o desenvolvimento adequado dos músculos e da capacidade pulmonar. Começar mais cedo pode partir o espírito deles; mais tarde o espírito está posto com muita firmeza no caminho errado.

– Concordo, até certo pon...

– Você é o verdadeiro pai do filhote de prostituta? – perguntou Rênio em tom direto, mas em voz baixa, como se estivesse perguntando sobre o tempo.

– O quê? Deuses, não! Eu...

– Bom. Isso seria uma complicação. Então aceito o contrato de um ano. Minha palavra está dada. Mande os garotos ao pátio do estábulo para inspeção em cinco minutos. Eles me viram chegar, por isso devem estar prontos. Vou fazer um relatório trimestral a você nesta sala. Se não puder comparecer, mande avisar. Bom dia.

Rênio se virou nos calcanhares e saiu. Atrás dele Júlio soprou o ar que enchia as bochechas, numa mistura de espanto e contentamento.

– Talvez seja exatamente o que eu queria – falou, e sorriu pela primeira vez naquela manhã.

5

A primeira coisa que lhes disseram era que teriam uma boa noite de sono. Durante oito horas, desde antes da meia-noite até o alvorecer, eram deixados sozinhos. Em todos os outros momentos estavam sendo ensinados, endurecidos, ou enfiando comida na boca em intervalos muito curtos que duravam apenas alguns minutos.

Marco sentiu a empolgação ser arrancada naquele primeiro dia, quando Rênio segurou seu queixo com a mão coriácea e o espiou.

– Espírito fraco, como sua mãe.

Na ocasião não disse mais nada, mas Marco queimou com o pensamento humilhante de que o velho soldado, que o garoto tanto queria que gostasse dele, poderia ter visto sua mãe na cidade. Desde o primeiro momento seu desejo de agradar Rênio se transformou numa fonte de vergonha. Sabia que precisava ser excelente no treinamento, mas não de um modo que o velho desgraçado aprovaria.

Era fácil odiar Rênio. Desde o primeiro momento chamou Caio pelo nome, mas só se referia a Marco como "o garoto", ou "o filhote de prostituta". Caio podia ver que era algo deliberado, uma tentativa de usar o ódio como uma ferramenta para melhorá-los.

Um riacho atravessava a propriedade, levando a água fria até o mar. Um mês depois da chegada do gladiador, eles foram levados à água antes do meio-dia. Rênio simplesmente sinalizou para um poço escuro.

– Entrem – disse ele.

Os dois se entreolharam e deram de ombros.

O frio era de entorpecer desde os primeiros instantes.

– Fiquem aí até eu voltar para pegá-los – foi a ordem gritada por cima do ombro enquanto Rênio voltava para a casa, onde comeu um almoço leve e tomou banho antes de dormir durante toda a tarde quente.

Marco sentia o frio muito mais que o amigo. Depois de apenas duas horas estava com o rosto azul e incapaz de falar por causa dos tremores. À medida que a tarde prosseguia, suas pernas ficaram entorpecidas e os músculos do rosto e do pescoço doíam de tanto tremer. Os dois falavam com dificuldade qualquer coisa para afastar a mente do frio. As sombras se moveram e a conversa morreu. Caio nem de longe estava tão desconfortável quanto o amigo. Seus membros tinham ficado entorpecidos havia muito, mas ainda achava fácil respirar, ao passo que Marco estava inalando em haustos curtos.

A tarde esfriou sem ser percebida fora do gelo eterno da parte sombreada da água que corria depressa. Marco descansava com a cabeça inclinada para um lado ou outro, com um olho meio submerso e piscando lentamente, sem ver nada. Sua mente podia vaguear até que o nariz ficava coberto, quando ele engasgava e se endireitava de novo. Então tombava outra vez, enquanto a dor piorava. Os dois não se falaram durante um longo tempo. Aquilo tinha se tornado uma batalha particular, mas não de um contra o outro. Ficariam até ser chamados, até que Rênio voltasse e ordenasse que saíssem.

À medida que o dia voava para longe, os dois souberam que não conseguiriam sair. Mesmo que Rênio aparecesse naquele momento e lhes desse os parabéns, ele teria de arrastá-los para fora, ficando molhado e enlameado no processo, se é que os deuses estavam olhando.

Marco perdia e recobrava a consciência, voltando com um susto e percebendo que de algum modo tinha se afastado do frio e do escuro. Imaginou então se morreria no rio.

Num daqueles cochilos oníricos, sentiu calor e ouviu os estalos acolhedores de um bom fogo de lenha. Um velho cutucou a lenha com o dedo do pé, sorrindo para as fagulhas. Ele se virou e pareceu notar o garoto olhando-o, branco e perdido.

– Chegue mais perto do calor, garoto, não vou machucá-lo.

O rosto do velho tinha as rugas e a sujeira de décadas de trabalho e preocupação. Era cheio de cicatrizes e parecia uma bolsa costurada. As mãos eram cobertas de veias nodosas que se mexiam por baixo da pele enquanto os protuberantes nós dos dedos se movimentavam. Estava vestido como um viajante, com roupas remendadas e um tecido vermelho-escuro envolvendo o pescoço.

– O que temos aqui? Um peixe da lama! Coisa rara nesta região, mas dizem que é bom de comer. Você poderia cortar uma perna e ela alimentaria nós dois. Eu pararia com o sangramento, garoto, não sou desprovido de truques.

Sobrancelhas gigantescas se ergueram rapidamente em interesse, enquanto ele pensava. Os olhos brilhavam e a boca se abriu para revelar gengivas macias, úmidas e enrugadas. O homem bateu nos bolsos, e as sombras copiaram seus movimentos em paredes de um amarelo-escuro iluminadas apenas pelas chamas.

– Fique parado, garoto, tenho uma faca para você...

A mão, que parecia pedra áspera, se comprimiu contra o rosto, subitamente maior que qualquer mão tinha o direito de ser.

O hálito do velho era quente em seu ouvido, com um fedor de dentes podres.

Ele acordou engasgando e com ânsia de vômito. Seu estômago estava vazio, e a lua tinha subido. Caio ainda estava ao lado, o rosto mal acima da água que parecia vidro negro, a cabeça saindo e entrando na escuridão.

Já bastava. Se a escolha era fracassar ou morrer, então ele fracassaria e não iria se importar com as consequências. Taticamente, era a melhor opção. Algumas vezes é melhor recuar e juntar as forças. Era o que o velho queria que eles soubessem. Ele *queria* que os dois desistissem e provavelmente estava esperando em algum lugar ali perto, aguardando que aprendessem essa lição importantíssima.

Marco não se lembrava do sonho, a não ser do medo de ser sufocado, que ainda sentia. Seu corpo parecia ter perdido a forma familiar e simplesmente ficava parado, pesado e cheio d'água, abaixo da superfície. Tinha se tornado uma espécie de peixe de pele macia, que morava no fundo. Concentrou-se, e sua boca pendeu frouxa, pingando água preta, tão fria quanto ele próprio. Cambaleou para a frente e fez o braço segurar uma raiz. Era a primeira vez que um membro saía da água em onze horas. Sentiu o frio da morte e não se arrependeu. Certo, Caio ainda estava lá, mas eles tinham forças diferentes. Marco não morreria para agradar a um velho gladiador bexiguento.

Adiantou-se, um centímetro de cada vez, com a lama cobrindo o rosto e o peito enquanto se arrastava para a margem. Seu estômago inchado não parecia capaz de boiar na água, como se estivesse cheio por dentro. A sensação, quando todo o seu peso se apoiou no chão duro, foi de êxtase. Ele ficou deitado e começou a tremer em surtos espasmódicos de ânsia de vômito. A bile amarela escorreu dos lábios e se misturou com a lama preta. A noite estava silenciosa, e ele sentiu que tinha acabado de se arrastar para fora da sepultura.

O alvorecer ainda o encontrou ali, e uma sombra bloqueava o sol pálido. Rênio ficou parado e franziu a testa, não para Marco, mas para a figura pálida do garoto ainda na água, de olhos fechados e lábios azuis. Enquanto Marco olhava, viu um súbito espasmo de preocupação atravessar o rosto férreo.

– Garoto! – disse rispidamente a voz que já haviam começado a odiar. – Caio!

A figura na água oscilou na corrente em movimento, mas não houve reação. Um músculo no maxilar de Rênio se trincou e o velho soldado entrou até as coxas no poço, baixando a mão e pondo o garoto de dez anos como se fosse um boneco sobre o ombro. Os olhos se abriram com o movimento súbito, mas não havia foco. Marco se levantou enquanto o velho se afastava com o fardo, obviamente indo de volta para casa. Foi cambaleando atrás, com os músculos doendo.

Atrás deles, Tubruk estava nas sobras da margem oposta, ainda escondido pela folhagem, como estivera a noite toda. Com os olhos estreitos e gélidos como o rio.

RÊNIO PARECIA alimentado por uma fúria constante. Depois de meses de treinamento, os garotos não o tinham visto sorrir, a não ser como zombaria. Nos dias ruins ele coçava o pescoço enquanto gritava com eles e dava a impressão de que ia perder as estribeiras a cada segundo. Piorava ao sol do meio-dia, quando sua pele ficava pintalgada de irritação ao menor erro.

– Segurem a pedra bem na frente! – rosnou para Marco e Caio enquanto eles suavam no calor. A tarefa naquela tarde era ficar com os braços esticados diante do corpo, com uma pedra do tamanho de um punho segura com as mãos. A princípio tinha sido fácil.

Os ombros de Caio estavam doendo e os braços pareciam frouxos. Tentou retesar os músculos, mas eles pareciam fora de controle. Suando, viu a pedra baixar por um espaço equivalente ao tamanho da mão e sentiu uma tira de dor na barriga quando Rênio a acertou com um chicote curto. Seus braços tremiam e os músculos estremeciam com a dor. Concentrou-se na pedra e mordeu o lábio.

– Você não vai deixá-la cair. Vai receber bem a dor. Não vai deixá-la cair.

A voz de Rênio era um cantochão áspero enquanto ele andava em volta dos garotos. Era a quarta vez que levantavam as pedras, e cada vez era mais difícil. Mal lhes permitia um minuto para descansar os braços doloridos antes que viesse de novo a ordem para levantá-los.

– Parem – disse Rênio, olhando para garantir que eles controlassem a descida, com o chicote a postos. Marco estava ofegando, e Rênio curvou os lábios. – Haverá um tempo em que vocês pensarão que não podem suportar mais a dor, e vidas de homens dependerão disso. Vocês poderão estar segurando uma corda pela qual outros estão subindo ou caminhando sessenta quilômetros com equipamento completo para resgatar colegas. Estão ouvindo?

Os garotos assentiram, tentando não ofegar de exaustão, simplesmente satisfeitos por ele estar falando em vez de ordenar que as pedras fossem levantadas de novo.

– Vi homens andando até a morte, caindo na estrada com as pernas ainda se sacudindo e tentando levantá-los. Foram enterrados com honra. Vi homens de minha legião manterem a linha e andarem em formação segurando as tripas com uma das mãos. Foram enterrados com honra. – Ele parou para pensar nas próprias palavras, esfregando a nuca como se tivesse sido picado. – Haverá ocasiões em que vocês quererão simplesmente sentar, desistir. Em que o corpo dirá que tudo acabou e o espírito estará fraco. Essas coisas são falsas. Os selvagens e as feras do campo se deixam abater, mas nós vamos em frente. Vocês acham que acabaram agora? Seus braços estão doendo? Eu digo que vão levantar essa pedra mais uma dúzia de vezes nesta hora e vão segurá-la. E mais uma dúzia se deixarem a pedra baixar mais que o equivalente ao tamanho da mão.

Uma garota escrava estava lavando a poeira de um muro na lateral do pátio. Jamais olhava para os garotos, mas por vezes pulava ligeiramente quando o velho gladiador gritava um comando. Caio viu que ela também parecia exausta, mas tinha notado que era bonita, com o cabelo comprido e escuro e uma túnica solta, de escrava. Seu rosto era delicado, com olhos escuros e a boca cheia, apertada, formando uma linha de concentração no trabalho. Pensou que seu nome era Alexandria.

Enquanto Rênio falava, ela se abaixou para mergulhar o esfregão no balde e parou para tirar a sujeira do pano. A túnica se abriu enquanto ela apertava o pano na água e Caio pôde ver a pele lisa de seu pescoço descendo até as curvas macias dos seios. Pensou que podia ver direto até a pele da barriga e imaginou seus mamilos roçando suavemente o tecido áspero enquanto ela se movia.

Naquele momento, Rênio foi esquecido, apesar da dor nos braços.

O velho parou de falar e girou nos calcanhares para ver o que estava distraindo os garotos da lição. Rosnou ao ver a escrava e foi até ela com três passos rápidos, pegando seu braço num aperto cruel que a fez gritar. Sua voz saiu como um berro.

– Estou ensinando a essas crianças uma lição que vai salvar suas vidas, e você fica mostrando os peitos como uma puta barata!

A garota se encolheu, com medo daquela fúria, afastando-se o máximo possível do pulso que a segurava.

– Eu... – gaguejou, aparentemente atordoada, mas Rênio xingou e segurou-a pelos cabelos. Ela se encolheu de dor e ele virou-a para encarar os garotos.

– Não me importo se existir uma centena dessas por trás das minhas costas. Estou ensinando vocês a se concentrarem!

Num movimento brutal, ele empurrou as pernas da garota para trás com um giro do pé, e ela caiu. Ainda segurando seus cabelos, Rênio levantou o chicote com a outra mão e o baixou com força, em sequência com as palavras.

– Você *não* vai dis*trair* esses *garotos* enquanto eu *ensino*.

A garota chorava quando Rênio a soltou. Ela se arrastou uns dois passos, depois se agachou e saiu correndo do pátio, soluçando.

Marco e Caio olharam perplexos para Rênio enquanto ele se virava para os dois. Sua expressão era assassina.

– Fechem a boca, garotos. Isso nunca foi um jogo. Irei torná-los suficientemente bons e duros para servir à República depois que eu for embora. Não permitirei qualquer tipo de fraqueza. Agora levantem as pedras e segurem até eu mandar parar.

De novo os garotos levantaram os braços, nem mesmo ousando trocar olhares.

NAQUELA NOITE, quando a propriedade estava quieta e Rênio havia partido para a cidade, Caio adiou seu colapso exausto de sempre no sono para visitar o alojamento dos escravos. Sentia culpa por ir ali e estava atento à sombra de Tubruk, mas não poderia explicar o motivo.

Os escravos da casa dormiam sob o mesmo teto da família, numa ala de quartos simples. Não era um mundo que ele conhecesse, e Caio estava nervoso enquanto andava pelos corredores que iam escurecendo, imaginando se deveria bater em portas ou chamar seu nome, se fosse mesmo Alexandria.

Encontrou-a sentada numa laje baixa diante de uma porta aberta. Parecia perdida em pensamentos, e ele pigarreou de leve ao reconhecê-la. Ela se levantou com medo e depois ficou imóvel, olhando para o chão. Tinha limpado a sujeira da pele, que estava lisa e pálida à luz do anoitecer. Seu cabelo estava amarrado atrás com um pedaço de pano e os olhos se arregalaram na escuridão.

– Seu nome é Alexandria? – perguntou ele em voz baixa.

Ela confirmou com a cabeça.

– Vim pedir desculpas pelo que aconteceu hoje. Eu a estava observando em suas tarefas e Rênio pensou que você estava nos distraindo.

Ela ficou perfeitamente imóvel diante dele, mantendo o olhar no chão a seus pés. O silêncio se estendeu por um momento e Caio ruborizou, sem saber como continuar.

– Olhe, sinto muito. Ele foi cruel.

Mesmo assim ela não disse nada. Seus pensamentos eram dolorosos, mas aquele era o filho do senhor. "Sou uma escrava", gostaria de poder dizer. "Cada dia é dor e humilhação. Você não precisa me dizer nada."

Caio esperou mais alguns instantes e depois se afastou, desejando não ter ido ali.

Alexandria o viu se afastar, olhou o passo confiante e a força que Rênio estava desenvolvendo nele. O garoto seria tão maligno quanto aquele velho gladiador quando fosse mais velho. Era livre e romano. Sua compaixão vinha da juventude e estava sendo liquidada rapidamente no pátio de treinamento. O rosto dela estava quente com a raiva que não tinha ousado mostrar. Era uma pequena vitória não ter falado com ele, mas adorou-a mesmo assim.

RÊNIO FAZIA UM relatório do progresso ao fim de cada trimestre. Na noite antes do dia marcado, o pai de Caio voltava de sua casa na capital e recebia o resumo de Tubruk sobre a riqueza da propriedade. Via os garotos e passava alguns minutos a mais com o filho. No dia seguinte recebia Rênio ao alvorecer e os garotos dormiam até mais tarde, agradecidos pela pequena quebra na rotina.

O primeiro relatório tinha sido frustrantemente curto.

– Eles começaram. Os dois têm algum espírito – declarou Rênio, peremptório.

Depois de uma longa pausa, Júlio percebeu que não haveria mais comentários.

– São obedientes? – perguntou, tentando adivinhar o motivo da carência de informações. Era para isso que tinha pagado tanto ouro?

– Claro – respondeu Rênio com a expressão pasma.

– Eles, é... Eles demonstram que são promissores? – insistiu Júlio, recusando-se a deixar que aquela conversa fosse como a última, mas novamente sentindo que estava falando com um de seus tutores, não com um empregado.

– Houve um início. Esse trabalho não se completa rapidamente.

– Nada de valor se completa rapidamente.

Os dois se olharam por um momento e ambos assentiram. A entrevista havia terminado. O velho guerreiro apertou rapidamente a mão de Júlio com um breve toque de pele seca e saiu. Júlio continuou de pé, olhando para a porta que tinha acabado de se fechar.

Tubruk achava os métodos de treinamento perigosos e tinha mencionado um incidente em que os garotos poderiam ter se afogado. Júlio fez uma careta. Sabia que mencionar a preocupação a Rênio romperia o acordo entre eles. Impedir que o velho assassino fosse longe demais ficaria por conta do administrador da propriedade.

Suspirando, sentou-se e pensou nos problemas que enfrentava em Roma. O poder de Cornélio Sila continuava a crescer, trazendo algumas cidades no sul do país para o abrigo de Roma e para longe dos mercadores que as controlavam. Qual era o nome daquela última? Pompeia, alguma cidade de montanha. Com esse tipo de pequenos triunfos Sila mantinha seu nome na mente vazia do público. Comandava um grupo de senadores com uma teia de mentiras, suborno e lisonjas. Eram todos jovens e faziam o velho soldado tremer quando pensava em alguns deles. Era isso que Roma ia virar, ainda em sua vida?

Em vez de levar a sério os negócios do império, eles pareciam viver apenas de prazeres sórdidos do tipo mais dúbio, cultuando no templo de Afrodite e chamando-se de "Novos Romanos". Havia poucas coisas que ainda causavam ultraje nos templos da capital, mas esse novo grupo parecia decidido a encontrar os limites e rompê-los, um a um. Um dos tribunos do povo, que se opunha a Sila sempre que possível, fora achado morto. Isso em si não seria muito notável; ele fora encontrado numa piscina que ficara vermelha devido a uma veia aberta rapidamente em sua perna. Não era um modo incomum de morrer. O problema era que seus filhos também tinham sido achados mortos, o que parecia um alerta para os outros. Não havia pistas nem testemunhas. Era improvável que o assassino fosse encontrado, mas antes que outro tribuno pudesse ser eleito Sila havia forçado a aprovação de uma resolução que dava aos generais mais autonomia no campo. Ele próprio tinha argumentado sobre essa necessidade e fora eloquente e passional em sua persuasão. O Senado votou e seu poder cresceu um pouco mais, enquanto o poder da República ia sendo minado.

Até agora Júlio tinha conseguido permanecer neutro, mas como era aparentado por casamento a outro dos articuladores do poder, Mário, irmão de sua mulher, sabia que afinal precisaria escolher um lado. Um homem sábio podia ver as mudanças chegando, mas o entristecia notar que as igualdades da República eram sentidas como grilhões por um número cada vez maior dos cabeças quentes do Senado. Mário também sentia que um homem poderoso poderia usar a lei em vez de obedecer a ela. Já havia provado isso ao zombar do sistema usado para eleger cônsules. A lei romana dizia que um cônsul só podia ser eleito uma vez pelo Senado e depois deveria deixar o cargo. Recentemente Mário tinha garantido sua terceira eleição com vitórias marciais contra as tribos dos cimbros e dos teutões, que tinha esmagado com a legião Primogênita. Ainda era um leão da Roma emergente, e Júlio teria de procurar a proteção de sua sombra se Cornélio Sila continuasse a ganhar poder.

Favores seriam devidos e parte da autonomia seria perdida se ele jogasse no campo de Mário, mas talvez fosse a única opção sensata. Desejou poder consultar a esposa e ouvir a mente rápida de Aurélia dissecar os problemas, como antigamente. Ela sempre via outro ângulo de um determinado problema ou algum ponto de vista que ninguém conseguia enxergar. Júlio sentia falta de seu sorriso e do modo como ela apertava as palmas das mãos contra seus olhos quando ele estava cansado, trazendo um frescor e uma paz maravilhosos.

Seguiu rapidamente pelos corredores até os aposentos de Aurélia e parou diante da porta, ouvindo a respiração longa e lenta da mulher, praticamente inaudível no silêncio.

Cuidadosamente, entrou no quarto e foi até a figura adormecida, dando-lhe um beijo suave na testa. Ela não se mexeu, e ele se sentou junto à cama, vigiando-a.

Dormindo, ela parecia a mulher que ele recordava. A qualquer momento poderia despertar, e seus olhos iriam se encher de inteligência e espirituosidade. Ela riria ao vê-lo ali sentado na sombra e puxaria as cobertas, convidando-o para seu calor.

– Para quem posso me voltar, meu amor? – sussurrou. – Quem devo apoiar e em quem devo confiar para salvaguardar a cidade e a República? Acho que seu irmão Mário se importa tão pouco com a ideia quanto o próprio Sila. – Ele coçou o queixo, sentindo a barba crescida. – Onde está a segurança de minha mulher e meu filho? Devo entregar minha casa ao lobo ou à serpente?

Só o silêncio respondeu, e ele balançou a cabeça devagar. Levantou-se e beijou Aurélia, imaginando só por um momento a mais que, se seus olhos se abrissem, alguém que ele conhecia estaria olhando. Depois saiu em silêncio, fechando a porta devagar.

Quando Tubruk fez sua ronda naquela noite, as últimas velas tinham se apagado e os cômodos estavam às escuras. Júlio ainda estava sentado em sua cadeira, mas com os olhos fechados; o peito subia e descia lentamente com um baixo assobio de ar saindo do nariz. Tubruk assentiu consigo mesmo, satisfeito por ele estar, naquele momento, distante das preocupações.

NA MANHÃ SEGUINTE, Júlio fez com os dois garotos um pequeno desjejum de pão, frutas e uma tisana quente para contrabalançar o gelo da madrugada. Os pensamentos depressivos da véspera tinham sido superados, e ele estava sentado ereto, com o olhar claro.

– Vocês parecem saudáveis e fortes – disse aos dois. – Rênio os está transformando em dois homens.

Eles riram um para o outro por um segundo.

– Rênio disse que logo estaremos em forma para o treinamento de batalha. Mostramos que podemos suportar calor e frio e começamos a descobrir quais são nossos pontos fortes e fracos. Tudo isso é interno, e ele diz que é o embasamento para a habilidade externa. – Caio falava com animação, as mãos se movendo ligeiramente com as palavras.

Os dois estavam claramente ganhando confiança, e Júlio sentiu por um momento uma pontada de tristeza por não estar participando mais do crescimento deles. Olhando para o filho, imaginou se um dia voltaria para encontrar um estranho.

– Você é meu filho. Rênio treinou muitos, mas nunca um filho meu. Acho que você vai surpreendê-lo. – Júlio olhou para a expressão incrédula de Caio, sabendo que o garoto não estava acostumado a elogios e admiração.

– Vou tentar. E espero que Marco também o surpreenda.

Júlio não olhou para o outro garoto à mesa, mas sentiu seus olhos. Respondeu como se ele não estivesse presente, querendo que aquilo fosse lembrado e irritado com a tentativa de Caio de trazer o amigo para a conversa.

– Marco não é meu filho. Você leva meu nome e minha reputação. Somente você.

Caio baixou a cabeça, constrangido e incapaz de sustentar o olhar estranhamente incisivo do pai.

– Sim, pai – murmurou e continuou a comer.

Às vezes ele desejava que houvesse outras crianças, irmãos ou irmãs com quem brincar e com quem dividir o fardo das esperanças do pai. Claro, Caio não cederia a propriedade a eles, ela era apenas sua, e sempre fora, mas ocasionalmente sentia a pressão como um peso desconfortável. Sua mãe, especialmente quando estava quieta e plácida, arrulhava dizendo que ele era todos os filhos que ela pudera ter, um exemplo perfeito de vida. Dizia frequentemente que gostaria de ter tido filhas para vestir e para quem passar seus conhecimentos, mas a febre que a atacara no nascimento dele havia levado essa chance embora.

Rênio entrou na cozinha quente. Usava sandálias abertas com uma túnica vermelha de soldado e calções curtos que terminavam nas canelas, esticadas sobre músculos quase obscenamente grandes, legado de uma vida como infante nas legiões.

Apesar da idade, parecia explodir de saúde e força vital. Parou diante da mesa, com as costas eretas e os olhos brilhantes e interessados.

– Com sua permissão, senhor, o sol está subindo e os garotos devem correr oito quilômetros antes que ele apareça acima dos morros.

Júlio assentiu e os garotos se levantaram rapidamente, esperando ser dispensados.

– Vão. Treinem duro – falou sorrindo. Seu filho parecia ansioso, o outro... havia alguma outra coisa naqueles olhos escuros e na testa. Raiva? Não, ela havia sumido. Os meninos saíram correndo e de novo os dois homens foram deixados sozinhos. Júlio apontou para a mesa. – Ouvi dizer que você pretende começar logo o treinamento de batalha com eles.

– Eles ainda não estão suficientemente fortes; talvez não fiquem este ano, mas não sou apenas um instrutor de educação física.

– Você chegou a pensar em continuar com o treinamento deles depois do final do contrato de um ano? – perguntou Júlio, esperando que seu modo casual mascarasse o interesse.

– Vou me retirar para o campo no ano que vem. Provavelmente nada mudará isso.

– Então esses dois serão seus últimos alunos, seu último legado a Roma.

Rênio se imobilizou por um segundo, e Júlio não deixou qualquer traço de suas emoções se trair no rosto.

– É uma coisa em que pensar – disse Rênio finalmente, antes de girar nos calcanhares e sair para a luz cinzenta do dia.

Júlio deu um sorriso lupino atrás dele.

6

— Como oficiais, vocês irão a cavalo para a batalha, mas lutar montado não é nossa força principal. Apesar de usarmos a cavalaria para ataques rápidos e esmagadores, são os infantes das 28 legiões que derrubam o inimigo. Cada um dos 150 mil legionários que temos no campo a qualquer momento de qualquer dia pode caminhar 50 quilômetros com armadura completa, carregando uma mochila que tem um terço de seu próprio peso. Depois ele pode lutar contra o inimigo, sem fraqueza e sem reclamação.

Rênio olhou os dois garotos parados no calor do sol do meio-dia, de volta de uma corrida e tentando controlar a respiração. Mais de três anos ele tinha lhes dado, os últimos em que ensinaria. Havia tanto mais para eles aprenderem! Andava em volta dos dois enquanto falava, quase gritando as palavras.

– Não foi a sorte dos deuses que pôs os países do mundo nas palmas de Roma. Não é a fraqueza das tribos estrangeiras que as leva a se jogar contra nossas espadas na batalha. É a nossa *força*, maior e mais profunda que qualquer coisa que eles podem levar ao campo. Esta é nossa primeira tática. Antes mesmo que possam chegar à batalha, nossos homens serão impossíveis de ser dobrados em sua força e em seu moral. Mais, eles terão uma disciplina contra a qual os exércitos do mundo podem se sangrar sem causar efeito. Cada homem saberá que os irmãos ao lado terão de ser mortos para o abandonarem. Isso o torna mais forte que a carga mais heroica ou que os gritos vãos das tribos selvagens. Nós caminhamos para a batalha. Ficamos de pé e eles morrem.

A respiração de Caio ficou mais lenta e seus pulmões pararam de clamar por oxigênio. Nos três anos desde que Rênio tinha chegado à propriedade de seu pai ele havia crescido em tamanho e força. Aproximando-se dos 14 anos, demonstrava sinais do homem que um dia ia ser.

Queimado da cor do carvalho claro pelo sol romano, tinha uma postura tranquila, o corpo magro e atlético, com ombros e pernas fortes. Podia correr durante horas nos morros e ainda ter reserva para um pique de velocidade quando a propriedade do pai surgia de novo.

Marco também tinha passado por mudanças, tanto fisicamente quanto em espírito. Agora a felicidade inocente do menino que ele fora vinha e ia em lampejos. Rênio tinha lhe ensinado a guardar as emoções e as reações. Ele aprendera isso com o chicote e sem qualquer tipo de gentileza durante três longos anos. Também tinha ombros bem desenvolvidos, afinando-se até os pulsos rápidos como o relâmpago, que Caio não podia mais enfrentar. Dentro dele, o desejo de ficar de pé sozinho, sem ajuda de sua linhagem e sem o patrocínio de outros, era como um ácido lento no estômago.

Enquanto Rênio olhava, os dois garotos ficaram calmos e atentos, observando-o cautelosos. Não era raro que ele golpeasse subitamente uma barriga exposta, testando, sempre testando em busca da fraqueza.

– Gládios, senhores. Peguem suas espadas.

Em silêncio eles se viraram e pegaram as espadas curtas em ganchos nas paredes do pátio de treinamento. Pesados cinturões de couro foram afivelados em suas cinturas, com um "sapo" de couro, um suporte para a espada. A bainha deslizou, se acomodando no sapo, muito bem apertada com amarras, para permanecer imóvel caso a lâmina fosse desembainhada subitamente.

Adequadamente ataviados, voltaram à posição de sentido, esperando a próxima ordem.

– Caio, observe. Vou usar o garoto para uma demonstração simples. – Rênio afrouxou os ombros com um estalo e riu enquanto Marco desembainhava lentamente o gládio. – Primeira posição, garoto. Fique de pé como um soldado, se é que se lembra como.

Marco relaxou na primeira posição, pernas separadas na largura equivalente à dos ombros, o corpo ligeiramente de lado, segurando a espada na altura da cintura, pronto para golpear a virilha, a barriga ou a garganta, as três principais áreas de ataque. A virilha e o pescoço eram as prediletas, já que um corte profundo ali significava que o oponente iria sangrar até a morte em segundos.

Rênio mudou o peso do corpo, e a ponta da espada de Marco balançou para seguir o movimento.

– Cortando o ar de novo? Se fizer isso, vou perceber e deduzir seu estilo. Só preciso de uma abertura para cortar sua garganta, só um golpe. Deixe-me adivinhar para que lado você vai mudar o peso e eu o corto em dois. – Ele começou a girar em volta de Marco, que permaneceu relaxado, as sobrancelhas erguidas sobre o rosto inexpressivo. Rênio continuou a falar. – Você quer me matar, não é mesmo, garoto? Posso *sentir* seu ódio. Posso *senti-lo* como um vinho bom no estômago. Ele me anima, garoto. Dá para acreditar?

Marco atacou num movimento súbito, sem aviso, sem qualquer sinal. Tinham sido necessárias centenas de horas de treinamento para ele eliminar todas as suas "dicas", as tensões de músculos que revelavam as intenções. Não importando o quanto fosse rápido, um bom opositor iria estripá-lo se ele sinalizasse suas intenções antes de cada movimento.

Rênio não estava ali quando a estocada cumpriu o seu curso. Seu gládio se comprimiu contra a garganta de Marco.

– De novo. Você foi lento e desajeitado como sempre. Se não fosse mais rápido que Caio, seria o pior que eu já vi.

Marco ofegou e, numa fração de segundo, o gládio aquecido pelo sol estava comprimido contra a parte interna de sua coxa, perto da grande veia pulsante que transportava sua vida.

Rênio balançou a cabeça enojado.

– *Nunca* ouça seu opositor. *Caio* está observando, você está lutando. Concentre-se em como estou me movendo, não em minhas palavras, que simplesmente se destinam a distraí-lo. De novo.

Eles circularam nas sombras do pátio.

– A princípio sua mãe não levava muito jeito na cama. – A espada de Rênio parecia uma serpente enquanto ele falava e foi empurrada bruscamente para o lado com um som de sino. Marco deu um passo e encostou sua lâmina na pele velha e coriácea da garganta de Rênio. Sua expressão era fria e implacável.

– Previsível – murmurou Marco, olhando furioso para os olhos azuis e frios, mesmo assim exasperados.

Ele sentiu uma pressão e baixou os olhos, vendo uma adaga na mão esquerda de Rênio, tocando-o de leve na barriga. Rênio deu um riso.

– Muitos homens vão odiá-lo o bastante para levá-lo junto. São os mais perigosos de todos. Eles podem correr para sua espada e cegá-lo com os polegares. Vi quando uma mulher fez isso a um de meus homens.

– Por que ela o odiava tanto? – perguntou Marco enquanto se afastava um passo, com a espada ainda pronta para a defesa.

– Os vitoriosos sempre serão odiados. É o preço que pagamos. Se o amarem, vão fazer o que você quer, mas quando quiserem. Se o temerem, farão sua vontade, mas quando você quiser. Então, é melhor ser amado ou temido?

– Os dois – disse Caio, sério.

Rênio sorriu.

– Você quer dizer adorado e respeitado, que é o truque impossível se estiver ocupando terras que só são suas pelo direito de força e sangue. A vida nunca é um problema simples, de pergunta e resposta. Sempre há muitas respostas.

Os dois garotos estavam perplexos, e Rênio bufou, irritado.

– Vou mostrar a vocês o que significa disciplina. Vou mostrar o que vocês já aprenderam. Deixem as espadas de lado e voltem à posição de sentido.

O velho gladiador observou os dois com um olhar crítico. Sem aviso, o sino do meio-dia tocou e ele franziu a testa, os modos mudando num instante. Sua voz perdeu a rispidez do tutor e, pela primeira vez, soou baixa e suave.

– Há tumultos por comida na cidade, sabiam? Grandes bandos que destroem propriedades e se espalham como ratos quando alguém tem coragem para desembainhar uma espada contra eles. Eu deveria estar lá, não brincando com crianças. Ensinei-lhes durante dois anos a mais que o acordo original. Vocês não estão prontos, mas não vou desperdiçar mais dos meus últimos anos com vocês. Hoje é sua última lição. – Ele se adiantou até Caio, que olhava para a frente, resoluto. – Seu pai deveria ter se encontrado comigo aqui e ouvido meu relatório. O fato de estar atrasado pela primeira vez em três anos me diz o quê?

Caio pigarreou com a garganta seca.

– Os tumultos em Roma estão piores do que você acreditava.

– Sim. Seu pai não estará aqui para ver esta última aula. Pena. Se ele estiver morto e eu os matar, quem vai herdar a propriedade?

Caio piscou, confuso. As palavras do sujeito pareciam se chocar com seu tom de voz razoável. Era como se estivesse encomendando uma túnica nova.

– Meu tio Mário, se bem que ele está com a legião Primogênita. Não estará esperando...

– Tem um bom nível a Primogênita, saiu-se bem no Egito. Minha conta será mandada a ele. Agora vou favorecer você como atual senhor da propriedade na ausência de seu pai. Quando estiver pronto, vai me encarar de verdade, não como treino, não até o primeiro sangue, mas num ataque como o que você talvez enfrentasse caso estivesse andando pelas ruas de Roma hoje entre os amotinados. Vou lutar com justiça, e se me matar pode se considerar formado de minha tutela.

– Por que nos matar depois de todo o tempo que gastou... – disse Marco bruscamente, rompendo a disciplina para falar sem permissão.

– Em algum momento vocês precisarão encarar a morte. Não posso continuar a treiná-los, e há uma última lição a aprender, sobre medo e raiva.

Por um momento Rênio pareceu inseguro, mas então sua cabeça se empertigou e a "tartaruga que morde", como os escravos o chamavam, estava de volta, com uma intensidade e uma energia avassaladoras.

– Vocês são meus últimos alunos. Minha reputação, enquanto me aposento, está em seus pescoços lamentáveis. Não vou deixar que saiam mal treinados, para que meu nome seja enegrecido por seus feitos. Meu nome é uma coisa que passei a vida inteira protegendo. É tarde demais para admitir perdê-lo agora.

– Nós não iríamos envergonhá-lo – murmurou Marco, quase consigo mesmo.

Rênio se virou para ele.

– Cada golpe seu me envergonha. Você corta como um açougueiro atacando uma carcaça de touro, em fúria. Não consegue controlar o humor. Cai na armadilha mais simples enquanto o sangue lhe sai da cabeça! E VOCÊ! – Ele se virou para Caio, que tinha começado a rir. – Você não pode manter os pensamentos longe da virilha por tempo suficiente para se tornar um romano. *Nobilitas*? Meu sangue esfria ao pensar em garotos como vocês levando em frente minha herança, minha cidade, meu povo.

Caio abandonou o riso à referência da garota escrava que Rênio tinha chicoteado na frente deles por tê-los distraído. Isso ainda o envergonhava, e uma raiva lenta começou a crescer enquanto o discurso continuava.

– Caio, você pode escolher qual dos dois vai duelar primeiro. Sua primeira decisão tática! – Rênio se virou e se afastou para o quadrado de lutas desenhado em mosaico no pátio de treinamento. Esticou os músculos das pernas atrás deles, aparentemente sem ver seus olhares perplexos.

– Ele enlouqueceu – sussurrou Marco. – Vai matar nós dois.

– Ele ainda está jogando – disse Caio, sério. – Como aconteceu no rio. Vou pegá-lo. Acho que consigo. É claro que não vou recusar o desafio. Se é assim que devo mostrar que ele me ensinou bem, que seja. Agradecerei com seu próprio sangue.

Marco olhou para o amigo e viu sua decisão. Sabia que, por mais que não quisesse que qualquer dos dois lutasse com Rênio, era ele que tinha mais chance. Nenhum dos dois venceria totalmente, mas Marco tinha velocidade para levar o velho junto para o vazio.

– Caio – murmurou ele. – Deixe-me ir primeiro.

Caio o encarou, como se quisesse avaliar seus pensamentos.

– Não desta vez. Você é meu amigo. Não quero vê-lo matar você.

– Nem eu quero vê-lo matar você. Porém sou o mais rápido de nós, tenho mais chances.

Caio relaxou os ombros e deu um sorriso tenso.

– Ele é apenas um velho, Marco. Volto num instante.

Sozinho, Caio assumiu sua posição.

Rênio o encarou através dos olhos apertados por causa do sol.

– Por que escolheu lutar antes?

Caio deu de ombros.

– Toda vida acaba. Escolhi, e isso basta.

– Certo, basta. Comece, garoto. Vamos ver se aprendeu alguma coisa.

Suavemente, tranquilamente, começaram a se mover um ao redor do outro, gládios levantados, a lâmina na horizontal captando o sol.

Rênio fintou com um movimento súbito do ombro. Caio leu a finta e com uma estocada forçou o velho a dar um passo atrás. As lâminas se chocaram, e a luta começou. Eles golpearam e apararam, juntaram-se com músculos retorcidos e o jovem foi jogado para trás pelo velho guerreiro, esparramando-se na terra.

Pela primeira vez, rosto impassível, Rênio não zombou dele. Caio se levantou devagar, equilibrado. Não poderia ganhar com a força.

Deu dois passos rápidos para a frente e levantou a lâmina num movimento elegante, passando pela defesa e cortando fundo a pele cor de mogno do peito de Rênio.

O velho grunhiu de surpresa enquanto o garoto continuava o ataque sem parar, um movimento de corte após outro. Cada um era aparado com minúsculas mudanças do peso do corpo e pequenos movimentos da lâmina. O garoto claramente iria se cansar ao sol, pronto para a faca do açougueiro.

O suor escorreu nos olhos de Caio. Sentia-se desesperado, incapaz de pensar em novos movimentos que pudessem dar certo contra aquela coisa endurecida, de madeira, que o lia e aparava seus golpes com tanta facilidade. Bateu de cima para baixo e errou. Ao se desequilibrar, Rênio estendeu o braço direito, enfiando a lâmina na parte inferior do abdômen, que estava exposta.

Caio sentiu a força ir embora. Suas pernas pareciam gravetos fracos e se dobraram fora de controle, parecendo de borracha, sem dor. O sangue pingou na terra, mas as cores tinham sumido do pátio, substituídas pelas batidas do coração e por clarões nos olhos.

Rênio baixou a cabeça e Caio pôde ver seus olhos brilharem com a umidade. O velho estava chorando?

– Não... foi... bom... o bastante – cuspiu o velho gladiador. Rênio se adiantou, com os olhos cheios de dor.

A claridade do sol foi bloqueada por uma barra de sombra enquanto Marco passava a espada por baixo da pele frouxa da garganta do velho guerreiro. Um passo atrás de Rênio, ele pôde ver o velho se enrijecer de surpresa.

– Esqueceu de mim? – Seria obra de um único pensamento puxar a lâmina para trás com força e acabar com o velho maligno, mas Marco tinha olhado o corpo de seu amigo e sabia que a vida estava jorrando dele. Permitiu que a fúria crescesse por um momento e a chance de uma morte rápida desapareceu enquanto Rênio se afastava com um movimento ágil e levantava a espada de novo. Seu rosto era de pedra, mas os olhos brilhavam.

Marco começou o ataque, passando pela guarda e voltando antes que o velho tivesse chance de se mexer. Se estivesse tentando um golpe fatal, teria acertado, já que o velho estava imóvel, o rosto rígido de tensão. Como aconteceu, o golpe foi simplesmente para afrouxar, e a vida do velho voltou num jorro.

– Você não consegue me matar nem quando fico parado para o golpe? – disse Rênio com rispidez enquanto começava a circular de novo, mantendo o lado direito virado para Marco.

– Você sempre foi um idiota, tem o orgulho de um idiota. – Marco quase rosnava para ele, forçado a prestar atenção àquele homem enquanto seu amigo morria no calor, sozinho.

Atacou de novo. Seus pensamentos se transformavam em atos, sem reflexão ou decisão, simplesmente golpes e movimentos, impossíveis de ser parados. Bocas vermelhas se abriam no corpo velho e Marco podia ouvir o sangue batendo no pó como chuva de primavera.

Rênio não teve tempo para falar de novo. Defendia-se desesperadamente, o rosto mostrando o choque por um segundo antes de se assentar na máscara de gladiador. Marco movia-se com graça e equilíbrio extraordinários, rápido demais para a defesa, um guerreiro nato.

De novo e de novo, o velho só sabia que tinha aparado um golpe quando ouvia o choque de metal enquanto seu corpo se movia e reagia sem pensamento consciente. Sua mente parecia afastada da luta.

Seus pensamentos falaram em voz seca:

– Sou um velho idiota. Este deve ser o melhor que já treinei, mas matei o outro; foi um golpe mortal.

Seu braço esquerdo pendeu, balançando obsceno e frouxo, o músculo do ombro cortado. A dor era como um martelo, e ele sentiu a exaustão súbita acertá-lo, como se os anos finalmente o alcançassem. O garoto nunca tinha sido tão rápido, era como se a visão de seu amigo agonizante tivesse aberto portas por dentro.

Rênio sentiu as forças abandonando-o num suspiro de desespero. Tinha visto muitos nesse ponto, quando o espírito não pode levar a carne adiante. Levantava sem energia a lâmina sofrida do gládio, golpeando, ele sabia, pela última vez.

– Pare, ou o derrubo onde você está – disse uma voz nova, em tom baixo, mas de algum modo atravessando o pátio e a casa.

Marco não parou. Tinha sido treinado a não reagir a provocações e ninguém iria lhe tirar aquela morte. Retesou os ombros para projetar a lâmina de ferro.

– Esse arco vai matá-lo, garoto. Baixe a espada.

Rênio olhou Marco nos olhos, vendo por um momento a loucura ali. *Sabia* que o garoto iria matá-lo, e então a luz sumiu e o controle retornou.

Mesmo com o calor do próprio sangue esquentando seus membros, o pátio parecia frio para o velho, que olhou Marco deslizar para trás, saindo do alcance, e depois se virar para o recém-chegado. Raramente Rênio tivera tanta certeza da morte chegando.

Havia um arco com uma ponta de flecha brilhante. Um velho, mais velho que Rênio, segurava o arco sem um tremor nos músculos, apesar da força necessária para esticar a corda. Usava um manto marrom grosseiro e tinha um sorriso esticado sobre apenas alguns dentes.

– Ninguém precisa morrer aqui hoje. Eu sei. Deixe a arma de lado e permita que eu chame os médicos e que tragam bebidas frescas para vocês.

A realidade voltou para Marco num jorro. O gládio caiu de sua mão enquanto ele falava.

– Caio, meu amigo, está ferido. Talvez morra. Ele precisa de ajuda.

Rênio se abaixou, apoiando-se num joelho, incapaz de ficar de pé. Sua espada caiu dos dedos sem nervos e a mancha vermelha se espalhou em volta dele enquanto sua cabeça pendia. Marco passou por ele sem olhar para baixo, indo até onde Caio estava.

– Vejo que o apêndice dele foi rompido – disse o velho por cima do ombro.

– Então ele está morto. Quando o apêndice incha, é sempre fatal. Nossos médicos não podem remover o apêndice inchado.

– Já fiz isso uma vez. Chame os escravos da casa para levarem o garoto para dentro. Que peguem bandagens e água quente.

– O senhor é médico? – perguntou Marco, examinando os olhos do homem em busca de esperança.

– Aprendi alguma coisa em minhas viagens. Isso ainda não acabou. – Os olhos deles se encontraram.

Marco desviou o olhar, assentindo consigo mesmo. Confiava no estranho, mas não saberia dizer por quê.

Rênio deslizou de costas, com o peito mal se movendo. Parecia o que era: um velho frágil e marrom como um graveto, endurecido mas quebradiço ao sol romano. Enquanto o olhar de Marco caía sobre ele, Rênio tentou se levantar, estremecendo de fraqueza.

Marco sentiu uma mão apertar seu ombro, interrompendo a fúria que crescia de novo. Tubruk estava ao lado, o rosto negro de raiva. Marco podia sentir a mão do velho gladiador tremendo ligeiramente.

– Relaxe, garoto. Não haverá mais luta. Mandei chamar Lúcio e o médico de sua mãe.

– Você viu? – gaguejou Marco.

Tubruk apertou com mais força.

– O fim. Esperava que você o matasse – falou sério, olhando para o lugar onde Rênio sangrava. A expressão de Tubruk era dura enquanto se virava de volta para o recém-chegado.

– Quem é você, ancião? Um caçador ilegal? Esta é uma propriedade particular.

O velho se levantou lentamente e encarou Tubruk.

– Apenas um viajante.

– Ele vai morrer? – interrompeu Marco.

– Não hoje, acho – respondeu o velho. – Isso não aconteceria logo depois de eu ter chegado, não sou um hóspede agora?

Marco piscou, confuso, tentando equilibrar o som razoável das palavras com a dor e a fúria que ainda faziam um redemoinho por dentro.

– Nem sei o seu nome – disse ele.

– Sou Cabera – disse o velho em voz baixa. – Paz, agora. Vou ajudá-lo.

7

Caio voltou à consciência acordado por vozes iradas no quarto. Sua cabeça latejava e ele sentia fraqueza em cada osso. A dor embaixo da cintura vinha em grandes ondas, com latejamentos respondendo em pontos de pulsação por todo o corpo. Sua boca estava seca e ele não podia falar nem manter os olhos abertos. A escuridão era suave e vermelha, e ele tentou dormir de novo, ainda não querendo se juntar à luta consciente outra vez.

– Removi o apêndice perfurado e amarrei os vasos cortados. Ele tinha perdido muito sangue, que vai demorar a ser reposto, mas é jovem e forte. – A voz de um estranho. Seria um dos médicos da propriedade? Caio não sabia nem se importava. Desde que não fosse morrer, eles poderiam simplesmente deixá-lo sozinho para ficar bom.

– O médico de minha esposa diz que você é um charlatão – disse a voz de seu pai, disso não havia dúvida.

– Ele não quis operar um ferimento assim, de modo que o senhor não perdeu nada, não é? Já removi um apêndice antes, não é uma operação fatal. O único problema é o surto de febre, contra o qual ele deve lutar sozinho.

– Disseram-me que isso era sempre fatal. O apêndice incha e estoura. Não pode ser retirado como se corta um dedo.

Seu pai parecia cansado, pensou Caio.

– Mesmo assim eu o fiz. E também fiz curativos no velho. Ele também vai se recuperar, se bem que nunca mais lutará de novo com o dano no ombro esquerdo. Todos vão sobreviver. O senhor deveria ir dormir.

Caio ouviu passos atravessarem o quarto e sentiu a pele quente e seca da mão de seu pai sobre a testa úmida.

– Ele é meu único filho, como posso dormir, Cabera? Você dormiria, se fosse o seu?

– Eu dormiria como um bebê. Fizemos tudo o que era preciso fazer. Vou continuar a cuidar dele, mas o senhor deve descansar. – A outra voz parecia gentil, mas não com o tom suave dos médicos que cuidavam de sua mãe. Havia um traço de sotaque estrangeiro, um ritmo melífluo enquanto ele falava.

Caio afundou no sono de novo, como se estivesse com um peso escuro sobre o peito. As vozes continuavam nos limites da audição, entrando e saindo de sonhos febris.

– Por que não fechou o ferimento com pontos? Vi muitos ferimentos de batalha, mas nós os fechamos e atamos.

– É por isso que o grego não gosta dos meus métodos. O ferimento precisa ter um dreno para o pus que vai enchê-lo quando a febre aumentar. Se eu apertasse muito ao fechá-lo, o pus não teria para onde ir e envenenaria a carne. Então ele certamente morreria, como acontece com a maioria dos outros. Isso pode salvá-lo.

– Se ele morrer, eu mesmo cortarei o seu apêndice.

Houve um risinho e algumas palavras numa língua estranha que ecoou nos sonhos de Caio.

– O senhor teria dificuldade para encontrá-lo. Aqui está a cicatriz de quando meu pai o retirou há muitos anos. Usando o dreno.

O pai de Caio falou em tom definitivo:

– Então vou confiar em seu julgamento. Terá meus agradecimentos e ainda mais, se ele sobreviver.

CAIO ACORDOU quando a mão fria tocou sua testa. Olhou para um par de olhos azuis brilhando na pele cor de nogueira.

– Meu nome é Cabera, Caio. É bom conhecê-lo finalmente, e neste momento de sua vida. Viajei milhares de quilômetros. É o bastante para me fazer acreditar nos deuses por ter chegado aqui quando eu era necessário. Concorda?

Caio não podia responder. A língua estava grossa e sólida na boca. Como se lesse seus pensamentos, o velho estendeu a mão e chegou-lhe aos lábios uma tigela rasa com água.

– Beba um pouco. A febre está queimando a umidade de seu corpo.

As poucas gotas escorreram para sua boca e aliviaram-no da saliva pegajosa que tinha se juntado ali. Caio tossiu e seus olhos se fecharam de novo. Cabera olhou o garoto e suspirou por um momento. Verificou que não houvesse ninguém em volta e em seguida pôs as mãos velhas e ossudas sobre o ferimento, em volta do fino tubo de madeira de onde pingava um líquido gosmento.

De suas mãos vinha um calor que Caio podia sentir mesmo nos sonhos. Sentia gavinhas de calor se espalhando no peito e se acomodando nos pulmões, limpando o líquido.

O calor cresceu até ser quase doloroso, e então Cabera afastou as mãos e ficou sentado, imóvel, com a respiração subitamente áspera e entrecortada.

Caio abriu os olhos novamente. Ainda se sentia fraco demais para se mexer, mas a sensação de líquido se mexendo por dentro tinha sumido. Podia respirar de novo.

– O que fez? – murmurou.

– Ajudei um pouquinho, não foi? Você precisava de um pouco de ajuda, mesmo depois de todas as minhas habilidades de cirurgião. – No rosto velho havia profundas rugas de cansaço, mas os olhos ainda brilhavam junto das dobras escuras. A mão estava novamente encostada em sua testa.

– Quem é você? – sussurrou Caio.

O velho deu de ombros.

– Ainda estou procurando uma resposta para isso. Fui mendigo e chefe de um povoado. Penso em mim mesmo como alguém que procura verdades, com uma nova verdade para cada lugar aonde chego.

– Pode ajudar minha mãe? – Caio mantinha os olhos fechados, mas pôde ouvir um suspiro baixo que vinha do homem.

– Não, Caio. O problema dela está na mente ou na alma, talvez. Posso ajudar um pouco com a dor física, mas nada além. A dor física é muito mais simples. Sinto muito. Durma agora, garoto. O sono é o médico verdadeiro, não eu.

A escuridão chegou como se tivesse recebido uma ordem.

QUANDO CAIO acordou de novo, Rênio estava sentado na cama, o rosto inexpressivo como sempre. Ao abrir os olhos, Caio captou a mudança na aparência do professor. Seu ombro esquerdo estava bem amarrado perto do corpo e havia uma palidez sob a pele escurecida pelo sol.

– Como vai, garoto? Nem posso dizer como é bom vê-lo melhorando. Aquele velho estranho deve ser milagreiro. – A voz, pelo menos, era a mesma, direta e dura.

– Acho que talvez seja, sim. Estou surpreso em vê-lo aqui depois de ter quase me matado – murmurou Caio, sentindo o coração bombear mais rápido enquanto as lembranças voltavam. Sentiu o suor brotar na testa.

– Não pretendia cortá-lo tanto. Foi um erro. Lamento muito. – O velho o encarou pedindo perdão, e ficou à espera.

– Não lamente. Estou vivo e você também. Até você comete erros.

– Quando pensei que o tinha matado... – Havia dor no rosto velho.

Caio lutou para se sentar e descobriu, para sua surpresa, que as forças estavam voltando.

– Não me matou. Sempre terei orgulho em dizer que foi você quem me treinou. Não devemos mais falar sobre isso. Está feito.

Por um segundo, Caio ficou pasmo com o ridículo de um garoto de 13 anos consolando o velho gladiador, mas as palavras saíram facilmente enquanto ele percebia que tinha um afeto genuíno por aquele homem, especialmente agora que podia vê-lo como um homem e não como um guerreiro perfeito, esculpido numa pedra estranha.

– Meu pai ainda está aqui? – perguntou, esperando que estivesse.

Rênio balançou a cabeça.

– Precisou voltar à cidade, mas ficou sentado junto de sua cama durante os primeiros dias, até ter certeza de que você estava se curando. Os tumultos ficaram piores, e a legião de Sila foi chamada para restabelecer a ordem.

Caio assentiu e estendeu a mão com o punho fechado.

– Gostaria de poder estar lá para ver a legião passar pelos portões.

Rênio sorriu do entusiasmo do garoto.

– Desta vez não vai dar, mas você verá mais da cidade quando ficar bom. Tubruk está aí fora. Está suficientemente forte para vê-lo?

– Estou me sentindo muito melhor. Quase normal. Quanto tempo faz?

– Uma semana. Cabera lhe deu ervas para dormir. Mesmo assim você se curou numa rapidez incrível, e já vi muitos ferimentos. Aquele velho diz que é vidente. Acho que ele tem um pouco de magia. Vou chamar Tubruk.

Enquanto Rênio se levantava, Caio estendeu a mão.

– Você vai ficar?

Rênio sorriu, mas balançou a cabeça.

– O treinamento terminou. Vou para minha pequena vila, quero envelhecer em paz.

Caio hesitou.

– Você... tem família?

– Já tive, uma vez, mas todos se foram há muito. Vou passar minhas tardes com os outros velhos, contando mentiras e bebendo um bom vinho tinto. Mas vou ficar de olho em você. Cabera diz que você é especial, e não acredito que o velho demônio erre com muita frequência.

– Obrigado – disse Caio, incapaz de colocar em palavras o que o velho gladiador tinha lhe dado.

Rênio assentiu e segurou sua mão num aperto firme. Depois saiu e o quarto pareceu subitamente vazio.

Tubruk preencheu o vão da porta e deu um sorriso lento.

– Você está melhor. Há cor em suas bochechas.

Caio riu para ele, começando a sentir que voltava a ser quem era.

– Estou mais forte. Tive sorte.

– Não é isso. Cabera é o responsável. Ele é um homem espantoso. Deve ter uns oitenta anos, mas quando o último médico de sua mãe reclamou sobre como você estava sendo tratado Cabera levou-o para fora e lhe deu uma surra. Eu não ria tanto há muito tempo. Ele tem muita força naqueles braços magros, e também uma direita rápida. Você devia ter visto. – Tubruk riu da lembrança, depois seu rosto ficou sério. – Sua mãe queria ver você, mas achamos que isso iria... perturbá-la muito, enquanto você não estivesse bem. Vou trazê-la amanhã.

– Pode ser agora. Não estou cansado demais.

– Não. Ainda está fraco, e Cabera diz que não deve ser incomodado pelas visitas.

O rosto de Caio demonstrou uma surpresa zombeteira ao ver que Tubruk estava aceitando conselhos de alguém.

Tubruk sorriu de novo.

– Bem, como eu disse, ele é um homem espantoso, e depois do que conseguiu, o que ele diz fica valendo, pelo menos em relação a você. Só deixei Rênio entrar porque ele vai embora hoje.

– Fico feliz por você ter permitido. Não gostaria de deixar negócios pendentes.

– Foi o que pensei.

– Estou surpreso em ver que você não arrancou a cabeça dele – disse Caio rindo.

– Cheguei a pensar nisso, mas acidentes acontecem nos treinamentos. Ele simplesmente foi longe demais, só isso. Apesar de tudo, Rênio tem orgulho de vocês dois. Acho que o velho sacana passou a gostar de você, especialmente por causa da teimosia: você é tão ruim quanto ele, acho.

– Como está Marco?

– Doido para entrar aqui, claro. Você pode tentar convencê-lo de que não foi culpa dele. Ele diz que deveria ter obrigado você a deixá-lo lutar primeiro, mas...

– Foi minha decisão e não me arrependo. Sobrevivi, afinal de contas.

Tubruk fungou.

– Não fique confiante demais. Vê-lo sobreviver a um ferimento daqueles nos faz acreditar no poder das orações. Se não fosse Cabera, não teria sobrevivido. Deve sua vida a ele. Seu pai vem tentando fazer com que ele aceite algum tipo de recompensa, mas ele não quer nada, a não ser a hospedagem. Ainda não sei realmente por que está aqui. Ele parece acreditar... que nós somos movidos pelos deuses do mesmo modo como jogamos dados, e que eles queriam que ele visse a gloriosa cidade de Roma antes de estar velho demais. – O rude ex-escravo ficou perplexo, e Caio pensou que em nada ajudaria mencionar sua estranha lembrança do calor das mãos de Cabera. Isso chamaria atenção, sem dúvida. – Vou mandar que tragam um pouco de sopa. Quer pão fresco também?

O estômago de Caio não queria outra coisa, e Tubruk saiu, sorrindo de novo.

RÊNIO SUBIU com dificuldade à sela de seu cavalo castrado. O braço esquerdo estava inútil, e a dor era mais que a simples dor dos ferimentos se curando, que ele conhecera tantas vezes.

Estava satisfeito por não haver serviçais ou escravos por perto para ver sua falta de jeito. A grande casa da propriedade parecia deserta.

Finalmente, conseguiu prender o corpo do cavalo com as pernas, permitindo que os músculos sustentassem o peso. Mesmo com a noite chegando, estaria de volta à cidade antes da escuridão completa. Suspirou ao pensar. Realmente, o que havia lá para ele agora? Venderia sua casa, se bem que os preços tivessem caído durante os tumultos. Talvez fosse melhor esperar até as ruas estarem calmas novamente. Com Sila indo para a cidade no comando de sua legião, haveria execuções e flagelações públicas, mas a ordem acabaria sendo restaurada. Já havia acontecido antes. Os romanos não gostavam de ter guerra às suas portas. Empolgavam-se em ouvir falar de exércitos de bárbaros vencidos, mas ninguém gostava da brutalidade da lei marcial, com toques de recolher e a escassez de comida que inevitavelmente...

Ouviu um som e seus pensamentos foram interrompidos.

Marco estava parado olhando-o, com o rosto calmo.

– Vim me despedir.

Quase inconscientemente Rênio notou os ombros desenvolvidos e a postura tranquila do garoto. Ele ganharia renome em algum futuro que o velho guerreiro não estaria presente para ver.

Um tremor tocou-o junto com o pensamento. Ninguém vive para sempre, nem um Alexandre, um Cipião ou um Aníbal, nem mesmo um Rênio.

– Fico feliz porque Caio está se curando – respondeu Rênio em voz clara.

– Eu sei. Não vim para me indispor com você, mas para pedir desculpas – respondeu Marco, olhando a areia junto aos pés.

Rênio levantou as sobrancelhas.

Marco respirou fundo.

– Desculpe não ter matado você, seu sacana pervertido e mau. Se nossos caminhos se cruzarem de novo no futuro, vou cortar sua garganta.

Rênio oscilou na sela, como se as palavras fossem socos. Podia sentir o ódio, que o animou imensamente. O riso ameaçou dominá-lo enquanto o frangote fazia suas ameaças, mas ele percebeu que poderia dar um último presente ao pupilo se escolhesse as palavras com cuidado.

– Esse ódio vai matá-lo, garoto. E então você não vai estar presente para ajudar Caio.

– Sempre estarei presente para ele.

– Não. A não ser que consiga segurar o mau gênio. Você vai morrer em alguma briga num bar fedorento, a não ser que consiga encontrar a calma dentro de si. Você teria me matado, sim; na minha idade, minha energia se dissolve mais rápido do que gosto de admitir. Mas se tivéssemos nos encontrado quando eu era jovem, eu o teria cortado mais rápido que o trigo tomba diante da faca. Lembre-se disso na próxima vez em que encontrar um jovem com reputação a defender.

Então Rênio deu um sorriso, e foi como ver os dentes de um tubarão, os lábios recuando numa expressão cruel.

– Talvez ele tenha essa chance mais cedo do que você imagina – disse Cabera saindo das sombras.

– O quê? Você estava ouvindo, velho demônio? – disse Rênio ainda sorrindo, apesar de sua expressão ter se suavizado ao ver o curandeiro, a quem tinha passado a respeitar.

– Olhe para a cidade. Acho que você não vai a lugar nenhum esta noite – continuou Cabera com a expressão séria.

Marco e Rênio se viraram para olhar por cima dos morros. Apesar de Roma estar escondida por uma elevação, um brilho laranja ia ficando mais forte enquanto eles olhavam horrorizados.

– Pelos bagos de Júpiter, incendiaram a cidade! – cuspiu Rênio. Sua cidade amada.

Por um momento, pensou em esporear o cavalo, sabendo que seu lugar seria nas ruas. Os homens conheciam seu rosto, ele poderia ajudar a restaurar a ordem. Quando a mão fria tocou seu tornozelo, ele olhou para o rosto do velho Cabera.

– Às vezes eu vejo o futuro. Se for para lá agora, estará morto ao alvorecer. Acredite.

Rênio se remexeu e o capão bateu com os cascos na areia, sentindo suas emoções.

– E se eu ficar? – perguntou rispidamente.

Cabera deu de ombros.

– Talvez morra aqui também. Os escravos virão saquear este lugar. Não temos muito tempo.

Marco ficou boquiaberto diante das palavras. Havia quase quinhentos escravos na propriedade. Se todos enlouquecessem, haveria carnificina. Sem outra palavra, correu para as construções, gritando para que Tubruk desse o alarma.

– Gostaria de uma ajuda para desmontar desse belo capão? – perguntou Cabera com os olhos muito abertos e inocentes.

Rênio fez uma careta, subitamente capaz de recobrar sua raiva usual, apesar do tom afável do velho.

– Os deuses não nos dizem o que vai acontecer – disse ele.

Cabera deu um sorriso triste.

– Antigamente eu acreditava nisso. Quando era jovem e arrogante, achava que de algum modo eu era capaz de ler a mente das pessoas, ver seu eu verdadeiro e adivinhar o que elas fariam. Passaram-se anos antes de eu ter humildade suficiente para saber que não poderia ser eu. Não era como olhar através de uma janela. Eu simplesmente olho para você e para a cidade e sinto a morte. Por que não? Muitos homens têm talentos que quase podem ser mágicos para os que não os têm. Pense desse modo, se isso o deixa mais confortável. Venha. Você será necessário aqui esta noite.

Rênio fungou.

– Imagino que tenha ganhado um bocado de dinheiro com esse talento, não é?

– Uma ou duas vezes, sim, mas o dinheiro não fica comigo. Ele se esgueira para as mãos dos mercadores de vinho, das mulheres fáceis e dos jogadores. Tudo que tenho são minhas experiências, mas elas valem mais que moedas.

Depois de pensar alguns instantes, Rênio aceitou a ajuda de Cabera e não se surpreendeu ao descobrir sua mão firme e forte, depois de ver aqueles ombros magros puxarem o arco pesado no pátio de treinamento.

– Você vai precisar segurar a bainha da minha espada para mim, velho. Eu ficarei bem quando minha espada estiver desembainhada. – Ele começou a puxar o cavalo de volta para os estábulos, acariciando o focinho do animal e murmurando que os dois viajariam mais tarde, quando tudo aquilo acabasse. Parou um momento.

– Você pode ver o futuro?

Cabera riu e pulou de um pé para o outro, achando divertido.

– Você quer saber se vai sobreviver ou morrer aqui, não é? É o que todos perguntam.

Rênio sentiu seu azedume de sempre voltando com força total.

– Não. Acho que não quero saber. Guarde para você, mago. – Ele guiou o cavalo sem olhar para trás, com os ombros mostrando irritação.

Quando ele saiu, o rosto de Cabera se encheu de sofrimento. Gostava do sujeito e estava satisfeito em achar que algum tipo de decência ainda residia em seu coração, apesar da fama e do dinheiro que tinha ganhado na vida.

– Talvez eu devesse tê-lo deixado ir embora e definhar com os outros velhos, meu amigo – murmurou consigo mesmo. – Talvez você até encontrasse a felicidade em outro lugar. No entanto, se partisse, os garotos sem dúvida seriam mortos, por isso acho que este é um pecado com o qual preciso viver.

Seus olhos estavam vazios quando ele se virou para os grandes portões da muralha externa da propriedade e começou a fechá-los. Imaginou se também morreria naquela terra estrangeira, desconhecido em sua própria. Imaginou se o espírito de seu pai estaria próximo e vigiando, e decidiu que provavelmente não. Seu pai pelo menos tinha o bom-senso de não se sentar na caverna esperando a chegada do urso.

CASCOS GALOPANDO soaram a distância. Cabera manteve o portão principal aberto enquanto via a figura que se aproximava. Seria o primeiro atacante ou um mensageiro de Roma? Amaldiçoou sua vista que permitia esses vislumbres fragmentados do futuro e nunca alguma coisa que o envolvesse. Lá estava ele, segurando a porta para o cavaleiro, e não recebia aviso. As visões mais claras eram aquelas com as quais ele não tinha envolvimento, o que provavelmente era uma lição dos deuses – uma lição desperdiçada com ele. Tinha descoberto que não poderia levar a vida como observador.

Uma cauda de poeira escura seguia o cavaleiro, mal aparecendo no escuro do crepúsculo que chegava.

– Segure o portão aberto! – ordenou uma voz.

Cabera levantou a sobrancelha. O que o homem achava que ele estava fazendo?

Júlio, o pai de Caio, chegou pela abertura como um trovão. Seu rosto estava vermelho, e suas roupas ricas estavam manchadas de fuligem.

– Roma está pegando fogo – disse enquanto pulava no chão. – Mas eles não entrarão em minha casa. – Naquele momento reconheceu Cabera e deu um tapinha em seu ombro, cumprimentando-o. – Como está meu filho?

– Bem, eu... – Cabera parou, enquanto a versão vigorosa e mais velha de Caio se afastava para organizar as defesas. O nome de Tubruk ecoou pelos corredores internos da propriedade.

Cabera ficou perplexo por um momento. As visões tinham mudado um pouco – aquele homem era uma força da natureza e poderia ser o bastante para desequilibrar a balança a favor deles.

Sua mente se esvaziou novamente, enquanto ouvia os gritos se erguendo nos campos. Murmurando frustrado, Cabera subiu a escada para cima da muralha da propriedade, para usar seus olhos onde sua visão interna tinha falhado.

A escuridão preenchia todos os horizontes, mas Cabera podia ver pequenos pontos de luz se movendo nos campos, reunindo-se e se multiplicando como vaga-lumes. Cada um devia ser uma lamparina ou uma tocha carregada por escravos rebeldes, com o sangue aquecido pelo calor do céu sobre a capital. Já estavam marchando para a grande propriedade.

8

Todos os serviçais e escravos da casa permaneceram leais. Lúcio, o médico da propriedade, desenrolou suas bandagens e pegou seus materiais, espalhando ferramentas de metal de aparência maligna sobre um pedaço de pano em uma das grandes mesas da cozinha. Segurou dois garotos da cozinha que estavam pegando cutelos para ajudar na batalha.

– Vocês dois fiquem comigo. Vão ter sua cota de cortes e sangue aqui mesmo. – Eles ficaram, relutantes, mas Lúcio era mais que um velho amigo da família e sempre fora a lei para eles. A falta de lei que era o tumulto em Roma ainda não tinha chegado à propriedade.

Lá fora, Rênio juntou todos no pátio. Sério, contou-os. Vinte e nove homens e 17 mulheres.

– Quantos de vocês estiveram no exército? – perguntou com sua voz cortante.

Seis ou sete mãos se levantaram.

– Vocês têm prioridade para as espadas. O resto vá arranjar alguma coisa que sirva para cortar ou esmagar. Corram!

Essa última palavra arrancou os homens e as mulheres da letargia e eles se espalharam. Os que já haviam encontrado armas ficaram, com os rostos sombrios e tomados de medo.

Rênio foi até um deles, um cozinheiro baixo e gordo com um enorme cutelo apoiado no ombro.

– Qual é o seu nome? – perguntou.

– Cecílio. Vou dizer a meus filhos que lutei com você quando isso terminar.

– Vai mesmo. Não precisaremos romper um ataque total. Os atacantes estão procurando alvos fáceis para estuprar e roubar. Pretendo tornar esta propriedade um pouco mais difícil se eles se incomodarem em invadir. Como são os seus nervos?

– Bons, senhor. Estou acostumado a matar porcos e bezerros, por isso não vou desmaiar diante de uma gota de sangue.

– Isto é um pouco diferente. Esses porcos têm espadas e porretes. Não hesite. Garganta e virilha. Ache alguma coisa para bloquear golpes, algum tipo de escudo.

– Sim, senhor, é para já.

O homem tentou fazer uma saudação e Rênio se obrigou a sorrir, controlando o mau humor diante dos modos frouxos. Olhou a figura gorda entrar correndo nas construções e enxugou as primeiras gotas de suor da testa. Era estranho que homens assim entendessem a lealdade quando tantos outros a jogavam de lado à primeira sugestão de liberdade. Deu de ombros. Alguns homens sempre seriam animais, e outros seriam... homens.

Marco saiu para o pátio com a espada fora da bainha. Estava sorrindo.

– Gostaria que eu ficasse perto de você, Rênio? Que cobrisse seu lado esquerdo?

– Se eu quisesse ajuda, criança, pediria. Até lá, vá para o portão e fique de vigia. Me chame quando puder ver quantos são.

Marco fez uma saudação, muito mais firme que a do cozinheiro, no entanto mantida um pouco mais que o necessário. Rênio pôde sentir a insolência e pensou em partir a boca do garoto. Não, nesse momento precisava daquela estúpida confiança da juventude. Ele logo aprenderia como era matar.

Quando os homens voltaram, mandou-os para posições ao longo da muralha. Eram muito poucos, mas Rênio acreditava no que tinha dito a Cecílio. As construções externas seriam queimadas, sem dúvida; os silos provavelmente seriam destruídos e os animais seriam mortos, mas o complexo principal não valeria as mortes que seriam necessárias. Um exército poderia tomá-lo em minutos, ele sabia – mas aqueles eram escravos, bêbados de vinho e liberdade roubados que desapareceriam de novo ao sol da manhã. Um homem forte com uma boa espada e temperamento implacável podia controlar uma multidão.

Ainda não havia sinal de Júlio ou Cabera. Sem dúvida o primeiro estava vestindo seu peitoral e as grevas, o uniforme completo. Mas aonde tinha ido o velho curandeiro? Seu arco seria um instrumento útil nos primeiros minutos da carnificina.

O ruído dos homens na muralha era como um bando de gansos grasnando num nervosismo agitado.

– Silêncio! – gritou Rênio. – O próximo homem a falar vai ter de descer aqui e me encarar.

Na súbita ausência de conversas, novamente puderam ouvir os gritos dos escravos nos campos.

– Precisamos ouvir o que está acontecendo lá fora. Fiquem em silêncio e alonguem os músculos. Mantenham distância do homem ao lado, para que possam golpear sem cortar sua cabeça.

Os homens se afastaram, arrastando os pés e desfazendo os pequenos grupos que tinham se formado pela necessidade de contato. O medo estava em todos os olhos. Rênio xingou consigo mesmo. Com os bons homens de sua antiga legião ele poderia segurar aquele local até o amanhecer. Mas aqueles eram crianças com paus e facas. Respirou fundo enquanto tentava encontrar palavras para encorajá-los. Até as legiões de ferro precisavam de discursos para disparar seu sangue, e elas eram confiantes em suas habilidades.

– Não há para onde fugir. Se a multidão passar por vocês, todos na casa vão morrer. Esta é a sua responsabilidade. Não devem deixar suas posições, nós já somos muito poucos. A muralha tem um metro e vinte de espessura, um passo longo. Observem bem; se vocês derem mais de um passo atrás, vão cair.

Olhou os homens andando pela muralha, verificando a espessura. Seu rosto endureceu.

– Manterei lutadores no pátio para enfrentar qualquer um que passe por cima da muralha. Não olhem para baixo, mesmo se virem seus amigos sendo mortos diante de vocês.

Cabera saiu de uma das construções, segurando o arco.

– É assim que você os inspira? Seu império é construído com esse tipo de discurso? – murmurou.

Rênio franziu a testa para ele.

– Nunca perdi uma batalha. Não com minha legião, nem na arena. Nunca houve um homem que fugisse ou se dobrasse sob meu comando. Se você fugir, passará por mim, e eu não vou fugir.

– Eu não vou fugir – disse Marco em meio ao silêncio.

Rênio encarou-o, vendo em seus olhos uma faísca da loucura que já havia testemunhado.

– Nem eu, Rênio – disse outro.

Todos os outros assentiram e murmuraram que prefeririam morrer, mas os rostos de alguns ainda estavam franzidos de terror.

– Seus filhos, seus irmãos, seus pais perguntarão se vocês fugiram. Certifiquem-se de que poderão olhá-los nos olhos.

Cabeças confirmaram e ombros se ergueram um pouco mais.

– Melhor – murmurou Cabera de novo.

Júlio passou com movimentos ágeis pela porta aberta para o pátio. Seu peitoral e as perneiras estavam oleados e lisos. A curta bainha da espada balançava com o andar. Seu rosto era uma máscara brutal, com uma fúria óbvia queimando por dentro. Os homens na muralha se viraram de costas para ele, olhando os campos.

– Arrancarei a cabeça de qualquer homem em minha propriedade que não esteja dentro destes muros – rosnou.

Cabera balançou a cabeça rapidamente, não querendo discordar dele enquanto os que estavam na muralha ouviam.

– Senhor – sussurrou. – Todos têm amigos lá fora. Homens e mulheres, pessoas boas que ficaram presas ou não puderam abrir caminho até o senhor. Essa ameaça prejudica o moral deles.

– Ela me agrada. Cada homem fora destes muros será morto, e empilharei suas cabeças dentro dos portões! Este é meu lar e Roma é minha cidade. Vamos acabar com a imundície que queima as casas e a espalhar ao vento! Está ouvindo?

Sua raiva cresceu até uma fúria incandescente. Rênio e Cabera o encararam enquanto ele subia a escada do canto e andava por toda a extensão da muralha, gritando ordens e observando a negligência.

– Para um político, ele tem uma abordagem incomum a um problema – disse Cabera em voz baixa.

– Roma está cheia de homens como ele. É por isso, meu amigo, e não pelos discursos vazios, que temos um império. – Rênio deu seu sorriso de tubarão e foi até onde as mulheres estavam num grupo que murmurava baixinho.

– O que podemos fazer? – perguntou uma jovem escrava. Rênio a reconheceu como a garota que ele tinha chicoteado havia tantos meses por ter distraído os garotos durante o treinamento. Seu nome era Alexandria, lembrou. Enquanto as outras se encolhiam diante de seu olhar, como devia acontecer com os escravos da casa, ela o sustentou e esperou a resposta.

– Arranjem facas. Se alguém passar pela muralha, vocês devem cair sobre eles e esfaqueá-los até que morram.

Duas mulheres mais velhas ofegaram, e uma pareceu enjoada.

– Vocês querem ser estupradas e mortas? Pelos deuses, mulheres, não estou pedindo que fiquem na muralha, apenas que protejam nossas costas! – Ele não tinha paciência para a frouxidão das mulheres. Eram boas na cama, mas quando era necessário depender de uma... Deuses!

– Facas – pensou em voz alta Alexandria, dizendo em seguida: – O machado de lenha está no estábulo, a não ser que alguém tenha apanhado. Vá procurar algumas, Susana. Rápido, agora.

Uma mulher gorda, ainda pálida, saiu correndo para cumprir a tarefa.

– Podemos carregar água, flechas? Fogo? Há mais alguma coisa que possamos fazer?

– Nada – gritou Rênio, perdendo a paciência. – Apenas se certifiquem de matar qualquer um que pule no pátio. Passem a faca pela garganta antes que ele possa ficar de pé. É uma queda de mais de três metros, haverá um momento de fraqueza em que vocês devem atacar.

– Não vamos desapontá-lo, senhor – respondeu Alexandria.

Ele sustentou o olhar dela durante mais um segundo, notando o clarão de ódio que rompia seus modos calmos. Rênio parecia ter mais inimigos naquele lugar do que fora das muralhas!

– Certifique-se disso – falou rapidamente e girou nos calcanhares.

O cozinheiro tinha voltado com uma grande placa de metal amarrada no peito. Seu entusiasmo era constrangedor, mas Rênio deu-lhe um tapa no ombro quando ele foi se juntar aos outros.

Tubruk estava parado perto de Cabera, segurando um arco nas mãos enormes.

– O velho Lúcio é um excelente arqueiro, mas está na cozinha se preparando para cuidar dos feridos – disse com o rosto sério.

– Traga-o para cá. Ele pode descer depois, quando tiver feito o serviço – respondeu Rênio sem olhá-lo. Estava examinando os muros, observando as posições, procurando falhas na coragem. Não podiam resistir a um ataque decente, por isso rezou a seu deus doméstico para que os escravos lá fora não conseguissem armar algo assim.

– Os escravos terão arcos? – perguntou a Tubruk.

– Um ou dois pequenos, para lebres, talvez. Não existe um arco decente na propriedade, além deste. E do de Cabera.

– Bom. Caso contrário eles poderiam nos pegar a todos. Logo precisaremos acender as tochas no pátio para iluminar a matança. Isso vai destacar a silhueta dos homens, mas eles não podem lutar no escuro, não este grupo.

– Eles podem surpreendê-lo, Rênio. Seu nome ainda tem muito poder. Lembra-se da multidão nos jogos? Cada homem aqui terá uma história para todas as gerações futuras da família, se sobreviver.

Rênio bufou.

– É melhor você ir para a muralha, há espaço no lado mais distante.

Tubruk balançou a cabeça.

– Os outros o aceitaram como líder, eu sei. Até Júlio vai ouvi-lo quando se acalmar um pouco. Ficarei com Marco para protegê-lo. Com sua permissão?

Rênio o encarou. Será que nada funcionaria direito? Cozinheiros gordos, garotas com facas, crianças arrogantes... E agora suas ordens seriam ignoradas logo antes de uma luta? Seu punho direito se ergueu num soco que pareceu levantar Tubruk para cima e para trás. Ele bateu na areia imóvel e Rênio o ignorou, virando-se para Cabera.

– Quando ele acordar, diga que o garoto pode cuidar de si mesmo. Eu sei. Diga para ele ocupar seu lugar ou vou matá-lo.

Cabera sorriu, os olhos arregalados, mas seu rosto era como o inverno. A distância houve um clamor súbito de metal batendo contra metal. O som subiu numa onda e cantos preencheram a noite negra. As tochas foram acesas assim que os primeiros escravos chegaram à muralha da propriedade. Atrás deles havia centenas vindos de Roma, queimando tudo pelo caminho.

9

A coisa quase terminou antes de começar. Como Rênio previra, os escravos de aparência enlouquecida que chegaram aos muros da propriedade não tinham ideia de como derrotar defensores armados e se juntaram em volta, gritando. Apesar de ser uma oportunidade perfeita para arqueiros, Rênio tinha balançado a cabeça para Cabera e Lúcio, que observavam com flechas prontas e olhos frios. Ainda havia uma chance de os escravos procurarem alvos mais fáceis, e algumas flechas poderiam incendiar sua fúria até um desespero incandescente.

– Abram os portões! – gritou alguém na massa de escravos segurando tochas. À luz tremeluzente, aquilo poderia ser um festival, não fossem as expressões brutais dos atacantes. Rênio os observava, avaliando opções. Um número cada vez maior vinha de trás. Claramente já havia mais do que uma pequena propriedade poderia sustentar. Escravos fugidos de Roma aumentavam as fileiras, sem nada a perder, trazendo ódio e violência para onde a razão poderia ter prevalecido. Os da frente foram empurrados e Rênio levantou o braço, pronto para mandar seus dois arqueiros lançarem as primeiras flechas contra a multidão.

Um homem se adiantou. Era muito musculoso e tinha uma barba preta e grossa que o fazia parecer um bárbaro. Provavelmente poucos dias antes ele estivera humildemente carregando pedras numa pedreira ou treinando cavalos para algum senhor indulgente. Agora seu peito estava sujo do sangue de outra pessoa e seu rosto era um esgar de ódio, os olhos brilhando à chama de sua tocha.

– Vocês, na muralha. São escravos como nós. Matem esses que chamam de superiores. Matem-nos e vamos recebê-los como amigos.

Rênio baixou o braço e Cabera atravessou uma flecha emplumada na garganta do homem.

Naquele momento de silêncio, Rênio rugiu para a multidão de escravos:

– É isso que vocês receberão de mim. Eu sou Rênio, e vocês não passarão por aqui. Vão para casa e esperem a justiça!

– Justiça como essa? – soou um grito de fúria. Outro homem correu até a muralha e pulou, tentando alcançar a laje elevada. O momento tinha chegado, e subitamente a multidão uivou e se adiantou num fluxo crescente.

Poucos tinham espadas. A maioria estava armada, como os defensores, com o que tinha conseguido encontrar. Alguns não possuíam armas além da fúria frenética, e Rênio despachou os primeiros desses com um golpe ágil contra o pescoço, ignorando os dedos que tentavam agarrar seu peitoral. Por toda a fileira, gritos se erguiam acima do choque de metal contra metal e de metal na carne. Rênio viu Cabera baixar o arco e levantar uma faca curta, de aparência maligna, com a qual golpeava e em seguida saltava para longe, deixando o corpo cair sobre os companheiros. O velho pisava em dedos que se seguravam com facilidade cada vez maior à borda da muralha, à medida que os cadáveres serviam como apoio para os novos atacantes.

Rênio ficou com a cabeça ligeiramente leve e soube que seu ombro tinha se rasgado de novo. Sentiu o súbito calor nas bandagens acompanhado por uma dor cortante. Trincou os dentes e enfiou o gládio na barriga de um homem, quase perdendo a arma no aperto pegajoso das entranhas quando o sujeito tombou para trás. Outro ocupou seu lugar, e mais outro, e Rênio não conseguia ver o fim. Levou um golpe de um pedaço de tábua que o deixou atordoado por um segundo. Cambaleou para trás, girando, tentando encontrar energia para levantar a espada e enfrentar o próximo. Seus músculos doíam e a exaustão que sentira ao lutar com Marco voltou a tomá-lo.

– Estou velho demais para isso – murmurou, cuspindo sangue por cima do queixo. Houve um movimento à esquerda e ele girou para enfrentá-lo, devagar demais. Era Marco, rindo para ele. Estava coberto de sangue e parecia um demônio dos mitos antigos.

– Estou um pouco preocupado com a velocidade de minha guarda baixa. Será que você poderia observá-la para mim? Para dizer qual é o problema?

Enquanto falava, ele acertou com o ombro um homem que tentava ficar de pé. O homem caiu mal, batendo a cabeça, com um grito.

– Eu disse para você não deixar sua posição – ofegou Rênio, tentando não mostrar fraqueza.

– Você ia ser morto. Essa honra é minha, não pode ser dada facilmente a uma escória sem mãe como essa! – Ele sinalizou para o outro lado do portão, onde Cecílio, conhecido como

Cozinheiro, estava rindo tremendamente, golpeando com impulsividade em todas as direções.

– Venham, porcos. Venham, bois. Vou cortá-los em pedacinhos. – Por baixo da gordura devia haver músculos, porque ele balançava o cutelo enorme como se fosse um objeto de madeira leve.

– O cozinheiro os está segurando sem mim. Na verdade, está se divertindo como nunca – prosseguiu Marco, alegre.

Três homens subiram ao mesmo tempo, saltando da pilha de corpos que agora chegava à metade da muralha. O primeiro girou uma espada para Marco, que enfiou a sua no peito do homem, pelo lado, deixando o ímpeto louco levar o sujeito para as pedras do pátio abaixo. O segundo ele despachou com um corte reverso que pegou o homem na altura do olho, cortando carne e osso. Morreu na hora.

O terceiro uivou de prazer quando chegou perto de Rênio. Sabia quem o velho era e em sua mente já estava contando a história aos amigos, enquanto Rênio fazia sua espada passar debaixo da guarda do atacante, penetrando no peito.

Rênio deixou o homem cair e a espada deslizou para fora do corpo. Seu braço esquerdo estava doendo de novo, mas dessa vez era uma dor profunda. O peito pulsava de dor, e ele gemeu.

– Está machucado? – perguntou Marco sem afastar os olhos da muralha.

– Não. Volte para o seu posto – disse Rênio com rispidez, o rosto subitamente cinzento.

Marco o encarou durante um longo momento.

– Acho que vou ficar um pouco mais – falou em voz baixa. Mais homens subiram na muralha e sua espada dançou, lambendo de uma garganta a outra, impossível de ser parada.

O pai de Caio mal notava os que caíam sob sua espada. Lutava como tinha sido treinado: estocada, guarda, reverso. Os corpos se empilhavam mais densamente ao pé do portão, e uma pequena voz lhe dizia que nesse momento eles já deveriam estar abalados. Eram apenas escravos. Não podiam ultrapassar aquele muro. Por que não se abalavam? Ele mandaria levantar a muralha acima da altura de três homens quando aquilo acabasse.

Parecia que eles se jogavam contra sua espada, que se manchava de sangue, encharcando a muralha e o portão com os fluidos que jorravam, molhando-o também. Seus ombros doíam, seu braço parecia de chumbo. Somente as pernas continuavam fortes. Logo eles deveriam ceder e procurar alvos mais fáceis, não é? Estocada, guarda, reverso. Estava travado no ritmo da morte, do legionário, mas um número cada vez maior de escravos subia na pilha de cadáveres para entrar na propriedade. Sua espada tinha perdido o gume em ossos e lâminas, e seu primeiro corte tinha apenas raspado um homem que saltava para ele. Uma adaga furou o músculo duro de sua barriga e ele grunhiu em agonia, girando a espada pelo maxilar do homem e derrubando-o.

Alexandria estava no pátio, num poço de escuridão. As outras mulheres choravam baixinho consigo mesmas. Uma rezava. Ela podia ver que Rênio estava exausto e ficou desapontada quando Marco se aproximou para salvá-lo. Imaginou por que ele teria feito isso e arregalou os olhos diante do contraste entre os dois. De um lado o guerreiro grisalho, veterano de mil conflitos, lento e sentindo dor. Do outro, Marco, um assassino de movimentos fluidos, sorrindo enquanto trazia a morte aos escravos que encontravam sua espada. Não importava se tinham espadas ou porretes. Ele os fazia parecer desajeitados e tirava sua força num corte ou numa pancada. Um homem claramente não percebeu que estava morrendo. Seu sangue jorrava do peito, mas ele continuou golpeando com um cabo de lança quebrado, o rosto contorcido.

Curiosa, Alexandria se esforçou para ver o rosto do homem e captou o momento em que ele sentiu a dor e viu a escuridão chegando.

Durante toda a vida tinha ouvido histórias sobre a força e a glória dos homens, e eles pareciam pairar acima dessa carnificina como fantasmas dourados, não se ajustando bem à realidade. Procurou momentos de camaradagem, de bravura diante da morte, mas, lá embaixo nas sombras, não podia ver.

O cozinheiro estava gostando da luta, isso era óbvio. Tinha começado a cantar uma cantiga vulgar sobre um dia no mercado e donzelas bonitas, berrando o refrão com mais volume que afinação enquanto enterrava o cutelo em crânios e pescoços. Homens diante de sua lâmina e sua canção ficava mais feroz à medida que eles tombavam.

À sua esquerda, um dos defensores caiu da muralha no pátio. Não fez qualquer tentativa de se proteger do impacto, e sua cabeça acertou a pedra dura com um som abafado. Alexandria estremeceu e segurou o ombro de outra mulher no escuro. Quem quer que fosse, ela estava soluçando baixinho, mas não havia tempo para isso.

– Depressa, eles vão entrar pelo espaço sem defesa! – sibilou, puxando a outra, não confiando em si mesma para fazer o serviço sozinha.

Enquanto elas se moviam, houve outro som oco vindo de outra parte da muralha. Gritos de triunfo soaram. Um homem desceu, pendurando-se por um momento, antes de se soltar e cair a distância final.

Ele girou, um pesadelo louco e sanguinolento, e quando seus olhos se iluminaram ao ver a falta de defensores Alexandria enfiou a lâmina em seu coração. A vida escapou dele com um suspiro, e outro homem bateu nas pedras do chão ali perto. O estalo de seu tornozelo foi audível mesmo acima da batalha fora da muralha. Susana, a matrona, geralmente tão cuidadosa com a arrumação exata da mesa do senhor nos banquetes, passou na garganta dele uma faca de esfolar e se afastou enquanto ele estremecia em espasmos.

Alexandria olhou para o círculo luminoso de tochas acima. Finalmente tinham luz! Que horrível era morrer no escuro.

– Mais tochas aqui! – gritou, esperando que alguém respondesse.

Mãos a agarraram por trás e sua cabeça foi torcida para o lado. Ela se retesou para a dor que viria, mas o peso em seus ombros caiu subitamente enquanto ela se virava para ver Susana, com a mão da faca subitamente coberta de um vermelho molhado.

– Continue animada, querida. A noite ainda não acabou.

Susana sorriu, e o momento de pânico de Alexandria passou. Ela verificou o pátio com as outras e quase se encolheu quando outro defensor caiu, dessa vez gritando ao bater no chão. Três homens passaram por onde ele tinha estado, e mais dois eram visíveis tentando subir nos corpos escorregadios.

Todas as mulheres pegaram suas facas e a luz das tochas se refletiu nas lâminas, mesmo na escuridão do pátio. Antes que os olhos dos homens pudessem se ajustar ao escuro, as mulheres estavam em cima deles, agarrando e esfaqueando.

CAIO ACORDOU com um susto. Aurélia estava sentada na beira da cama, segurando um pano úmido. O toque do pano o acordara e, quando olhou para a mãe, ela o apertou em sua testa, cantarolando baixinho. A distância podia ouvir gritos e os sons claros de batalha. Como ficara dormindo? Cabera lhe dera uma bebida quente ao cair da tarde. Devia haver alguma coisa nela.

– O que está acontecendo, mamãe? Estou ouvindo sons de luta!

Aurélia deu um sorriso triste.

– Quieto, querido. Não deve se agitar. Sua vida está se esvaindo, e vim tornar pacíficas suas últimas horas.

Caio ficou pálido. Não. Estava fraco, mas saudável.

– Não estou morrendo. Estou melhorando. Mas o que está acontecendo no pátio? Devo ir para lá!

– Quieto, quieto. Sei que lhe disseram que está ficando melhor, mas eles também mentem para mim. Agora fique quieto, vou refrescar sua testa.

Caio olhou-a incrédulo. Durante toda sua vida aquela idiota estivera vindo à tona, arrastando para longe a mulher animada e inteligente de quem ele tinha saudade. Encolheu-se, antecipando o ataque de gritos que se seguiria a uma palavra errada de sua parte.

– Quero sentir o ar da noite na pele, mãe. Uma última vez. Por favor, saia para que eu possa me vestir.

– Claro, querido. Vou voltar para meus aposentos agora que me despedi de você, meu filho perfeito. – Ela deu um risinho por um momento e suspirou como se carregasse um grande peso. – Seu pai está lá fora se matando em vez de cuidar de mim. Ele nunca cuidou de mim direito. Não fazemos amor há anos.

Caio não sabia o que dizer. Sentou-se e cerrou os olhos por causa da fraqueza. Nem sequer conseguia fechar a mão num punho, mas precisava saber o que estava acontecendo. Deuses, por que não havia ninguém por ali? Estariam todos lá fora? Tubruk?

– Por favor, saia, mamãe. Preciso me vestir. Quero me sentar lá fora nos meus últimos momentos.

– Entendo, meu amor. Adeus. – Os olhos dela se encheram de lágrimas ao beijar sua testa, e então o quarto ficou vazio de novo.

Por um momento ele se sentiu tentado simplesmente a tombar de novo nos travesseiros. Sua cabeça estava confusa e pesada, e ele achou que a droga que Cabera lhe dera poderia mantê-lo dormindo até de manhã se a mãe não tivesse tido uma de suas ideias. Lentamente pôs os pés para fora e os encostou no chão. Estava fraco. Roupas. Uma coisa de cada vez.

TUBRUK SABIA que eles não poderiam se sustentar muito mais tempo. Esforçava-se, tentando cobrir uma abertura onde houvera dois homens, ao seu lado. De novo e de novo girou na última hora para enfrentar o ataque dos que se arrastavam em sua direção enquanto ele matava os da frente. Sua respiração vinha em haustos chiados e, apesar de sua capacidade de matar, sabia que a morte estava perto.

Por que não desistiam? Que todos os deuses vão para o inferno, eles deviam desistir! Xingou-se por não ter arranjado algum tipo de posição de recuo, mas realmente não havia nenhuma. A muralha era a única defesa da propriedade, e eles estavam prestes a ser completamente dominados.

Escorregou no sangue e caiu de mau jeito, com o ar escapando dos pulmões. Uma adaga acertou seu lado e um pé sujo e descalço tentou esmagar seu rosto, apertando a cabeça. Ele o mordeu e ouviu a distância alguém gritar. Apoiou-se num joelho tarde demais para impedir que duas figuras saltassem no pátio. Esperava que as mulheres pudessem cuidar delas. Cautelosamente tateou o lado do corpo e se encolheu ao perceber o sangue escorrendo. Verificou se não havia alguma bolha de ar saindo. Não havia, e ainda podia respirar; mas o ar tinha gosto de estanho quente e sangue.

Durante alguns instantes ninguém chegou até ele, e Tubruk pôde olhar a muralha em volta. Dos 29 iniciais, havia menos de 15 defensores. Eles tinham feito milagres na muralha, mas não seria suficiente.

Júlio continuava lutando, desesperado à medida que suas forças se esvaíam pelos ferimentos. Tirou a adaga da própria carne com um gemido e instantaneamente perdeu-a no peito do próximo homem a enfrentá-lo. Sua respiração queimava na garganta e ele olhou para o pátio, vendo o filho sair de casa. Sorriu, e o orgulho parecia explodir no peito. Outra lâmina o alcançou, enfiou-se na abertura entre o peitoral e o pescoço, penetrando fundo no pulmão. Ele cuspiu sangue e enterrou o gládio no atacante sem ver nem conhecer o rosto. Seus braços caíram e a espada tombou da mão, batendo com ruído nas pedras do pátio abaixo. Só pôde ficar olhando enquanto o resto chegava.

Tubruk viu Júlio despencar sob uma massa de corpos que se derramaram, passando por ele pela passarela estreita e descendo para o escuro. Gritou de sofrimento e fúria, sabendo que não poderia alcançá-lo a tempo. Rênio ainda estava de pé, mas somente a atenção de Marco mantinha o velho guerreiro longe da morte, e mesmo aquele giro ofuscante de lâminas hesitava enquanto Marco sangrava por muitos ferimentos, com a vida se esvaindo por uma infinidade de rasgos.

Caio subiu ao lado de Tubruk, o rosto branco pelo esforço de se arrastar pela escada da muralha. Seu gládio estava na mão, e ele girou-o ao chegar ao topo, cortando um homem que se erguia sobre os corpos escuros. Tubruk enfiou sua lâmina nas costelas do homem enquanto Caio cambaleava, mas mesmo assim o escravo não morria. Ele balançou uma adaga e Caio lhe deu um corte no rosto. Caio deu outro golpe contra o pescoço e então a vida do homem se foi. Mais rostos apareceram, gritando e xingando ao chegar às pedras escorregadias.

– Seu pai, Caio.

– Eu sei.

O braço de Caio com a espada subiu sem qualquer tremor para bloquear uma lança, relíquia de uma antiga batalha. Ele se adiantou e cortou a garganta do homem num jorro de sangue. Tubruk enfrentou mais dois, fazendo um cair por cima da borda, mas tombando de joelhos na sujeira pegajosa. Caio cortou o próximo enquanto ele revertia o movimento da espada para cravá-la em Tubruk. Depois cambaleou um passo para trás, o rosto branco sob o sangue, os joelhos se dobrando. Os dois esperaram juntos o próximo que iria subir.

De repente, a noite ficou mais luminosa quando os celeiros foram incendiados, e mesmo assim nenhum novo atacante surgiu.

– Mais um – xingou Tubruk através dos lábios sangrentos. – Posso levar mais um. Você deve descer, não está em condições de lutar.

Caio o ignorou, os lábios contraídos. Os dois esperaram, mas ninguém veio. Tubruk chegou perto da borda da muralha e olhou por cima, para os membros retorcidos e as carcaças partidas empilhadas debaixo da borda, esparramadas numa gosma escorregadia e com expressões vítreas. Não havia ninguém ali esperando por ele com uma adaga. Absolutamente ninguém.

A luz dos celeiros em chamas recortava a silhueta de figuras saltando e cabriolando no escuro. Tubruk começou a rir sozinho, encolhendo-se quando os lábios se racharam de novo.

– Eles encontraram o depósito de vinho – disse, e o riso não pôde ser contido, apesar da dor lancinante que provocava.

– ESTÃO INDO EMBORA! – rosnou Marco, espantado. Escarrou e cuspiu sangue no chão, imaginando vagamente se era seu. Virou-se e riu para Rênio, vendo-o sentado curvo, encostado em duas carcaças. O velho guerreiro simplesmente o encarou, e por um momento Marco começou a se lembrar de sua repulsa ácida.

– Eu... – Marco parou e deu dois passos rápidos até o velho. Ele estava morrendo, era óbvio. Encostou a mão preta de sangue e terra no peito de Rênio, sentindo o coração falhar. – Cabera! Aqui, depressa – gritou.

Rênio fechou os olhos contra o ruído e a dor.

ALEXANDRIA OFEGAVA como se estivesse em trabalho de parto. Estava exausta e coberta de sangue, que ela nunca havia imaginado que seria tão pegajoso e fedorento. Isso também nunca era citado nas histórias. Aquela coisa era escorregadia durante alguns instantes, depois virava cola nas mãos, tornando toda superfície grudenta ao toque. Esperou o próximo cair no pátio, andando trôpega, com a faca no braço rígido ao lado do corpo.

Tropeçou num cadáver e percebeu que era Susana. Ela nunca mais cortaria um ganso, nem colocaria palha nova na cozinha, nem daria migalhas aos cachorrinhos desgarrados quando fosse fazer compras em Roma. Esse último pensamento trouxe lágrimas transparentes que escorreram pela lama e pelo fedor. Alexandria continuou andando, mantendo a patrulha, mas nenhum novo inimigo surgiu no pátio, pousando como corvos. Ninguém apareceu, mas ela continuou cambaleando, incapaz de parar. Faltavam duas horas para o alvorecer e ela ainda podia ouvir gritos nos campos.

– FIQUEM NA MURALHA! Nenhum homem sai de seu posto até o amanhecer – gritou Tubruk em direção ao pátio. – Eles ainda podem voltar.

Mas não achava que voltariam. O depósito de vinho tinha quase mil ânforas lacradas com cera. Mesmo que os escravos despedaçassem algumas, ainda haveria o bastante para mantêlos felizes até o sol nascer.

Depois de dar aquela última ordem, ele queria descer e ir rapidamente até onde Júlio estava em meio aos mortos, mas alguém precisava sustentar o posto.

– Vá ver seu pai, garoto.

Caio assentiu e desceu, apoiando-se na muralha. A dor era agonizante. Podia sentir que o corte da operação estava aberto e, ao tocar a área, seus dedos ficaram vermelhos e brilhantes. Enquanto se arrastava de novo, subindo os degraus de pedra até as posições dos defensores, os ferimentos rasgavam sua força de vontade, mas ele se sustentava.

– O senhor está morto, pai? – sussurrou, olhando para o corpo. Não poderia haver resposta.

– Mantenham os postos, pessoal. Por enquanto a coisa acabou. – A voz de Tubruk ressoou no pátio.

Alexandria ouviu a notícia e largou a faca nas pedras. Seus pulsos estavam sendo seguros por outra garota escrava da cozinha, que lhe dizia alguma coisa. Ela não podia identificar as palavras por cima dos gritos dos feridos, subitamente rompendo o que pensara que era silêncio.

"Estive no silêncio e na escuridão o tempo todo", pensou. "Eu vi o inferno."

Quem era ela, afinal? Os limites tinham ficado turvos durante o início da noite, enquanto matava escravos que queriam a liberdade tanto quanto ela. O peso daquilo tudo puxou-a para o chão, e Alexandria começou a soluçar.

TUBRUK NÃO PODIA mais resistir. Desceu mancando de seu lugar na muralha e subiu até onde Júlio estava. Junto com Caio, olhou para o corpo, sem palavras.

Caio tentou sentir a realidade da morte daquele homem. Não podia. O que estava no chão era uma coisa partida, rasgada e aberta, em poças de líquido que se espalhavam mais parecendo óleo do que sangue à luz das tochas. A presença de seu pai tinha sumido.

Girou subitamente, a mão subindo para se defender de alguma coisa.

– Havia alguém perto de mim. Pude sentir alguém parado ali, olhando junto comigo – começou a balbuciar.

– Devia ser ele. Esta é uma noite para fantasmas.

Mas a sensação tinha desaparecido, e Caio estremeceu, com a boca tensa contra um sofrimento que iria afogá-lo.

– Deixe-me, Tubruk. E obrigado.

Tubruk assentiu, os olhos como sombras escuras enquanto descia mancando os degraus até o pátio. Cansado, subiu de novo a seu posto na muralha e olhou por cima de cada corpo que tinha cortado, tentando lembrar os detalhes de cada morte. Podia reconhecer apenas alguns poucos e logo desistiu, sentando-se encostado numa pilastra com a espada entre as pernas, olhando o fraco tremular do fogo nos campos e esperando o amanhecer.

CABERA PÔS as palmas das mãos no coração de Rênio.

– Acho que chegou a hora dele. As muralhas dentro dele estão finas e velhas. Algumas deixam o sangue vazar para onde não deveria.

– Você curou Caio. Pode curá-lo.

– Ele é velho, garoto. Já estava fraco, e eu... – Cabera fez uma pausa enquanto sentia uma lâmina quente tocar suas costas. Lenta e cuidadosamente virou a cabeça para olhar Marco. Não havia nada para tranquilizá-lo na expressão séria.

– Ele vive. Faça seu trabalho ou eu mato mais um hoje.

Diante dessas palavras, Cabera pôde sentir uma mudança, e diferentes futuros entraram na partida, como fichas de jogo se encaixando com um estalo silencioso. Seus olhos se arregalaram, mas ele não disse nada enquanto começava a juntar suas energias para a cura. Que estranho jovem era aquele que tinha o poder de dobrar os futuros em volta de si! Sem dúvida tinha chegado ao lugar certo na história. De fato esse era um tempo de fluxo e mudança, sem a ordem usual e a progressão segura.

Tirou uma agulha de ferro da bainha da túnica e passou um fio com rapidez e agilidade. Trabalhou com cuidado, costurando os lábios sangrentos da carne retalhada, lembrando-se de como era ser jovem, quando tudo parecia possível. Enquanto Marco olhava, Cabera apertou as mãos marrons contra o peito de Rênio e massageou o coração. Sentiu-o acelerar e conteve uma exclamação enquanto a vida jorrava de volta para o corpo velho. Manteve a posição durante longo tempo, até que a dor nítida se aliviou na expressão de Rênio e ele parecia meramente dormir. Enquanto se levantava, cambaleando de exaustão, Cabera assentiu consigo mesmo como se um argumento tivesse sido confirmado.

– Os deuses são jogadores estranhos, Marco. Eles nunca nos contam todos os seus planos. Você estava certo. Ele verá o sol nascer e se pôr mais algumas vezes antes do fim.

10

Os campos estavam desertos quando o sol surgiu no horizonte. Os que tinham invadido o depósito de vinho sem dúvida estavam deitados em meio ao trigo, ainda no sono profundo provocado pela bebida. Caio olhou por cima da muralha e viu uma fumaça lenta subindo do chão empretecido. Árvores incendiadas erguiam-se rígidas e nuas, e o grão do inverno ainda soltava fumaça nos destroços esqueléticos dos celeiros.

Era uma cena estranhamente pacífica, em que até os pássaros matinais estavam silenciosos. A violência e as emoções da noite anterior ficavam distantes quando se podia olhar por cima dos campos. Caio esfregou o rosto um momento, depois se virou para descer a escada até o pátio.

Manchas marrons sujavam todas as paredes brancas e superfícies. Poças de sangue se coagulavam nos cantos, e borrões obscenos mostravam de onde os corpos já haviam sido movidos, arrastados para fora dos portões para ser levados até covas rasas quando pudessem arranjar carroças. Os defensores tinham sido postos em lençóis limpos em cômodos frescos, os membros arrumados em posição de dignidade. Os outros eram simplesmente jogados numa pilha que ia crescendo, na qual braços e pernas se projetavam em ângulos estranhos. Caio olhava o trabalho e ao fundo ouvia os gritos dos feridos sendo costurados ou preparados para a amputação.

Fervia de raiva e não tinha onde extravasar. Fora trancado em segurança enquanto todos que amava arriscavam a vida e enquanto seu pai dava a dele em defesa da família e da propriedade. Certo, ele ainda estava fraco devido à operação, as feridas com as cascas apenas secas, mas ter negada a chance de ajudar seu pai! Não havia palavras e, quando Cabera veio lhe oferecer as condolências, Caio o ignorou até ele se afastar. Sentou-se exausto e tirou o pó dos dedos, lembrando-se das palavras de Tubruk anos antes, e só então entendendo. Sua terra.

Um escravo, cujo nome Caio não sabia mas que tinha ferimentos mostrando que fizera parte da defesa, se aproximou.

– Todos os mortos estão do lado de fora dos portões, senhor. Devemos arranjar carroças para eles?

Era a primeira vez que algum homem se dirigia a ele com qualquer palavra que não fosse seu nome. Caio endureceu a expressão para não revelar surpresa. Sua mente estava cheia de dor, e a voz parecia sair de um poço fundo.

– Traga óleo de lamparina. Vou queimá-los onde estão.

O escravo baixou a cabeça e correu para pegar o óleo. Caio saiu pelo portão e olhou para a estranha massa de morte. Era uma visão medonha, mas ele não conseguiu encontrar compaixão dentro de si. Cada um daqueles tinha escolhido esse fim quando atacou a propriedade.

Encharcou a pilha com óleo, jogando-o sobre a carne e os rostos, nas bocas abertas e nos olhos que não piscavam. Depois acendeu e descobriu que, afinal de contas, não podia olhar os cadáveres queimar. A fumaça trazia a lembrança do corvo que ele e Marco tinham apanhado, e Caio chamou um escravo.

– Peguem barris nos depósitos e continuem queimando até que virem cinzas – falou, aborrecido. Em seguida, voltou para dentro enquanto o calor aumentava e o cheiro o acompanhava como um dedo acusador.

Encontrou Tubruk deitado de lado, mordendo um pedaço de couro enquanto Cabera examinava um ferimento de adaga em sua barriga na grande cozinha. Caio olhou durante um tempo, mas nenhuma palavra foi trocada. Foi em frente e encontrou o cozinheiro sentado num degrau com um cutelo sangrento ainda na mão. Caio sabia que seu pai teria tido palavras de encorajamento para o sujeito, que parecia desolado e perdido. Ele próprio não conseguiu sentir nada além de uma raiva fria, e chegou perto da figura, que olhou para o espaço como se Caio não estivesse ali. Depois parou. Se seu pai teria feito isso, ele o faria.

– Vi você lutando na muralha – disse ao cozinheiro finalmente com a voz forte e firme.

O homem fez um gesto de concordância e pareceu se recompor. Lutou para ficar de pé.

– Lutei, senhor. Matei um grande número, mas perdi a conta depois de um tempo.

– Bem, acabei de queimar 149 corpos, de modo que devem ter sido muitos – disse Caio tentando sorrir.

– É. Ninguém passou por mim. Nunca tive tanta sorte. Acho que fui tocado pelos deuses. Todos nós.

– Viu meu pai morrer?

O cozinheiro se levantou e ergueu um braço como se fosse colocá-lo no ombro do garoto. No último instante pensou melhor e transformou o gesto num aceno de tristeza.

– Vi, sim. Seu pai levou muitos com ele e tinha levado muitos antes. Havia pilhas ao redor dele no final. Era um homem corajoso e bom.

Caio sentiu a calma se abalar diante daquele pensamento gentil e trincou o maxilar. Dominada a onda de tristeza, falou:

– Ele teria orgulho de você, eu sei. Você estava cantando quando o vi.

Para sua surpresa, o homem ruborizou profundamente.

– Sim. Gostei da luta. Sei que havia sangue e morte em volta, mas tudo era simples, veja só. Qualquer um que eu visse deveria ser morto. Gosto das coisas simples.

– Entendo – disse Caio, forçando um sorriso. – Agora descanse. A cozinha está aberta e uma sopa será servida logo.

– A cozinha! E eu estou aqui! Preciso ir, senhor, caso contrário a sopa não vai servir para nada.

Caio confirmou com a cabeça e o homem saiu rapidamente, deixando o enorme cutelo encostado no degrau, esquecido. Caio suspirou. Desejou que sua vida fosse tão simples, poder assumir o controle e abrir mão de papéis sem se arrepender.

Perdido em pensamentos, só notou o retorno do homem quando ele falou.

– Seu pai também teria orgulho de você, eu acho. Tubruk disse que você o salvou quando ele estava exausto, no fim, e você estava ferido. Eu teria orgulho se meu filho fosse tão forte.

Lágrimas chegaram sem controle aos olhos de Caio, e ele se virou para que o outro não visse. Não era hora de desmoronar, não quando a propriedade estava em frangalhos e toda a comida de inverno fora queimada. Tentou se ocupar com os detalhes, mas sentia-se desamparado e sozinho, e as lágrimas vieram com mais força, enquanto sua mente tocava de novo e de novo a perda, como um pássaro bicando feridas abertas.

– VOCÊS AÍ! – gritou uma voz do lado de fora do portão principal.

Caio ouviu o tom animado e se recompôs. Ele era o dono da propriedade, um filho de Roma e de seu pai, e não iria envergonhar a lembrança do velho. Subiu até o topo da muralha, mal percebendo as imagens fantasmagóricas que lhe vinham num jorro. Eram todas pertencentes à escuridão. Ao sol as sombras tinham pouca realidade.

No topo, olhou para o elmo de bronze de um oficial magro, montado num belo capão que batia as patas inquieto no solo enquanto esperava. O oficial estava acompanhado de um *contubernium* de dez legionários. Cada um deles parecia alerta e muito bem armado. O oficial levantou os olhos e assentiu para Caio. Tinha uns quarenta anos, era bronzeado e parecia em ótima forma.

– Vimos a fumaça. Viemos investigar para o caso de serem mais escravos atacando. Vejo que tiveram problemas aqui. Meu nome é Tito Prisco. Sou centurião da legião de Sila, que acabou de abençoar a cidade com sua presença. Meus homens estão percorrendo o campo, fazendo limpeza e execuções. Posso falar com o senhor da propriedade?

– Sou eu – disse Caio, e em seguida gritou para baixo: – Abram o portão!

Aquelas palavras conseguiram o que todos os saqueadores da noite anterior não obtiveram, e o portão pesado foi aberto, permitindo a entrada dos homens.

– Parece que a coisa foi difícil para vocês aqui – disse Tito, com todo traço de animação desaparecido da voz e dos modos. – Eu deveria saber, pela pilha de corpos, mas... perderam muitos dos seus?

– Alguns. Sustentamos a muralha. Como está a cidade? – Caio não sabia o que dizer ao homem. Deveria manter uma conversa educada?

Tito desmontou e entregou as rédeas a um de seus homens.

– Ainda está lá, senhor, se bem que centenas de casas de madeira foram destruídas, e há algumas centenas de mortos nas ruas. A ordem foi restaurada por enquanto, mas não sei se seria seguro caminhar depois do escurecer. No momento, estamos arrebanhando todos os escravos que pudermos encontrar e crucificando um em cada dez para dar exemplo, por ordens de Sila, em todas as propriedades perto de Roma.

– Que seja um em cada três se estiverem em minhas terras. Eu os substituirei quando as coisas tiverem se acalmado. Não gosto da ideia de alguém que lutou contra mim ontem à noite ficar sem punição.

O centurião o encarou por um segundo, incerto.

– Perdão, senhor, mas o senhor pode dar esta ordem? Desculpe eu verificar, mas, nas circunstâncias, há alguém para apoiá-lo?

Por um segundo a raiva chamejou em Caio, mas então ele se lembrou de como seria sua aparência para aquele homem. Não houvera oportunidade de se limpar depois que Lúcio e Cabera costuraram de novo os ferimentos. Ele estava sujo, manchado de sangue e numa palidez incomum. Não sabia que seus olhos azuis estavam avermelhados da fumaça de óleo e do choro, e que apenas alguma coisa em seus modos impedia um soldado experiente como Tito de lhe dar um pescoção pela insolência. Mas havia algo, e Tito não poderia dizer exatamente o que era. Apenas uma sensação de que aquele rapaz não era alguém a quem se pudesse contrariar com tranquilidade.

– Em seu lugar eu faria o mesmo. Vou chamar o administrador de minha propriedade, se o médico tiver terminado com ele. – Caio se virou sem dizer palavra.

Teria sido educado oferecer alguma coisa aos homens, mas Caio estava irritado por ter de chamar Tubruk para confirmar sua palavra. Deixou-os esperando.

Pelo menos Tubruk estava limpo e vestido com roupas boas, escuras. Seus ferimentos e bandagens estavam escondidos sob a túnica de lã e a *bracae*, a calça de couro. Sorriu ao ver os legionários. O mundo estava virando de cabeça para cima de novo.

– Vocês são os únicos nesta área? – perguntou sem preâmbulo ou explicação.

– Hum... não, mas... – começou Tito.

– Bom. – Tubruk se virou para Caio. – Senhor, sugiro que peça a esses homens para mandar uma mensagem dizendo que vão se atrasar. Precisamos de homens para restabelecer a ordem na propriedade.

Caio manteve o rosto tão impassível quanto o de Tubruk, ignorando a expressão de Tito.

– Bem pensado, Tubruk. Sila os mandou para ajudar as propriedades no campo, afinal de contas. Há muito trabalho a ser feito.

Tito tentou novamente.

– Bem, vejam...

Tubruk olhou-o de novo.

– Sugiro que você mesmo leve a mensagem. Esses outros parecem suficientemente em forma para um pouco de trabalho duro. Sila não vai querer que vocês nos abandonem nesse estado, tenho certeza.

Os dois homens se encararam e Tito suspirou, levantando a mão para tirar o elmo.

– Que nunca seja dito que recusei algum trabalho – murmurou. Dirigindo-se a um dos legionários, virou a cabeça em direção aos campos. – Volte e se junte às outras unidades. Espalhe a notícia de que ficarei aqui durante algumas horas. Qualquer escravo que encontrarem... diga que será um em cada três, certo?

O homem assentiu e foi embora.

Tito começou a desafivelar seu peitoral.

– Certo, por onde querem que meus rapazes comecem?

– Cuide disso, Tubruk. Vou verificar os outros.

Caio se virou, mostrando o apreço com um aperto rápido no ombro do outro enquanto saía. O que queria fazer era dar um longo passeio na floresta sozinho ou sentar-se perto da piscina no rio e organizar os pensamentos. Mas faria isso depois, após ter encontrado e conversado com cada homem e mulher que tinha lutado por sua família na noite anterior. Seu pai teria feito o mesmo.

Enquanto passava pelo estábulo, ouviu um soluço convulso vindo da escuridão lá dentro. Parou, sem saber se deveria entrar. Havia muita tristeza na atmosfera, bem como dentro dele. Os que haviam caído tinham amigos e parentes que não esperavam começar aquele dia sozinhos. Parou mais um instante, ainda sentindo o fedor oleoso dos corpos queimados. Depois entrou na sombra fresca das baias. Quem quer que fosse, agora a tristeza da pessoa era sua responsabilidade, ele deveria compartilhar seus fardos. Era o que seu pai pensava, e por isso a propriedade tinha prosperado durante tanto tempo.

Seus olhos se ajustaram lentamente depois da claridade da manhã, e ele olhou em cada baia até encontrar a fonte dos sons. Em apenas duas havia cavalos, e os animais relincharam baixo quando ele estendeu a mão para acariciar seus focinhos. Seu pé roçou numa pedra e o soluço parou um instante, como se alguém estivesse segurando o fôlego. Caio esperou, imóvel como Rênio havia ensinado, até ouvir o suspiro do ar saindo, e soube onde a pessoa estava.

Na palha suja Alexandria estava sentada com os joelhos encostados no queixo e as costas apoiadas na parede de pedras mais distante. Ela ergueu os olhos quando Caio surgiu, e ele viu que a sujeira em seu rosto estava riscada de lágrimas. Alexandria tinha idade próxima à sua, talvez fosse um ano mais velha, lembrou. A lembrança de tê-la visto açoitada por Rênio entrou em sua mente com uma pontada de culpa.

Suspirou. Não tinha palavras para ela. Atravessou a curta distância e sentou-se na parede ao lado da garota, cuidando de deixar espaço entre os dois enquanto se recostava para que ela não se sentisse ameaçada. O silêncio era calmo, e os cheiros e a sensação dos estábulos sempre tinham sido um conforto para Caio. Quando era muito pequeno, ele também escapava até ali para se esconder de seus problemas ou da punição que viria. Sentou-se, perdido em lembranças durante um tempo, e a situação não pareceu incômoda entre os dois, ainda que nada fosse dito. Os únicos sons eram dos movimentos dos cavalos e algum soluço ocasional que ainda escapava de Alexandria.

– Seu pai era um homem bom – sussurrou ela finalmente.

Ele imaginou quantas vezes escutaria essa frase antes que o dia terminasse e se poderia suportar. Assentiu em silêncio.

– Lamento muito – disse a ela, sentindo, mais do que vendo, a cabeça de Alexandria se levantar e olhá-lo. Sabia que ela havia matado, tinha-a visto coberta de sangue no pátio quando saiu da casa na noite anterior. Achou que entendia por que ela estava chorando e pretendera tentar consolá-la, mas as palavras soltaram um jorro de tristeza e seus olhos se encheram de lágrimas. Seu rosto se retorceu de dor enquanto ele baixava a cabeça contra o peito.

Alexandria olhou-o, pasma, os olhos arregalados. Antes que tivesse tempo de pensar, tinha estendido os braços para ele e os dois ficaram abraçados no escuro, uma mancha de sofrimento particular enquanto o mundo prosseguia ao sol lá fora. Ela acariciou seu cabelo com uma das mãos e sussurrou para consolá-lo enquanto ele pedia desculpas repetidamente a ela, a seu pai, aos mortos, aos que tinha queimado.

Quando se exauriu, ela começou a soltá-lo, mas no último fragmento de tempo antes de ele estar longe demais Alexandria apertou os lábios de leve contra os dele, sentindo-o se assustar ligeiramente. Ela se afastou, abraçando os joelhos com força, e seu rosto queimava sem ser visto na escuridão. Sentia os olhos dele, fixos, mas não podia encará-los.

– Por que você... – murmurou ele com a voz rouca e embargada de choro.

– Não sei. Só imaginei como seria.

– Como foi? – replicou ele, a voz ficando mais forte pela curiosidade.

– Terrível. Alguém precisa ensiná-lo a beijar.

Ele a encarou, achando divertido. Momentos antes estivera afundado na tristeza, que não queria diminuir nem ceder por dentro. Agora estava notando que por baixo da sujeira, dos fiapos de palha e do cheiro de sangue – por trás da tristeza dela – havia uma garota rara.

– Tenho o resto do dia para aprender – falou em voz baixa, as palavras tropeçando por cima do bloqueio nervoso na garganta.

Ela balançou a cabeça.

– Tenho trabalho a fazer. Devo voltar à cozinha.

Num movimento ágil ela se levantou e saiu da baia, como se fosse embora naquele momento, sem outra palavra. Depois parou e olhou-o.

– Obrigada por ter vindo – disse ela, e saiu ao sol.

Caio ficou olhando. Imaginou se ela havia percebido que ele nunca tinha beijado uma garota. Ainda podia sentir uma leve pressão nos lábios, como se ela o tivesse marcado. Sem dúvida Alexandria não desejara dizer que tinha sido terrível, não é? Viu de novo o modo rígido com que ela saíra do estábulo. Era como um pássaro de asa quebrada, mas iria se curar com o tempo, o espaço e os amigos. Ele percebeu que também iria se curar.

QUANDO CAIO entrou na sala, Marco e Tubruk estavam rindo de alguma coisa que Cabera tinha dito. Ao vê-lo, todos ficaram em silêncio.

– Eu vim... agradecer a vocês. Pelo que fizeram na muralha – começou Caio.

Marco o interrompeu, chegando perto e segurando sua mão.

– Você não precisa me agradecer. Devo a seu pai mais do que poderia pagar. Fiquei triste ao saber que ele tombou no final.

– Nós sobrevivemos. Minha mãe está viva, eu estou vivo. Ele faria tudo de novo se tivesse chance, eu sei. Você se feriu?

– Perto do fim. Mas nada sério. Fui intocável. Cabera diz que vou ser um grande lutador. – Marco abriu um sorriso.

– A não ser que consiga ser morto, claro. Isso poderia mudar um pouco as coisas – murmurou Cabera, ocupando-se em encerar a madeira de seu arco.

– Como está Rênio? – perguntou Caio.

Os dois pareceram parar um segundo diante da pergunta. Marco pareceu evasivo. Havia alguma coisa estranha ali, pensou Caio.

– Sobreviverá, mas vai passar muito tempo até que esteja em forma de novo – disse Marco. – Na idade dele, uma infecção seria o fim, mas Cabera disse que ele vai conseguir.

– Vai – disse Cabera com firmeza.

Caio suspirou e sentou-se.

– O que acontece agora? Sou novo demais para ocupar o lugar de meu pai, para representar os interesses dele em Roma. Na verdade, eu não ficaria feliz cuidando apenas da propriedade, mas nunca tive tempo de aprender sobre os outros negócios dele. Não sei quem cuidava do dinheiro dele ou onde estão os documentos da propriedade. – Ele se virou para Tubruk. – Sei que você é familiarizado com parte disso e confio em que controle o capital até eu ficar mais velho, mas o que faço agora? Continuo a contratar tutores para Marco e para mim? De repente a vida parece vaga; sem direção, pela primeira vez.

Diante dessa explosão, Cabera parou de encerar o arco.

– Todo mundo sente isso em algum momento. Você acha que quando eu era garoto planejava estar aqui? A vida tem um modo de dar reviravoltas que não esperamos. Eu não gostaria que fosse de nenhum outro modo, apesar da dor que isso provoca. Boa parte do futuro já está estabelecida, é bom não podermos saber cada detalhe, caso contrário a vida se tornaria uma espécie de morte cinzenta e monótona.

– Você só terá de aprender depressa, só isso – interveio Marco com o rosto iluminado de entusiasmo.

– Com Roma do jeito que está? Quem vai me ensinar? Este não é um tempo de paz e fartura, no qual minha falta de habilidade política possa ser desconsiderada. Meu pai sempre foi muito claro em relação a isso. Ele dizia que Roma era cheia de lobos.

Tubruk assentiu sério.

– Farei o que puder, mas alguns já estarão olhando para as propriedades que tenham sido enfraquecidas e possam ser compradas por um preço baixo. Este não é um momento para ficar sem defesas.

– Mas não sei o bastante para nos proteger! – continuou Caio. – O Senado poderá tomar tudo se eu não pagar os impostos, por exemplo. Mas como vou pagar? Onde está o dinheiro, para onde devo levá-lo e quanto devo pagar? Quais são os nomes dos clientes de meu pai? Estão vendo?

– Fique calmo – disse Cabera, recomeçando os movimentos lentos ao longo do arco. – Em vez disso, pense. Vamos começar com o que você tem, e não com o que não sabe.

Caio respirou fundo e mais uma vez desejou que seu pai estivesse ali para ser a rocha de certeza em sua vida.

– Eu tenho você, Tubruk. Você conhece a propriedade, mas não as outras coisas. Nenhum de nós sabe nada sobre política ou as realidades do Senado.

Ele olhou de novo para Cabera e Marco.

– Tenho vocês dois e tenho Rênio à mão, mas nenhum de nós já entrou nas câmaras do Senado, e os aliados de meu pai são estranhos para nós.

– Concentre-se no que *temos*, caso contrário vai entrar em desespero. Até agora você citou algumas pessoas muito capazes. Exércitos já começaram com menos que isso. O que mais?

– Minha mãe e seu irmão, Mário, mas meu pai sempre disse que ele era o maior de todos os lobos.

– Mas no momento precisamos de um grande lobo. Alguém que conheça a política. Ele tem o seu sangue, deve ir vê-lo – disse Marco em voz baixa.

– Não sei se posso confiar nele – respondeu Caio com a expressão vazia.

– Ele não vai abandonar sua mãe. Precisa ajudá-lo a manter o controle da propriedade, nem que seja em nome dela – declarou Tubruk.

Caio concordou lentamente.

– Certo. Ele tem uma casa em Roma que posso visitar. Não existe mais ninguém capaz de oferecer ajuda, por isso terá de ser ele. Mas ele me é estranho. Desde que minha mãe começou a ficar doente, raramente veio à propriedade.

– Isso não importa. Ele não vai rejeitá-lo – disse Cabera em tom pacífico, olhando o brilho que tinha produzido no arco.

Marco olhou incisivamente para o velho.

– Você parece muito seguro.

Cabera deu de ombros.

– Nada é seguro neste mundo.

– Então está decidido. Vou mandar um mensageiro à frente e visitar meu tio – disse Caio com alguma coisa de sua tristeza se esvaindo.

– Vou com você – disse Marco depressa. – Você ainda está se recuperando dos ferimentos e atualmente Roma não é um lugar seguro, você sabe.

Caio deu um sorriso verdadeiro pela primeira vez naquele dia.

Cabera murmurou, como se falasse consigo mesmo:

– Vim a esta terra para ver Roma. Vivi em povoados de altas montanhas e conheci tribos que se pensava perdidas para a antiguidade. Acreditei que tinha visto tudo, mas o tempo todo as pessoas me diziam que eu precisava visitar Roma antes de morrer. Eu dizia a elas: "Este lago é a verdadeira beleza", e elas respondiam: "Você deveria ver Roma." Dizem que é um lugar maravilhoso, o centro do mundo, no entanto nunca estive dentro de suas muralhas.

Os dois garotos sorriram do subterfúgio transparente do velho.

– Claro que você irá. Eu o considero um amigo da casa. Sempre será bem-vindo onde quer que eu esteja, palavra de honra – respondeu Caio em tom formal, como se repetisse um juramento.

Cabera pôs o arco de lado e se levantou com a mão estendida. Caio segurou-a com firmeza.

– Vocês dois também serão sempre bem-vindos aos fogos de minha casa – disse Cabera. – Gosto do clima daqui e do povo. Acho que minhas viagens esperarão um tempo.

Caio soltou a mão dele, a expressão pensativa.

– Precisarei de bons amigos por perto se quiser sobreviver a meu primeiro ano na política. Meu pai disse que é como andar descalço num ninho de víboras.

– Parece que ele tinha expressões curiosas e uma opinião não muito boa de seus colegas – disse Cabera com um risinho seco. – Pisaremos de leve e esmagaremos algumas cabeças, se necessário.

Os quatro sorriram e sentiram a força que vinha daquela amizade, apesar da diferença de idade e de formação.

– Eu gostaria de levar Alexandria conosco – acrescentou Caio subitamente.

– Ah, é? A bonita? – respondeu Marco, o rosto se iluminando.

Caio sentiu as bochechas ficando vermelhas e esperou que não fosse aparente. A julgar pela expressão dos outros, era.

– Você precisará me apresentar a essa garota – disse Cabera.

– Rênio a açoitou, sabe? Por nos ter distraído durante os treinos – continuou Marco.

Cabera estalou a língua, desaprovando.

– Às vezes ele é totalmente sem encanto. As mulheres lindas são uma alegria na vida...

– Olhem, eu... – começou Caio.

– Sim, tenho certeza de que você a quer simplesmente para segurar os cavalos ou algo assim. Vocês, romanos, têm um modo tão incrível de tratar as mulheres que é um espanto sua raça ter sobrevivido.

Caio saiu da sala depois de um tempo, deixando risos atrás.

Bateu à porta do quarto onde Rênio estava. Ele estava sozinho, mas Lúcio continuava por perto e tinha acabado de entrar para verificar os ferimentos e os pontos. Estava escuro no quarto, e a princípio Caio achou que o velho estivesse dormindo.

Virou-se para sair e não perturbar o descanso de que ele devia precisar, mas um sussurro o impediu.

– Caio? Achei que fosse você.

– Rênio. Eu queria agradecer. – Caio se aproximou da cama e puxou uma cadeira para perto dele. Os olhos estavam abertos e límpidos, e Caio piscou ao perceber as feições. Devia ser a pouca luz, mas Rênio parecia mais jovem. Certamente não, mas não havia como negar que algumas rugas fundas tinham diminuído e que alguns cabelos pretos podiam ser vistos nas têmporas, quase invisíveis à luz, mas se destacando contra os brancos.

– Você parece... bem – conseguiu dizer Caio.

Rênio deu um risinho curto e duro.

– Cabera me curou e fez maravilhas. Ele ficou mais surpreso do que todos, disse que eu devo ter um destino ou algo do tipo, para ser tão afetado por ele. Na verdade me sinto forte, se bem que o braço esquerdo continua inútil. Lúcio queria tirá-lo em vez de deixá-lo balançando. Eu... talvez deixe que ele faça isso, quando o resto de mim estiver curado.

Caio absorveu isso em silêncio, lutando contra memórias dolorosas.

– Tanta coisa aconteceu num tempo tão curto! Fico feliz por você continuar aqui.

– Não pude salvar seu pai. Estava muito longe e também estava acabado. Cabera disse que ele morreu instantaneamente, com uma lâmina no coração. Provavelmente nem percebeu.

– Tudo bem. Não precisa se desculpar. Sei que ele queria estar naquela muralha. Eu também queria, mas fui deixado no quarto e...

– Mas saiu, não foi? Fico feliz por ter saído, afinal de contas. Tubruk disse que você o salvou no final, como uma... uma força de reserva.

O velho sorriu e tossiu durante um tempo. Caio esperou pacientemente até a crise passar.

– Foi ordem minha deixar você de fora. Você estava muito fraco para lutar durante horas, e seu pai concordou comigo. Ele queria sua segurança. Mesmo assim fico feliz por você ter saído no final.

– Eu também. Lutei com Rênio! – disse Caio com os olhos marejados, mas sorriu.

– Eu sempre luto com Rênio – disse o velho. – Não é grande coisa, na verdade.

11

A luz do alvorecer estava fria e cinzenta; o céu limpo sobre as terras da propriedade. Trombetas soavam graves e lamentosas, abafando a canção dos pássaros, que parecia tão inadequada para um dia que marcava a passagem de uma vida. A casa estava desprovida de ornamentos, a não ser por um galho de cipreste sobre o portão principal, para avisar aos sacerdotes de Júpiter que não entrassem enquanto o corpo ainda estivesse dentro.

Três vezes as trombetas gemeram e finalmente o povo entoou: "*Conclamatum est.*" A tristeza tinha sido exposta. O terreno dentro dos portões estava cheio de pessoas da cidade, vestidas com togas de lã grosseira, sem tomar banho e sem se barbear, para mostrar a tristeza.

Caio estava perto do portão com Tubruk e Marco e ficou olhando o corpo de seu pai ser trazido, com os pés à frente, e posto com cuidado na carroça aberta que iria levá-lo à pira funerária. A multidão esperou, de cabeça baixa em oração ou pensamento, enquanto Caio andava rigidamente até o corpo.

Ele olhou o rosto do homem que tinha conhecido e amado durante toda a vida e tentou se lembrar de quando os olhos podiam se abrir e a mão forte se estendia para segurar seu ombro ou desalinhar seu cabelo. Aquelas mesmas mãos estavam frouxas dos lados do corpo, a pele limpa e brilhante com óleo. Os ferimentos da defesa da muralha estavam cobertos pelas dobras da toga, mas nada existia de vida. Nenhum subir ou descer do peito com a respiração. A pele parecia maltratada, pálida demais. Imaginou se estaria fria ao toque, mas não pôde experimentar.

– Adeus, meu pai – sussurrou e quase cambaleou quando a tristeza cresceu por dentro. A multidão ficou olhando e ele se firmou. Nada de vergonha diante do velho. Alguns deviam ser amigos, desconhecidos para ele, mas alguns seriam aves de rapina, avaliando sua fraqueza. Sentiu uma pontada de raiva diante disso e pôde abafar a tristeza. Estendeu a mão e segurou a do pai, curvando a cabeça. A pele parecia pano, áspera e fria. – *Conclamatum est* – disse, e a multidão murmurou as palavras de novo.

Ele recuou e olhou em silêncio a mãe se aproximar do homem que tinha sido seu esposo. Podia vê-la tremendo debaixo da capa de lã suja. O cabelo não tinha sido cuidado pelas escravas e se projetava desalinhado. Os olhos estavam vermelhos e a mão tremia quando tocou seu pai pela última vez. Caio ficou tenso e implorou por dentro que ela terminasse o ritual sem provocar uma desgraça. Parado tão perto, somente ele pôde ouvir as palavras que ela disse ao se curvar sobre o rosto de seu pai.

– Por que me deixou sozinha, meu amor? Agora quem vai me fazer rir quando estiver triste e me abraçar no escuro? Não foi isso que eu sonhei. Você prometeu que sempre estaria perto quando eu estivesse cansada e com raiva do mundo.

Ela começou a soluçar e Tubruk sinalizou para a acompanhante que tinha contratado. Como acontecia com os médicos, a mulher não havia causado nenhuma melhora física, mas Aurélia parecia sentir conforto com a matrona romana, talvez simplesmente por ser uma companhia feminina. Isso bastava para Tubruk, e ele assentiu quando a mulher segurou gentilmente o braço de Aurélia e guiou-a para a casa escurecida.

Caio soltou o ar aos poucos, subitamente percebendo de novo a multidão. Lágrimas surgiram em seus olhos e foram ignoradas ao chegarem à borda e se grudarem nos cílios.

Tubruk se aproximou e falou baixo:

– Ela vai ficar bem.

Mas os dois sabiam que não era verdade.

Um a um os presentes foram prestar respeitos ao corpo e vários falaram com Caio depois, elogiando seu pai e insistindo para que ele os contatasse na cidade.

– Ele sempre foi correto comigo, mesmo quando o lucro estava do outro lado – disse um homem grisalho com uma toga áspera. – Ele era dono de uma quinta parte de minhas lojas na cidade e me emprestou o dinheiro para comprá-las. Era um dos raros em que se podia confiar para qualquer coisa, e sempre foi justo.

Caio apertou sua mão com força.

– Obrigado. Tubruk combinará uma ocasião para discutir o futuro com o senhor.

O velho assentiu.

– Se ele estiver me olhando, quero que me veja sendo justo com seu filho. Eu lhe devo isso e mais.

Outros vieram em seguida, e Caio sentiu orgulho ao ver a tristeza genuína que seu pai deixava para trás. Em Roma havia um mundo que o filho nunca tinha visto, mas seu pai fora um homem decente, e isso lhe importava, o fato de a cidade estar um pouco mais pobre porque seu pai não mais andaria pelas ruas.

Um homem vestido com uma toga limpa, de boa lã branca, destacava-se na multidão. Não parou diante da carroça, indo direto até Caio.

– Estou aqui em nome do cônsul Mário, que está fora da cidade, mas quis me mandar para dizer que seu pai não será esquecido por ele.

Caio agradeceu educadamente, a cabeça trabalhando em ritmo furioso.

– Leve a mensagem de que visitarei o cônsul Mário da próxima vez que ele estiver na cidade.

O homem assentiu.

– Seu tio vai recebê-lo calorosamente, tenho certeza. Estará em casa daqui a três semanas. Informarei a ele. – O mensageiro voltou por entre as pessoas e saiu pelo portão, enquanto Caio o acompanhava com o olhar.

Marco chegou perto de seu ombro, falando em voz baixa:

– Você já não está tão sozinho quanto pensava.

Caio pensou nas palavras da mãe.

– Não. Ele estabeleceu meu padrão e estarei à altura. Não serei um homem inferior quando estiver ali deitado e meu filho receber os que me conheceram. Juro.

No silêncio do alvorecer vieram as vozes das *praeficae*, cantando em voz baixa as mesmas palavras de perda, repetidamente. Era um som lamentoso, e o mundo se encheu com ele enquanto os cavalos puxavam a carroça que levava seu pai pelo portão, devagar, com as pessoas atrás, de cabeça baixa.

Depois de apenas alguns minutos o pátio estava vazio de novo e Caio esperou Tubruk, que tinha entrado para ver como Aurélia estava.

– Você vem? – perguntou Caio quando ele voltou.

Tubruk balançou a cabeça.

– Vou ficar para servir à sua mãe. Não quero que ela fique sozinha numa hora dessas.

Lágrimas vieram de novo aos olhos de Caio e ele estendeu a mão para o braço do outro.

– Feche os portões quando eu sair, Tubruk. Acho que não posso fazer isso.

– Você deve. Seu pai foi para o túmulo e você deve segui-lo, mas primeiro os portões devem ser fechados pelo novo senhor. Não devo tomar seu lugar. Feche a propriedade para o luto e vá acender a pira funerária. Essas são suas últimas tarefas antes de eu chamá-lo de senhor. Vá agora.

As palavras não queriam sair de sua garganta, e Caio se virou, fechando os pesados portões. A procissão funerária não tinha ido longe com seu passo medido e ele andou lentamente atrás, com as costas retas e o coração dolorido.

A cremação foi feita fora da cidade, perto do túmulo da família. Durante décadas os enterros dentro das muralhas de Roma tinham sido proibidos, enquanto a cidade preenchia cada espaço disponível com construções. Caio ficou olhando em silêncio enquanto o corpo de seu pai era posto numa pira alta que o escondia das vistas, no centro. A madeira e a palha estavam encharcadas de óleos perfumados, e o odor de flores pairava pesado no ar enquanto as *praeficae* mudavam para um canto de esperança e renascimento. Uma tocha foi trazida para Caio pelo homem que tinha preparado o corpo de seu pai para o funeral. Ele tinha os olhos escuros e o rosto calmo de alguém acostumado à morte e ao sofrimento, e Caio agradeceu com polidez distante.

Caio se aproximou da pira e sentiu o olhar de todos. Não iria demonstrar fraqueza em público, prometeu a si mesmo. Roma e seu pai olhavam para ver se ele hesitaria, mas não.

De perto, o cheiro dos perfumes era quase avassalador. Caio estendeu a mão com uma moeda de prata e abriu a boca do pai, apertando o metal contra a frieza seca da língua. O dinheiro pagaria o barqueiro, Caronte, e seu pai chegaria às terras calmas do outro lado. Fechou a boca suavemente e recuou, apertando a tocha enfumaçada contra a palha cheia de óleo enfiada entre os galhos na base da pira. Uma lembrança do cheiro de penas queimando entrou em sua mente e sumiu antes que ele pudesse identificá-la.

O fogo cresceu depressa, com gravetos estourando e estalos que soavam alto contra as cantigas baixas das *praeficae*. Caio se afastou do calor enquanto seu rosto se avermelhava e segurou a tocha com a mão frouxa. Era o fim da infância enquanto ele ainda era criança. A cidade o chamava e ele não se sentia pronto. O Senado o chamava e ele estava aterrorizado. Mas não fracassaria diante da memória do pai e enfrentaria os desafios à medida que viessem. Em três semanas deixaria a propriedade e entraria em Roma como cidadão, membro da *nobilitas*.

Finalmente chorou.

12

— Roma, a maior cidade do mundo – disse Marco, balançando a cabeça maravilhado enquanto entravam na vastidão do fórum. Grandes estátuas de bronze olhavam para o pequeno grupo que andava a cavalo em meio aos pedestres agitados.

– Você não percebe como tudo é grande enquanto não chega perto – respondeu Cabera, com sua confiança de sempre um tanto abalada. As pirâmides do Egito pareciam maiores em sua memória, mas o povo lá sempre olhava para o passado com suas tumbas. Aqui as grandes estruturas eram para os vivos, e ele sentia o otimismo disso.

Alexandria também estava pasma, ainda que em parte por pensar em como tudo tinha mudado nos cinco anos desde que o pai de Caio a havia comprado para trabalhar na cozinha. Imaginou se o homem que era dono de sua mãe ainda estava em algum lugar na cidade e estremeceu ao lembrar de seu rosto e de como ele as tratava. Sua mãe nunca fora livre e morreu como escrava depois que uma febre a atacou e a várias outras nos cercados dos escravos embaixo de uma das casas de venda. Essas doenças eram comuns, e os grandes vendedores de escravos costumavam repassar alguns corpos a cada mês, aceitando moedas dos fazedores de cinzas. Mas ela se lembrava, e a imobilidade de cera de sua mãe ainda se apertava contra seus braços nos sonhos. Estremeceu de novo e balançou a cabeça como se quisesse clareá-la.

"Não vou morrer como escrava", pensou, e Cabera se virou para olhá-la, quase como se tivesse ouvido o pensamento. Ele assentiu e piscou, e ela sorriu para ele. Tinha gostado do velho desde o início. Era outro que não se encaixava onde quer que estivesse.

"Vou aprender coisas úteis e fazer coisas para vender, e vou comprar minha liberdade", pensou, sabendo que a glória do fórum a estava afetando, mas sem se importar. Quem não sonharia num lugar que parecia ter sido construído por deuses? Podia-se saber como se fazia uma cabana só de olhar, mas quem poderia imaginar aquelas colunas sendo erguidas? Tudo era claro e intocado pela imundície que ela recordava, ruas estreitas e sujas, homens feios alugando sua mãe por hora, o dinheiro indo para o dono da casa.

Não havia mendigos nem prostitutas no fórum, apenas homens e mulheres bem vestidos e limpos, comprando, vendendo, comendo, bebendo, discutindo política e dinheiro. De cada lado, o olhar era preenchido por prédios gigantescos feitos de pedras ricas, colunas enormes com topos e pés dourados, grandes arcos erguidos para triunfos militares. Sem dúvida aquele era o coração do império batendo forte. Cada um deles podia sentir. Havia ali uma confiança, uma arrogância. Enquanto a maior parte do mundo ainda se arrastava na poeira, aquelas pessoas tinham poder e uma riqueza estonteante.

O único sinal dos problemas recentes era a presença séria de legionários a postos em cada esquina, vigiando a multidão com olhos frios.

– Isso é para fazer com que os homens se sintam menores – murmurou Rênio.

– Mas não faz! – continuou Cabera, olhando boquiaberto em volta. – Faz com que eu sinta orgulho porque o homem pode construir algo assim. Que raça nós somos!

Alexandria assentiu em silêncio. Aquilo mostrava que tudo podia ser alcançado; até, quem sabe, a liberdade.

Meninos anunciavam as mercadorias de seus senhores em centenas de lojas minúsculas à beira das ruas; barbeiros, carpinteiros, açougueiros, pedreiros, joalheiros de ouro e prata, oleiros, fazedores de mosaicos, tapeceiros, a lista era interminável, as cores e os ruídos formavam um borrão.

– Esse é o templo de Júpiter, na colina Capitolina. Vamos voltar e fazer um sacrifício quando tivermos visto seu tio Mário – disse Tubruk, relaxado e sorrindo ao sol da manhã. Ele estava guiando o grupo e levantou o braço para fazer com que parassem.

– Esperem. O caminho daquele homem vai se cruzar com o nosso. Ele é um magistrado importante e não deve ser atrapalhado.

Os outros pararam.

– Como sabe? – perguntou Marco.

– Está vendo o homem ao lado dele? É um lictor, um auxiliar especial. Está vendo aquele embrulho pendurado no ombro dele? São hastes de madeira para flagelar e um pequeno machado para decapitar. Se um de nossos cavalos esbarrasse no magistrado, por exemplo, ele poderia ordenar a pena de morte na hora. Não precisa de testemunhas nem de lei. É melhor evitá-los completamente, se pudermos.

Em silêncio, todos olharam o homem e seu auxiliar atravessando a praça, ao que parecia indiferentes à atenção do grupo.

– É um lugar perigoso para os ignorantes – sussurrou Cabera.

– Todo lugar é assim, pela minha experiência – grunhiu Rênio de trás.

Depois de passar pelo fórum, entraram em ruas secundárias que abandonavam as linhas retas das principais. Ali havia menos nomes nos cruzamentos. Frequentemente as casas tinham quatro ou até cinco andares, e Cabera, em particular, olhava-as boquiaberto.

– Que vista elas devem ter! São muito caras aquelas casas no alto?

– Chamam-se apartamentos e são as mais baratas. Não têm água corrente naquela altura e correm grande perigo com o fogo. Se um incêndio começar no andar de baixo, os que estão em cima dificilmente conseguirão sair. Está vendo como as janelas são pequenas? É para manter o sol e a chuva do lado de fora, mas também significa que não se pode pular delas.

Foram achando caminho pelas pesadas pedras que atravessavam as ruas fundas a intervalos. Sem elas os pedestres pisariam na sujeira escorregadia deixada pelos cavalos e jumentos. As rodas das carroças precisavam ser separadas por uma distância regulamentar para poderem atravessar os espaços, e Cabera assentiu consigo mesmo enquanto observava o processo.

– É uma cidade bem planejada – disse ele. – Nunca vi outra assim.

– Não existe outra assim – disse Tubruk rindo. – Dizem que Cartago tinha uma beleza semelhante, mas a destruímos há mais de cinquenta anos e jogamos sal na terra para que ela nunca mais se levante contra Roma.

– Você fala como se uma cidade fosse uma coisa viva – respondeu Cabera.

– E não é? Pode-se sentir a vida aqui. Eu pude senti-la me dando as boas-vindas quando atravessei o portão. Este é meu lar, como nenhuma outra casa pode ser.

Caio também podia sentir a vida ao redor. Apesar de nunca ter vivido entre as muralhas, aquele era seu lar tanto quanto de Tubruk – talvez mais, já que ele era *nobilitas*, nascido livre e fazendo parte do maior povo do mundo. "Meu povo construiu isso", pensou. "Meus ancestrais puseram as mãos nestas pedras e andaram por estas ruas. Meu pai pode ter parado naquela esquina e minha mãe pode ter crescido num dos jardins que consigo vislumbrar da rua principal."

Seu aperto nas rédeas se afrouxou e Cabera olhou-o sorrindo, sentindo a mudança de humor.

– Estamos quase chegando – disse Tubruk. – Pelo menos a casa de Mário fica bem longe do cheiro de excremento nas ruas. Não sinto falta disso, posso garantir.

Eles saíram da rua agitada e guiaram os cavalos subindo um morro íngreme e uma rua mais calma e limpa.

– Estas são as casas dos ricos e poderosos. Eles têm propriedades no campo e mansões aqui, onde recebem visitas e tramam por mais poder e ainda mais riqueza – continuou Tubruk, com a voz suficientemente vazia de emoção para fazer Caio encará-lo. As casas eram isoladas do olhar público por portões de ferro mais altos que um homem. Cada um deles era numerado e possuía uma pequena porta para os que estavam a pé. Tubruk explicou que aquilo era apenas a parte menor; as construções se estendiam cada vez mais para os fundos, tendo desde banheiros particulares até estábulos e grandes pátios, tudo escondido dos plebeus vulgares. – Em Roma a privacidade é de grande importância – disse ele. – Talvez isso faça parte de viver numa cidade. Se você aparecesse sem avisar numa propriedade no campo, provavelmente não causaria ofensa, mas aqui é preciso marcar hora, anunciar-se e esperar e esperar até que estejam prontos para recebê-lo. É esta. Vou dizer ao porteiro que chegamos.

– Então vou deixá-los aqui – disse Rênio. – Devo ir à minha casa e ver se ela não foi danificada durante os tumultos.

– Não se esqueça do toque de recolher. Esteja dentro de casa antes do pôr do sol, meu amigo. Ainda estão matando todos que fiquem nas ruas depois de anoitecer.

– Tomarei cuidado – concordou Rênio.

Ele virou seu cavalo e Caio estendeu a mão para pousá-la em seu braço bom.

– Vai nos deixar? Pensei...

– Preciso ver como estão as coisas em casa. Tenho de pensar sozinho durante um tempo. Não me sinto pronto para me acomodar com outros velhos. Volto amanhã ao amanhecer para vê-lo e... bem... amanhã ao amanhecer. – Ele sorriu e se afastou.

Enquanto Rênio trotava morro abaixo, Caio notou mais uma vez como seu cabelo era escuro e viu a energia que enchia seu corpo. Virou-se e olhou para Cabera, que deu de ombros.

– Porteiro! – gritou Tubruk. – Atenda-nos.

DEPOIS DO CALOR das ruas romanas, os frescos corredores de pedra que conduziam ao interior da casa eram um alívio bem-vindo. Os cavalos e as bolsas tinham sido levados, e os cinco visitantes foram guiados à primeira construção, recebidos por um escravo idoso.

Pararam diante de uma porta de madeira dourada e o escravo abriu-a, sinalizando para dentro.

– O senhor encontrará tudo de que precisa, jovem senhor Caio. O cônsul Mário lhe deu licença para se lavar e trocar de roupa depois da viagem. O senhor só é esperado para se apresentar a ele ao pôr do sol, daqui a três horas, quando os senhores jantarão. Devo levar seus companheiros às acomodações dos serviçais?

– Não. Eles ficarão comigo.

– Como quiser, senhor. Devo levar a garota ao alojamento dos escravos?

Caio assentiu lentamente, pensando.

– Trate-a com gentileza. Ela é amiga de minha casa.

– Claro, senhor – respondeu o homem, sinalizando para Alexandria.

Ela lançou um olhar para Caio, e sua expressão era ilegível nos olhos escuros.

Em silêncio, o homenzinho calmo saiu, sem que as sandálias fizessem barulho no chão de pedra. Os outros se entreolharam, cada qual sentindo algum tipo de consolo na companhia dos amigos.

– Acho que essa garota gosta de mim – disse Marco.

Caio olhou-o surpreso, e Marco deu de ombros.

– E tem pernas lindas. – Ele entrou nos alojamentos, rindo baixinho, deixando Caio estupefato atrás.

Cabera deu um assobio baixo ao entrar no cômodo. O teto ficava a mais de quatro metros do chão de mosaico, com uma série de traves de latão que cruzavam e recruzavam o espaço. As paredes eram pintadas de vermelho e laranja escuros, cores que eles viram com frequência desde que haviam entrado na cidade, mas era o piso que chamava a atenção, mesmo antes de olharem para o teto abobadado. Havia uma série de círculos desenhados, cercando uma fonte de mármore no centro do aposento enorme. Cada círculo continha figuras correndo, tentando pegar a da frente e congeladas na tentativa. Nos círculos externos havia figuras de mercadores levando suas mercadorias, depois, à medida que o olhar seguia os círculos para dentro, podiam ser vistos diferentes aspectos da sociedade. Havia escravos, magistrados, membros do Senado, legionários, médicos. Um círculo continha apenas reis, nus a não ser pelas coroas. O anel interno, formando um cinturão em volta da fonte, continha figuras dos deuses, e somente eles estavam imóveis. Olhavam todas as hordas que corriam em volta mas jamais saltavam de um círculo para o outro.

Caio atravessou os círculos até a fonte e bebeu, usando uma taça que estava sobre a borda de mármore. Na verdade estava cansado e, por mais impressionado que se sentisse com a beleza do aposento, o fato mais importante era que nenhuma comida nem divã estavam incluídos no esplendor. Os outros o seguiram, atravessando um arco até o aposento seguinte.

– Assim está melhor – disse Marco, animado.

Havia uma mesa encerada, cheia de comida: carne, pão, ovos, legumes e peixes. Frutas se empilhavam em tigelas de ouro. Ao redor se espalhavam divãs macios e convidativos, mas outra porta levava mais para dentro, e Caio não pôde resistir a olhar.

O terceiro cômodo tinha uma piscina funda no centro. A água soltava vapor, convidativa, e havia bancos de madeira encostados nas paredes, forrados com tecidos brancos e macios. Túnicas pendiam em suportes próximo à água, e quatro escravos esperavam perto de mesas baixas, prontos para aplicar massagem, se necessário.

– Excelente – disse Tubruk. – Seu tio é um excelente anfitrião, Caio. Quero um banho antes de comer. – Enquanto falava, começou a tirar a roupa. Um dos escravos se aproximou e estendeu o braço para segurar as peças que eram retiradas. Quando Tubruk estava nu, o escravo desapareceu com elas pela porta única. Instantes depois outro entrou e ocupou seu lugar junto às mesas.

Tubruk entrou completamente na água, prendendo o fôlego enquanto deslizava abaixo da superfície e relaxando cada músculo no calor. Quando veio à tona, Caio e Marco tinham tirado as roupas, que outro escravo recolheu, e mergulharam na extremidade oposta, nus e rindo.

Um escravo estendeu a mão para as roupas de Cabera, e o velho franziu a testa para ele. Depois suspirou e começou a tirar o manto de cima do corpo magro.

– Sempre novas experiências – disse enquanto entrava na água, encolhendo-se.

– Ombros, garoto – gritou Tubruk para um dos serviçais.

O homem assentiu e se ajoelhou na borda da piscina, apertando o polegar nos músculos de Tubruk, liberando as tensões que estavam ali desde o ataque dos escravos contra a propriedade.

– Bom – suspirou Tubruk, e começou a cochilar, acalentado pelo calor.

Marco foi o primeiro a ir para a mesa de massagem, deitando no tecido fofo e soltando vapor no ar mais frio. O escravo mais próximo tirou do cinto alguns instrumentos que quase pareciam um jogo de compridas chaves de latão. Derramou óleo de oliva em abundância e depois começou a raspar a pele úmida de Marco, como se estivesse descamando um peixe, tirando o pó da viagem e enxugando uma quantidade surpreendente de sujeira preta com um tecido pendurado na cintura. Depois esfregou a pele até secar e derramou um pouco mais de óleo para a massagem, começando com movimentos amplos ao longo da coluna.

Marco gemeu de satisfação.

– Caio, acho que vou gostar disso aqui – murmurou com os lábios frouxos.

Caio ficou deitado na água e deixou a mente vaguear livre. Mário poderia não querer os dois garotos por perto. Não tinha filhos, e os deuses sabiam que aquele era um tempo difícil para a República. Todas as frágeis liberdades que seu pai tinha amado estavam sofrendo ameaça com os soldados em cada esquina. Como cônsul, Mário era um dos dois homens mais importantes na cidade, mas com a legião de Sila nas ruas seu poder se tornava uma ficção, e sua vida dependia dos caprichos de Sila. No entanto, como Caio poderia proteger os interesses do pai sem a ajuda do tio? Precisava ser apresentado ao Senado, patrocinado por outro membro. Não podia simplesmente ocupar o lugar do pai; eles iriam expulsá-lo, e isso seria o fim de tudo. Sem dúvida o laço de sangue com sua mãe valeria alguma ajuda, mas Caio não tinha certeza. Mário era o general dourado que aparecia na casa da irmã ocasionalmente quando Caio era pequeno. Mas as visitas tinham diminuído cada vez mais à medida que a doença dela progredira, e fazia anos desde a última.

– Caio? – A voz de Marco interrompeu seus pensamentos. – Venha ganhar uma massagem. Está pensando demais outra vez.

Caio riu para o amigo e se levantou da água. Não lhe ocorreu ficar envergonhado com a nudez. Ninguém ficava.

– Cabera? Já recebeu uma massagem alguma vez? – perguntou ele enquanto passava pelo velho, cujos olhos estavam quase se fechando.

– Não, mas experimento tudo ao menos uma vez – respondeu Cabera, indo pela água em direção aos degraus.

– Então está na cidade certa – disse Tubruk rindo, de olhos fechados.

LIMPOS E REFRESCADOS, usando roupas lavadas e sem fome demais, os quatro foram levados até Mário ao pôr do sol. Como escrava, Alexandria não os acompanhou, e por um momento Caio ficou desapontado. Quando ela estava com eles, o garoto mal sabia o que lhe dizer, mas quando ela estava longe sua mente se enchia de frases inteligentes e espirituosas de que jamais conseguia se lembrar para dizer mais tarde. Não tinha falado com ela sobre o beijo no estábulo e imaginava se a garota pensava naquilo tanto quanto ele. Limpou a mente, sabendo que precisava estar em forma e concentrado para se encontrar com um cônsul de Roma.

Um escravo corpulento fez com que parassem diante da porta do aposento e arrumou a roupa deles, pegando um pente de marfim para colocar os cachos de Marco no lugar e ajeitando a túnica de Tubruk na altura do peito. Quando os dedos carnudos se aproximavam de Cabera, as mãos do velho se levantaram bruscamente e deram um tapa neles.

– Não toque! – falou rispidamente.

O rosto do escravo permaneceu inexpressivo enquanto ele continuava melhorando a aparência dos outros. Finalmente ficou satisfeito, embora tenha se permitido franzir a testa diante de Cabera.

– O senhor e a senhora estão presentes esta noite. Primeiro façam reverência para o senhor, enquanto se apresentam, e mantenham os olhos no chão durante a reverência. Depois façam a reverência para a senhora Metela, uns dois ou quatro centímetros menos baixa. Se seu escravo bárbaro quiser, ele pode bater com a cabeça no chão algumas vezes também.

Cabera abriu a boca para responder, mas o escravo se virou e empurrou a porta dupla.

Caio entrou primeiro e viu uma linda sala com um jardim no centro, aberto para o céu. Ao redor do retângulo do jardim havia uma passagem que dava para outros aposentos. Colunas de pedra branca sustentavam o teto que se projetava, e as paredes eram pintadas com cenas da história de Roma: as vitórias de Cipião, a conquista da Grécia. Mário e sua esposa Metela se levantaram para receber os convidados, e Caio forçou um sorriso, sentindo-se subitamente muito criança e sem jeito.

Enquanto se aproximava, pôde ver o sujeito avaliando-o e imaginou que conclusões ele estaria tirando. De sua parte, Mário era uma figura impressionante. General de cem campanhas, usava uma toga frouxa que deixava o braço e o ombro direitos nus, revelando uma musculatura maciça e pelos escuros e ondulados no peito e nos antebraços. Não usava qualquer tipo de joia ou adorno, como se essas coisas fossem desnecessárias para um homem de sua estatura. Erguia-se ereto, e os olhos castanhos escuros olhavam firmes por baixo de sobrancelhas grossas. Cada característica revelava a cidade de seu nascimento. As mãos estavam cruzadas atrás do corpo e ele nada disse enquanto Caio se aproximava e fazia uma reverência.

Metela já fora uma beldade, mas o tempo e as preocupações tinham riscado seu rosto, com rugas de algum sofrimento sem nome agarrando a pele com as garras de uma velha. Ela parecia tensa, com os tendões no pescoço se destacando. As mãos tremiam ligeiramente ao olhá-lo. Usava um vestido simples, de tecido vermelho, complementado por brincos e pulseiras de ouro brilhante.

– O filho de minha irmã é sempre bem-vindo em minha casa – disse Mário, a voz preenchendo todo o espaço.

Caio quase cambaleou de alívio, mas ficou firme.

Marco chegou ao seu lado e fez uma reverência elegante. Metela cruzou o olhar com ele e os tremores em suas mãos aumentaram. Caio captou Mário olhando preocupado de soslaio, enquanto ela dava um passo adiante.

– Que rapazes lindos – disse, estendendo as mãos. Achando aquilo curioso, cada um dos garotos segurou uma. – Como vocês sofreram no levante! Que coisas vocês viram!

Ela pôs a mão na bochecha de Marco.

– Estarão seguros aqui, entendem? Nosso lar é o lar de vocês, por quanto tempo quiserem.

Marco levantou a mão para cobrir a dela e sussurrou:

– Obrigado. – Ele parecia mais confortável do que Caio com aquela mulher estranha. A intensidade dela fez com que ele se lembrasse muito dolorosamente da própria mãe.

– Talvez você possa verificar os arranjos para a refeição, minha cara, enquanto eu discuto negócios com os garotos – estrondeou Mário animado, atrás deles.

Ela assentiu e saiu, virando a cabeça para olhar Marco.

Mário pigarreou.

– Acho que minha mulher gosta de vocês – disse ele. – Os deuses não nos abençoaram com filhos, e creio que vocês lhe trarão conforto.

Seu olhar passou por cima deles.

– Tubruk, vejo que ainda é o guardião preocupado. Ouvi dizer que lutou bem na defesa da casa de minha irmã.

– Cumpri meu dever, senhor. No fim, não foi suficiente.

– O filho vive, e a mãe dele. Júlio diria que é suficiente – respondeu Mário. Depois disso, seu olhar voltou a Caio. – Vejo o rosto de seu pai no seu. Sinto muito a partida dele. Não posso dizer que éramos verdadeiramente amigos, mas tínhamos respeito um pelo outro, o que é mais honesto que muitas amizades. Não pude comparecer ao funeral, mas ele estava em meus pensamentos e em minhas orações.

Caio começou a gostar daquele homem. Talvez este seja o talento dele, alertou uma voz interior. Talvez por isso ele tenha sido eleito tantas vezes. É um homem a quem os outros seguem.

– Obrigado. Meu pai sempre falou bem do senhor – respondeu em voz alta.

Mário riu, como um grunhido curto.

– Duvido. Como vai sua mãe, está... do mesmo jeito?

– Praticamente, senhor. Os médicos não têm esperança.

Mário assentiu, sem que o rosto traísse qualquer emoção.

– De agora em diante você deve me chamar de tio, acho. Sim. Tio me cai bem. E quem é este? – De novo seus olhos e o foco haviam mudado sem aviso, desta vez para Cabera, que olhou de volta impassivelmente.

– Ele é sacerdote e médico, e meu conselheiro. Cabera é seu nome – respondeu Caio.

– De onde você é, Cabera? Essas não são feições romanas.

– Do Oriente distante, senhor. Meu lar não é conhecido de Roma.

– Experimente dizer. Viajei longe com minha legião durante boa parte da vida. – Mário não piscou, o olhar implacável.

Cabera não pareceu perturbado.

– Um povoado de montanha mil milhas a leste do Egito. Parti ainda garoto e esqueci o nome. Desde então também passei a viajar muito.

O olhar chamejante sumiu quando Mário perdeu o interesse. Olhou novamente para os dois garotos.

– Minha casa é seu lar de agora em diante. Presumo que Tubruk voltará à sua propriedade, não é?

Caio assentiu.

– Bom. Vou arranjar para que você entre para o Senado assim que eu tiver resolvido alguns problemas pessoais. Sabe quem é Sila?

Caio se sentiu dolorosamente cônscio de que estava sendo avaliado.

– No momento ele controla Roma.

Mário franziu as sobrancelhas, mas Caio continuou:

– Suas legiões patrulham as ruas e isso lhe dá grande influência.

– Correto. Vejo que viver numa fazenda não o manteve completamente distante das questões da cidade. Venha sentarse. Bebe vinho? Não? Então este é um bom momento para aprender.

Enquanto se sentavam nos divãs em volta da mesa cheia de comida, Mário baixou a cabeça e começou a rezar em voz alta:

– Grande Marte. Faça com que eu tome as decisões certas nos difíceis dias que virão. – Em seguida se empertigou e riu para eles, sinalizando para um escravo servir o vinho. – Seu pai poderia ter sido um grande general, se quisesse – disse Mário. – Tinha a mente mais afiada que já vi, mas optou por manter pequenos seus interesses. Não entendia a realidade do poder, que um homem forte pode estar acima das regras e leis de seus vizinhos.

– Ele dava grande importância às leis de Roma – respondeu Caio, depois de pensar um momento.

– Sim. Era um de seus defeitos. Sabe quantas vezes fui eleito cônsul?

– Três – interveio Marco.

– Mas a lei só permite um mandato. Serei eleito de novo e de novo até me cansar. Sou um homem perigoso quando me recusam coisas. É disso que se trata, apesar de todas as leis e regulamentos tão caros aos velhos do Senado. Minha legião é leal a mim, e somente a mim. Aboli a exigência de possuir terras para entrar para o exército, de modo que muitos deles dependem de mim para viver. Certo, alguns estão limpando os esgotos de Roma, mas são leais e fortes apesar das origens e do nascimento.

"Cinco mil homens despedaçariam esta cidade se eu fosse assassinado, por isso ando pelas ruas em segurança. *Eles* sabem o que vai acontecer se eu morrer, entende?

"Se não puderem me matar, terão de ceder a mim, mas Sila finalmente entrou no jogo, com uma legião própria, leal apenas a ele. Não posso matá-lo e ele não pode me matar, por isso rosnamos um para o outro no Senado e esperamos alguma fraqueza. No momento ele tem vantagem. Seus homens estão nas ruas, como você disse, ao passo que os meus estão acampados fora das muralhas. Impasse. Joga latrúnculi? Tenho um tabuleiro aqui.

A última pergunta foi dirigida a Caio, que piscou e balançou a cabeça.

– Vou lhe ensinar. Sila é um mestre, e eu também. É um bom jogo para generais. A ideia é matar o rei inimigo ou remover seu poder, de modo que ele fique impotente e precise se entregar.

Um soldado entrou com o uniforme completo e brilhante. Fez uma saudação com o braço direito rígido.

– General, os homens que o senhor requisitou chegaram. Entraram na cidade vindos de diferentes direções e se reuniram aqui.

– Excelente! Veja só, Caio, outro movimento no jogo. Cinquenta dos meus homens estão comigo em minha casa. A não ser que Sila tenha espiões em cada portão, não saberá que eles entraram na cidade. Se ele adivinhar minhas intenções, haverá uma centúria de sua legião esperando do lado de fora ao amanhecer, mas tudo na vida é um jogo, certo?

Ele se dirigiu ao guarda:

– Sairemos ao amanhecer. Certifique-se de que meus escravos cuidem dos homens. Irei vê-los daqui a pouco.

O soldado fez uma nova saudação e se retirou.

– O que o senhor vai fazer? – perguntou Marco, sentindo-se completamente desnorteado.

Mário se levantou e flexionou os ombros. Chamou um escravo e disse-lhe que deixasse seu uniforme pronto para o amanhecer.

– Já viram um triunfo?

– Não. Creio que há alguns anos não acontece um – respondeu Caio.

– É o direito de todo general que capturou terras novas: marchar com sua legião pelas ruas de sua amada capital e receber o amor da multidão e os agradecimentos do Senado. Capturei vastidões de boa terra agrícola no norte da África, como Cipião antes de mim. Mas Sila me negou um triunfo, já que atualmente ele tem o Senado na mão. Ele diz que a cidade já viu muitos tumultos, mas este não é o motivo. Qual é o motivo dele?

– Ele não quer que seus homens entrem na cidade, sob qualquer pretexto – disse Caio rapidamente.

– Bom, então o que devo fazer?

– Trazê-los assim mesmo? – sugeriu Caio.

Mário se imobilizou.

– Não. Esta *é* minha amada cidade. Jamais uma força hostil entrou pelos seus portões. Não serei o primeiro. Isso é força cega, o que é sempre arriscado. Não, vou pedir! O alvorecer virá em seis horas. Sugiro que vocês durmam um pouco, senhores. Apenas avisem a um escravo quando quiserem ser levados a seus aposentos. Boa noite. – Ele deu um risinho e saiu, deixando os quatro sozinhos.

– Ele... – começou Cabera, mas Tubruk levantou um dedo em alerta, sinalizando para os escravos que estavam por perto, sem chamar atenção.

– A vida não será monótona aqui – disse em voz baixa.

Marco e Caio assentiram e riram um para o outro.

– Eu gostaria de vê-lo "pedir" – disse Marco.

Tubruk balançou a cabeça rapidamente.

– É perigoso demais. Certamente haverá derramamento de sangue, e eu não trouxe vocês a Roma para vê-los serem mortos no primeiro dia! Se soubesse que Mário estava planejando algo assim, teria adiado esta visita.

Caio pôs a mão no braço dele.

– Você foi um bom protetor, Tubruk, mas eu também quero ver isso. Não admito recusa.

A voz dele soou baixa, mas Tubruk olhou-o como se Caio tivesse gritado. Depois relaxou.

– Seu pai nunca foi tão tolo, mas se você está decidido, e se Mário concordar, vou junto para vigiar-lhe as costas, como sempre fiz. Cabera?

– Aonde mais eu iria? Ainda sigo pelo mesmo caminho de vocês.

Tubruk assentiu.

– Ao alvorecer, então. Sugiro que se levantem pelo menos uma ou duas horas antes do amanhecer, para exercícios de alongamento e um desjejum leve. – Ele se levantou e fez uma reverência para Caio. – Senhor?

– Pode ir, Tubruk – disse Caio, o rosto impassível.

Tubruk saiu.

Marco levantou uma sobrancelha, mas Caio o ignorou. Não estavam em local privado e não podiam desfrutar do relacionamento casual da propriedade no campo. Parente ou não, a casa de Mário não era um lugar para relaxar. Tubruk tinha-o lembrado disso com seu estilo formal.

Marco e Cabera saíram logo em seguida, deixando Caio entregue a seus pensamentos. Ele se recostou no divã e olhou para as estrelas sobre o jardim aberto.

Sentiu os olhos cheios de lágrimas. Seu pai tinha partido e ele estava no meio de estranhos. Tudo era novo, diferente e avassalador. Cada palavra precisava ser pensada antes de sair da boca, cada decisão tinha de ser avaliada. Era exaustivo e, não pela primeira vez, desejou ser criança de novo, sem responsabilidades. Sempre pudera procurar os outros quando cometia erros, mas quem poderia procurar agora? Imaginou se seu pai ou Tubruk já haviam se sentido tão perdidos como ele. Não parecia possível que conhecessem os mesmos medos. Talvez todo mundo sentisse isso, mas escondesse as preocupações dos outros.

Quando se acalmou de novo, levantou-se no escuro e saiu em silêncio do aposento, mal admitindo seu destino para si mesmo. Os corredores estavam silenciosos e pareciam desertos, mas ele tinha dado apenas alguns passos quando um guarda se adiantou e falou:

– Posso ajudá-lo, senhor?

Caio levou um susto. Claro que Mário teria guardas espalhados pela casa e pelos jardins.

– Eu trouxe uma escrava hoje. Gostaria de ver como ela está, antes de dormir.

– Entendo, senhor – respondeu o guarda com um pequeno sorriso. – Vou mostrar o caminho para o alojamento dos escravos.

Caio trincou os dentes. Sabia o que o homem estava pensando, mas falar de novo apenas faria suas suspeitas aumentarem. Seguiu-o em silêncio até chegarem a uma porta pesada no fim da passagem. O soldado bateu discretamente e eles esperaram apenas alguns instantes até que a porta se abrisse.

Uma mulher mais velha olhou o guarda com ar irritado. Seu cabelo estava ficando grisalho e o rosto rapidamente se imobilizou em rugas de desaprovação, sem dúvida uma expressão comum para ela.

– O que você quer, Thomas? Lucy está dormindo e eu lhe disse antes...

– Não é para mim. Este jovem é sobrinho de Mário. Ele trouxe uma garota hoje.

Os modos da mulher mudaram ao perceber Caio, que estava balançando a cabeça num silêncio doloroso, imaginando até que ponto as coisas ficariam públicas.

– Alexandria, não é? Linda garota. Meu nome é Carla. Vou levá-lo ao quarto dela. A maioria dos escravos está dormindo agora, de modo que não faça barulho, por favor. – Ela sinalizou para Caio segui-la, e ele foi, com o pescoço e as costas rígidos de constrangimento. Podia sentir o olhar de Thomas às costas, antes que a porta se fechasse suavemente atrás dele.

Essa parte da casa de Mário era simples, mas limpa. Um corredor comprido era ladeado por portas fechadas e havia pequenas velas em suportes ao longo das paredes, a intervalos. Apenas algumas estavam acesas, mas havia luz suficiente para Caio ver por onde estavam indo.

A voz de Carla se reduziu a um sussurro áspero quando ela se virou para ele.

– A maioria dos escravos dorme em quartos grandes, mas sua garota foi posta sozinha num que reservamos para os favorecidos. O senhor pediu que ela fosse tratada com gentileza, não foi?

Caio ficou ruborizado. Tinha esquecido o interesse que os escravos de Mário teriam nela e nele. De manhã toda a casa saberia que ele a visitara durante a noite.

Viraram um último corredor e Caio se imobilizou, pasmo. A última porta do corredor estava aberta e, recortada contra a luz baixa que vinha de dentro, pôde ver Alexandria de pé, linda à luz trêmula. Somente isso já teria feito com que ele respirasse acelerado, mas havia alguém com ela, encostado na parede, nas sombras.

Carla se adiantou rapidamente, e os dois reconheceram Marco ao mesmo tempo. De sua parte, ele pareceu igualmente surpreso ao vê-los.

– Como entrou aqui? – perguntou Carla, a voz tensa.

Marco piscou.

– Vim me esgueirando. Não queria acordar ninguém.

Caio olhou para Alexandria e seu peito ficou tenso de ciúme. Ela parecia cheia de irritação, mas o brilho em seus olhos só melhorava a aparência desalinhada. Sua voz foi direta.

– Como ambos podem ver, estou bem e muito confortável. Os escravos precisam se levantar antes do alvorecer, por isso eu gostaria de dormir, a não ser que queiram trazer Cabera e Tubruk também, não é?

Marco e Caio se entreolharam com expressões surpresas. Ela realmente parecia com raiva.

– Não? Então boa noite. – Alexandria assentiu para os dois com uma expressão firme e fechou suavemente a porta.

Carla ficou com a boca aberta de pasmo. Não tinha certeza de como deveria começar a pedir desculpas.

– O que está fazendo aqui, Marco? – perguntou Caio mantendo a voz baixa.

– O mesmo que você. Pensei que ela poderia estar solitária. Não sabia que ia transformar essa ocasião num evento social.

Portas estavam se abrindo no corredor e uma voz feminina grave falou:

– Está tudo bem, Carla?

– Sim, querida. Obrigada. – Carla sibilou de volta: – Olhem. Ela foi para a cama. Sugiro que os dois sigam o exemplo antes que toda a casa venha ver o que está acontecendo.

Contrariados, os dois assentiram e voltaram pelo corredor juntos, deixando Carla com a mão na boca para não rir antes que eles estivessem fora do alcance da audição. Quase conseguiu.

COMO ALEXANDRIA tinha previsto, toda a casa de Mário ficou subitamente viva duas horas antes do amanhecer. Os fogões na cozinha foram acesos, as janelas abertas, tochas postas ao longo das paredes até o sol nascer. Escravos se agitavam, carregando bandejas de comida e toalhas para os soldados. O silêncio das horas escuras foi rompido por risos e gritos ásperos. Caio e Marcos acordaram aos primeiros sons, e Tubruk logo em seguida. Cabera se recusou a se levantar.

– Por que eu iria querer? Só vou enfiar minha túnica e andar até o portão! Mais duas horas até o amanhecer parece bom para mim.

– Você pode tomar banho e comer o desjejum – disse Marco, com os olhos animados.

– Tomei banho ontem, e não como muito antes do meio-dia. Agora vão embora.

Marco recuou e se juntou aos outros, comendo um pouco de pão com mel, que ajudava a descer com um vinho quente e temperado que encheu suas barrigas de calor. Não tinham falado dos acontecimentos da noite, e ambos podiam sentir uma pequena tensão entre eles e silêncios nos espaços que geralmente teriam preenchido com conversa fiada.

Finalmente, Caio respirou fundo

– Se ela gosta de você, fico de fora – disse ele, cada palavra pronunciada com clareza.

– Muito decente da sua parte – respondeu Marco sorrindo. Ele engoliu a taça de vinho quente e saiu da sala, alisando o cabelo com a mão.

Tubruk olhou para a expressão de Caio e soltou uma gargalhada antes de sair.

PARECENDO REVIGORADO e descansado, Mário caminhou para os aposentos do jardim, o barulho das sandálias com sola de ferro sobre as pedras. Parecia ainda maior no uniforme de general, uma figura impossível de ser parada. Marco se pegou observando o olhar em busca de fraquezas, como tinha aprendido a analisar um oponente. Será que ele baixava um ombro que já fora machucado ou favorecia um joelho ligeiramente mais fraco? Não havia coisa alguma. Aquele era um homem que nunca estivera perto da morte, que nunca conhecera o desespero. Apesar de não ter filhos, o que era uma única fraqueza. Marco imaginou se o estéril era Mário ou a esposa. Sabia-se que os deuses eram caprichosos, mas que piada dar tanto a um homem e deixá-lo incapaz de passar adiante!

Mário usava um peitoral de bronze e uma capa vermelha comprida sobre os ombros. Tinha um gládio simples de legionário pendurado na cintura, mas Marco notou o cabo de prata que o diferenciava das espadas comuns. As pernas bronzeadas estavam quase totalmente nuas sob um saiote de couro. Ele se movia bem, de um modo incomum para um homem da sua idade. Os olhos brilhavam com alguma empolgação ou antecipação.

– É bom vê-los acordados e em alerta. Vão marchar com meus homens? – Sua voz era profunda e firme, sem traço de nervosismo.

Caio sorriu, satisfeito por não precisar pedir.

– Vamos todos, com sua permissão... tio.

Mário assentiu ao ouvir a palavra.

– Claro, mas fiquem bem atrás. Esta é uma diversão matinal perigosa, não importa no que der. Uma coisa: vocês não conhecem a cidade, e se nos separarmos esta casa talvez não seja mais segura. Procurem Valcino nos banhos públicos. Estarão fechados até o meio-dia, mas ele os deixará entrar se mencionarem meu nome. Tudo pronto?

Marco, Caio e Tubruk se entreolharam, atordoados com a velocidade dos acontecimentos. Pelo menos dois deles estavam também empolgados. Foram atrás de Mário, caminhando para o pátio onde seus homens esperavam pacientemente.

Cabera se juntou a eles no último minuto. Seus olhos continuavam afiados como sempre, mas a barba branca começava a crescer nas bochechas e no queixo. Marco riu para ele e recebeu um muxoxo em resposta. Eles ficaram perto do final do grupo de homens, e Caio observou os soldados ao redor. De pele bronzeada e cabelos escuros, carregavam escudos retangulares presos ao braço esquerdo. Na face de latão de cada escudo havia o símbolo simples da casa de Mário – três flechas se cruzando. Naquele momento Caio entendeu o que Mário estivera explicando. Aqueles eram soldados romanos que lutariam em defesa de sua cidade, mas sua lealdade era ao símbolo que carregavam.

Todos estavam em silêncio enquanto esperavam os grandes portões se abrirem. Metela apareceu, saindo das sombras, e beijou Mário, que reagiu com entusiasmo, agarrando-lhe uma nádega. Seus homens olharam impassivelmente, sem compartilhar o humor animado. Depois ela se virou e beijou Caio e Marco. Para surpresa deles, os dois puderam ver lágrimas brilhando nos olhos da mulher.

– Voltem em segurança para mim. Vou esperar todos vocês.

Caio olhou em volta, procurando Alexandria. Teve a vaga ideia de que poderia contar sua nobre decisão de deixar o caminho aberto para Marco. Esperava que ela se sentisse tocada pelo sacrifício e rejeitasse o afeto de Marco. Infelizmente, não pôde vê-la em lugar nenhum, e então o portão se abriu e não havia mais tempo.

Caio e Marco acertaram o passo com Tubruk e Cabera, enquanto os soldados de Mário saíam para as ruas do alvorecer de Roma.

13

Em circunstâncias normais, as ruas de Roma estariam vazias àquela hora, a maioria do povo acordando tarde e continuando os negócios até a meia-noite. Com o toque de recolher em força total, o ritmo do dia tinha mudado e as lojas estavam abrindo quando Mário e seus homens saíram marchando.

O general guiava os soldados com passo tranquilo e seguro. Gritos de aviso eram ouvidos entre os passantes, e Caio pôde ver gente se encolhendo de volta nas portas ao ver os homens armados. Depois dos tumultos recentes, ninguém estava com ânimo para olhar a procissão serpentear, abrindo caminho morro abaixo até o fórum da cidade, onde ficavam os prédios do Senado.

No início, as ruas principais se esvaziaram, os trabalhadores que tinham acordado cedo se mantendo longe dos soldados. Caio podia sentir seus olhares e ouvir murmúrios irados. Uma palavra era repetida pelos rostos duros: "*Scelus!*" – era um crime os soldados estarem nas ruas. A manhã estava úmida e fria, e ele estremeceu ligeiramente. Marco também estava sério à luz cinzenta, e, quando seus olhares se encontraram, assentiu, com a mão no punho do gládio. A tensão era aumentada pelo barulho dos homens se movendo. Caio não tinha percebido como cinquenta soldados podiam ser ruidosos, mas nas ruas estreitas o barulho das sandálias com sola de ferro ecoava repetidamente. Janelas se abriam nos altos apartamentos enquanto eles passavam, e alguém gritou com raiva, mas eles continuaram marchando.

– Sila vai arrancar os olhos de vocês! – berrou um homem antes de fechar sua porta com estrondo.

Os homens de Mário ignoravam as provocações e a multidão que se reunia atrás, atraída pela empolgação e pelo perigo até formar uma turba que inchava.

Adiante, um legionário com a marca de Sila no escudo se virou para o barulho e ficou imóvel. Os soldados marcharam na direção dele, e Caio pôde sentir o nervosismo súbito quando cada olho se fixou no homem solitário. Ele optou pela discrição em lugar do valor e partiu correndo, desaparecendo numa esquina. Um homem na frente, junto de Mário, se inclinou como se fosse segui-lo, mas o general pôs a mão em seu peito.

– Deixe-o. Ele dirá que estou a caminho. – Sua voz ecoou entre as fileiras e Caio se maravilhou com a calma do tio. Ninguém mais falou e eles continuaram, os pés batendo no mesmo ritmo.

Cabera olhou para trás e ficou pálido ao ver as ruas se enchendo de seguidores. Não havia para onde recuar; uma multidão seguia seus passos, os olhos brilhando de empolgação e gritando uns para os outros. Cabera enfiou a mão na túnica e pegou uma pequena pedra azul presa numa tira, beijando-a e murmurando uma oração curta. Tubruk olhou para o velho e pôs a mão em seu ombro, apertando-o rapidamente.

Quando chegaram à grande vastidão do fórum, a multidão tinha se espalhado pelas ruas paralelas e se derramado atrás e em volta deles. Caio podia sentir o nervosismo dos homens atrás dos quais andava e viu os músculos ficarem tensos enquanto afrouxavam as espadas nas bainhas, prontos para a ação. Engoliu a saliva e descobriu que a garganta estava seca. O coração batia rapidamente e ele sentia a cabeça leve.

Como se zombasse da multidão, o sol escolheu o momento em que entraram no fórum para surgir atrás da névoa matinal, iluminando com ouro as estátuas e os templos de um dos lados. Caio podia ver a escadaria do prédio do Senado adiante e lambeu subitamente os lábios secos enquanto figuras de mantos brancos saíam do escuro e paravam, esperando-os. Contou quatro legionários de Sila nos degraus, com as mãos nas espadas. Outros estariam vindo.

Centenas de pessoas enchiam o fórum, vindas de todas as direções, e gritos e provocações podiam ser ouvidos ecoando nas ruas próximas. Todos observavam Mário e seus homens e deixaram-lhe uma rota aberta até o Senado, sabendo o destino deles mesmo sem ninguém ter dito. Caio trincou os dentes. Eram tantas pessoas! Não demonstravam sinal de medo ou espanto, e apontavam, gritavam, zombavam e se empurravam para ver melhor. Caio estava começando a lamentar o pedido para acompanhar os soldados.

Ao pé da escadaria Mário fez seus homens pararem e deu um passo adiante. A multidão pressionou em volta, preenchendo cada espaço. O ar cheirava a suor e comida temperada. Trinta degraus largos levavam até as portas da câmara de debates. Nove senadores estavam sobre eles.

Caio reconheceu Sila, parado no degrau mais alto. Ele olhava direto para Mário, sem expressão, o rosto parecendo uma máscara. Suas mãos estavam às costas, como se fosse começar um discurso. Seus quatro legionários tinham assumido posições no degrau de baixo e Caio podia ver que eles pelo menos estavam nervosos com o que aconteceria.

Reagindo a alguma ordem invisível, a multidão cada vez maior ficou em silêncio, que era rompido aqui e ali por murmúrios e xingamentos enquanto as pessoas lutavam para conseguir posições melhores.

– Todos vocês me conhecem – trovejou Mário. Sua voz ia longe em meio ao silêncio. – Sou Mário, general, cônsul, cidadão. Aqui, diante do Senado, reivindico meu direito de ter um triunfo, reconhecendo as novas terras que minha legião conquistou na África.

A multidão se comprimiu mais, e um ou dois trocaram socos, gritos agudos rompendo a tensão do momento. As pessoas se apertaram contra os soldados, e dois deles precisaram levantar os braços e empurrar gente de volta para a massa, com mais gritos furiosos em resposta. Caio podia sentir o humor medonho da multidão. Ela havia se reunido como fazia quando havia jogos, para ver morte e violência e se divertir.

Caio percebeu que os outros senadores olharam para Sila, esperando que ele respondesse. Sendo o único outro cônsul, era sua palavra que tinha a autoridade na cidade.

Ele desceu dois degraus, chegando mais perto dos soldados. Seu rosto estava vermelho de fúria, mas as palavras saíram calmas.

– Isso é ilegal. Diga a seus homens para se dispersarem. Entre e discutiremos quando todo o Senado estiver reunido. Conhece a lei, Mário.

Alguns na multidão que puderam ouvi-lo aplaudiram, ao passo que outros gritaram palavrões, sabendo que estavam protegidos pela massa de pessoas.

– Conheço a lei! Sei que um general tem o direito de exigir um triunfo. Faço essa exigência. Você nega? – Mário também tinha se adiantado um passo, e a multidão foi com ele, empurrando, derramando-se na escadaria do Senado entre os dois homens.

– *Vappa! Cunnus!* – gritavam palavrões para os soldados que os empurravam, e Mário se virou para a primeira fila de seus cinquenta homens. Seus olhos estavam frios e negros.

– *Chega*. Abram espaço para seu general – disse com a voz soturna.

Os dez homens da frente desembainharam as espadas e derrubaram os membros mais próximos da multidão. Em segundos, corpos lacerados jorravam sangue nos degraus de mármore. Eles não pararam, matando com uma intensidade fria, enquanto homens e mulheres caíam à sua frente. Um gemido subiu quando a multidão tentou recuar, mas os que estavam atrás não sabiam o que estava acontecendo e continuaram a empurrar para a frente. Cada um dos cinquenta soldados desembainhou seu gládio e começou a dar golpes em volta, sem se importar com quem caía sob a lâmina.

Deviam ter sido apenas alguns segundos desde o início até o final, mas pareceram horas para Caio e Marco, que só podiam olhar horrorizados enquanto as fileiras da multidão eram cortadas como trigo. Os corpos cobriram o fórum, e de repente a multidão estava lutando para se afastar. Mais alguns segundos e havia um grande círculo em volta de Mário e seus homens, ficando mais largo à medida que os cidadãos e escravos corriam para longe das espadas vermelhas.

Nenhuma palavra fora dita. Lâminas foram enxugadas nos mortos e embainhadas novamente. Os homens voltaram às suas posições e Mário olhou mais uma vez para os senadores.

As pedras do fórum estavam escorregadias de sangue. Os outros homens na escadaria tinham empalidecido, recuando involuntariamente da matança. Somente Sila tinha se mantido firme, e seus lábios se torceram numa careta amarga enquanto o fedor de sangue e entranhas abertas chegava até ele.

Os dois homens se entreolharam durante um longo momento, como se apenas eles estivessem no fórum. O momento se estendeu, e Mário levantou a mão como se fosse dar outra ordem a seus homens.

– Daqui a um mês – disse Sila rispidamente. – Tenha o seu triunfo, general, mas lembre-se de que hoje fez um inimigo. Saboreie os momentos de júbilo que lhe são devidos.

Mário inclinou a cabeça.

– Obrigado, Sila, por sua sabedoria.

Ele virou as costas para os senadores e mandou os soldados darem meia-volta, andando pelas fileiras para assumir posição na frente outra vez. A multidão se manteve a distância, mas havia raiva em cada rosto.

– Adiante – ouviu-se o grito, e de novo o barulho de ferro na pedra foi ouvido à medida que a meia centúria seguia o general para fora da praça.

Pasmo, Caio balançou a cabeça para Tubruk e Marco sem nada dizer. Com o canto do olho viu uma centúria dos homens de Sila entrar na praça vindo de uma rua lateral, cada homem correndo com a espada na mão. Ficou tenso e teria gritado um aviso, mas captou Tubruk balançando a cabeça.

Atrás deles Sila tinha levantado a mão para parar seus homens, e eles ficaram imóveis, olhando Mário se afastar com expressões furiosas. Enquanto chegava aos limites do fórum, Caio viu Sila fazer um círculo com a mão direita no ar.

– Um pouco perto demais para o meu gosto – sussurrou Tubruk.

Mário bufou adiante, entreouvindo. Continuou andando, enquanto sua voz ressoava:

– Formação cerrada nas ruas, homens. Isto ainda não acabou.

Os soldados se juntaram num corpo compacto. Mário olhou para trás por cima do ombro.

– Vigiem as ruas laterais. Sila não vai deixar que saiamos facilmente, se puder. Fiquem atentos e com as espadas livres.

Caio estava atordoado, carregado por acontecimentos fora de seu controle. Aquela era a segurança da sombra do seu tio? Seguiu caminhando com os outros, espremido pelos legionários.

Um grito curto e áspero soou atrás e Caio girou, quase derrubado por um soldado que vinha em seguida. Um dos homens estava caído nas pedras, na imundície da rua. O sangue formava uma poça em volta e Caio captou um vislumbre de três homens esfaqueando e cortando num frenesi.

– Não olhe – alertou Tubruk, virando Caio para a frente com uma leve pressão no ombro.

– Mas o homem! Não deveríamos parar? – gritou Caio, perplexo.

– Se pararmos, todos vamos morrer. Sila soltou seus cães.

Caio olhou para uma rua lateral enquanto passavam e viu um grupo de homens com adagas nas mãos, correndo para eles. Pela postura, eram legionários, mas sem uniforme. Caio desembainhou sua espada quase ao mesmo tempo que todos os outros. Seu coração começou a martelar de novo e ele sentiu o suor brotar na testa.

– Fiquem calmos! Não vamos parar para nada – gritou Mário, com o pescoço e os músculos rígidos.

Os homens com facas atacaram de novo a fileira de trás enquanto passava, um deles caindo com um gládio nas costelas antes que os outros derrubassem um soldado. Este gritou de medo quando sua espada foi arrancada da mão e depois berrou ao ser cortado.

Enquanto continuavam marchando, Caio podia ouvir gritos de triunfo vindos de trás. Olhou rapidamente e desejou não ter feito isso, porque os atacantes levantaram uma cabeça ensanguentada e uivaram como animais. Os homens à sua volta xingaram, e um deles parou subitamente, levantando a espada.

– Ande, Vegus, estamos quase chegando – insistiu outro, mas ele afastou as mãos que seguravam seus ombros e cuspiu no chão.

– Ele era meu amigo – murmurou e rompeu a fileira, correndo de volta para o grupo sanguinolento. Caio tentou ver o que acontecia. Pôde ouvir o grito quando viram o homem voltando, mas então outros homens pareceram jorrar dos becos e o legionário foi rasgado sem emitir qualquer som.

– Firmes – gritou Mário, e Caio pôde ouvir a raiva na voz, o primeiro sinal de raiva que tinha visto naquele homem. – Firmes – gritou ele de novo.

Marco pegou uma adaga com o homem à direita e voltou para as fileiras. Estava na última fila de três quando passaram pela boca escura de um beco e quatro outros saltaram, com as facas prontas para matar. Marco se desviou e recebeu o peso de um atacante quando os dois se chocaram num abraço violento. Passou a faca pela garganta que via tão perto da sua e piscou quando o sangue jorrou sobre ele. Usou o corpo do homem para bloquear outro golpe e depois jogou-o contra os outros atacantes. Enquanto ele caía, os homens tombaram diante de estocadas rápidas de três legionários, que se juntaram às fileiras sem dizer palavra. Um deles deu um tapa no ombro de Marco e riu para ele. Marco desapareceu de novo em meio às fileiras e chegou ao lado de Caio, ofegando ligeiramente. Caio segurou sua nuca durante um segundo.

Então o portão estava se abrindo à frente e eles estavam em segurança, mantendo formação até que o último homem entrasse no pátio.

Enquanto o portão se fechava, Caio voltou para olhar o morro pelo qual tinham andado juntos. Estava deserto, nem um rosto aparecia. Roma parecia quieta e ordeira como sempre.

14

Mário parecia radiante de prazer e energia enquanto andava entre seus homens, dando tapas em seus ombros e rindo. Eles sorriam acanhados, como colegiais elogiados pelo professor na frente da turma.

– Conseguimos, rapazes! – gritou Mário. – Daqui a um mês vamos mostrar a esta cidade um dia do qual se lembrar. – Eles o saudaram com gritos e Mário pediu vinho e comida, convocando todos os escravos da casa para tratar os homens como reis. – Qualquer coisa que eles quiserem! – gritou.

Taças de ouro e prata foram postas nas mãos ásperas de cada homem que tinha voltado pelos portões, inclusive Caio e Marco. O vinho tinto escuro gorgolejava, jorrando das jarras de barro. Alexandria estava com os outros escravos e sorriu para Marco e Caio. Caio assentiu para ela, mas Marco piscou quando ela passou.

Tubruk tomou um gole de vinho e riu.

– O melhor.

Mário levantou sua taça bem alto com a expressão sombria. O silêncio baixou depois de alguns segundos.

– Aos que não chegaram até aqui hoje, que morreram por nós. Tagoe, Luca e Vegus. Todos bons homens.

– Todos bons homens! – Cada voz ecoou num coro gutural, e as taças foram viradas e estendidas para ser cheias de novo pelos escravos.

– Ele sabia seus nomes – sussurrou Caio para Tubruk, que trouxe a cabeça para perto, para responder.

– Ele sabe o nome de todos – murmurou. – Por isso é um bom general. É por isso que o amam. Ele poderia lhe contar parte da história de cada homem que está aqui e também de boa parte de sua legião que espera fora de Roma. Ah, você pode dizer que é um truque, se quiser, um modo barato de impressionar os homens que o servem. Sei que é o que ele diria, se você perguntasse. – Tubruk parou para olhar o general, que estava dando uma chave de braço na cabeça de um soldado enorme e hirsuto e caminhando através do grupo com ele. O homem gritou, mas não lutou. Suportou como deveria. – São seus filhos, acho. Vê-se como o amam. Aquele homenzarrão provavelmente poderia despedaçar os braços de Mário, se quisesse. Seria capaz de enfiar uma adaga num homem por ter olhado para ele de modo esquisito ao sol do meio-dia. Mas Mário pode puxá-lo pela cabeça e ele ri. Não sei se é possível treinar um homem para ter essa capacidade, acho que isso nasce com a pessoa ou não. Nem sequer é necessária para ser um bom general.

"Esses homens seguiriam Sila se estivessem na legião dele. Lutariam por ele, manteriam formação e morreriam por ele. Mas amam Mário, por isso não podem ser subornados ou comprados, e na batalha nunca fugirão, nem o último deles. Pelo menos enquanto ele estiver olhando. Antigamente era necessário ter terras para entrar nas legiões, mas Mário aboliu isso. Agora qualquer um pode fazer carreira lutando por Roma, pelo menos por ele. Metade desses homens não teria entrado no exército antes que Mário tivesse sua lei aprovada pelo Senado. Eles lhe devem muito."

Os homens começaram a sair da praça de entrada para ser banhados e massageados pelas escravas mais bonitas. Beldades tinham recolhido as armas e já estavam boquiabertas e exclamando ao ouvir histórias de proeza em batalhas. Quando Mário soltou a cabeça do legionário grandalhão, imediatamente chamou uma garota, uma morena magra com olhos pintados com cajal. O grandalhão deu uma olhada e riu como um lobo, pegando-a nos braços. Os ecos do riso da mulher vieram pelos muros de tijolos enquanto ele trotava para os prédios principais.

Um jovem soldado baixou o braço musculoso no ombro de Alexandria e disse alguma coisa a ela. Marco veio rapidamente por trás do homem.

– Esta garota, não, amigo. Ela não é desta casa.

O soldado olhou-o e observou a postura e a expressão decidida do rapaz. Em seguida deu de ombros e chamou outra escrava que ia passando. Caio ficou olhando, e quando Alexandria captou o olhar seu rosto se encheu de raiva. Ela deu as costas para Marco e andou para o interior frio dos aposentos do jardim.

Marco se virou para o amigo. Tinha notado a expressão dela e ficou pensativo.

– Por que ela ficou chateada? – perguntou Caio, exasperado. – Não imagino que quisesse ir com aquele boi enorme. Você a salvou.

– Talvez seja esse o problema – concordou Marco. – Talvez não quisesse que eu a salvasse. Talvez quisesse que você a salvasse.

– Ah. – O rosto de Caio se iluminou. – Verdade?

Mário veio cambaleando até Caio e seus amigos, ainda rindo, com o cabelo grudado na testa e vinho derramado no corpo. Seus olhos brilhavam de prazer. Segurou Caio pelos ombros.

– E então, garoto? Como foi seu primeiro contato com Roma?

Caio riu de volta. Não podia evitar. As emoções do sujeito eram contagiantes. Quando ele franzia a testa, nuvens escuras de medo e raiva seguiam-no e tocavam todos que o encontravam. Quando ele sorria, sentia-se vontade de sorrir junto. Desejava-se ser um de seus homens. Caio podia sentir seu poder, e pela primeira vez imaginou se poderia conseguir esse tipo de lealdade.

– Foi amedrontador, mas também empolgante – respondeu, incapaz de fazer com que os lábios parassem de sorrir.

– Ótimo! Alguns não acham, você sabe. Simplesmente fazem somas de suprimentos e calculam quantos homens seriam necessários para sustentar uma ravina. Não sentem a empolgação.

Ele olhou para Marco, Tubruk e Cabera.

– Fiquem bêbados, se quiserem, peguem uma mulher se conseguirem encontrar alguma. Não trabalharemos hoje e ninguém pode sair antes de escurecer depois da encrenca que causamos. Amanhã vamos começar a planejar como trazer cinco mil homens de oitenta quilômetros de distância e fazê-los atravessar Roma. Vocês sabem alguma coisa sobre suprimentos?

Marco e Caio balançaram a cabeça.

– Vão aprender. O melhor exército do mundo se perde sem comida e água, garotos. É isso que se deve saber. Todo o resto se encaixa. Minha casa é sua casa, lembrem-se. Vou me sentar na fonte e me embebedar. – Ele pegou três jarras de vinho fechadas com o resto dos escravos e se afastou; era um homem com uma missão.

Tubruk olhou-o sair do pátio com um sorriso irônico.

– Uma vez, no norte da África, na véspera de uma batalha contra uma tribo selvagem, dizem que Mário foi sozinho até o acampamento inimigo levando uma jarra de vinho em cada mão. Lembrem-se, era um acampamento com sete mil dos guerreiros mais brutais que a legião já havia encontrado. Ele bebeu a noite inteira com o chefe da tribo, apesar de não entenderem uma palavra da língua um do outro. Brindaram à vida, ao futuro e à coragem. E na manhã seguinte ele cambaleou de volta às suas fileiras.

– O que aconteceu em seguida? – perguntou Marco.

– Esmagaram a tribo, até o último homem. O que você esperaria? – disse rindo Tubruk.

– Por que o chefe não o matou? – continuou Marco.

– Deve ter gostado dele. A maioria das pessoas gosta.

Metela entrou no pátio e estendeu as mãos para Caio e Marco, sorrindo.

– Fico feliz por vocês terem voltado em segurança. Quero que os dois pensem nesta casa como um lugar de paz e refúgio.

Ela encarou Marco e ele olhou de volta, calmamente.

– É verdade que você cresceu sem mãe?

Marco ruborizou um pouco, imaginando o quanto Mário teria contado a ela. Assentiu e Metela ficou boquiaberta.

– Coitadinho. Eu traria você para mim antes, se soubesse.

Marco se perguntou se ela sabia o que os legionários estavam aprontando com suas escravas. Metela não parecia se ajustar ao mundo grosseiro de Mário e sua legião. Imaginou como sua mãe seria, e pela primeira vez pensou em tentar encontrá-la. Mário provavelmente saberia, mas não era uma pergunta que Marco gostaria de fazer a ele. Talvez Tubruk lhe contasse antes de voltar ao campo.

Metela soltou sua mão e acariciou seu rosto.

– Você passou por um tempo difícil, mas agora tudo acabou.

Lentamente Marco tocou a mão dela e foi como se tivessem chegado a um entendimento particular. De repente os olhos de Metela brilharam de lágrimas e ela se virou e foi andando na direção do claustro.

Marco olhou para Caio e deu de ombros.

– Você tem uma amiga aqui – disse Tubruk vendo a figura dela se afastar. – Ela gostou de você.

– Estou meio velho para precisar de uma mãe.

– Pode ser, mas ela não está velha demais para precisar de um filho.

AO MEIO-DIA HOUVE agitação nas guaritas. Alguns dos legionários apareceram com as espadas desembainhadas para o caso de ser uma represália pelo trabalho da manhã. Caio e Marco correram ao pátio com os outros e então pararam boquiabertos.

Rênio estava ali, encostado nas barras de metal e cantando uma canção de bêbado. Usava a barra transversal do portão para se firmar, mas sua túnica estava empapada de vinho e com manchas de vômito. Um guarda foi até as barras e falou com ele enquanto Caio e Marco chegavam com Tubruk logo atrás.

De repente Rênio levou a mão ao cabelo do homem e puxou a cabeça dele contra o metal, provocando um som alto. Inconsciente, o soldado caiu e os outros começaram a gritar de raiva.

– Deixem-no entrar e vamos matá-lo! – gritou um homem, mas outro disse que poderia ser uma armadilha de Sila para fazer com que abrissem o portão. Isso fez com que todos parassem. Caio e Marco se aproximaram do portão.

– Podemos ajudá-lo? – perguntou Marco, levantando as sobrancelhas numa indagação educada.

– Enfio minha espada em você, seu filho da puta – murmurou Rênio com raiva.

Marco começou a rir.

– Abra o portão – gritou Caio para o outro guarda. – É Rênio. Ele está comigo.

O guarda o ignorou, como se ele não tivesse falado, deixando claro que Caio não poderia dar ordens naquela casa. Enquanto Caio se aproximava do portão, o legionário se adiantou para ficar na frente dele, balançando a cabeça devagar.

Marco foi até o portão e disse algumas palavras em voz baixa ao guarda que estava ali.

O homem já ia responder quando Marco lhe deu uma cabeçada violenta, derrubando-o. Ignorando o guarda que balançava os braços e tentava se levantar, Marco puxou as grandes trancas e abriu o portão.

Rênio caiu no pátio e ficou deitado com o braço bom se sacudindo. Marco riu e começou a fechar o portão quando ouviu o som suave e metálico de uma faca saindo de uma bainha. Girou a tempo de bloquear com o antebraço uma estocada do guarda furioso. Em seguida deu um tapa com as costas da mão esquerda na boca do sujeito e o deixou esparramado de novo. Depois fechou o portão.

Mais dois homens correram para agarrá-lo, mas uma voz gritou:

– Parem! – e todos se imobilizaram por um segundo. Mário entrou no pátio sem demonstrar que estivera bebendo continuamente havia duas horas. Enquanto se aproximava, os dois homens ficavam de olho em Marco, que os olhava calmamente de volta.

– Deuses! O que está acontecendo na minha casa? – Mário se aproximou e pôs a mão pesada no ombro de um dos homens que encaravam Marco.

– Rênio está aqui – disse Caio. – Ele veio conosco, do campo.

Mário olhou a figura esparramada, dormindo pacificamente nas pedras.

– Ele nunca bebia quando era gladiador. Posso ver por quê, se é assim que ele fica afetado. O que aconteceu com você? – A última pergunta foi dirigida ao guarda que retomara seu posto. A boca e o nariz do sujeito estavam sangrando e seus olhos brilhavam de indignação, mas ele sabia que era melhor não reclamar.

– Fui acertado no rosto pelo portão quando o estava abrindo – falou devagar.

– Que descuido, Fúlvio! Devia ter deixado meu sobrinho ajudá-lo.

A mensagem era clara. O homem assentiu e enxugou um pouco do sangue com a mão.

– Fico feliz por termos resolvido isso. Agora, você e você – ele apontou um dedo rígido para Caio e Marco – venham para minha sala de trabalho. Precisamos discutir algumas coisas.

Ele esperou até que Caio e Marco tivessem ido na sua frente, antes de seguir. Por cima do ombro gritou:

– Levem esse velho a algum lugar para dormir e mantenham a porcaria desse portão fechado.

Marco captou o olhar dos legionários ali perto e descobriu que estavam todos rindo, mas não sabia se era por malícia ou se estavam se divertindo genuinamente.

MÁRIO ABRIU a porta de sua sala de trabalho e deixou os dois entrarem. Todas as paredes do lugar eram cobertas por mapas que mostravam a África, o império e Roma propriamente dita. Fechou a porta em silêncio e em seguida se virou para encará-los. Seus olhos estavam frios, e Caio sentiu uma pontada momentânea de medo quando o homem concentrou o olhar sombrio nele.

– O que acham que estavam fazendo? – perguntou Mário rispidamente, os dentes trincados.

Caio abriu a boca para dizer que ia deixar Rênio entrar, mas pensou melhor.

– Desculpe. Devia ter esperado o senhor.

Mário bateu com o punho fechado na mesa.

– Imagino que vocês saibam que se Sila tivesse vinte homens na rua esperando uma oportunidade dessas nós certamente estaríamos mortos agora.

Caio ruborizou, totalmente sem graça.

Mário se virou para encarar Marco.

– E você. Por que atacou Fúlvio?

– Caio deu a ordem para abrir o portão. O homem o ignorou. Fiz com que ele compreendesse a ordem.

Marco não cedeu um milímetro. Olhou para o homem mais velho e sustentou seu olhar inabalavelmente.

O general levantou as sobrancelhas, incrédulo.

– Você esperava que ele, veterano de trinta conflitos, recebesse ordens de um garoto imberbe de 14 anos?

– Eu... não pensei nisso. – Pela primeira vez Marco parecia inseguro, e o general se virou de novo para Caio.

– Se eu apoiar vocês nisso, perderei parte do respeito dos homens. Todos sabem que vocês cometeram um erro e estarão esperando para ver o que farei a respeito.

O coração de Caio se encolheu.

– Há um modo de sair disso, mas vai custar caro aos dois. Fúlvio é o campeão de boxe de sua centúria. Perdeu muito moral hoje quando você o acertou, Marco. Ouso dizer que ele estaria disposto a participar de uma luta amistosa, apenas para resolver a situação. Caso contrário, enfiará uma faca em você quando eu não estiver perto para intervir.

– Ele vai me matar – disse Marco em voz baixa.

– Não numa luta amistosa. Não vamos usar luvas de ferro por causa da sua idade, só as de pele de cabra para proteger as mãos. Vocês foram treinados?

Os garotos responderam que sim, pensando em Rênio.

Mário se virou para Caio de novo.

– Claro que, ganhando ou perdendo, se seu amigo demonstrar coragem os homens irão amá-lo, e não posso deixar meu sobrinho ficar à sombra dele, entende?

Caio assentiu, adivinhando o que viria.

– Vou colocá-lo contra um deles. Todos são campeões de algum tipo de habilidade, por isso os escolhi para a escolta até o Senado. Vocês dois vão levar uma surra, mas caso se comportem bem o incidente será esquecido e vocês até poderão ganhar algum respeito dos meus homens. Eles são a escória das sarjetas, a maioria; não temem nada e só respeitam a força. Poderia mandá-los de volta para o serviço e não fazer nada, deixando vocês se esconderem à sombra da minha autoridade, mas isso não serve, entendem?

Seus rostos estavam inexpressivos, e Mário fungou de repente.

– Sorriam, garotos. Vocês devem mesmo sorrir. Não há outro modo de sair disso, então por que não cuspir no olho de Júpiter, já que estão com a mão na massa?

Os dois se entreolharam, e ambos riram.

Mário gargalhou de novo.

– Vocês vão conseguir. Daqui a duas horas. Falarei com os homens e anunciarei os oponentes. Isso dará tempo a Rênio para ficar um pouco sóbrio. Acho que ele gostaria de ver. Por todos os deuses, *eu* quero ver! Dispensados!

Caio e Marco foram em silêncio para seus aposentos. A tranquilidade inicial dos dois tinha desaparecido, deixando os estômagos se revirando enjoados diante do que estava por vir.

– Ei! Você percebe que eu deixei um campeão de boxe de uma centúria caído de costas? Vou tentar ganhar essa luta. Se puder acertá-lo uma vez, posso nocauteá-lo. Um bom soco é o bastante.

– Mas dessa vez ele vai estar esperando – respondeu Caio lentamente. – Eu provavelmente vou pegar aquele macaco enorme que Mário estava puxando pela cabeça antes; deve ser o tipo de piada de que ele gosta.

– Os homens grandes são lentos. Você é rápido com o cruzado, mas precisará ficar fora do alcance. Todos aqueles soldados são pesados, podem acertar com mais força do que nós. Fique movendo os pés e deixe que eles se cansem.

– Vamos ser assassinados.

– É, acho que sim.

Tubruk aceitou com calma quando ouviu a notícia.

– Eu já esperava alguma coisa assim. Mário adora contendas e vive promovendo algumas entre seus homens e os das outras legiões. É bem o estilo dele: um pouco de alegria e um trato de sangue, e tudo é esquecido e perdoado. Felizmente vocês não beberam mais que uma ou duas taças de vinho. Andem, duas horas não é muito para deixá-los aquecidos e prontos. É melhor treinarem um com o outro durante esse tempo numa das salas de exercícios. Peçam que um escravo os leve até uma delas, e os encontrarei assim que conseguir luvas. Uma coisa:

não frustrem Mário. Especialmente você, Caio. Você é parente dele, precisa fazer uma boa apresentação.

– Entendo – respondeu Caio, sério.

– Então vão. Mandarei alguns escravos jogarem água gelada em Rênio; a distância, para ele não sair distribuindo bordoadas.

– O que aconteceu com ele? Por que estava bêbado tão cedo? – perguntou Caio, curioso.

– Não sei. Concentrem-se numa coisa de cada vez. Vocês terão chance de falar com Rênio no fim da tarde. Agora vão!

ENQUANTO O RESTO de Roma dormia ao calor da tarde, os homens da legião Primogênita reuniam-se na maior sala de treinamento, encostados nas paredes, rindo, conversando e tomando cerveja fria e sucos de fruta. Depois dos combates, Mário tinha prometido um festim com boa comida e vinho com dez pratos diferentes, e o humor era relaxado e alegre. Tubruk estava junto de Marco e Caio, afrouxando os ombros de um e depois do outro. Cabera estava sentado num banco, com o rosto inescrutável.

– Os dois são destros – disse Tubruk em voz baixa. – Fúlvio vocês conhecem; o outro, Décido, é campeão de lançamento de dardos. Tem ombros muito fortes, mas não parece rápido. Fiquem longe deles, façam com que venham até vocês.

Marco e Caio assentiram. Os dois estavam um pouco pálidos por baixo da pele bronzeada.

– Lembrem-se, a ideia é ficar de pé por tempo suficiente para mostrar que têm coragem. Se caírem cedo, levantem-se. Pararei a luta se vocês estiverem com problemas de verdade, mas Mário não vai gostar, por isso precisarei ter cuidado. – Ele pôs uma das mãos no ombro de cada um deles.

– Os dois têm habilidade, coragem e fôlego. Rênio está olhando. Não nos frustrem.

Os dois olharam para onde Rênio estava sentado, o braço inútil amarrado ao cinto. O cabelo ainda estava úmido, e o assassinato brilhava em sua expressão.

As comemorações começaram quando Mário entrou. Ele ergueu as mãos pedindo silêncio, que veio rapidamente.

– Espero que cada homem dê o melhor de si, mas saibam que meu dinheiro estará apostado em meu sobrinho e seu amigo. Duas apostas, 25 *aureii* em cada. Alguém aceita?

Por um momento o silêncio continuou. Cinquenta peças de ouro era uma aposta gigantesca para uma luta particular, mas quem podia resistir? Os homens reunidos esvaziaram as bolsas e alguns saíram para seus quartos, indo pegar mais moedas. Depois de um tempo, o dinheiro estava reunido, e Mário acrescentou sua bolsa, de modo que havia cem peças de ouro em sua mão enorme, o suficiente para comprar um pequeno pedaço de terra ou um cavalo de batalha, armadura completa e armas.

– Segure a bolsa para nós, Rênio – pediu Mário.

– Seguro – respondeu ele em tom solene e formal. Parecia ter afastado a maior parte dos efeitos do álcool, mas Caio notou que ele não ficou de pé, esperando até que o dinheiro lhe fosse levado.

Fúlvio e Décido entraram na sala de treinamento, recebendo aplausos dos homens. Não havia dúvida quanto à escolha da grande maioria dos torcedores.

Os dois usavam apenas um tecido enrolado justo no ventre e na parte superior das coxas, seguro por um cinto largo. Décido tinha o tipo de ombros e o físico geralmente visto nas estátuas do fórum. Caio o observou atentamente, mas não havia nenhuma fraqueza óbvia. Fúlvio não acenou para a turba. Seu nariz estava envolto em uma tira de pano amarrada na nuca, os lábios inchados e a aparência furiosa.

Caio assentiu para Marco.

– Parece que você quebrou o nariz dele com aquela pancada. Ele estará esperando que você o acerte de novo, você sabe. Aguarde uma boa oportunidade.

Marco assentiu, envolvido, como Caio, no estudo do homem e de seus movimentos.

Mário levantou as mãos mais uma vez para ser ouvido acima dos soldados cheios de animação.

– Marco e Fúlvio vão fazer a primeira luta. Sem limite de tempo, mas um assalto termina quando um homem puser um joelho ou mais no chão. Quando um deles não puder se levantar, a luta estará terminada e a outra começará. Cheguem a seus lugares.

Fúlvio e Marco pararam a cada lado do general.

– Quando a trombeta soar vocês começam. Boa sorte.

Mário andou lentamente até a lateral, junto dos homens, e sinalizou para um deles tocar a trombeta geralmente usada em batalhas. Um silêncio baixou e o toque ressoou como uma nota pura.

Marco afrouxou os ombros, balançou a cabeça de um lado para o outro, e se adiantou. Mantinha as mãos altas, como Rênio havia ensinado, mas Fúlvio ficou com os punhos relaxados, os braços apenas ligeiramente dobrados. Ele se balançou enquanto Marco dava golpes curtos com a esquerda e os socos passavam sem provocar dano. Um punho saltou e bateu no peito de Marco, sobre o coração. Marco ofegou de dor e deu um passo atrás, depois trincou os dentes e voltou. Lançou um soco rápido seguido imediatamente por um direto de direita, mas de novo Fúlvio saiu do caminho um único passo e bateu no mesmo lugar com a mão enluvada. Marco sentiu o ar explodir para fora do corpo com a dor.

Os homens tinham começado a gritar em aprovação; somente Caio, Tubruk e Cabera torciam pelo jovem lutador. Fúlvio estava sorrindo e Marco começou a pensar. O sujeito era rápido e difícil de ser acertado. Marco estava fazendo todo o trabalho, sem ganhar nada com os esforços. Rosnou de raiva e saltou para a frente, com o braço direito dobrado. Viu Fúlvio se firmar e então recuou subitamente, deixando passar pelo lado do queixo o soco que deveria tê-lo nocauteado. Marco deu um soco forte e rápido no nariz de Fúlvio e ficou gratificado com o estalo de ossos que sentiu. Naquele segundo um cruzado pegou-o na lateral da cabeça e ele caiu no chão de madeira, atordoado e sem fôlego.

Ofegou enquanto se apoiava num dos joelhos e olhava para Fúlvio, parado a dois passos de distância. Sangue escorria de seu nariz outra vez, e ele estava com uma aparência assassina.

Marco se levantou diante de uma saraivada de socos. Tentou ficar longe e aparar a maioria, mas Fúlvio estava em cima dele, martelando os punhos em seu estômago e nos rins, vindo de todos os ângulos, despedaçando-o, e quando a dor o fez se curvar, ele pegou Marco com golpes rápidos de baixo para cima, acertando a cabeça e fazendo-o balançar para trás. Marco caiu de novo e ficou deitado, o peito ofegando dolorosamente. Sentiu gosto de sangue na boca e seu olho esquerdo estava se fechando, inchado sob o ataque da direita de Fúlvio.

Dessa vez se levantou e deu três passos rápidos para trás, para ter tempo de se recompor. Fúlvio partiu para cima implacável, movendo a cabeça e o corpo de um lado para o outro enquanto procurava o melhor lugar para acertar. O sujeito parecia uma cobra pronta para dar o bote, e Marco soube que da próxima vez em que caísse provavelmente não levantaria. A raiva o inundou, e ele se desviou do primeiro soco puramente num reflexo, afastando com o braço o movimento de recuo. Sentiu o antebraço de Fúlvio deslizar entre seus dedos e subitamente agarrou o pulso. Seu punho direito chegou ao estômago do sujeito com toda a potência dos ombros, e foi recompensado com um ligeiro ofegar de dor.

Ainda segurando o braço, tentou repetir o golpe, mas Fúlvio trouxe a esquerda por cima e o acertou com força no queixo. O mundo ficou preto e ele caiu, mal sentindo as duras tábuas de madeira embaixo. Suas pernas pareciam ter perdido toda a força e ele só conseguiu ficar de quatro, ofegando como um animal.

Fúlvio balançou a luva para ele se levantar, ainda insatisfeito. Marco olhou para o chão e imaginou se deveria. Sangue escorria entre os lábios, e ele o viu pingar numa pequena poça.

Ah, bem, pensou. Mais uma tentativa.

Dessa vez Fúlvio não o apressou. Estava rindo de novo e chamou com as mãos. Marco trincou o queixo. Iria colocar o sujeito de costas mais uma vez, nem que tivesse de morrer para isso. Imaginou que cada punho de Fúlvio tinha uma adaga, de modo que cada contato significasse a morte. Sentiu o ânimo crescer. Sabia lutar com espadas e facas, então por que aquilo seria tão diferente? Deixou-se cambalear um pouco, querendo que Fúlvio viesse. A maior parte de seu treinamento com faca tinha a ver com contra-ataques, e ele queria que o boxeador desse outro soco. Fúlvio rapidamente perdeu a paciência e veio rápido, com os punhos balançando.

Marco olhou para os punhos e, quando um deles saltou em sua direção, bloqueou, levantando-o com o antebraço e contra-atacando no abdômen de Fúlvio. Fúlvio grunhiu e a esquerda veio por cima de novo, num reflexo, mas dessa vez Marco baixou a cabeça e o soco passou por cima, deixando Fúlvio aberto por um segundo. Marco juntou todas as forças num direto de esquerda, desejando que fosse de direita. A cabeça de Fúlvio balançou para trás e, quando voltou, a direita estava pronta e Marco mandou-a com toda a força de novo contra o nariz quebrado do boxeador. Fúlvio caiu sentado e mais sangue jorrou do nariz ferido.

Antes que Marco pudesse sentir qualquer prazer, o sujeito saltou e mandou uma série de socos, parecendo se mover duas vezes mais rápido que antes. Marco caiu depois dos dois primeiros e recebeu mais dois enquanto caía. Dessa vez não se levantou e não ouviu os aplausos ou a trombeta quando Mário assentiu para encerrar a luta.

Fúlvio levantou as mãos em triunfo e Mário sinalizou com tristeza para que as primeiras cinquenta das cem moedas de ouro fossem dadas de volta aos homens. Eles se juntaram num amontoado momentâneo e depois, quando o silêncio caiu, um deles ofereceu a bolsa de novo a Mário.

– Vamos apostar o que ganhamos na próxima, se o senhor estiver disposto – disse o homem.

Mário fez uma careta de horror fingido, mas assentiu e disse que cobriria a aposta. Os homens comemoraram de novo.

Marco acordou quando Tubruk jogou uma taça de vinho em seu rosto.

– Eu ganhei? – perguntou através dos lábios esmagados.

Tubruk deu um risinho e enxugou parte do sangue e do vinho de seu rosto.

– Nem chegou perto, mas mesmo assim foi espantoso. Você não deveria ser capaz de encostar nele.

– Mas encostei direitinho – murmurou Marco, sorrindo e se encolhendo quando os lábios racharam. – Fiz com que ele caísse de bunda.

Marco olhou em volta, procurando algum lugar onde cuspir e, não encontrando nada à mão, engoliu uma mistura gosmenta de catarro e sangue.

Cada parte de seu corpo doía, pior do que quando fora amarrado por Suetônio anos antes. Imaginou se continuaria tão bonito depois de se curar, mas os pensamentos foram interrompidos pela chegada de Fúlvio, tirando as luvas enquanto andava.

– Boa luta. Eu tinha apostado três peças de ouro em mim. Você é muito rápido e dentro de alguns anos poderá ser seriamente perigoso.

Marco assentiu e estendeu a mão. Fúlvio olhou-a, depois a apertou brevemente e voltou aos homens, que o aplaudiram de novo.

– Pegue o pano e continue enxugando enquanto o sangue pinga – disse Tubruk com a voz animada. – Você vai precisar de pontos no olho. E precisaremos cortá-lo para diminuir o inchaço.

– Ainda não. Quero assistir à luta de Caio.

– Claro. – Tubruk se afastou, ainda dando risinhos, e Marco forçou o olho bom na direção dele.

Caio fechou os punhos e esperou que Tubruk o alcançasse. Seu oponente já havia ocupado o lugar da luta e estava se aquecendo, alongando os ombros e as pernas cheios de músculos.

– Ele é um brutamontes – murmurou quando Tubruk chegou perto.

– Verdade, mas não é boxeador. Você tem uma chance razoável contra ele, desde que não fique no caminho de um daqueles socos. Ele vai apagar você como se soprasse uma vela, se pegá-lo. Fique longe e use os pés para se mover ao redor.

Caio o olhou interrogativamente.

– Mais alguma coisa?

– Se puder, dê-lhe um soco nos testículos. Ele vai esperar isso, mas não é estritamente contra as regras.

– Tubruk, você não tem o coração de um homem decente.

– Não. Tenho coração de escravo e gladiador. Apostei duas peças de ouro em você e quero ganhar.

– Você apostou em Marco?

– Claro que não. Ao contrário de Mário, não jogo dinheiro fora.

Mário veio ao centro e sinalizou, pedindo silêncio outra vez.

– Depois dessa derrota frustrante, o dinheiro depende da próxima luta. Décido e Caio, às suas marcas. As mesmas regras.

Quando ouvirem a trombeta, comecem. – Ele esperou até que ambos estivessem parados se entreolhando e foi até a parede, cruzando os grandes braços no peito.

Quando a trombeta soou, Caio deu um passo e acertou o punho na garganta de Décido. O grandalhão deu um gemido engasgado e levou as duas mãos ao pescoço, em agonia. Nesse momento, Caio deu um soco de baixo para cima que pegou Décido no queixo. Ele caiu de joelhos e depois tombou para a frente, com os olhos vítreos e vazios. Caio voltou lentamente a seu banco e se sentou. Sorriu em silêncio, e Rênio, observando, lembrou-se do mesmo sorriso no rosto de um garoto mais novo que ele erguera das águas gélidas de um poço de rio. Rênio assentiu rapidamente, aprovando com os olhos brilhantes, mas Caio não viu.

O silêncio pairou um segundo, os homens soltaram o fôlego que tinham prendido, e um alarido de vozes irrompeu – na maioria perguntas temperadas com alguns palavrões escolhidos, e todos perceberam que as apostas estavam perdidas.

Mário andou até a figura prostrada e encostou a mão em seu pescoço durante um segundo. O silêncio se instaurou de novo. Finalmente ele assentiu.

– O coração dele está batendo. Vai sobreviver. Deveria ter mantido o queixo abaixado.

Os homens aplaudiram desanimados o vencedor, mas seus espíritos não estavam realmente naquilo.

Mário se dirigiu à multidão sorrindo.

– Se estiverem com apetite, há um festim esperando-os no salão de jantar. Vamos comemorar esta noite, porque amanhã é a volta ao planejamento e ao trabalho.

Décido foi reanimado e levado para fora, balançando a cabeça, atordoado. O restante foi atrás, deixando Marco e Caio com o general. Em nenhum momento Rênio saiu de seu banco, e Cabera também ficou, o rosto cheio de interesse.

– Bem, garotos, vocês ganharam muito dinheiro para mim hoje! – alardeou Mário, começando a rir. Precisou se encostar numa parede para buscar apoio, enquanto a gargalhada sacudia seu corpo.

– A cara deles! Dois garotos imberbes, e um deixou Fúlvio caído de traseiro... – O riso o dominou e ele enxugou os olhos, que derramavam lágrimas no rosto vermelho.

Rênio se levantou, cambaleando um pouco. Foi até Marco e Caio e pôs uma das mãos em cada ombro.

– Vocês começaram a fazer seus nomes – disse em voz baixa.

15

Na noite anterior ao triunfo o acampamento da legião Primogênita parecia tudo, menos pacífico. Caio sentou-se perto de uma das fogueiras, afiando uma adaga que pertencera a seu pai. Em volta as fogueiras e os ruídos de sete mil soldados e acompanhantes tornavam a escuridão agitada e cheia de animação. Estavam acampados em terreno aberto, a menos de oito quilômetros dos portões da cidade. Durante a última semana as armaduras tinham sido polidas, o couro encerado, os rasgões nas roupas costurados. Cavalos foram preparados até brilharem como castanhas. Os exercícios de marcha tinham ficado tensos; erros não eram tolerados, e ninguém queria ser deixado para trás quando entrassem marchando em Roma.

Todos os homens sentiam orgulho de Mário e de si mesmos. Não havia falsa modéstia no acampamento; sabiam que eles e seu comandante mereciam a honra.

Caio parou de afiar quando Marco chegou junto à fogueira e se sentou num banco. Caio olhou para as chamas e não sorriu.

– Qual é a notícia? – perguntou irado, sem virar a cabeça.

– Parto amanhã ao amanhecer – respondeu Marco. Ele também olhou para o fogo enquanto falava. – É para o bem, você sabe. Mário escreveu uma carta para eu levar à minha nova centúria. Gostaria de ver?

Caio assentiu e Marco lhe passou um pergaminho. Leu.

> Recomendo este jovem a você, Carac. Em poucos anos ele será um soldado de primeira linha. Tem boa cabeça e excelentes reflexos. Foi treinado por Rênio, que vai acompanhá-lo ao seu acampamento. Dê-lhe responsabilidades assim que ele provar que pode tê-las. É amigo de minha casa.
>
> Mário. Primogênita.

– Belas palavras. Desejo-lhe sorte – disse Caio, amargo, ao terminar, devolvendo o pergaminho.

Marco bufou.

– É mais do que apenas belas palavras! Seu tio me deu o ingresso para outra legião. Você não entende o que isso significa para mim. Claro que eu gostaria de ficar com você, mas você vai aprender política para o Senado, depois vai assumir um alto posto no exército e nos templos. Eu não tenho nada a não ser minhas habilidades, minha inteligência e o equipamento que Mário me deu. Sem o patrocínio dele, precisaria me esforçar para conseguir um cargo de guarda de templo! Com ele, tenho a chance de me tornar alguém. Você está ressentido comigo?

Caio se virou para ele, a raiva surpreendendo Marco.

– Sei que é isso que você tem de fazer, só que nunca me imaginei enfrentando Roma sozinho. Sempre esperei que você estivesse comigo. É isso que significa amizade.

Marco segurou o braço dele com força.

– Você sempre será meu maior amigo. Se algum dia precisar que eu esteja a seu lado, chame e eu virei. Lembra-se do pacto que fizemos antes de virmos para a cidade? Nós cuidamos um do outro e podemos confiar um no outro completamente. Esse é o meu juramento, e nunca o quebrei.

Caio não olhou para ele, e Marco deixou a mão cair.

– Você pode ficar com Alexandria – disse Marco, tentando uma expressão nobre.

Caio ofegou.

– Um presente de despedida? Que amigo generoso você é! Você é feio demais para ela, assim ela me disse ontem. Ela só gosta da sua companhia pelo contraste. Você faz com que ela pareça mais bonita quando sua cara de macaco está por perto.

Marco assentiu alegre.

– Ela realmente só parece me querer para sexo. Talvez você possa ler poesia enquanto eu ensino a ela as posições.

Caio inspirou rapidamente, indignado, depois deu um sorriso lento para o amigo.

– Com você longe, eu é que mostrarei a ela as posições. – Ele riu sozinho disso, escondendo os pensamentos. Que posições? Só conseguia pensar em duas.

– Depois de mim, você vai ser como um novilho, com toda a prática que eu venho tendo. Mário é um homem generoso.

Caio olhou para o amigo, tentando avaliar quanto de sua bazófia era apenas isso. Sabia que Marco tinha se mostrado o predileto das garotas escravas da casa de Mário e raramente era encontrado em seu próprio quarto depois de escurecer. Quanto a ele, não tinha ideia do que sentia. Algumas vezes desejava tanto Alexandria que doía, em outras queria estar caçando garotas pelos corredores, como Marco. Sabia que, se a obrigasse como a uma escrava, perderia tudo que considerava precioso. Uma moeda de prata lhe compraria esse tipo de união. A ideia de que Marco já pudesse ter desfrutado do que ele queria fez seu corpo latejar de raiva.

Marco interrompeu esses pensamentos com a voz baixa.

– Vai precisar de amigos quando estiver mais velho, homens em quem possa confiar. Nós dois vimos o tipo de poder que seu tio tem, e acho que gostaríamos de um pouquinho disso.

Caio assentiu.

– Então de que lhe serviria um filho de prostituta sem um tostão? Posso fazer meu nome e minha fortuna na nova legião, e *então* poderemos fazer verdadeiros planos para o futuro.

– Entendo. Lembre-se do nosso juramento, e vou me manter ligado a ele. – Caio ficou quieto um momento, depois balançou a cabeça para afastar os pensamentos em Alexandria. – Qual será sua guarnição?

– A Quarta da Macedônia, de modo que Rênio e eu vamos à Grécia, lar da civilização, pelo que dizem. Estou ansioso para ver terras estrangeiras. Ouvi dizer que as mulheres disputam corrida sem roupas, você sabe. Isso faz a mente inchar. E não só a mente. – Ele gargalhou, e Caio deu um sorriso, sentindo-se enjoado ainda pensando em Alexandria. Será que ela iria se entregar a ele?

– Fico feliz porque Rênio vai acompanhá-lo. Vai ser bom ele tirar a mente das preocupações durante um tempo.

Marco fez uma careta.

– Verdade, mas ele não será a melhor das companhias. Rênio está meio abalado desde que apareceu bêbado na casa de seu tio, mas posso entender o motivo.

– Se os escravos tivessem queimado minha casa, eu também estaria meio perdido. Eles levaram até as economias dele. Rênio disse que estavam debaixo do piso, mas devem ter sido encontradas pelos saqueadores. Não foi um capítulo glorioso em nossa história, escravos roubando as economias de um velho. Se bem que ele não é mais um velho de verdade, é?

Marco olhou de lado para ele. Os dois nunca tinham discutido aquilo, mas aparentemente Caio não precisara que lhe dissessem.

– Cabera? – perguntou Caio, captando seu olhar.

Marco assentiu.

– Foi o que pensei; ele fez algo parecido comigo, quando eu estava machucado. Certamente é bom ter esse homem por perto.

– Fico feliz porque ele vai ficar com você. Cabera tem fé em seu futuro. Deve ser capaz de mantê-lo vivo até eu voltar, coberto de glória e cheio de mulheres lindas, todas campeãs de corridas.

– Talvez eu não o reconheça debaixo de toda essa glória e de todas essas mulheres.

– Vou ser o mesmo. Sinto muito por não estar no triunfo amanhã. Deve realmente ser uma coisa especial. Sabia que Mário mandou cunhar moedas de prata com a efígie dele? Vai jogá-las para a multidão nas ruas.

Caio riu.

– Típico de meu tio. Ele gosta de ser reconhecido. Gosta mais da fama do que de ganhar batalhas, acho. Já está pagando aos homens com essas moedas, de modo que o dinheiro se espalhe por Roma ainda mais depressa. Isso pelo menos deve irritar Sila, e é provavelmente o que ele realmente quer.

Cabera e Rênio saíram do escuro e ocuparam os espaços no banco de Marco.

– Aí estão vocês! – disse Rênio. – Eu estava começando a pensar que não iria encontrá-lo para me despedir.

Outra vez Caio notou a nova força que havia nele. Não parecia ter mais de quarenta anos, ou 45 bem preservados. Seu cumprimento pareceu uma armadilha quando estendeu a mão e Caio a apertou.

– Vamos nos encontrar de novo – disse Cabera.

Eles o olharam.

Cabera levantou as palmas e sorriu.

– Não é uma profecia, eu sinto. Ainda não terminamos nossos caminhos.

– Fico feliz porque você, pelo menos, vai ficar. Com Tubruk de volta ao campo e esses dois indo para a Grécia, eu ficaria sozinho aqui – disse Caio, sorrindo tímido.

– Cuide dele, seu velho salafrário – disse Rênio. – Não tive todo o trabalho de treiná-lo para ouvir dizer que levou um coice de um cavalo. Mantenha-o longe das mulheres más e do excesso de bebida. – Em seguida se virou para Caio e levantou o dedo. – Treine todo dia. Seu pai nunca se permitiu ficar mole, e você deve seguir o exemplo dele, se quiser ser útil para nossa cidade.

– Treinarei. O que vai fazer quando tiver entregado Marco?

O rosto de Rênio ficou sombrio por um segundo.

– Não sei. Não tenho mais dinheiro para me aposentar, de modo que veremos... Está nas mãos dos deuses, como sempre.

Por um momento todos pareceram tristes. Nada jamais permanecia igual.

– Venha – continuou, aborrecido. – É hora de dormir. Faltam apenas algumas horas para o amanhecer, e todos temos um longo dia pela frente.

Apertaram-se as mãos em silêncio pela última vez e voltaram às suas barracas.

QUANDO CAIO acordou na manhã seguinte, Marco e Rênio já haviam partido.

A seu lado, cuidadosamente dobrada, estava a *toga virilis*, uma roupa de homem. Olhou-a durante longo tempo, tentando se lembrar das lições de Tubruk sobre o modo correto de usá-la. Uma túnica de garoto era muito mais simples, e a bainha baixa da toga ficaria suja muito rapidamente. A mensagem era clara em sua simplicidade: um homem não sobe em árvores nem se atira em rios lamacentos. As brincadeiras de criança teriam de ficar na memória.

À luz do dia, as grandes barracas para dez homens podiam ser vistas se estendendo até a distância, em filas organizadas, mostrando a disciplina dos homens e de seu general. Mário tinha passado a maior parte do mês mapeando uma rota de nove quilômetros e meio ao longo das ruas e terminando, como antes, diante da escadaria do Senado. A imundície tinha de ser lavada das pedras das ruas, mas elas eram caminhos estreitos e sinuosos, e a legião só podia colocar seis homens ou três cavalos lado a lado. Seriam pouco menos de 1.100 fileiras de soldados, cavalos e equipamentos. Depois de muita discussão com seus engenheiros, Mário concordou em deixar as armas de sítio no acampamento – não havia como fazer com que elas passassem nas esquinas apertadas. A estimativa era de que demorariam três horas para completar a marcha, isso sem empecilhos ou erros de qualquer tipo.

Quando Caio tinha tomado banho, se vestido e comido, o sol saíra do horizonte e a grande massa brilhante de soldados estava em posição e quase a postos para marchar. Caio recebeu ordem de se vestir com uma toga completa e sandálias e de deixar suas armas no acampamento. Depois de tanto tempo carregando as ferramentas de um legionário, sentia-se um tanto indefeso sem elas, mas obedeceu.

Mário iria num trono em cima de uma carruagem aberta, puxada por seis cavalos. Vestiria uma toga púrpura, cor que só podia ser usada por um general à frente de um triunfo. A tinta era incrivelmente cara, retirada de conchas do mar raras e destilada. Era uma roupa para se usar apenas uma vez, da cor dos antigos reis de Roma.

Quando passasse pela porta da cidade, um escravo levantaria uma coroa de louros dourada sobre sua cabeça e ficaria segurando-a ali durante o resto do caminho. Uma frase seria sussurrada durante todo o triunfo, alegremente ignorada por Mário: "Lembra-te de que és mortal."

A carruagem fora montada pelos engenheiros da legião, projetada para se ajustar perfeitamente entre as pedras mais altas das ruas. As pesadas rodas de madeira tinham uma cinta de ferro e os eixos estavam bem engraxados. O corpo do veículo era dourado e brilhava ao sol da manhã como se fosse de ouro puro.

Enquanto Caio se aproximava, o general inspecionava as tropas com a expressão séria. Falava com muitos dos homens e eles respondiam sem afastar o olhar da meia distância.

Finalmente o general pareceu satisfeito e subiu na carruagem.

– O povo de nossa cidade não esquecerá este dia. A visão de vocês vai inspirar as crianças a entrar para as forças que mantêm a todos nós em segurança. Embaixadores estrangeiros nos verão e terão cautela ao lidar com Roma, com a visão de nossas fileiras sempre em suas mentes. Mercadores vão nos olhar e saberão que há algo mais no mundo do que ganhar dinheiro. Mulheres nos olharão e compararão seus maridinhos aos melhores de Roma! Vejam seus reflexos nos olhos delas enquanto passarmos. Hoje vocês darão ao povo algo mais que pão e moedas; darão glória.

Os homens aplaudiram esta última frase e Caio se pegou gritando com eles. Andou até a carruagem com o trono e Mário o viu.

– Onde devo ficar, tio? – perguntou.

– Aqui em cima, garoto. Fique de pé junto a meu ombro direito, para que eles saibam que você é o amado de minha casa.

Caio riu e subiu, assumindo o lugar. De sua nova altura podia ver a distância e sentiu uma empolgação ansiosa.

Mário baixou o braço e trombetas soaram, ecoando pelas fileiras até o fundo. Os legionários deram o primeiro passo no solo duro.

De cada lado da grande carruagem dourada Caio reconheceu rostos da primeira ida sangrenta ao Senado. Até num dia de regozijo Mário tinha junto seus homens escolhidos a dedo. Apenas um idiota se arriscaria a lançar uma faca com a legião nas ruas; os soldados destruiriam a cidade num ataque de fúria – mas Mário tinha alertado seus homens de que sempre havia idiotas, e não existiam sorrisos nas fileiras.

– Estar vivo num dia assim é um dom precioso dos deuses – disse Mário, sua voz chegando longe.

Caio assentiu e pousou a mão no trono.

– Há seiscentas mil pessoas na cidade, e nenhuma delas estará cuidando de seus negócios hoje. Já começaram a ocupar as laterais das ruas e a comprar lugares nas janelas para nos saudar. As estradas estão cobertas de palha de junco fresca, um tapete para andarmos em cada passo dos mais de nove quilômetros. Somente o fórum está liberado, de modo que possamos parar ali, todos os cinco mil num único bloco. Sacrificarei um touro a Júpiter e um javali a Minerva, e depois você e eu, Caio, entraremos no Senado para comparecer à nossa primeira votação.

– Qual é o assunto da votação? – perguntou Caio.

Mário riu.

– A simples questão de aceitar oficialmente você nas fileiras da *nobilitas* e da vida adulta. De fato é apenas uma formalidade. Você tem o direito herdado de seu pai, ou, sem dúvida, meu patrocínio bastaria. Lembre-se, esta cidade foi construída e é mantida com talento. Existem as casas antigas, os puros-sangues; Sila é de uma delas. Mas outros homens estão lá porque arrastaram a si mesmos até o poder, como eu. Nós respeitamos a força e damos valor ao que é bom para a cidade, independentemente da origem familiar.

– Os que o apoiam estão entre os novos homens?

Mário balançou a cabeça.

– Estranhamente, não. Com frequência eles não querem ser vistos tomando o lado de um dos seus. Muitos apoiam Sila, mas entre os que me seguem há tanto os de famílias elevadas quanto novos lobos na matilha. Os tribunos do povo fazem grande questão de fingir que são intocados pela política, e cada um vota como achar melhor, se bem que sempre podemos contar com que votem pelo trigo mais barato ou por mais direitos para os escravos. Com seu poder de veto, eles nunca podem ser ignorados.

– Então poderiam impedir minha aceitação?

Mário deu um risinho.

– Não faça essa cara de preocupado. Eles não votam em questões internas, como a entrada de novos membros, somente na política da cidade. Mesmo que fizessem isso, seria necessário um homem corajoso para votar contra mim, com os milhares de minha legião parados no fórum em frente. Sila e eu somos cônsules, comandantes supremos de todo o poder militar em Roma. Nós lideramos o Senado, e não o contrário. – Ele deu um sorriso complacente e pediu vinho, recebendo a taça cheia.

– O que acontece se o senhor discordar do Senado ou de Sila? – perguntou Caio.

Mário bufou na taça de vinho.

– Isso é muito comum. O povo elege o Senado para fazer e implementar as leis e para construir o império. Também elege os outros postos mais importantes: edis, pretores e cônsules. Sila e eu estamos aqui porque o povo votou em nós, e o Senado não esquece isso. Se discordarmos, um cônsul pode proibir qualquer legislação, e sua aprovação é interrompida imediatamente. Sila e eu só precisamos dizer: "*Veto*", eu proíbo, quando os discursos começam, e isso é o fim por aquele ano. Também podemos bloquear um ao outro desse modo, ainda que isso não aconteça com frequência.

– Mas como o Senado controla os cônsules? – insistiu Caio, interessado.

Mário tomou um grande gole de vinho e deu um tapa na barriga, sorrindo.

– Eles poderiam votar contra mim, até me remover do cargo, em teoria. Na prática os que me apoiam e os meus clientes impediriam esse tipo de votação, de modo que durante todo o ano um cônsul é quase intocável no poder.

– O senhor disse que o cônsul só é eleito por um ano e depois disso precisa deixar o cargo.

– A lei se dobra aos homens fortes, Caio. A cada ano o Senado clama por uma exceção para que eu seja reeleito. Sou bom para Roma, veja bem. E eles sabem disso.

Caio sentiu-se satisfeito com a conversa calma, ou pelo menos tão calma quanto o general conseguia manter. Entendia por que seu pai tinha cautela com aquele sujeito. Mário era como um raio de verão – era impossível dizer onde golpearia em seguida –, mas por enquanto tinha a cidade na palma da mão, e Caio tinha descoberto que era ali que ele também queria estar: no centro das coisas.

PUDERAM OUVIR o clamor de Roma muito antes de chegar à porta. O som era como o mar, uma onda informe, quebrando-se, que os engolfou quando pararam na torre de fronteira. Os guardas da cidade se aproximaram da carruagem dourada e Mário se levantou para recebê-los. Eles também estavam brilhantes, perfeitamente arrumados, e tinham um ar formal.

– Diga seu nome e o que deseja – disse um deles.

– Mário, general da Primogênita. Estou aqui. Farei um triunfo pelas ruas de Roma.

O homem ruborizou um pouco e Mário riu.

– Pode entrar na cidade – disse o guarda, recuando e acenando para que a porta fosse aberta.

Mário se inclinou para perto de Caio enquanto se sentava novamente.

– O protocolo diz que eu devo pedir permissão, mas este é um dia bonito demais para ser educado com os guardas que não puderam entrar nas legiões. Levem-nos para dentro. – Ele sinalizou e de novo as trombetas soaram pelas fileiras. A porta se abriu e a multidão espiou por trás, rugindo de empolgação. O ruído se chocou contra a legião, e o cocheiro de Mário teve de estalar as rédeas com força para fazer com que os cavalos se movessem.

A Primogênita entrou em Roma.

– VOCÊ PRECISA sair da cama agora, se quer estar pronta a tempo para ver o triunfo! Todo mundo diz que vai ser glorioso, e seu pai e sua mãe já estão vestidos e com os ajudantes enquanto você fica aí deitada cochilando!

Cornélia abriu os olhos e se espreguiçou, sem se importar com as cobertas que caíam de cima de sua pele dourada. Sua aia, Clódia, ocupou-se com as cortinas, abrindo-as para arejar o cômodo e permitir que o sol se derramasse dentro.

– Olhe, o sol está alto e você ainda nem se vestiu. É uma vergonha encontrar você sem roupa. E se eu fosse um homem, ou seu pai?

– Ele não ousaria entrar. Sabe que não me incomodo com roupas de dormir quando está quente.

Ainda bocejando, Cornélia se levantou nua da cama e se espreguiçou como um gato, arqueando as costas e pressionando os punhos no ar. Clódia foi até a porta do quarto e baixou a tranca, para o caso de alguém querer olhar.

– Imagino que vai querer tomar um banho antes de se vestir – disse Clódia, o afeto estragando a tentativa de seriedade.

Cornélia assentiu e foi até a sala de banho. A água estava soltando fumaça, lembrando-a de que o resto da casa tinha acordado e estava trabalhando desde os primeiros momentos da alvorada. Sentiu uma ligeira culpa, que se dissolveu no calor reconfortante enquanto ela passava uma perna pela lateral e entrava na banheira, suspirando. Era um luxo de que desfrutava, preferindo não esperar até a sessão formal de banho mais tarde.

Clódia entrou atrás dela no aposento, carregando uma braçada de tecidos quentes. Ela jamais parava, era uma mulher de intensa energia. Para um estranho, nada havia em sua vestimenta ou em seus modos que indicasse que era escrava. Até as joias que usava eram verdadeiras, e escolhia as vestimentas num guarda-roupa suntuoso.

– Depressa! Enxugue-se com isso e ponha esta *mamillare.*

Cornélia gemeu.

– Isso me aperta muito e é ruim de usar nos dias quentes.

– Vai impedir que seus seios fiquem pendurados como sacos vazios daqui a alguns anos – resmungou Clódia. – Então você vai ficar muito feliz por ter usado. De pé! Saia da água, sua menina preguiçosa. Há um copo d'água na borda para limpar sua boca.

Enquanto Cornélia enxugava o corpo, Clódia estendeu as roupas e abriu uma série de caixinhas de prata com pintura e óleos.

– Ande logo – disse ela, baixando uma túnica branca e comprida sobre os braços estendidos de Cornélia. A garota se enfiou na roupa e sentou-se diante da mesa, levantando um espelho oval de bronze para se olhar.

– Eu gostaria de cortar o cabelo – falou pensativa, segurando uma madeixa entre os dedos. Era cor de ouro escuro, mas reto e grosso.

– Não vai combinar com você, Lia. E hoje não dá tempo. Acho que sua mãe já terminou com sua *ornatrix* e deve estar esperando por nós. Beleza simples e discreta é o que queremos hoje.

– Um pouco de ocre nos lábios e nas bochechas, então, a não ser que você queira me pintar com aquele chumbo branco e fedorento.

Clódia suspirou com irritação.

– Vai demorar alguns anos antes que você precise esconder sua pele. Quantos anos tem agora, 17?

– Você sabe que sim, ficou bêbada na festa – respondeu Cornélia com um sorriso, permanecendo imóvel enquanto a cor era aplicada.

– Eu estava alegre, querida, como todo mundo. Não há nada de errado em beber um pouquinho, com moderação, é o que sempre digo. – Clódia assentiu consigo mesma enquanto passava as cores. – Agora um pouquinho de antimônio em pó em volta dos olhos para fazer com que os homens achem que eles são escuros e misteriosos, e podemos começar com os cabelos. Não toque nisso! Segure as mãos, lembre-se, para não manchar.

Rápida e habilmente, Clódia dividiu o cabelo dourado escuro e juntou-o num coque atrás, revelando o pescoço esguio de Cornélia. Ela olhou para o rosto no espelho e sorriu diante do efeito.

– Nunca saberei por que seu pai ainda não lhe arranjou um homem. Você certamente é linda.

– Ele disse que vai me deixar escolher, e eu ainda não encontrei ninguém de quem gostasse – respondeu Cornélia tocando os alfinetes do cabelo.

Clódia fez uma cara de desagrado.

– Seu pai é um bom homem, mas a tradição é importante. Ele deveria arranjar um jovem com boas perspectivas e você deveria ter uma casa sua para administrar. Acho que você vai gostar disso, de algum modo.

– Vou levar você comigo quando isso acontecer. Sentiria sua falta, se não levasse, como... um vestido que está meio velho e fora dc moda mas que ainda é confortável, sabe?

– De que modo lindo você declara afeto por mim, querida! – respondeu Clódia dando um tapinha na cabeça de Cornélia enquanto se virava para pegar o manto.

Era um grande quadrado de tecido dourado que descia até os joelhos de Cornélia. Precisava ser lindamente arrumado para causar o melhor efeito, mas Clódia fazia isso havia anos e conhecia os gostos de Cornélia no corte e no estilo.

– É lindo. Mas pesado – murmurou Cornélia.

– Assim como os homens, querida, como vai descobrir – respondeu Clódia com um brilho nos olhos. – Agora corra até seus pais. Devemos chegar cedo para conseguirmos um bom lugar de onde ver o triunfo. Vamos à casa de um dos amigos de seu pai.

– AH, PAPAI, o senhor deveria ter vivido para ver isso – sussurrou Caio enquanto passavam pelas ruas. O caminho adiante era verde-escuro, com cada ponto da pedra coberto de junco. O povo também usava suas melhores roupas, uma multidão de cor e barulho. Mãos eram estendidas; olhos quentes e invejosos os espiavam. Todas as lojas estavam fechadas, como Mário tinha dito. Parecia que toda a cidade se fechara num feriado para ver o grande general. Caio ficou pasmo com o número de pessoas e o entusiasmo. Será que não se lembravam desses mesmos soldados trucidando-os no fórum havia apenas um mês? Mário tinha dito que eles respeitavam apenas a força, e a prova estava nos gritos de comemoração estrondeando e ecoando nas ruas estreitas. Caio olhou para uma janela à direita e viu uma bela mulher jogando flores para ele. Pegou uma e a multidão rugiu de novo, apreciando.

Ninguém entrava no meio da rua, apesar da falta de guardas ou soldados nas laterais. A lição da última vez tinha claramente sido aprendida, e era como se houvesse uma barreira invisível segurando-os. Até os homens de rosto duro da guarda de Mário riam enquanto marchavam.

Mário estava sentado como um deus. Pousava as mãos enormes nos braços do trono dourado e sorria para a multidão. O escravo atrás dele segurava a guirlanda de louro dourado acima de sua cabeça e a sombra caía sobre suas feições. Cada olhar seguia seu progresso. Seus cavalos eram treinados para o campo de batalha e ignoravam as pessoas gritando, mesmo quando alguns mais ousados punham flores em seus pescoços.

Caio permanecia de pé junto ao ombro do grande homem enquanto a procissão passava e o orgulho levantava sua alma. Será que seu pai teria apreciado isso? A resposta era provavelmente não, e Caio sentiu uma pontada de tristeza. Mário estava certo: simplesmente estar vivo num dia assim era tocar os deuses. Sabia que jamais iria esquecer, e podia ver nos olhos das pessoas que elas também guardariam aqueles momentos para aquecê-las nos invernos escuros dos anos ainda por vir.

Na metade do caminho, Caio viu Tubruk parado numa esquina. Quando seus olhos se encontraram, Caio pôde sentir toda a história entre eles. Tubruk levantou o braço em saudação e Caio retribuiu. Os homens em volta de Tubruk se viraram para olhá-lo e imaginar qual seria sua ligação. O ex-escravo assentiu enquanto eles passavam, e Caio assentiu de volta, engolindo o nó na garganta. Estava inebriado de emoção e segurou as costas do trono para não cambalear na maré de aplausos.

Mário deu um sinal a dois de seus homens e eles subiram na carruagem, segurando macias bolsas de couro. Mãos foram mergulhadas nos recessos escuros e voltaram brilhando com punhados de moedas de prata. A efígie de Mário foi voando por cima da multidão que gritava seu nome enquanto lutava para pegar o metal à sua passagem. Mário também enfiou a mão e seus dedos voltaram gotejando peças de prata. Ele jogou as moedas para o alto com um gesto e riu quando elas caíram e a multidão mergulhou para pegar os presentes. Ele sorria do prazer dos outros, e eles o abençoavam.

DE UMA JANELA baixa Cornélia olhava a massa de pessoas, satisfeita por estar fora da turba. Sentiu uma empolgação quando Mário se aproximou no trono e aplaudiu com os outros. Era um belo general, e a cidade amava os heróis.

Havia um rapaz ao lado dele, jovem demais para ser legionário. Cornélia se esticou para ver melhor. Ele estava sorrindo e seus olhos luziram em azul quando gargalhou de alguma coisa que Mário disse.

O cortejo chegou perto de onde Cornélia e sua família assistiam. Ela viu moedas voando e o povo correndo para pegar as peças de prata. Seu pai, Cina, suspirou ao ver isso.

– Desperdício de dinheiro. Roma ama um general frugal – falou em voz cortante.

Cornélia o ignorou, com o olhar no companheiro de Mário. Era bonito e parecia saudável, mas havia outra coisa nele, no modo como se portava. Havia uma confiança interna e, como Clódia costumava dizer, não havia nada tão atraente no mundo quanto a confiança.

– Cada mãe em Roma vai estar atrás daquele galo jovem para suas filhas – sussurrou Clódia a seu lado.

Cornélia ruborizou, e as sobrancelhas de Clódia se levantaram em surpresa e prazer.

O triunfo passou durante mais duas horas, mas para Cornélia foi tempo desperdiçado.

AS CORES e os rostos tinham se fundido num borrão, os homens estavam cobertos de flores e o sol tinha chegado ao meio-dia quando eles começaram a entrar no fórum. Mário sinalizou para o cocheiro colocar a carruagem na frente, diante da escadaria do Senado. O espaço ecoou quando os cascos bateram nas lajes de pedra, e o ruído das ruas foi lentamente deixado para trás. Pela primeira vez Caio pôde ver os soldados de Sila guardando a entrada da praça e a massa de pessoas atrás.

Era quase pacífico, depois do tumulto colorido da viagem até o centro.

– Parem aqui – disse Mário, e levantou-se do trono para ver seus homens chegando. Eles eram bem treinados e formaram fileiras apertadas, camada sobre camada até o canto mais distante da escadaria do Senado, até que o fórum estivesse cheio das filas brilhantes de seus soldados. Nenhuma voz humana podia chegar a todos os homens, por isso uma trombeta deu a ordem de ficar em posição de sentido, e eles juntaram os pés com ruído de trovão. Mário sorriu cheio de orgulho. Segurou com força o ombro de Caio.

– Lembre-se disso. É por isso que nos atolamos nos campos de batalha a milhares de quilômetros de Roma.

– Eu nunca poderia esquecer o dia de hoje – respondeu Caio honestamente, e o aperto ficou mais forte um momento antes de soltá-lo.

Mário foi até onde um touro branco estava seguro por quatro de seus homens. Um grande javali de pelo preto estava seguro do mesmo modo, mas bufava e tentava se soltar das amarras.

Mário aceitou um círio e acendeu o incenso numa tigela de ouro. Seus homens baixaram a cabeça e ele se adiantou com a adaga, falando baixo enquanto cortava as duas gargantas.

– Traga todos nós, através da guerra e da pestilência, em segurança para nossa cidade – disse ele. Em seguida enxugou a lâmina na pele do touro que caía de joelhos, balindo de medo e dor. Depois de embainhar a adaga, ele passou o braço pelo ombro de Caio e juntos os dois subiram os largos degraus brancos do prédio do Senado.

Era o assento do poder em todo o mundo. Colunas que não poderiam ser envolvidas por três homens grandes com os braços estendidos sustentavam um teto inclinado sobre o qual havia estátuas distantes. Portas de bronze que faziam até Mário parecer um anão estavam fechadas no topo da escadaria. Feitas de painéis entrelaçados, pareciam projetadas para suportar um exército, mas enquanto os dois subiam as portas se abriram em silêncio, puxadas por dentro. Mário assentiu e Caio engoliu o espanto.

– Venha, garoto, vamos encontrar nossos senhores. Não é bom deixar o Senado esperando.

16

Marco ficou imaginando a que se deveria a expressão tensa no rosto de Rênio enquanto seguiam pela estrada até o mar. Desde o alvorecer até o fim da tarde tinham trotado e andado sobre a superfície de pedra sem dizer palavra. Ele estava com fome e desesperadamente sedento, mas não iria admitir. Ao meio-dia tinha decidido que, se Rênio quisesse fazer toda a viagem até as docas sem parar, ele não desistiria primeiro.

Finalmente, quando o cheiro de peixe morto e algas azedou o ar limpo do campo, Rênio parou e, para sua surpresa, Marco notou que ele estava pálido.

– Quero parar aqui para ver um amigo. Você pode ir até o cais e arranjar um quarto lá. Há uma estalagem...

– Vou com você – disse Marco rapidamente.

O maxilar de Rênio ficou tenso e, antes de virar para uma estrada secundária, murmurou:

– Como quiser.

Perplexo, Marco o acompanhou enquanto o caminho serpenteava pela floresta durante quilômetros. Não perguntou aonde estavam indo, apenas manteve a espada frouxa na bainha para o caso de haver bandidos escondidos entre as folhagens. Não que uma espada fosse de muita utilidade contra um arco, pensou.

O sol, onde podia ser visto através das copas, tinha descido abaixo do horizonte quando chegaram a um pequeno povoado. Não havia mais de vinte casas pequenas, mas o lugar parecia bem cuidado. Havia galinhas em cercados e cabras amarradas do lado de fora da maioria das casas, e Marco não pressentiu perigo. Rênio desmontou.

– Você vem? – perguntou ele, enquanto ia até uma porta.

Marco assentiu e amarrou os dois cavalos a um poste. Rênio tinha entrado quando ele terminou, e o jovem franziu a testa, pousando a mão na adaga enquanto entrava. Estava escuro lá dentro, iluminado apenas por uma vela e uma pequena chama no fogão, mas Marco pôde ver Rênio abraçando um velho com seu braço bom.

– Este é meu irmão, Primo. Primo, este é o garoto de quem lhe falei. Está viajando comigo para a Grécia.

O homem devia ter uns oitenta anos, mas tinha um aperto de mão firme.

– Meu irmão escreveu sobre seu progresso e do outro, Caio. Ele não gosta de ninguém, mas acho que desgosta de vocês dois menos que da maioria das pessoas.

Marco grunhiu.

– Sente-se, garoto, temos uma longa noite pela frente. – Ele foi até seu pequeno fogão e pôs um comprido atiçador de metal no centro feroz das chamas.

– O que está acontecendo? – perguntou Marco.

– Meu irmão era cirurgião – disse Rênio com um suspiro. – Ele vai cortar meu braço.

Marco sentiu uma náusea de horror quando percebeu o que veria. E a culpa encheu seu rosto. Esperava que Rênio não mencionasse como tinha se ferido. Para disfarçar o constrangimento, falou rapidamente:

– Lúcio ou Cabera poderiam ter feito isso, tenho certeza.

Rênio o silenciou levantando a mão.

– Muitas pessoas poderiam fazer o serviço, mas Primo era... é o melhor.

Primo deu um risinho, revelando uma boca com poucos dentes.

– Meu irmãozinho costumava cortar pessoas e eu as costurava de novo – disse, alegre. – Vejamos uma luz para isso. – Ele se virou para uma lamparina e a acendeu com uma vela. Quando se virou de novo, forçou a vista para Rênio.

– Sei que meus olhos não são como antes, mas você tingiu o cabelo?

Rênio ficou ruborizado.

– Não quero saber que seus olnos estão ruins antes de você começar a me cortar, Primo. Estou envelhecendo bem, só isso.

– Bem demais – concordou Primo.

Ele esvaziou um saco de couro cheio de ferramentas sobre a mesa e sinalizou para o irmão se sentar. Olhando as serras e agulhas, Marco desejou ter aceitado o conselho e ido para as docas, mas era tarde demais. Rênio sentou-se com o suor pingando da testa. Primo lhe deu um frasco de líquido escuro e ele o ergueu, tomando grandes goles.

– Você, garoto, pegue aquela corda e o amarre à cadeira. Não quero que ele fique se sacudindo e quebrando minha mobília.

Enjoado, Marco pegou os pedaços de corda, notando com horror silencioso que estavam totalmente manchados de sangue antigo. Ocupou-se com os nós e tentou não pensar naquilo.

Depois de alguns minutos, Rênio estava imóvel e Primo derramou o resto do líquido marrom em sua garganta.

– É tudo que tenho, infelizmente. Vai tirar um pouco da dor, mas não muito.

– Vá em frente – rosnou Rênio com os dentes trincados.

Primo levantou um grosso pedaço de couro até a boca de Rênio e mandou que ele mordesse.

– Vai salvar seus dentes, pelo menos.

Em seguida se virou para Marco.

– Segure o braço imóvel. Isso ajuda a serrar mais rápido. – Ele pôs as mãos de Marco no bíceps musculoso e verificou as cordas que mantinham o pulso e o cotovelo no lugar. Em seguida pegou uma lâmina de aparência maligna no meio dos instrumentos e levantou-a à luz, forçando a vista para o gume.

– Vou cortar um círculo em volta do osso, e outro abaixo, para dar espaço para a serra. Vamos tirar um anel de carne, serrar o osso e cauterizar o sangramento. Deve ser rápido, caso contrário ele sangrará até a morte. Deixarei pele suficiente para dobrar em cima do cotoco, que deve ser bem amarrado. Ele não deve tocá-lo durante a primeira semana, depois deve passar um unguento que vou lhe dar, toda manhã e toda noite. Não tenho nenhum copo de couro para o cotoco, você precisará fazer um ou comprar.

Marco engoliu em seco, nervoso.

Primo apertou os dedos nos músculos e nervos do braço inútil, tateando. Depois de um minuto estalou a língua, o rosto triste.

– É como você disse. Não há nenhuma sensação. Os músculos foram cortados e estão começando a perder força. Foi uma luta?

Involuntariamente, Marco olhou para Rênio. Os olhos acima dos dentes à mostra eram maníacos, e ele desviou o olhar.

– Acidente de treino – falou em voz baixa, abafada pela tira de couro.

Primo assentiu e encostou a lâmina na pele. Rênio se retesou e Marco apertou o braço.

Com movimentos hábeis, Primo cortou fundo, parando apenas para enxugar o ferimento com um pedaço de pano, removendo os jorros de sangue que atrapalhavam a visão. Marco sentiu o estômago se revirar, mas o irmão de Rênio parecia completamente relaxado, soprando ar entre os dentes de um jeito que parecia uma cantiga. O osso branco envolto por uma cortina cor-de-rosa apareceu, e Primo grunhiu de satisfação. Depois de apenas alguns segundos tinha chegado ao osso em toda a volta e começado o segundo corte.

Rênio olhou para as mãos ensanguentadas do irmão e seus lábios se enrolaram numa careta amarga. Depois olhou para a parede, com os maxilares trincados. Um ligeiro tremor na respiração era o único sinal de medo.

O sangue se derramava nas mãos de Marco, na cadeira, no chão, em todo lugar. Havia lagos de sangue dentro de Rênio, e estavam se derramando inteiros, sangue brilhante e molhado. O segundo anel foi arrancado, deixando grandes abas de pele pendurada. Primo continuou cortando, removendo bocados escuros de carne e largando-os descuidadamente no chão.

– Não se preocupe com a sujeira. Tenho dois cachorros que vão adorar isso quando eu os deixar entrar.

Marco virou a cabeça e vomitou desamparado. Primo fez um muxoxo e ajeitou as mãos que seguravam o braço. Uma ponta de osso branco era visível, à distância de uma mão em relação ao cotovelo.

Rênio tinha começado a respirar em sopros fortes, pelo nariz, e Primo encostou a mão no pescoço do irmão, para sentir as pulsações.

– Vou ser o mais rápido que puder – murmurou.

Rênio assentiu, sem piscar.

Primo se levantou e enxugou as mãos num pano. Olhou o irmão nos olhos e fez uma careta diante do que encontrou ali.

– Esta é a parte difícil. Você vai sentir a dor quando eu cortar o osso e a vibração é muito desagradável. Vou ser o mais rápido que puder. Segure-o bem firme. Durante dois minutos você deve ser como uma rocha. E nada de vomitar de novo, entendeu?

Marco respirou fundo, desanimado, e Primo trouxe uma serra com lâmina fina, com cabo de madeira, como uma faca de cozinha.

– Prontos?

Os dois murmuraram confirmando, e Primo encostou a serra e começou a cortar, com o cotovelo movendo-se para trás e para a frente num movimento que parecia um borrão.

Rênio ficou rígido e todo o seu corpo se levantou contra as cordas que o prendiam. Marco apertou como se sua vida dependesse disso, e se encolhia a cada vez que o sangue fazia seus dedos escorregarem e a serra parecia travar.

Sem aviso, o braço se soltou, tombando de lado e para longe de Rênio, que olhou para ele e grunhiu de raiva. Primo enxugou as mãos e apertou um pano embolado contra o ferimento. Sinalizou para Marco segurá-lo no lugar e pegou a barra de ferro que estivera aquecendo no fogo. A ponta luzia, e Marco se encolheu em antecipação.

Quando o pano foi retirado, Primo trabalhou rapidamente, apertando a ponta de ferro em cada ponto onde o sangue brotava. Cada contato chiava e o fedor era horrível. Marco teve uma crise de vômito seco, deixando um fio de bile pegajosa que o ligava ao chão.

– Ponha isso de volta no fogo depressa. Vou segurar o pano enquanto o ferro esquenta de novo.

Marco cambaleou, empertigando-se, e pegou a barra, enfiando-a de volta nas chamas. A cabeça de Rênio tombou sobre os ombros e a tira de couro caiu de sua boca frouxa.

Primo ficou segurando o pano, depois o tirou para ver o sangue sair. Xingou violentamente.

– Deixei pelo menos metade dos vasos. Antigamente eu conseguia acertar um a cada tentativa, mas não faço isso há alguns anos. Precisa ser benfeito, senão a pessoa se envenena. O ferro já está pronto?

Marco pegou-o, mas a ponta ainda estava preta.

– Não. Ele vai ficar bem?

– Não se eu não conseguir fechar o ferimento. Saia e pegue um pouco de lenha para aumentar o fogo.

Marco sentiu-se grato pela desculpa para sair rapidamente, tomando grandes haustos de ar puro do lado de fora. Estava quase escuro. Deuses, há quanto tempo estavam ali? Notou dois cães grandes amarrados a uma parede ao lado, dormindo. Estremeceu e pegou uma braçada de lenha na pilha perto deles. Os dois acordaram à sua aproximação e rosnaram baixinho, mas não se levantaram. Sem olhar para eles, Marco voltou para dentro, jogando dois pedaços de lenha nas chamas.

– Traga o ferro assim que a ponta ficar vermelha – murmurou Primo, apertando o pano com força no cotoco.

Marco evitou olhar para o braço solto. Aquilo parecia errado, desligado de um corpo, e seu estômago se revirou numa série de espasmos rápidos antes de ele ter o bom senso de olhar novamente para as chamas.

A barra precisou ser aquecida mais uma vez antes que Primo ficasse satisfeito. Marco sabia que jamais seria capaz de esquecer o longo chiado da queimadura e conteve um tremor enquanto ajudava a amarrar o cotoco em bandagens limpas. Juntos, puseram Rênio num catre em outro cômodo, e Marco sentou-se na beira, enxugando o suor dos olhos e sentindo-se grato porque aquilo havia terminado.

– O que acontece com... aquilo? – Sinalizou em direção ao braço ainda amarrado na cadeira.

Primo deu de ombros.

– Não parece certo dar aos cães. Provavelmente vou enterrar em algum lugar na floresta. Ele só iria apodrecer e feder se eu não fizesse isso, mas um monte de gente pede. Há muitas lembranças em uma mão. Quero dizer, aqueles dedos seguraram mulheres e deram tapinhas em crianças. É muita coisa para se perder; mas meu irmão é forte. Espero que seja suficientemente forte até para isso.

– Nosso navio parte em quatro dias, na melhor maré – disse Marco debilmente.

Primo coçou o queixo.

– Ele pode montar a cavalo. Vai ficar fraco durante alguns dias, mas é forte como um touro. Os problemas serão de equilíbrio. Precisará treinar de novo, começar praticamente do nada. Quanto tempo demora a viagem por mar?

– Um mês, com ventos bons.

– Aproveite o tempo. Treine com ele todo dia. De todos os homens, meu irmão não vai gostar nada de ser um sujeito imprestável.

17

Mário parou junto à porta interna da câmara do Senado.

– Você não tem permissão para entrar enquanto não for oficialmente aceito como cidadão, e mesmo assim poderá entrar apenas como meu convidado durante o dia. Vou propor sua aceitação e fazer um pequeno discurso em seu favor. É mera formalidade. Espere até eu voltar e mostrar onde você deve se sentar.

Caio assentiu calmamente e recuou enquanto Mário batia às portas e entrava após elas se abrirem. Foi deixado sozinho na antecâmara e ficou andando de um lado para o outro durante um tempo.

Depois de vinte minutos começou a se incomodar com a demora e andou até a porta externa, aberta, olhando para os soldados reunidos no fórum. Era uma visão impressionante, eles ali parados, rígidos, em posição de sentido apesar do calor do dia. Da altura das portas do Senado e com a praça aberta à frente, Caio tinha uma boa visão da cidade agitada mais além. Estava perdido nessa inspeção quando ouviu o ranger das dobradiças da porta interna, e Mário saiu.

– Bem-vindo à *nobilitas*, Caio. Você é cidadão de Roma, e seu pai ficaria orgulhoso. Sente-se perto de mim e ouça os assuntos do dia. Suspeito que vá achá-los interessantes.

Caio foi atrás e cruzou o olhar com os senadores que o observavam entrar. Um ou dois assentiram, e ele imaginou se tinham conhecido seu pai, memorizando os rostos para o caso de ter chance de falar com eles mais tarde. Olhou o salão em volta, tentando não encarar ninguém. O mundo ouvia o que aqueles poucos tinham a dizer.

O arranjo era como um circo em miniatura, pensou enquanto ocupava o lugar indicado por Mário. Cinco fileiras de assentos rodeavam um espaço central onde um orador de cada vez podia se dirigir aos outros. Caio se lembrou, das aulas dos tutores, que o *rostrum* era feito da proa de um navio de guerra cartaginês e ficou fascinado ao imaginar essa história.

Os assentos eram construídos nas fileiras curvas, com braços de madeira escura se projetando onde não estavam obscurecidos por homens sentados. Todos usavam togas brancas e sandálias, e o efeito era de um lugar de trabalho, um lugar que estalava de energia. A maioria dos homens tinha cabelos brancos, mas alguns eram jovens e fisicamente imponentes. Vários senadores estavam de pé, e ele imaginou que era assim que demonstravam que queriam levantar uma questão ou participar do debate. Sila estava de pé no centro de tudo, falando sobre impostos e trigo. Sorriu para Caio quando viu o rapaz olhando para ele, e Caio sentiu o poder daquilo. Ali estava outro como Mário, julgou imediatamente, mas haveria espaço em Roma para dois assim? Sila tinha a mesma aparência que Caio vira nos jogos. Vestia uma toga branca e simples, com uma faixa vermelha na cintura. Seu cabelo estava oleado e brilhava em madeixas de ouro escuro. Ele vibrava de saúde e vitalidade e parecia completamente relaxado. Quando Caio ocupou o lugar perto do tio, Sila tossiu na mão, delicadamente.

– Creio, dado o assunto mais sério do dia, que este debate sobre impostos pode ser adiado até a próxima semana. Alguma objeção?

Os que estavam de pé sentaram-se, parecendo imperturbáveis. Sila sorriu de novo, revelando dentes brancos e regulares.

– Dou as boas-vindas ao novo cidadão e ofereço a esperança do Senado de que ele sirva à cidade tão bem quanto seu pai. – Houve um murmúrio de aprovação, e Caio inclinou a cabeça ligeiramente, agradecendo. – Entretanto nossas boas-vindas formais também devem ser postas de lado por enquanto. Recebi notícias sérias de ameaça à cidade esta manhã. – Ele parou e esperou pacientemente que os senadores parassem de falar. –

No leste, um general grego, Mitrídates, dominou uma guarnição nossa na Ásia Menor. Ele pode ter oito mil homens em rebelião. Aparentemente esses homens ficaram sabendo que nossas forças guerreiras atuais estão excessivamente espalhadas e lutam a partir da hipótese de que estamos fracos demais para recuperar território. Mas se não agirmos para repeli-lo arriscamo-nos a que seu exército cresça em força e ameace a segurança de nossas posses na Grécia.

Vários senadores se levantaram e discussões gritadas começaram nos bancos. Sila ergueu as mãos pedindo silêncio.

– Uma decisão deve ser tomada. As legiões que já se acham na Grécia estão comprometidas em controlar as fronteiras instáveis. Elas não têm homens suficientes para acabar com essa nova ameaça. Não podemos deixar a cidade sem defesa, especialmente depois dos tumultos mais recentes, mas é de igual importância que mandemos uma legião encontrar aquele homem no campo. A Grécia está observando para ver como reagiremos; deve ser com velocidade e fúria.

Cabeças assentiram violentamente. Roma não fora construída com cautela e concessões. Caio olhou para Mário num pensamento súbito. O general estava sentado com as mãos cruzadas diante do corpo, o rosto tenso e frio.

– Mário e eu comandamos uma legião cada um. Estamos meses mais perto do norte que qualquer outro. A decisão que ponho para ser votada é qual dos dois deve embarcar para encontrar o exército inimigo.

Ele lançou um olhar para Mário e, pela primeira vez, Caio pôde ver o brilho de malícia em seus olhos. Mário se levantou e a câmara ficou em silêncio. Os que estavam de pé sentaram-se para permitir a primeira resposta ao outro cônsul. Mário pôs as mãos atrás das costas e Caio pôde ver como os nós de seus dedos estavam brancos.

– Não descubro erro no curso de ação proposto por Sila. A situação é clara: nossas forças devem ser divididas para defender

Roma e nossos domínios no estrangeiro. Devo perguntar se ele se apresenta como voluntário para banir o invasor.

Todos os olhos se viraram para Sila.

– Confio no julgamento do Senado para isso. Sou servidor de Roma. Meus desejos pessoais não devem ser levados em conta.

Mário deu um sorriso apertado e a tensão podia ser sentida no ar entre eles.

– Concordo – disse Mário claramente e se sentou.

Sila pareceu aliviado e circulou o olhar pela sala abobadada.

– Então é uma escolha simples. Direi o nome de cada legião, e os que acreditam que ela seja a que deve lutar contra Mitrídates ficarão de pé e serão contados. Nenhum homem deve se abster numa votação dessas, que envolve a segurança da cidade. Todos concordamos?

Os trezentos senadores murmuraram a confirmação solene e Sila sorriu. Caio se sentiu tocado pelo medo. Sila parou por um longo momento, claramente gostando da tensão. Finalmente pronunciou uma palavra em meio ao silêncio.

– Primogênita.

Mário pôs a mão no ombro de Caio.

– Você não precisa votar hoje, garoto.

Caio continuou sentado, esticando o pescoço para ver quantos se levantavam. Mário olhou tranquilamente para Sila, como se a questão não fosse importante para ele. Parecia que a toda volta os homens estavam se levantando, e Caio soube que seu tio havia perdido. Então os ruídos pararam e mais nenhum homem se levantou. Ele olhou para o belo cônsul de pé no centro e pôde ver o rosto de Sila mudar de um prazer relaxado para a descrença, depois para a fúria. Fez a contagem e pediu que fosse verificada por dois outros, até que concordaram.

– Cento e vinte e um a favor de que a Primogênita cuide do invasor.

Ele mordeu o lábio com expressão brutal por um segundo. Seu olhar se grudou em Mário, que deu de ombros e olhou para o outro lado. Os homens de pé sentaram-se.

– Segunda Alaudae – sussurrou Sila, a voz se espalhando na boa acústica do salão. De novo homens se levantaram, e Caio pôde ver que eram a maioria. Qualquer plano que Sila tivesse tentado falhara, e Caio o viu sinalizar para os senadores se sentarem sem permitir que a contagem fosse totalmente encerrada e registrada. Visivelmente ele se recompôs, e quando falou era de novo o jovem encantador que Caio tinha visto ao entrar.

– O Senado falou, e sou servidor do Senado – disse formalmente. – Imagino que Mário usará os alojamentos da cidade para seus homens durante minha ausência, não é?

– Usarei – disse Mário com o rosto calmo e impassível.

Sila foi em frente:

– Com o apoio de nossas forças na Ásia Menor esta campanha não será longa. Retornarei a Roma assim que tiver esmagado Mitrídates. Depois decidiremos o futuro desta cidade. – Disse a última frase olhando direto para Mário, e a mensagem era clara. – Mandarei meus homens liberarem os alojamentos esta noite. Se não há mais nada a decidir... Bom dia a todos.

Sila saiu da câmara seguido por um grupo dos que o apoiavam. A pressão desapareceu da sala e subitamente todos estavam falando, rindo ou olhando pensativamente uns para os outros.

Mário se levantou e imediatamente houve silêncio.

– Obrigado pela confiança, senhores. Guardarei bem esta cidade contra todos os que vierem.

Caio notou que Sila poderia muito bem ser um daqueles contra quem Mário guardaria Roma quando ele voltasse.

SENADORES SE APINHARAM em volta de seu tio, alguns apertando sua mão, dando-lhe os parabéns abertamente. Mário puxou Caio com uma das mãos e estendeu a outra para segurar o ombro de um homem magro, que sorriu para os dois.

– Crasso, este é meu sobrinho, Caio. Caio, você não acreditaria olhando, mas Crasso é provavelmente o homem mais rico de Roma.

O homem tinha um pescoço comprido e fino, e a cabeça balançava no final, com olhos castanhos calorosos brilhando numa massa de rugas minúsculas.

– Fui abençoado pelos deuses, é verdade. Além disso, tenho duas filhas lindas.

Mário deu um risinho.

– Uma é toleravelmente atraente, Crasso, mas a outra puxou ao pai.

Internamente, Caio se encolheu ao ouvir isso, mas Crasso não pareceu se incomodar. Deu um riso triste.

– É verdade, ela é meio magricela. Terei de lhe dar um dote grande para tentar os jovens de Roma. – Ele encarou Caio e estendeu a mão. – É um prazer conhecê-lo, meu rapaz. Será um general como seu tio?

– Serei – disse Caio, sério.

Crasso sorriu.

– Então vai precisar de dinheiro. Venha me procurar quando precisar de apoio.

Caio tomou a mão estendida, apertando-a brevemente antes que Crasso se afastasse em meio à multidão.

Mário se inclinou para ele e murmurou em seu ouvido:

– Muito bem. Ele tem sido um amigo leal e tem uma riqueza incrível. Vou arranjar para você visitar sua propriedade; é de uma opulência espantosa. Aqui está outro que quero que você conheça. Venha comigo.

Caio o acompanhou em meio aos grupos de senadores enquanto eles falavam dos acontecimentos do dia e da humilhação de Sila. Caio notou que Mário apertou a mão de cada homem que o encarava, dizendo alguma palavras de congratulação, perguntando por famílias e amigos ausentes. Deixava cada grupo sorrindo.

Do outro lado do salão do Senado um grupo de três homens conversava em voz baixa e parou assim que Mário e Caio se aproximaram.

– Este é o homem, Caio – disse Mário animado. – Gneu Pompeu, que é descrito pelos que o apoiam como o melhor general de campo que Roma tem atualmente, quando eu estou doente ou fora do país.

Pompeu apertou a mão dos dois, dando um sorriso afável. Diferentemente do magro Crasso, ele estava ligeiramente acima do peso, mas era tão alto quanto Mário e tinha boa postura, o que criava uma impressão de solidez. Caio achou que ele não teria mais de trinta anos, o que tornava seu status militar muito impressionante.

– Não há possibilidade disso, Mário – respondeu Pompeu. – Na verdade sou esplendoroso no campo de batalha. Homens fortes choram diante da beleza de minhas manobras.

Mário riu e deu-lhe um tapa no ombro.

Pompeu olhou Caio de cima a baixo.

– Uma versão mais jovem de você, raposa velha? – disse a Mário.

– O que mais ele poderia ser, com meu sangue nas veias?

Pompeu cruzou as mãos às costas.

– Seu tio assumiu um risco terrível hoje pressionando Sila para fora de Roma. O que você achou?

Mário começou a responder, mas Pompeu estendeu a mão.

– Deixe que ele fale, raposa velha. Deixe-me ver se ele tem alguma coisa por dentro.

Caio respondeu sem hesitar, as palavras surgindo com uma facilidade surpreendente:

– É um movimento perigoso ofender Sila, mas meu tio gosta desse tipo de jogo. Sila é servidor da cidade e lutará bem contra o rei estrangeiro. Quando voltar, precisará fazer um acordo com meu tio. Talvez possamos aumentar os alojamentos, de modo que as duas legiões protejam a cidade.

Pompeu piscou e se virou para Mário.

– Ele é um tolo?

Mário riu.

– Não. Apenas não sabe se eu confio em você ou não. Suspeito que já tenha adivinhado meus planos.

– O que seu tio fará quando Sila voltar? – sussurrou Pompeu perto do ouvido de Caio.

Caio olhou em volta, mas não havia ninguém suficientemente perto para ouvir, a não ser os três em que Mário obviamente confiava.

– Fechará os portões. Se Sila tentar entrar à força, o Senado terá de declará-lo inimigo de Roma. Ele precisará começar um cerco ou se retirar. Suspeito que vai se colocar sob as ordens de Mário, como qualquer general no campo poderia fazer para o cônsul de Roma.

Pompeu concordou sem piscar.

– Um caminho perigoso, Mário, como eu disse. Não posso apoiá-lo abertamente, mas farei o máximo por você em particular. Parabéns por sua marcha triunfal. Você estava esplêndido. – Ele sinalizou para os dois que o acompanhavam e os três se afastaram.

Caio começou a falar novamente, mas Mário balançou a cabeça.

– Vamos sair, o ar aqui está denso de intriga. – Eles foram para a porta e, lá fora, Mário pôs um dedo nos lábios para impedir as perguntas de Caio. – Aqui não. Há muitos ouvintes.

Caio olhou em volta e viu que alguns dos senadores de Sila estavam perto, olhando com hostilidade sem reservas. Acompanhou Mário saindo para o fórum, sentando-se nos degraus longe de onde poderiam ser ouvidos. Ali perto, a Primogênita continuava em posição de sentido, parecendo invencível em suas armaduras brilhantes. Era um sentimento peculiar estar na presença de milhares e ao mesmo tempo sentar-se relaxado com seu tio na escadaria do Senado.

Caio não pôde se segurar mais.

– Como o senhor conseguiu mudar a votação contra Sila?

Mário começou a rir e enxugou uma transpiração súbita na testa.

– Planejamento, garoto. Eu soube do desembarque de Mitrídates praticamente no instante em que aconteceu, dias antes de Sila ser informado. Usei a alavanca mais antiga do mundo para persuadir os indecisos do Senado a votar a meu favor e, mesmo assim, foi por menos do que eu teria gostado. Custou-me uma fortuna, mas a partir de amanhã de manhã tenho o controle de Roma.

– Mas ele vai voltar.

Mário bufou.

– Dentro de seis meses ou mais, talvez. Ele pode ser morto no campo de batalha, pode até perder para Mitrídates; ouvi dizer que o grego é um general inteligente. Ainda que Sila o derrote em tempo recorde e encontre ventos bons na ida para a Grécia e na volta, terei meses para me preparar. Ele vai sair tão facilmente quanto quiser, mas estou lhe dizendo, não vai voltar sem luta.

Caio balançou a cabeça incrédulo diante dessa confirmação de seus pensamentos.

– O que acontece agora? Voltamos para sua casa?

Mário deu um sorriso triste em resposta.

– Não. Precisei vendê-la para os subornos. Sila já os estava subornando, e, veja bem, tive de dobrar a oferta dele na maioria dos casos. Custou tudo o que tenho, a não ser meu cavalo, minha espada e minha armadura. Posso ser o primeiro general sem um tostão que Roma já teve. – Ele deu um riso baixo.

– Se o senhor tivesse perdido a eleição, teria perdido tudo! – sussurrou Caio, chocado com o tamanho da aposta.

– Mas não perdi! Tenho Roma, e minha legião está à nossa frente.

– Mas o que o senhor teria feito se tivesse perdido?

Mário suspirou com desdém.

– Teria partido para lutar contra Mitrídates, claro. Não sou um servidor da cidade? Veja bem, teria sido necessário coragem para aceitar meu suborno e mesmo assim votar contra mim com minha legião esperando do lado de fora, não teria? Devemos agradecer o fato de o Senado valorizar o ouro tanto assim. Eles pensam em novos cavalos e escravos, mas nunca foram tão pobres quanto já fui. Valorizo o ouro somente pelo que ele traz, e é aqui que ele me colocou, nesta escadaria, com a maior cidade do mundo às minhas costas. Anime-se, garoto, este é um dia para comemorar, não para lamentar.

– Não, não é isso. Eu só estava pensando que Marco e Rênio estão indo para o leste se juntar à Quarta da Macedônia. Há uma chance de que eles encontrem Mitrídates vindo pelo outro lado.

– Espero que não. Aqueles dois comeriam o grego no desjejum, e eu quero que Sila tenha *alguma coisa* para fazer quando chegar lá.

Caio riu e os dois se levantaram ao mesmo tempo. Mário olhou para sua legião e Caio pôde sentir a alegria e o orgulho queimando por dentro.

– Este foi um bom dia. Você conheceu homens de poder na cidade, fui amado pelo povo e apoiado pelo Senado. A propósito, sabe aquela sua escrava, a bonita? Eu a venderia, se fosse você. Uma coisa é derrubar uma garota algumas vezes, mas você parece estar caído por ela, e isso levará a encrencas.

Caio desviou o olhar, mordendo o lábio. Será que não existiam segredos?

Mário continuou jovialmente, sem perceber o desconforto do companheiro:

– Você ao menos já a experimentou? Não? Talvez isso a tire do seu pensamento. Conheço algumas boas casas aqui, se quiser ganhar um pouco de experiência primeiro. Pergunte quando estiver pronto.

Caio não respondeu, o rosto ardendo.

Mário se levantou e olhou com orgulho óbvio para a legião Primogênita enfileirada diante deles.

– Será que devemos marchar com os homens até os alojamentos da cidade, garoto? Acho que eles gostariam de uma boa refeição e de uma noite de sono decente depois de toda essa marcha e de ficar parados ao sol.

18

Marco olhou para o Mediterrâneo e respirou o ar quente, pesado de sal. Depois de uma semana no mar o tédio havia se estabelecido. Conhecia cada centímetro da pequena embarcação mercante e até havia ajudado no porão, contando as ânforas de óleo denso e as pranchas de ébano que eram transportadas da África. Durante um tempo seu interesse tinha sido atraído pelas centenas de ratos abaixo do convés e ele passou dois dias se arrastando até os ninhos no escuro, armado com uma adaga e um peso para pergaminhos feito de mármore, roubado da cabine do capitão. Depois de jogar dezenas dos pequenos cadáveres por cima da amurada, eles tinham aprendido a reconhecer seu cheiro ou seu passo cauteloso, recuando para fendas no fundo da madeira do navio no momento em que Marco punha o pé na escada para baixo.

Suspirou e olhou o crepúsculo, ainda pasmo com as cores do sol se afundando no mar. Como passageiro, poderia ter ficado em sua cabine durante toda a viagem, como Rênio parecia decidido a fazer, mas o espaço minúsculo e atulhado não oferecia nada em termos de diversão, e Marco tinha rapidamente se acostumado a usá-la apenas para dormir.

O capitão tinha-lhe permitido montar guarda, e ele até experimentou controlar os dois grandes remos que serviam como leme na parte de trás ou no lugar que ele tinha aprendido a chamar de popa, mas logo seu interesse se esvaiu.

– Mais duas semanas assim e isso vai me matar – murmurou consigo, usando a faca para gravar suas iniciais no corrimão de madeira. Um ruído de pés se arrastando soou atrás, mas ele não se virou, somente sorriu e ficou olhando o sol se pôr. Houve silêncio e depois outro barulho, do tipo que um pequeno corpo faria se estivesse se remexendo para ficar confortável.

Marco girou e atirou sua faca por baixo do braço, como Rênio ensinara um dia. Ela acertou o mastro e tremeu. Houve um guincho de terror e um vislumbre de pés brancos sujos no escuro quando algo correu para o fundo da escuridão, se esforçando muito para ficar em silêncio.

Marco caminhou até a faca e soltou-a com um puxão. Enfiando-a de volta na bainha presa à cintura, forçou a vista para o escuro.

– Saia, Pépis, sei que você está aí – gritou. Em seguida ouviu uma fungadela. – Eu não ia acertar você com a faca, foi só uma brincadeira. Verdade.

Lentamente um menino esquelético saiu de trás de alguns sacos. Estava imundo quase além do que seria crível e tinha os olhos arregalados de medo.

– Só estava olhando você – disse Pépis nervoso.

Marco observou-o com mais atenção, notando uma pequena crosta de sangue seco debaixo do nariz e uma mancha roxa no olho.

– Os homens andaram batendo em você de novo? – perguntou, tentando tornar a voz amigável.

– Um pouco, mas foi culpa minha. Tropecei numa corda e desfiz um nó. Não foi de propósito, mas o imediato disse que iria me ensinar a não ser desajeitado. Mas eu já sou desajeitado, por isso falei que não precisava que me ensinassem, então ele me espancou. – O garoto fungou de novo e enxugou o nariz com as costas da mão, deixando uma trilha prateada.

– Por que você não foge num porto?

Pépis estufou o peito o máximo possível, revelando as costelas como gravetos brancos debaixo da pele.

– Eu, não. Vou ser marinheiro quando crescer. Estou aprendendo o tempo todo, só olhando os homens. Agora sei dar um monte de nós. Poderia ter amarrado de novo aquela corda hoje, se o imediato deixasse, mas ele não sabia disso.

– Quer que eu troque uma palavra com o... imediato? Quer que diga a ele que pare com as surras?

Pépis ficou ainda mais pálido e balançou a cabeça.

– Se você fizer isso ele me mata, talvez nesta viagem ou na volta. Ele vive dizendo que se eu não aprender a ser marinheiro vai me jogar no mar uma noite quando eu estiver dormindo. Por isso não durmo na minha cama, e sim aqui no convés. Eu me mexo um bocado, para ele não saber onde pode me encontrar se pensar que está na hora.

Marco suspirou. Sentia pena do menino, mas não havia resposta simples para os problemas dele. Mesmo que o próprio imediato fosse discretamente jogado no mar, Pépis seria torturado pelos outros. Todos participavam, e na primeira vez em que Marco falou disso com Rênio o velho gladiador riu e disse que havia um como ele em cada navio no mar. Mesmo assim Marco não suportava ver o garoto ser machucado. Não tinha esquecido como era estar à mercê de valentões como Suetônio e sabia que se ele tivesse feito a armadilha para lobos, e não Caio, teria jogado pedras dentro e esmagado o garoto mais velho. Suspirou mais uma vez e ficou de pé, esticando os músculos cansados.

Onde teria ido parar se os pais de Caio não tivessem cuidado dele? Poderia facilmente ter sido posto num navio mercante e passado pela mesma situação horrível em que Pépis se encontrava. Nunca teria sido treinado para lutar ou se defender, e a falta de comida iria deixá-lo fraco e doentio.

– Escute – disse ele –, se você não me deixar ajudá-lo com os marinheiros, pelo menos deixe-me dividir minha comida com você. Eu não como muito mesmo e andei botando um bocado para fora, especialmente quando o mar está agitado. Certo? Fique aqui e trarei alguma coisa.

Pépis assentiu em silêncio e, levemente animado, Marco desceu até sua cabine atulhada para pegar o queijo e o pão que haviam sido deixados para ele. Na verdade estava faminto, mas poderia passar sem isso, e o menino estava praticamente morrendo de fome.

Depois de deixar Pépis mastigando a comida, Marco voltou até os remos que serviam de leme, sabendo que o imediato assumia um turno por volta da meia-noite. Como Pépis, nunca tinha ouvido o verdadeiro nome do sujeito. Todos o chamavam por seu posto e ele parecia ser muito bom em seu trabalho, mantendo a tripulação na linha com mão de ferro. O pequeno navio *Lúcide* tinha reputação de negociar honestamente; muito pouco da carga desaparecia nas viagens. Outros navios precisavam descontar essas pequenas perdas para deixar a tripulação contente, mas não os donos do *Lúcide*.

Marco se animou ao ver que o sujeito já havia ocupado o lugar, segurando firme um dos grandes remos contra as correntes e conversando em voz baixa com seu parceiro no outro.

– Bela noite – disse Marco quando chegou perto.

O imediato grunhiu e assentiu. Era obrigado a ser educado com os passageiros que pagavam, mas a pura civilidade era tudo que iria oferecer. Era um homem forte e segurava o remo apenas com um braço, enquanto seu companheiro jogava o peso e os dois ombros na tarefa de mantê-lo firme. O outro homem ficou quieto e Marco o reconheceu como um dos tripulantes, alto e de braços compridos, com a cabeça raspada. Ele olhava firme para a frente, envolvido na tarefa e na sensação da madeira nas mãos.

– Gostaria de comprar um tripulante como escravo. Com quem devo falar? – disse Marco, mantendo a voz amável.

O imediato piscou, surpreso, e dois olhares pousaram no jovem romano.

– Somos homens livres – disse o outro, a voz demonstrando o nojo.

Marco ficou desconcertado.

– Ah, eu não estava falando de vocês, claro. Estou falando do garoto Pépis. Ele não está na lista de tripulantes. Verifiquei, por isso pensei que estaria disponível para venda. Preciso de um menino para carregar minha espada e...

– Eu vi você no convés – disse o imediato com um rosnado do fundo do peito. – Estava irritado quando demos lições a ele. Imagino que seja um daqueles rapazes moles da cidade, que acham que somos duros com os garotos embarcados. Ou isso ou o está querendo na cama. O que é?

Marco deu um sorriso lento, revelando os dentes.

– Nossa, isso parece um insulto, amigo. É melhor soltar esse remo, para que eu possa lhe dar uma lição.

O imediato abriu a boca para responder e Marco deu um soco nela. Por um tempo o *Lúcide* vagueou sem rumo no mar escuro.

RÊNIO ACORDOU-O com sacudidas fortes.

– Acorde! O capitão quer vê-lo.

Marco gemeu. O rosto e a parte de cima do corpo eram uma massa de hematomas. Rênio deu um assobio baixo quando ele se levantou e, encolhendo-se, começou a se vestir. Usando a língua, Marco encontrou um dente mole e pegou o penico debaixo da cama para cuspir muco com sangue dentro.

Com a parte de sua mente que continuava ativa ficou satisfeito ao ver que Rênio estava usando o peitoral de ferro e tinha a espada pendurada. O cotoco do braço estava amarrado com bandagens limpas, e a depressão que o mantivera na cabine pelas primeiras semanas parecia ter desaparecido. Quando Marco acabou de vestir a túnica e enrolar uma capa por causa da brisa da manhã, Rênio segurou a porta aberta.

– Alguém espancou o imediato e mais um homem ontem à noite – disse Rênio alegre.

Marco levou a mão ao rosto e sentiu uma saliência de pele partida na bochecha.

– Ele disse quem fez isso? – murmurou.

– Disse que foi atacado por trás, no escuro. Está com um ombro quebrado, veja bem. – Rênio tinha definitivamente vencido a depressão, mas Marco pensou que o novo Rênio cheio de risinhos não era de fato uma melhoria.

O capitão era um grego chamado Épides. Era um homem baixo e enérgico, com uma barba que parecia colada, sem um único pelo fora de lugar. Levantou-se quando Marco e Rênio entraram e pousou as mãos sobre a mesa, que era presa com braçadeiras grossas ao chão, para suportar o balanço do navio. Em cada dedo mantinha uma pedra valiosa engastada em ouro, e elas brilhavam a cada movimento. O resto do cômodo era simples, como convinha a um mercador. Não havia luxo e nenhum lugar para onde olhar, a não ser para o próprio homem, que, por sua vez, olhou enfurecido para os dois.

– Não vamos jurar inocência – disse ele. – Meu imediato está com o ombro e a clavícula quebrados, e foi você que fez isso.

Marco tentou falar, mas o capitão interrompeu.

– Ele não quis identificá-lo, Zeus sabe por quê. Se identificasse, eu mandaria açoitar você no convés. Como está, você assumirá as tarefas dele durante o resto da viagem e eu mandarei uma carta ao comandante de sua legião falando do tipo de palerma indisciplinado que ele está recebendo. De agora em diante você é um tripulante desta viagem, o que é meu direito como capitão do *Lúcide*. Se eu descobrir que está descumprindo seus deveres de algum modo, vou açoitá-lo. Entende?

Marco começou a responder, mas dessa vez Rênio o impediu, falando em voz baixa e razoável.

– Capitão, a partir do momento em que o garoto aceitou o posto na Quarta da Macedônia, tornou-se membro daquela legião. Como o senhor está numa situação difícil, ele vai se apresentar como voluntário para substituir o imediato até aportarmos na Grécia. Mas serei eu quem se certificará de que ele não descumpra os deveres. Se ele for açoitado por sua ordem, virei aqui e arrancarei seu coração. Estamos entendidos? – Sua voz permaneceu calma, quase amigável, até o fim.

Épides ficou ligeiramente pálido e levantou a mão para alisar a barba, num gesto nervoso.

– Apenas garanta que ele faça o serviço. Agora saia e se apresente ao segundo imediato para trabalhar.

Rênio olhou-o por um longo momento e então assentiu lentamente, dirigindo-se à porta e deixando que Marco saísse antes.

Deixado sozinho, Épides se afundou em sua cadeira e enfiou a mão numa tigela de água de rosas, passando-a no pescoço. Depois se recompôs e deu um sorriso sério enquanto juntava o material de escrita. Por um tempo pensou nas respostas inteligentes e afiadas que deveria ter dado. Ameaçado por Rênio, por todos os deuses! Quando voltasse para casa, a história a contar incluiria as respostas cortantes, mas, naquele momento, alguma coisa nua e violenta nos olhos do sujeito tinha feito com que ele fechasse a boca.

O SEGUNDO IMEDIATO era um homem melancólico do norte da Itália chamado Paro. Disse muito pouco quando Marco e Rênio se apresentaram, na verdade limitou-se a mencionar por alto as tarefas do dia para um primeiro imediato, terminando com o turno ao leme por volta da meia-noite.

– Não vai parecer certo chamá-lo de imediato com ele ainda debaixo do convés.

– Vou fazer o serviço dele. Então você vai me chamar pelo posto dele enquanto isso – respondeu Marco.

O sujeito se enrijeceu.

– Quantos anos você tem, 16? Os homens também não gostarão disso.

– Dezessete – mentiu Marco descaradamente. – Os homens vão se acostumar. Talvez seja melhor nós os vermos agora.

– Já navegou antes? – perguntou Paro.

– É minha primeira viagem, mas você me dirá o que é preciso e eu farei. Certo?

Soprando pelas bochechas com desgosto óbvio, Paro assentiu.

– Vou chamar os homens ao convés.

– Vou chamar os homens ao convés, *imediato* – disse Marco claramente através dos lábios inchados. Seus olhos brilharam perigosamente e Paro se perguntou como ele havia espancado o imediato numa luta e por que o sujeito não quisera identificá-lo ao capitão quando qualquer idiota podia ver quem tinha sido.

– Imediato – concordou, contrariado, e saiu.

Marco se virou para Rênio, que o olhava de soslaio.

– Em que está pensando? – perguntou Marco.

– Estou pensando que é melhor você tomar cuidado, caso contrário nunca verá a Grécia – respondeu Rênio, sério.

TODOS OS TRIPULANTES que não estavam trabalhando se juntaram no pequeno convés. Marco contou 15 marinheiros, com mais cinco nos lemes ou cuidando das velas.

Paro pigarreou, chamando a atenção deles.

– Como o braço do imediato está quebrado, o capitão disse que o serviço dele vai ser feito por este aqui pelo resto da viagem. Voltem ao trabalho.

Os homens se viraram para ir, e Marco deu um passo adiante, furioso.

– Fiquem onde estão – gritou, surpreendendo-se com a força de sua voz. Tinha a atenção deles por um momento e não queria desperdiçá-la.

– Bem, todos vocês sabem que eu quebrei o braço do imediato, por isso não vou negar. Tivemos uma diferença de opinião e lutamos por ela, esse é o fim da história. Não sei por que ele não contou ao capitão quem foi, mas o respeito um pouco mais por isso. Vou fazer o serviço dele do melhor modo possível, mas não sou marinheiro e vocês sabem disso também. Trabalhem comigo e não vou me importar se disserem quando eu estiver errado. Mas *se* disserem que estou errado, é bom que estejam certos. É justo?

Houve um murmúrio da parte dos homens reunidos.

– Se você não é marinheiro, não vai saber o que está fazendo. De que adianta um fazendeiro num navio mercante? – gritou um marinheiro cheio de tatuagens. Ele tinha uma expressão de desprezo, e Marco respondeu rapidamente, ruborizando de raiva.

– A primeira coisa que vou fazer é andar pelo navio e perguntar a cada um de vocês. Digam exatamente qual é seu serviço e vou fazê-lo. Se não puder, volto ao capitão e digo a ele que não estou à altura do trabalho. Alguém é contra?

Houve silêncio. Alguns dos homens pareceram interessados no desafio, mas a maioria dos rostos era descaradamente hostil. Marco trincou o maxilar e sentiu o dente frouxo se mexer com um som áspero.

Tirou a adaga do cinto e levantou-a. Era uma arma benfeita, que lhe fora dada por Mário como presente de despedida. Não era muito decorada, mas ainda assim era cara, com um cabo de fio de bronze.

– Se alguém conseguir fazer uma coisa que eu não consiga, lhe darei esta adaga, que me foi presenteada pelo general Mário, da Primogênita. Dispensados.

Dessa vez houve muito mais interesse nos rostos, e vários marinheiros olharam para a faca que ele continuava segurando enquanto voltavam às suas tarefas.

Marco se virou para Rênio e o gladiador balançou a cabeça lentamente, incrédulo.

– Deuses, você é imaturo demais. Esta é uma adaga muito boa para ser jogada fora.

– Não vou perdê-la. Se precisar me provar para a tripulação, é o que farei. Estou em boa forma. Até que ponto esse trabalho pode ser difícil?

19

Marco se agarrou à verga do mastro com uma força de deixar os nós dos dedos brancos. Ali, no ponto mais alto do *Lúcide*, parecia que ele estava balançando junto com o mastro, de um horizonte ao outro. O mar abaixo era cinza com ondas brancas agitadas. Seu estômago se revirava e cada parte do corpo reagia com desconforto. Todos os hematomas estavam enrijecidos ao meio-dia e agora ele achava difícil virar a cabeça para a direita sem que a dor provocasse pontos pretos e brancos na visão.

Acima dele, descalço e de pé sem apoio sobre a verga, estava um marinheiro, o primeiro a desafiá-lo pela adaga. O homem ria sem malícia, mas o desafio era claro: Marco precisava se juntar a ele e se arriscar a cair na água ou, pior, no chão do convés.

– Esses mastros não parecem tão altos vistos de baixo – grunhiu Marco com os dentes cerrados.

O marinheiro andou até ele, perfeitamente equilibrado e ajustando o peso o tempo todo ao movimento do navio.

– Suficientemente alto para matar você. Mas o imediato podia andar sobre a verga, por isso penso que terá de fazer sua escolha.

Ele esperou pacientemente, verificando de tempos em tempos se os nós e as cordas estavam esticados, pelo hábito. Marco trincou os dentes e se alçou sobre a peça transversal, descansando sobre ela a barriga machucada. Podia ver os outros homens embaixo e notou que alguns dos rostos estavam virados para cima, para ver se ele teria sucesso ou talvez para se certificar de sair do caminho se ele caísse – Marco não sabia.

A ponta do mastro, cheia de cordas penduradas, estava ao seu alcance, e ele agarrou-a e a usou a fim de se alçar o suficiente para colocar um dos pés sobre a verga. A outra perna pendeu abaixo, e por alguns instantes ele a usou, balançando-a para se firmar. Outro grunhido de esforço contra os músculos torturados e ele estava agachado sobre a verga, agarrando a ponta do mastro com as duas mãos, com os joelhos quase na altura do queixo. Viu o horizonte se mover e de repente sentiu que o navio estava parado e o mundo girava em volta. Ficou tonto e fechou os olhos, o que só ajudou um pouco.

– Vá agora – murmurou consigo mesmo. – Você tem bom equilíbrio.

Suas mãos tremeram quando ele soltou o mastro, usando os músculos das pernas para contrabalançar o movimento. Depois se levantou como um velho, pronto para agarrar o mastro de novo assim que sentisse a perda do equilíbrio. Passou de abaixado até uma posição de pé, os ombros curvos, os olhos fixos no mastro. Flexionou os joelhos um pouco e começou a ajustar o movimento através do ar.

– Não tem muito vento, claro – disse o marinheiro sereno. – Já estive aqui em cima numa tempestade, tentando amarrar uma vela rasgada. Isso não é nada.

Marco reprimiu uma resposta. Não queria irritar um sujeito que podia ficar de pé tão confortavelmente com os braços cruzados, cinco metros acima do convés. Olhou para ele, os olhos se afastando do mastro pela primeira vez desde que tinha chegado àquela altura.

O marinheiro assentiu.

– Você precisa andar por toda a extensão. Da sua ponta até a minha. Depois pode descer. Se a coragem acabar, simplesmente me entregue a adaga antes de descer. Não vai ser muito fácil pegá-la se você bater nas tábuas.

Esse tipo de coisa era mais do gênero que Marco entendia. O sujeito estava tentando deixá-lo nervoso e conseguiu o oposto. Ele sabia que podia contar com seus reflexos. Se caísse haveria tempo de se agarrar a alguma coisa. Simplesmente iria ignorar a altura e o movimento e correria o risco. Levantou-se totalmente e arrastou os pés para trás até a borda, inclinando-se para a frente quando o mastro pareceu decidido a levá-lo para baixo até o mar, durante um momento, antes de ficar na vertical de novo. Depois se pegou olhando para baixo por uma encosta de montanha, interrompida apenas pelo marinheiro relaxado.

– Certo – disse ele, abrindo os braços para se equilibrar. – Certo.

Começou a arrastar os pés, jamais tirando as solas descalças da madeira. Sabia que o marinheiro era capaz de andar pela verga com uma facilidade descuidada, mas não ia tentar se igualar a anos de experiência em alguns passos de tirar o fôlego. Foi centímetro a centímetro, e sua confiança cresceu enormemente, até ele estar quase gostando do balanço, inclinando-se na mesma direção e na direção contrária, e rindo do movimento.

O marinheiro pareceu imperturbável quando Mário o alcançou.

– É isso? – perguntou Marco.

O homem balançou a cabeça.

– Eu disse até o fim. Ainda falta um metro.

Marco olhou-o, irritado.

– Você está no meu caminho, homem! – Sem dúvida o sujeito não esperava que Marco passasse ao redor dele num pedaço de madeira que não era mais grosso que sua coxa!

– Então vejo você lá embaixo – disse o homem e saiu de cima da verga.

Marco ficou boquiaberto quando a figura passou rapidamente por ele. No momento em que viu a mão agarrando a verga e o rosto rindo para ele, em cima, perdeu o equilíbrio e oscilou em pânico, subitamente sabendo que seria esmagado no convés. Mais rostos abaixo nadaram em sua visão. Todos pareciam estar olhando para cima, borrões pálidos e dedos apontando.

Marco balançou os braços freneticamente e se arqueou para trás e para a frente em espasmos violentos, enquanto lutava para se salvar. Depois se firmou e se concentrou na verga, ignorando a queda abaixo e tentando encontrar o ritmo dos músculos, do qual tanto havia gostado havia apenas alguns instantes.

– Você quase chegou lá – disse o marinheiro, ainda pendurado casualmente na verga usando apenas um braço, aparentemente sem perceber a altura. Fora um truque inteligente e quase tinha dado certo. Rindo e balançando a cabeça, o homem começou a estender a mão para uma corda quando Marco pisou nos dedos que estavam enrolados na verga.

– Ei! – gritou o homem, mas Marco o ignorou, pondo todo o peso no calcanhar enquanto balançava com o movimento do *Lúcide*. De repente estava se divertindo de novo, e respirou fundo, limpando os pulmões. Os dedos se retorceram debaixo dele, e houve uma ponta de pânico na voz do marinheiro quando descobriu que não poderia alcançar a corda mais próxima, nem mesmo levantando as pernas. Com a mão livre, ele teria se balançado e se soltado sem dificuldade, mas preso só podia se balançar e gritar palavrões.

Sem aviso, Marco moveu o pé para dar o último passo até o fim da verga e foi saudado pelos sons atabalhoados abaixo quando o marinheiro, apanhado de surpresa, escorregou e se agarrou furiosamente para se salvar. Marco olhou para baixo e viu o olhar furioso quando o marinheiro começou a subir de novo para a verga. Havia assassinato em sua expressão, e Marco se moveu rapidamente para se sentar no centro da verga, segurando o topo do mastro firmemente entre as coxas. Ainda se sentindo inseguro, enrolou a perna esquerda em volta do mastro abaixo para se segurar. Em seguida pegou a adaga de Mário e começou a riscar suas iniciais na madeira do topo.

O marinheiro quase saltou na verga e ficou parado no fim, olhando furioso. Marco o ignorou, mas praticamente podia ouvir os pensamentos do homem ao perceber que não tinha armas e que seu equilíbrio era prejudicado pelo modo como Marco estava grudado ao mastro. Para chegar suficientemente perto e empurrar Marco ele teria de se arriscar a receber a adaga na garganta. Os segundos passavam lentamente.

– Então está certo. Você fica com a faca. Hora de descer.

– Você primeiro – disse Marco, sem levantar a cabeça.

Ouviu os sons cada vez mais baixos do marinheiro descendo e terminou de gravar suas iniciais na madeira dura. No fim das contas, ficou desapontado. Se continuasse fazendo inimigos nesse ritmo, realmente haveria uma faca no escuro uma noite.

Entendeu que a diplomacia era muito mais difícil do que parecia.

RÊNIO NÃO ESTAVA por perto para congratulá-lo pela volta em segurança da sessão de equilibrismo, por isso Marco continuou sozinho sua ronda pelo navio. Depois da empolgação inicial ao pensar que ganhariam a adaga, os olhares que ele recebia eram desinteressados ou abertamente malévolos. Marco cruzou as mãos às costas para impedir o tremor involuntário que as havia atacado quando seus pés tocaram a madeira segura do convés. Ele assentia para cada olhar como se fosse uma palavra de cumprimento e, para sua surpresa, um ou dois assentiram de volta, talvez apenas pelo hábito, mas isso o tranquilizou um pouco.

Um marinheiro, com o cabelo comprido amarrado com uma tira de pano azul, estava claramente tentando atrair o olhar de Marco. Ele parecia bastante amigável, por isso Marco parou.

– O que faz aqui? – perguntou, um tanto cautelosamente.

– Venha à popa... imediato – disse o homem e foi andando, sinalizando para ele segui-lo. Marco foi atrás, até pararem perto dos dois remos que serviam como lemes.

– Meu nome é Crixo. Faço um monte de coisas quando elas precisam ser feitas, mas meu serviço especial é liberar os remos quando eles se agarram. Podem ser algas, mas geralmente são redes de pesca.

– Como os solta?

Marco podia adivinhar a resposta, mas mesmo assim perguntou, tentando parecer tranquilo e alegremente interessado.

Nunca tinha sido um nadador muito bom, mas o peito daquele homem se expandia até proporções absurdas quando respirava.

– Você deve achar fácil depois da pequena caminhada pelo mastro. Eu simplesmente mergulho na água, nado até os remos e uso a faca para cortar o que os estiver travando.

– Parece um trabalho perigoso – respondeu Marco, satisfeito com o riso fácil que recebeu em resposta.

– É, se houver tubarões lá embaixo. Eles seguem o *Lúcide*, veja bem, para o caso de jogarmos restos de comida.

Marco coçou o queixo, tentando lembrar o que era um tubarão.

– São grandes, não é, esses tubarões?

Crixo assentiu com energia.

– Deuses, são sim. Alguns deles poderiam engolir um homem inteiro! Um foi parar perto da minha aldeia uma vez e tinha metade de um homem dentro. Cortou-o ao meio com uma mordida, é o que deve ter acontecido.

Marco olhou-o e pensou que era outro que tentava amedrontá-lo.

– O que faz quando encontra esses tubarões lá embaixo?

– Dou um soco no nariz dele – disse Crixo rindo. – Isso faz com que ele desista de nos ter como refeição.

– Certo – disse Marco em dúvida, olhando para as águas escuras e frias. Imaginou se poderia adiar aquilo até o dia seguinte. A descida do topo do mastro tinha afrouxado a maioria dos músculos, mas cada movimento ainda o fazia se encolher, e o tempo não estava quente o bastante para tornar a natação algo interessante.

Olhou para Crixo e pôde ver que o sujeito esperava que ele recusasse. Suspirou por dentro. Nada estava funcionando como ele havia pretendido.

– Não há nada travando os remos hoje, há? – perguntou, e o sorriso de Crixo se alargou como se ele pensasse que Marco estava tentando arrumar desculpas para não tentar.

– Não no mar aberto, não. Basta arrancar uma craca da parte de baixo de um deles. É uma concha, um pequeno animal que gruda nos navios. Traga uma de volta, e eu lhe pago uma bebida. Volte de mãos vazias, e aquela faquinha bonita me pertence, certo?

Marco concordou relutante, começou a tirar a túnica e as sandálias e ficou parado apenas com a tanga que protegia seu decoro. Sob o olhar divertido de Crixo, começou a alongar as pernas, usando um corrimão de madeira como apoio. Demorou-se, sabendo, pelo entusiasmo do marinheiro, que o sujeito achava que ele jamais conseguiria.

Por fim estava relaxado e pronto. Pegou sua faca e subiu na parte plana de madeira perto da popa, preparando-se para o mergulho. Eram uns bons seis metros, mesmo num navio de casco baixo como o *Lúcide*, que estava bastante afundado na água. Retesou-se, tentando lembrar dos poucos mergulhos que tinha conseguido dar numa viagem a um lago com os pais de Caio quando tinha oito ou nove anos. Mãos juntas.

– É melhor você colocar isto – disse Crixo, interrompendo seus pensamentos. O sujeito estava segurando a ponta de uma corda selada com alcatrão. – Ela vai em volta da sua cintura para impedir que você seja deixado para trás pelo *Lúcide*. Não é um navio rápido, mas você não poderia alcançá-lo nadando.

– Obrigado – disse Marco cheio de suspeitas, imaginando se Crixo tinha pensado em deixá-lo mergulhar sem a corda e mudado de ideia no último momento. Amarrou a corda firmemente e olhou a água fria lá embaixo, cortada pelos remos em linhas que pareciam feitas por um arado. Um pensamento o assaltou.

– Onde está a outra ponta?

Crixo teve a gentileza de parecer constrangido e confirmou as suspeitas anteriores de Marco. Em silêncio, apontou para onde a corda estava amarrada, e Marco assentiu, voltando à inspeção das ondas.

Então mergulhou, virando-se ligeiramente no ar para acertar a água cinzenta com um estalo forte.

Prendeu o fôlego enquanto ia abaixo da superfície, sendo sacudido quando a corda interrompeu a descida. Ainda podia sentir movimento enquanto o navio começava a rebocá-lo. Lutou para chegar à superfície e ofegou aliviado ao romper as ondas perto dos remos.

Pôde ver os flancos escuros dos remos cortando a água e tentou encontrar um apoio para as mãos na superfície escorregadia acima da linha-d'água. Era impossível, e ele descobriu que precisava nadar com força apenas para ficar perto deles. Assim que diminuía a velocidade dos braços e das pernas, ficava à deriva até que a corda o puxava de novo.

O frio estava dando cãibras nos músculos, e Marco percebeu que tinha pouco tempo antes de ficar inútil na água. Segurando a adaga com força no punho direito, engoliu o ar e mergulhou, usando as mãos para guiá-lo pela superfície verde e escorregadia na parte de baixo do remo mais próximo.

Ao chegar à base, seus pulmões estavam explodindo. Pôde se sustentar durante alguns segundos enquanto os dedos tateavam o limo, mas não sentiu nada que parecesse o tipo de concha mencionado por Crixo. Xingando, bateu as pernas para voltar à superfície. Como não podia segurar nos remos para descansar, sentiu as forças se esvaindo.

Respirou de novo e desapareceu outra vez na escuridão.

Crixo sentiu a presença do velho gladiador antes que o visse chegar ao lado e olhar para a corda que se sacudia na água entre os remos. Quando encontrou os olhos do sujeito, Crixo pôde ver uma fúria sombria e reagiu dando um passo atrás.

– O que está fazendo? – perguntou Rênio em voz baixa.

– Ele está verificando os remos e arrancando cracas.

Os lábios de Rênio se torceram, enojados. Mesmo com apenas um braço, ele irradiava violência, parado absolutamente imóvel. Crixo notou o gládio pendurado à cintura e enxugou as mãos nos calções esfarrapados. Juntos, eles olharam Marco chegar à superfície e descer mais três vezes. Seus braços se sacudiam desajeitados na água e os dois podiam ouvir sua tosse exausta.

– Traga-o para cima agora. Antes que ele se afogue – disse Rênio.

Crixo assentiu rapidamente e começou a puxar a corda lentamente. Rênio não se ofereceu para ajudá-lo, mas ficar parado com sua mão pousada no gládio parecia encorajamento suficiente.

Crixo estava suando muito quando Marco chegou à altura do convés. Ele pendia quase largado na corda, com os membros cansados demais para se controlar.

Como se estivesse levantando um fardo de tecidos, Crixo puxou-o por cima da borda e rolou-o com o rosto para cima no convés, de olhos fechados e ofegando. Crixo sorriu quando viu que a adaga ainda estava numa das mãos e tentou pegá-la. Houve um som rápido atrás dele e o marinheiro se imobilizou quando Rênio trouxe sua espada à linha de visão.

– O que está fazendo?

– Pegando a adaga! Ele... ele tinha de trazer uma concha de volta... – gaguejou o sujeito.

– Verifique a outra mão dele – disse Rênio.

Marco mal pôde ouvi-lo através dos sons aquáticos no ouvido e da dor no peito e nos membros. Mas abriu o punho esquerdo, e nele, rodeada por arranhões e cortes, estava uma concha redonda com seu ocupante vivo brilhando úmido dentro.

O queixo de Crixo caiu e Rênio o afastou com um movimento da espada.

– Mande aquele segundo imediato juntar os homens. O nome dele é Paro, não é? Isso já foi longe demais.

Crixo olhou para a espada e para a expressão do velho e não discutiu.

Rênio se agachou ao lado de Marco e embainhou a espada. Estendendo a mão, deu alguns tapas em seu rosto branco, trazendo um pouco de cor de volta. Marco tossiu.

– Pensei que pararia quando quase caiu da verga. O que acha que está provando eu não sei. Fique aqui e descanse enquanto eu cuido dos homens.

Marco tentou dizer alguma coisa, mas Rênio balançou a cabeça.

– Não discuta. Venho lidando com homens assim a vida inteira.

Sem dizer mais, levantou-se e foi até onde a tripulação tinha se juntado, assumindo uma posição em que todos pudessem vê-lo. Falou com os dentes trincados com força, mas sua voz chegava a todos.

– O erro dele foi esperar que seria tratado com honra por uma escória como vocês. Bem, não tenho inclinação para ganhar sua confiança ou seu respeito. Vou lhes dar uma opção simples a partir deste momento. Façam seu serviço bem. Trabalhem duro, mantenham seus turnos de vigia e cuidem de tudo até chegarmos ao porto. Já matei mais homens do que posso contar e vou estripar qualquer um que não me obedeça. Agora sejam homens! Se alguém quiser usar palavras bonitas para discutir comigo, que pegue uma espada, junte os amigos e venham todos ao mesmo tempo.

Sua voz trovejava.

– Não saiam daqui e vão tramar pelos cantos como velhas ao sol! Falem agora, lutem agora, porque se não fizerem isso e eu encontrar sussurros depois vou arrebentar a cabeça de vocês. Juro!

Ele circulou o olhar furioso e os homens olharam para os pés. Ninguém falou, e Rênio ficou quieto. O silêncio continuou e continuou, chegando a ficar doloroso. Finalmente ele respirou fundo e rosnou:

– Nenhum de vocês tem coragem para enfrentar um velho com um braço só? Então voltem ao trabalho e trabalhem bem, porque estarei vigiando cada um e não darei avisos.

Rênio foi andando enquanto eles abriam caminho, ficando de lado em silêncio. Crixo olhou para Paro e deu de ombros ligeiramente, recuando com o resto. O *Lúcide* continuou velejando sereno pelo mar frio.

Rênio fechou a porta da cabine e se encostou nela. Podia sentir as axilas úmidas de suor e xingou baixinho. Não estava acostumado a blefar para que homens obedecessem, mas seu equilíbrio estava terrível e ele sabia que continuava fraco. Queria dormir, mas não podia enquanto não terminasse os exercícios. Suspirando, desembainhou o gládio e repetiu os golpes que tinha aprendido havia meio século, cada vez mais rápido, até que a lâmina acertou o teto do pequeno espaço e ficou com uma mossa. Xingou furiosamente, e os homens perto de sua porta ouviram e se entreolharam arregalados.

NAQUELA NOITE Marco estava parado na proa, sozinho, olhando as ondas banhadas pelo luar e se sentindo péssimo. Seus esforços não tinham lhe rendido nada, e ter precisado que Rênio desse um jeito em seu fracasso era como um peso de metal no peito.

Ouviu vozes baixas atrás e girou, vendo figuras negras em volta das cabines elevadas. Reconheceu Crixo e Paro, e o homem do equilibrismo, cujo nome não sabia. Preparou-se para os golpes, sabendo que não poderia enfrentar todos, mas Crixo estendeu um copo de couro com um líquido escuro. Estava sorrindo levemente, sem ter certeza se Marco não iria arrancar o copo de sua mão com um tapa.

– Aqui. Prometi uma bebida se você pegasse uma concha e cumpro minhas promessas.

Marco pegou o copo e os três homens relaxaram visivelmente, vindo recostar-se na amurada e olhando as águas negras que passavam abaixo. Todos os três estavam com copos parecidos, e Crixo encheu-os com uma bolsa de couro macio que gorgolejava quando ele ajeitava o peso dela sob o braço.

Marco pôde sentir o cheiro do líquido amargo quando o levou à boca. Nunca tinha provado nada mais forte que vinho e tomou um gole grande antes de perceber que aquela coisa ardia nos cortes dos lábios e das gengivas. Num reflexo, só para limpar a boca, engoliu e imediatamente engasgou quando o fogo irrompeu em seu estômago. Lutou para respirar, e Paro estendeu a mão e lhe deu um tapa nas costas, com o rosto inexpressivo.

– Esse negócio é bom para você – disse Crixo rindo.

– Esse negócio é bom para você, *imediato* – respondeu Marco entre os sons do engasgo.

– Gosto de você, garoto. Gosto mesmo – voltou a dizer Crixo, sem parar de rir e enchendo de novo o próprio copo. – Mas, veja bem, aquele seu amigo, Rênio, é realmente um sacana maligno.

Todos assentiram e pacificamente voltaram a olhar o mar e o céu.

20

Marco olhou com sentimentos confusos o porto agitado que crescia à sua frente. O *Lúcide* manobrou agilmente pelas pedras antigas que marcavam o limite entre o mar violento e a calma laguna do porto propriamente dito. Uma quantidade de navios os acompanhava, e precisaram ficar longe do porto a maior parte da manhã até que um piloto exausto pegou um bote para guiá-los.

A princípio Marco não tinha pensado nada sobre o mês no mar, considerando-o com tanto interesse quanto poderia considerar uma caminhada de uma cidade a outra. Só o destino era importante para ele. Mas agora sabia o nome de cada membro da pequena tripulação e tinha sentido a aceitação deles depois daquela noite bebendo na proa. Nem mesmo a volta do imediato aos serviços mais leves havia atrapalhado as coisas com os homens. O imediato não guardava ressentimentos e até parecia ter orgulho dele, como se sua aceitação pela tripulação fosse, de algum modo, algo que ele fizera.

Pépis não havia parado de dormir nos cantos do convés à noite, mas tinha engordado um pouco com a comida que Marco guardava para ele, e as surras tinham parado devido a algum sinal invisível passado entre os homens. O garotinho se transformara numa figura muito mais alegre e talvez algum dia se tornasse marinheiro, como tanto queria.

Até certo ponto, Marco invejava o garoto; era um tipo de liberdade. Aqueles homens veriam todos os portos do mundo enquanto ele marchava para campos estrangeiros ao sol inclemente, sempre carregando Roma consigo.

Respirou fundo e fechou os olhos, tentando distinguir todos os cheiros estranhos que havia na brisa do mar. Jasmim e azeite eram fortes, mas também o cheiro de uma massa de gente – suor e excremento. Suspirou e deu um pulo quando uma mão bateu em seus ombros.

– Vai ser bom sentir a terra debaixo dos calcanhares – disse Rênio olhando para a cidade portuária. – Vamos alugar cavalos para nos levar para o leste até a legião e encontrar sua centúria para você prestar juramento.

Marco assentiu em silêncio e Rênio captou seu humor.

– Só as lembranças permanecem as mesmas, garoto. Todo o resto muda. Quando você vir Roma de novo, mal vai reconhecê-la, e as pessoas que você amava estarão diferentes. Não há como impedir, é a coisa mais natural do mundo.

Vendo que Marco não se animava, continuou:

– Esta civilização já era antiga quando Roma era jovem. É um lugar estranho para um romano, e você precisará tomar cuidado para que suas ideias sobre vida mansa não o estraguem. Mas há tribos selvagens que atacam a fronteira na Ilíria, de modo que você terá sua cota de ação. Isso atraiu seu interesse, não foi? – Ele riu, como um grunhido curto. – Imagino que tenha pensado que seriam apenas exercícios e ficar de pé ao sol, não é? Mário é um bom juiz, garoto. Ele o mandou para um dos postos mais duros do império. Nem mesmo os gregos dobram o joelho sem pensar um bocado, e a Macedônia é onde Alexandre nasceu. Este é o lugar certo para pôr um pouco de força em seu aço.

Juntos ficaram olhando o *Lúcide* encostar na doca, e cordas foram jogadas e amarradas. Em pouco tempo o pequeno navio mercante estava atracado em segurança, e Marco quase lamentou a súbita perda de liberdade da embarcação. Épides veio ao convés vestindo um chitão, uma túnica grega tradicional que ia até a altura dos joelhos. Ele brilhava com joias e o cabelo luzia de óleo ao sol. Épides viu os dois passageiros parados na lateral esperando para desembarcar e foi até eles.

– Tenho más notícias, senhores. Um exército grego fez um levante no norte e não pudemos parar em Dyrrhachium como planejado. Aqui é Oricum, cerca de 160 quilômetros ao sul.

Rênio ficou tenso.

– O quê? Você foi pago para nos deixar no norte, para que o garoto possa se juntar à legião. Eu...

– Não foi possível, como eu disse – respondeu o capitão sorrindo. – Os códigos de bandeiras foram bastante claros à medida que nos aproximávamos de Dyrrachium. Por isso estivemos seguindo a costa indo para o sul. Eu não podia arriscar o *Lúcide* com um exército rebelde bêbado em guarnições romanas dominadas. A segurança do navio estava em risco.

Rênio pegou Épides pelo chitão, levantando-o na ponta dos pés.

– Seu desgraçado. Há uma montanha enorme entre aqui e a Macedônia, como você sabe muito bem. É outro mês de viagem difícil para nós, e um custo enorme, que é sua responsabilidade!

Épides lutou, o rosto ficando roxo de fúria.

– Tire as mãos de mim! Como ousa me enfrentar em meu próprio navio? Chamarei os guardas do porto e mandarei enforcá-lo, seu arrogante...

Rênio então segurou um rubi numa grossa corrente de ouro no pescoço de Épides. Com um movimento selvagem, arrebentou os elos e enfiou a joia na bolsa presa ao cinto. Épides começou a gaguejar com raiva incoerente e Rênio o empurrou de lado, virando-se para Marco enquanto o sujeito caía esparramado no convés.

– Certo. Vamos embora. Pelo menos poderemos comprar suprimentos para a viagem quando eu vender o cordão.

Quando viu o olhar de Marco saltar rapidamente, Rênio girou e desembainhou a espada num só movimento. Épides estava atacando com uma adaga incrustada de joias, o rosto contorcido.

Rênio bamboleou desajeitado e enfiou o gládio no peito raspado do sujeito. Em seguida puxou a espada e passou-a rapidamente no chitão enquanto Épides caía no convés, retorcendo-se.

– Bêbados em guarnições romanas, é? – murmurou, lutando para embainhar a espada. – Que droga de bainha, não quer ficar parada.

Marco ficou parado, pasmo com a morte rápida, e os membros mais próximos da tripulação estavam boquiabertos diante da cena subitamente violenta. Rênio assentiu para eles enquanto o gládio entrava na bainha.

– Baixem as rampas. Temos uma longa viagem pela frente.

Uma parte da lateral foi aberta e pranchas foram postas para permitir a descarga. Marco balançou a cabeça numa incredulidade silenciosa. Verificou seus pertences pela última vez e deu tapinhas na lateral do corpo, sentindo a falta da adaga que tinha dado ao imediato na noite anterior. De algum modo sabia que era a coisa certa a fazer, e os sorrisos da tripulação enquanto o sujeito mostrava-a a todos disseram que ele tinha feito a escolha certa. Agora não havia sorrisos e ele desejou ter ficado com a arma.

Pôs sua sacola nos ombros e ajudou Rênio com a dele.

– Vejamos o que a Grécia tem a oferecer – disse.

Rênio riu de sua súbita mudança de humor, passando pelo corpo retorcido de Épides sem olhá-lo. Deixaram o *Lúcide* e não olharam para trás.

O chão se movia de modo assustador sob os pés, e Marco cambaleou inseguro durante alguns instantes, antes que o hábito de anos se restabelecesse.

– Espere! – gritou uma voz atrás dele. Os dois se viraram e viram Pépis descendo a rampa numa agitação de braços e pernas. O garoto parou ofegante e os dois esperaram que ele se acalmasse o bastante para falar. – Leve-me junto, senhor – disse ele, olhando súplice para Marco, que piscou de surpresa.

– Pensei que queria ser marinheiro quando crescesse.

– Não quero mais. Quero ser lutador, um legionário como o senhor e Rênio – disse Pépis, a voz saindo num jorro. – Quero defender o império de hordas selvagens.

Marco olhou para Rênio.

– Andou conversando com o garoto?

– Contei umas histórias – respondeu Rênio sem qualquer embaraço. – Muitos garotos sonham em entrar para as legiões. É uma boa vida para um homem.

Pépis viu Marco hesitar e pressionou:

– O senhor vai precisar de um serviçal, alguém para carregar sua espada e cuidar de seu cavalo. Por favor, não me mande de volta.

Marco tirou a sacola dos ombros e a entregou ao garoto, que riu de uma orelha à outra.

– Certo. Carregue isso. Sabe cuidar de um cavalo?

Pépis balançou a cabeça, ainda rindo.

– Então vai aprender.

– Vou. Serei o melhor serviçal que o senhor já teve – respondeu o garoto, os braços envolvendo a sacola.

– Pelo menos o capitão não pode recusar – disse Marco.

– Não. Eu não gostava daquele sujeito – respondeu Rênio carrancudo. – Pergunte a alguém onde fica o estábulo mais próximo. Vamos partir antes do escurecer.

O ESTÁBULO, a hospedaria de viajantes, as pessoas em si eram uma mistura peculiar para Marco. Ele podia ver Roma em mil pequenos toques, e o menor deles não eram os legionários de rostos sérios que marchavam pelas ruas aos pares, atentos a qualquer encrenca. Mas a cada passo via alguma coisa nova e estranha. Uma garota bonita andando com seus guardas falava numa algaravia suave que eles pareciam entender. Um templo perto do estábulo era construído com mármore puro e branco como em Roma, mas as estátuas eram estranhas, parecidas com as que ele conhecia mas com rostos diferentes cortados na pedra. As barbas estavam em evidência, perfumadas com óleos doces e encaracoladas, mas as coisas mais estranhas que via estavam nas paredes de um templo dedicado à cura dos doentes.

Membros pela metade e inteiros, perfeitamente formados em gesso ou pedra, pendiam de ganchos nas paredes externas. Uma perna de criança, dobrada no joelho, dividia o espaço com o modelo da mão de uma mulher, e ali perto havia um soldado em miniatura feito de mármore avermelhado, lindo em seus detalhes.

– O que é isso? – tinha perguntado a Rênio enquanto passavam.

– Um costume – disse ele, dando de ombros. – Se a deusa cura, a pessoa manda fazer um molde do membro e dá de presente a ela. Isso ajuda a trazer mais gente para o templo, acho. Eles não curam ninguém sem um pouco de ouro primeiro, por isso os modelos servem como a placa de uma loja. Isto aqui não é Roma, garoto. No fundo eles não são como nós.

– Não gosta deles?

– Respeito o que alcançaram, mas vivem demais nas glórias do passado. São um povo orgulhoso, Marco, mas não o suficiente para tirar nosso pé de seu pescoço. Gostam de pensar em nós como bárbaros, e os de alta estirpe fingirão que você não existe, mas de que adianta milhares de anos de arte se você não pode se defender? A primeira coisa que os homens precisam aprender é a ser fortes. Sem força, qualquer outra coisa que você tenha ou faça lhe será tirada. Lembre-se disso, garoto.

Pelo menos o estábulo era como os estábulos de toda parte. O cheiro trouxe uma súbita pontada de saudade para Marco, e ele imaginou como Tubruk estaria se saindo na propriedade e como Caio estaria enfrentando os perigos da capital.

Rênio deu um tapa no flanco de um garanhão de aparência forte. Passou as mãos pelas pernas do animal e verificou a boca com cuidado. Pépis o observava e imitava seus atos, batendo nas pernas e verificando tendões com uma expressão séria.

– Quanto quer por este? – perguntou Rênio ao dono, que estava com dois guarda-costas. O homem não tinha nenhum cheiro de cavalo. Parecia limpo e um tanto polido, o cabelo e a barba brilhando, escuros.

– Ele é forte, não é? – respondeu, num latim cheio de sotaque, mas claro. – O pai ganhou corridas em Ponto, mas ele é um pouco pesado para velocidade, é mais adequado para batalha.

Rênio deu de ombros.

– Só quero levá-lo ao norte, por cima das montanhas. Quanto está pedindo?

– O nome dele é Apolo. Eu o comprei quando um homem perdeu a riqueza e foi obrigado a vendê-lo. Paguei uma pequena fortuna, mas conheço cavalos, sei o que ele vale.

– Gosto dele – disse Pépis.

Os dois homens ignoraram o garoto.

– Pago cinco *aureii* por ele e irei vendê-lo depois da viagem – disse Rênio com firmeza.

– Ele vale vinte, e paguei pela comida durante todo o inverno.

– Por vinte posso comprar uma casa pequena!

O comerciante deu de ombros e pareceu pedir desculpas.

– Não mais. Os preços subiram. É a guerra no norte. Os melhores estão sendo tomados para Mitrídates, um carreirista que se diz rei. Apolo é um dos últimos da boa cepa.

– Dez é minha última oferta. Vamos comprar dois, portanto quero um preço por ambos.

– Não vamos discutir. Deixe-me mostrar outro de menor valor que vai levá-lo até o norte. Tenho dois outros que posso vender juntos, são irmãos e bastante rápidos.

O homem andou pela fileira de cavalos e Marco olhou Apolo, que o observou com interesse enquanto mastigava um bocado de feno. Deu um tapinha no focinho macio enquanto a discussão continuava, afastando-se. Apolo o ignorou e virou a cabeça para pegar outro bocado, tirado de um saco pendurado na parede do estábulo.

Depois de um tempo Rênio voltou, um pouco pálido.

– Temos dois para amanhã: Apolo e outro que ele chamou de Lanceiro. Dou minha cara a tapa se ele não inventa esses nomes na hora. Pépis vai cavalgar com você, o pouco peso dele não será problema. Deuses, o preço que esse pessoal cobra! Se seu tio não tivesse sido tão generoso, estaríamos a pé amanhã.

– Ele não é meu tio – lembrou Marco. – Quanto os cavalos custaram?

– Não pergunte e não espere comer muito durante a viagem. Venha, pegaremos os cavalos amanhã ao amanhecer. Esperemos que o preço dos quartos não tenha subido tanto, do contrário voltaremos escondidos para cá quando escurecer.

Ainda resmungando, Rênio saiu dos estábulos com Marco e Pépis o seguindo, tentando não sorrir.

21

Marco montou com facilidade em seu cavalo, ocasionalmente estendendo a mão para acariciar as orelhas de Lanceiro enquanto seguiam pelo caminho da montanha. Pépis cochilava atrás dele, acalentado pelo ritmo suave do passo do animal. Marco pensou em acordá-lo com o cotovelo para que visse a paisagem, mas decidiu deixá-lo em paz.

Parecia possível ver toda a Grécia ali do alto, espalhada numa ampla paisagem verde e amarela com bosques de oliveiras e plantações isoladas pintalgando morros e vales. O ar limpo tinha um cheiro diferente, trazendo o perfume de flores desconhecidas.

Marco se lembrou do gentil Vepax, o tutor, e imaginou se ele teria andado por aqueles morros. Ou talvez o próprio Alexandre tivesse levado exércitos por aquelas planícies a caminho da batalha na distante Pérsia. Imaginou os sérios arqueiros cretenses, a falange da Macedônia seguindo o jovem rei e as costas dele eretas na sela.

Rênio seguia na frente, os olhos indo do caminho estreito para o mato ao redor e de volta, num monótono padrão de alerta. Tinha se recolhido cada vez mais na semana anterior, e dias inteiros haviam se passado sem mais do que algumas palavras trocadas entre eles. Apenas Pépis rompia os longos silêncios com exclamações de espanto diante de pássaros ou lagartos nas pedras. Marco não tinha forçado conversa, sentindo que o gladiador ficava mais feliz com o silêncio. Deu um sorriso torto para as costas do sujeito, pensando em como se sentia em relação a ele.

Tinha-o odiado um dia, naquele momento no pátio da propriedade, com Caio ferido na poeira. Mas um respeito contrariado existia mesmo antes que Marco levantasse a espada contra ele. Rênio tinha uma solidez que fazia outros homens parecerem sem substância. Ele podia ser brutal e tinha grande capacidade para a violência empedernida, sem se preocupar com a dor ou o medo. Outros seguiam sua liderança sem pensar, como se de algum modo soubessem que aquele homem iria levá-los à superação. Marco tinha visto isso na propriedade e no navio, e era difícil não sentir espanto. Nem a idade conseguia segurá-lo. Marco se lembrou do momento em que Cabera fechou os ferimentos do velho e de sua surpresa ao ver como a cura tinha sido rápida. Os dois tinham olhado pasmos a vida voltar à figura abalada e a pele ficar rosada com o sangue que corria subitamente.

– Ele anda por um caminho mais grandioso que a maioria – dissera Cabera mais tarde, quando Rênio estava deitado numa cama fresca dentro de casa para terminar a cura. – Seus pés são fortes na terra.

Marco tinha pensado no tom de voz de Cabera enquanto ele tentava fazer o jovem entender a importância do que tinha visto.

– Nunca vi a morte soltar as garras de um homem como fez com Rênio. Os deuses estavam sussurrando em minha mente quando o toquei.

A trilha se retorcia e dava voltas, e diminuíram o passo para deixar os cavalos escolherem o caminho pelas pedras partidas, não querendo se arriscar a uma torção ou queda na encosta íngreme.

"O que o futuro guarda para você?", pensou Marco no silêncio confortável. "Pai."

A palavra lhe veio e ele percebeu que a ideia estivera ali durante algum tempo. Nunca conhecera um homem a quem pudesse chamar de pai, e a palavra abriu uma porta em sua mente enquanto ele explorava os sentimentos sem sentir dor. Rênio não tinha o seu sangue, mas parte dele queria estar viajando por aquelas terras com seu pai, um protegendo o outro dos perigos. Era um devaneio grandioso, e ele imaginou o rosto dos homens quando soubessem que era filho de Rênio. Iriam olhá-lo com um certo espanto, talvez, e ele simplesmente sorriria.

Rênio peidou ruidosamente, mudando o peso para a esquerda sem olhar para trás. Marco riu de súbito diante dessa interrupção dos pensamentos e durante um tempo continuou rindo sozinho a intervalos. O gladiador foi em frente, os pensamentos na descida e no futuro depois de entregar Marco à legião.

Ao se aproximar de uma parte estreita do caminho, pedras altas se erguiam de cada lado, como se a passagem estreita tivesse sido cortada entre eles. Rênio pôs a mão na espada e a afrouxou.

– Estamos sendo vigiados. Esteja pronto – alertou em voz baixa.

Quase no momento em que ele parou de falar, uma figura sombria se levantou do mato baixo ali perto.

– Parem.

A palavra foi dita com uma confiança tranquila e num latim bom e claro, mas Rênio a ignorou. Marco meio que desembainhou a espada e manteve o cavalo andando com a pressão dos joelhos. Pela súbita rigidez dos braços em volta da cintura, soube que Pépis estava acordado e alerta, mas pela primeira vez mantendo silêncio.

O homem parecia grego, com a característica barba encaracolada, mas, ao contrário dos comerciantes da cidade que tinham visto, possuía maneiras de guerreiro. Sorriu e gritou novamente.

– Parem ou serão mortos. Ultima chance.

– Rênio? – murmurou Marco, nervoso.

O velho fez um muxoxo, mas continuou em frente, apertando os calcanhares nos flancos de Apolo para colocá-lo num trote.

Uma flecha cortou o ar, acertando o cavalo no alto do quarto dianteiro com um som oco. Apolo gemeu e desabou, lançando Rênio ao chão num estrondo de metal e xingamentos. Pépis gritou de medo e Marco puxou as rédeas, examinando o mato baixo em busca do arqueiro. Haveria apenas um ou seriam mais? Aqueles homens obviamente eram salteadores; os viajantes teriam sorte de escapar vivos caso se submetessem com humildade.

Rênio se levantou desajeitadamente, desembainhando a espada. Seus olhos brilhavam. Assentiu para Marco, que desmontou habilmente, usando o cavalo para bloquear a visão do arqueiro escondido. Desembainhou seu gládio, tranquilizado pelo peso familiar. Pépis desceu do cavalo atabalhoadamente e se escondeu atrás de uma pata, murmurando nervoso.

O estranho falou com voz amigável:

– Não façam nenhuma besteira. Meus companheiros são muito bons com seus arcos. O treino é o único modo de preencher as horas aqui nas montanhas; isso e aliviar algum passante ocasional de suas posses.

– Há somente mais um arqueiro, acho – rosnou Rênio, deixando leve o apoio dos calcanhares e observando o mato. Sabia que o homem não teria ficado no mesmo lugar e poderia estar se esgueirando para matar com facilidade enquanto falavam.

– Quer apostar sua vida?

Os dois se olharam e Pépis agarrou a perna de Lanceiro, fazendo o cavalo bufar em desagrado.

O fora da lei estava limpo e vestido com simplicidade. Parecia um dos caçadores que Marco conhecera no campo, com um bronzeado escuro devido à exposição constante ao sol e ao vento. Não parecia alguém que fizesse ameaças vãs, e Marco gemeu por dentro. Na melhor das hipóteses chegariam à legião sem nenhum equipamento, um início ao qual ele talvez nunca sobrevivesse. Na pior, a morte estava logo adiante.

– Você parece um homem inteligente – continuou o fora da lei. – Se eu baixar a mão, vocês estarão mortos num instante. Ponha a espada no chão e viverá alguns momentos a mais, talvez até envelhecer, certo?

– Já fui velho. Não vale a pena – respondeu Rênio, começando a se mexer.

Jogou então seu gládio contra o homem, girando pelo ar. Antes que a arma acertasse, ele estava saltando para a sombra da lateral da pedra. Uma flecha cortou o ar onde ele estivera, mas nenhuma outra a acompanhou. Havia só um arqueiro.

Marco tinha usado o momento para se abaixar sob a barriga do cavalo, passando por Pépis, e subiu correndo pela encosta, confiando na velocidade para se equilibrar. Passou pela aresta principal sem diminuir o passo e acelerou, adivinhando onde o arqueiro devia estar escondido. Enquanto se aproximava, um homem saltou do abrigo de um agrupamento de figueiras à direita e ele quase escorregou quando se virou para segui-lo.

Alcançou-o em vinte passos pela superfície de pedras soltas, derrubando-o por trás num salto. O impacto arrancou o gládio de sua mão e Marco se pegou travando uma briga com um sujeito maior e mais forte que ele. O arqueiro se retorceu violentamente, agarrado por Marco, e cada um encontrou a garganta do outro com as mãos em garras. Marco começou a entrar em pânico. O rosto do homem estava vermelho, mas seu pescoço parecia feito de madeira, e ele não conseguia segurar com firmeza a carne grossa.

Teria chamado Rênio, mas o ex-gladiador não poderia subir a encosta somente com um braço, e ele não podia respirar com as grandes patas do arqueiro em sua garganta. Apertou os polegares na traqueia e pôs todo o seu peso neles. O homem grunhiu de dor, mas suas mãos peludas apertaram ainda mais, e Marco viu clarões de luz branca na frente dos olhos, enquanto seu corpo começava a gritar pedindo ar. Suas mãos pareciam enfraquecer, e por um segundo ele ficou desesperado. A mão direita saiu da garganta, quase sem pensamento consciente, e começou a bater no rosto que grunhia. As luzes brancas foram riscadas por relâmpagos pretos e a visão começou a se estreitar num túnel escuro, mas ele continuou batendo e batendo. O rosto abaixo dele era uma polpa vermelha e suja, mas as mãos em sua garganta eram implacáveis.

Então elas se soltaram, simplesmente, ficando frouxas no chão. Marco soluçou, engolindo ar, e rolou para o lado. Seu coração estava batendo numa velocidade impossível e ele sentia a cabeça leve, como se estivesse flutuando. Ajoelhou-se e seus dedos procuraram sem força o punho da espada, em círculos cada vez mais largos.

Finalmente, elas se fecharam no punho de couro e ele ofegou uma oração silenciosa de agradecimento. Podia ouvir Rênio e Pépis chamando-o de baixo, mas não tinha fôlego para responder. Cambaleando, deu alguns passos de volta ao homem e se imobilizou ao ver que os olhos estavam abertos e olhando-o, o peito grande ofegando tanto quanto o dele.

Palavras ásperas passaram com dificuldade pelos lábios arrebentados do sujeito, mas eram em grego, e Marco não entendeu. Ainda ofegando, encostou a ponta afiada do gládio no peito do homem e empurrou com força. Então sua mão escorregou do cabo e ele desmoronou esparramado, virando-se debilmente para esvaziar o estômago no chão.

Quando Marco voltou rigidamente para o caminho, Pépis tinha recuperado a espada de Rênio e o gladiador estava segurando um pano embolado no ferimento do quarto dianteiro de

Apolo. O grande cavalo tremia visivelmente devido ao choque, mas continuava de pé e consciente. Pépis segurava as rédeas de Lanceiro com força, porque ele patinhava e refugava, com narinas alargadas e olhos mostrando o medo diante do cheiro de sangue.

– Você está bem, garoto? – perguntou Rênio.

Marco assentiu, incapaz de falar. Sua garganta parecia esmagada, e o ar assobiava a cada respiração. Apontou para ela e Rênio o chamou para perto, queria ver. Fez o movimento devagar para não alarmar os cavalos.

– Nada de grave – avaliou um instante depois. – Mãos grandes, a julgar pelas marcas.

Marco só pôde ofegar debilmente. Esperava que Rênio não sentisse o cheiro de vômito azedo que parecia rodeá-lo como uma nuvem. Devia estar sentindo, mas talvez tivesse achado melhor não mencionar.

– Eles cometeram um erro nos atacando – observou Pépis com o pequeno rosto sério.

– Foi mesmo, garoto, mas nós também tivemos sorte – respondeu Rênio. Em seguida olhou para Marco. – Não tente falar, apenas ajude o garoto a prender o equipamento em seu cavalo. Apolo vai mancar durante uma semana ou duas. Vamos cavalgar em turnos, a não ser que aqueles bandidos tenham montarias por perto.

Lanceiro relinchou, e um bufo respondeu mais abaixo da montanha. Rênio sorriu.

– A sorte está conosco novamente – falou animado. – Você revistou o corpo?

Marco balançou a cabeça e Rênio deu de ombros.

– Não vale a pena subir de novo. Eles não deveriam ter muito, e aquele arco não serve para um homem sem braço. Vamos indo. Podemos sair dessa montanha ao pôr do sol se mantivermos o passo rápido.

Marco começou a tirar as bolsas de Apolo, pegando as rédeas. Rênio deu um tapinha em seu ombro enquanto ele se virava. A ação valia muito mais que palavras.

Depois de um mês feito de dias longos e noites frias foi bom ver o acampamento da legião distante na planície. Mesmo àquela distância chegavam sons fracos. Parecia uma cidade no horizonte, com oito mil homens, mulheres e crianças envolvidos nas simples tarefas cotidianas necessárias para manter um grupo tão grande de homens no campo. Marco tentou imaginar as armarias e as oficinas de ferreiros, construídas e desmontadas com cada acampamento. Haveria cozinhas, depósitos de mantimentos, pedreiros, carpinteiros, artesãos de couro, escravos, prostitutas e milhares de outros civis que viviam e eram pagos para sustentar o poder de Roma em batalha. Ao contrário das filas de barracas da legião de Mário, aquele era um acampamento permanente, com uma muralha sólida e fortificações rodeando o terreno principal. Era, de certo modo, uma cidade, mas uma cidade dia e noite preparada para a guerra.

Rênio parou e Marco chegou ao lado, montado em Lanceiro, puxando as rédeas para parar o terceiro cavalo, que tinham chamado de Bandoleiro, por causa de seu último dono. Pépis estava encarapitado desajeitadamente no cobertor de montaria de Bandoleiro, com a boca aberta diante da visão da legião acampada. Rênio sorriu do espanto do garoto.

– É isso, Marco. Seu novo lar. Ainda está com os documentos que Mário lhe deu?

Marco bateu no peito em resposta, sentindo o maço de pergaminhos dobrado sob a túnica.

– Você vem? – perguntou. Esperava que sim. Rênio fizera parte de sua vida durante tanto tempo que o pensamento de vê-lo indo embora enquanto ele cavalgava até os portões sozinho era doloroso demais para ser expresso.

– Levarei você e Pépis ao *Praefectus castrorum*, o oficial intendente. Ele vai lhe dizer a que centúria você vai se juntar. Aprenda a história rapidamente, cada uma tem seus próprios registros e seu orgulho.

– Mais algum conselho?

– Obedeça a toda ordem sem reclamar. Por enquanto você luta como um indivíduo, como alguém das tribos selvagens. Eles vão ensiná-lo a confiar em seus companheiros e a lutar como uma unidade, mas para alguns o aprendizado não vem muito facilmente.

Em seguida se virou para Pépis.

– A vida vai ser difícil para você. Obedeça, e quando crescer poderá entrar para a legião. Não faça nada que o envergonhe. Entendeu?

Pépis assentiu com a garganta seca de medo daquela vida estranha.

– Eu vou aprender. Ele também – disse Marco.

Rênio assentiu e estalou a língua para o cavalo se mover.

– Vão mesmo.

Marco sentiu uma sensação obscura diante do desenho limpo e organizado das ruas, com fileiras de compridos prédios baixos para os homens. Ele e Rênio foram recebidos calorosamente no portão assim que mostrou seus documentos e seguiram a pé até o alojamento do prefeito, onde entregaria anos de sua vida ao serviço de campo para Roma. Ganhou confiança com Rênio, que caminhava a passo seguro pelas ruas estreitas, aprovando a perfeição polida dos soldados que passavam marchando em esquadrões de dez. Pépis trotava atrás deles, carregando nas costas um pesado saco de equipamento.

Os documentos tiveram de ser mostrados mais duas vezes enquanto se aproximavam da pequena construção branca de onde o prefeito do campo administrava os negócios de uma cidade romana em terra estrangeira. Finalmente puderam entrar, e um homem magro usando toga branca e sandálias foi aos aposentos externos recebê-los enquanto passavam pela porta.

– Rênio! Ouvi dizer que você estava no acampamento. Os homens já estão falando que você perdeu um braço. Deuses, é bom vê-lo! – Ele sorriu para os dois, a própria imagem da eficiência romana, bronzeado e duro, com um aperto de mão forte quando os cumprimentou.

Rênio sorriu de volta com alegria genuína.

– Mário não me disse que você estava aqui, Carac. Fico feliz em vê-lo bem.

– Você não envelheceu, juro! Deuses, você não parece ter um dia a mais que quarenta anos. Como consegue isso?

– Vida limpa – resmungou Rênio, ainda desconfortável com a mudança que Cabera tinha provocado.

O prefeito levantou uma sobrancelha, incrédulo, mas deixou o assunto de lado.

– E o braço?

– Acidente de treino. O garoto aqui, Marco, me cortou e precisei mandar tirá-lo.

O prefeito assobiou e apertou a mão de Marco novamente.

– Nunca pensei que conheceria um homem capaz de derrotar Rênio. Posso ver os documentos que trouxe?

De repente, Marco ficou nervoso. Entregou-os, e o prefeito sinalizou para que ocupassem bancos compridos enquanto lia.

Finalmente os devolveu.

– Você vem muito bem recomendado, Marco. Quem é o menino?

– Ele estava no navio mercante que pegamos no litoral. Quer ser meu serviçal e entrar para a legião quando ficar mais velho.

O prefeito assentiu.

– Temos muitos assim no acampamento, geralmente filhos bastardos dos homens com as prostitutas. Se ele entrar em forma talvez haja lugar, mas a concorrência será acirrada. Estou mais interessado em você, meu jovem.

Ele se virou para Rênio.

– Fale dele. Confiarei em seu julgamento.

Rênio falou com firmeza, como se estivesse fazendo um relatório:

– Marco é de uma velocidade incomum, ainda mais quando está com o sangue quente. À medida que amadurecer, acho que fará fama. É impetuoso, fanfarrão e gosta de lutar, em parte por sua natureza e em parte por causa da juventude. Servirá bem à Quarta da Macedônia. Eu lhe dei o treinamento básico, mas ele foi além disso e irá ainda mais longe.

– Ele me faz lembrar seu filho. Você notou a semelhança? – perguntou o prefeito em voz baixa.

– Não havia... me ocorrido – respondeu Rênio, desconfortável.

– Duvido. Mesmo assim sempre precisamos de homens de qualidade, e este é o lugar para ele amadurecer. Vou colocá-lo na quinta centúria, a Punho de Bronze.

Rênio respirou fundo.

– Você me deixa honrado.

O prefeito balançou a cabeça.

– Você salvou minha vida uma vez. Sinto muito não poder ter salvado a de seu filho. É uma pequena parte de minha dívida para com você.

De novo eles se apertaram as mãos. Marco ficou olhando, confuso.

– E o que vai fazer agora, velho amigo? Vai voltar para Roma e gastar seu ouro?

– Eu esperava que houvesse um lugar para mim aqui – disse Rênio em voz baixa.

O prefeito sorriu.

– Eu tinha começado a achar que você não pediria. A Punho está precisando de um mestre de armas para treiná-la.

O velho Belius morreu de febre há seis meses e não existe ninguém tão bom. Aceitaria o posto?

Rênio deu um riso súbito, o velho riso afiado.

– Aceito, Carac. Obrigado.

O prefeito lhe deu um tapa no ombro com um prazer óbvio.

– Bem-vindos à Quarta da Macedônia, senhores. – Ele sinalizou para um legionário que estava em posição de sentido ali perto. – Leve este rapaz a seu novo alojamento na centúria Punho de Bronze. Mande o menino aos estábulos, até que eu possa designar tarefas para ele com as outras crianças do acampamento. Rênio e eu temos muita coisa a colocar em dia e um monte de vinho para beber enquanto isso.

22

Alexandria estava sentada em silêncio, polindo uma velha espada na armaria de Mário. Estava feliz por ele ter podido voltar à sua antiga casa na cidade. Ouvira dizer que o dono tinha se apressado a dá-la de presente ao novo governante de Roma. Muito melhor que a ideia de viver com os soldados grosseiros no alojamento da cidade – o que, na melhor das hipóteses, teria sido difícil. Os deuses sabiam, ela não tinha medo de homens; algumas de suas lembranças mais antigas eram de homens com sua mãe no quarto ao lado. Eles chegavam fedendo a cerveja e vinho barato e iam embora num passo arrogante. Nunca pareciam se demorar muito. Um deles tinha tentado tocá-la um dia, e ela se lembrou de ter visto a mãe realmente com raiva pela primeira vez na vida. Sua mãe havia arrebentado o crânio dele com um atiçador, e juntas as duas tinham-no arrastado para um beco e deixado-o lá. Durante dias sua mãe esperara que a porta fosse arrombada e que homens a levassem para o enforcamento, mas ninguém apareceu.

Suspirou enquanto retirava as camadas de óleo incrustado na lâmina de bronze, relíquia de alguma antiga campanha. A princípio, Roma tinha parecido um lugar com possibilidades ilimitadas, mas Mário assumira o controle da cidade havia três meses e ela ainda se via trabalhando o dia inteiro em troca de nada e ficando mais velha a cada dia. Outros mudavam o mundo, mas sua vida permanecia a mesma. Só à noite, quando se sentava com o velho Bant em sua pequena oficina de artesão de metal, ela sentia estar fazendo algum progresso. Ele lhe havia mostrado a utilização das ferramentas, e ela gostava de seus silêncios e dos olhos azuis e gentis. Tinha-o visto pela primeira vez quando ele estava moldando um broche na oficina e soube naquele momento que aquilo era uma coisa que poderia fazer. Era uma habilidade que valia a pena aprender, mesmo para uma escrava.

Esfregou mais vigorosamente. Não valer mais para um homem que um cavalo ou uma boa espada como aquela que estava segurando! Não era justo.

– Alexandria! – Era a voz de Carla chamando. Por um momento sentiu-se tentada a ficar quieta, mas a mulher tinha uma língua que parecia um chicote e sua desaprovação era temida pela maioria das escravas.

– Aqui – gritou, pousando a espada e enxugando as mãos num trapo. Haveria outra tarefa para ela, mais horas de trabalho antes de dormir.

– Aí está você, meu amor. Preciso de alguém para correr ao mercado para mim. Você faria isso?

– Sim! – Alexandria se levantou rapidamente. Nos últimos meses tinha passado a ansiar por aquelas saídas raras. Eram as únicas ocasiões em que tinha permissão para deixar a casa de Mário, e nas últimas merecera a confiança de ir sozinha. Afinal de contas, para onde poderia fugir?

– Tenho uma lista de coisas para comprar para a casa. Você sempre parece conseguir os melhores preços – disse Carla enquanto lhe entregava uma lousa.

Alexandria assentiu. Gostava de barganhar com os comerciantes. Isso a fazia sentir-se como uma mulher livre. Na primeira vez não estivera sozinha, mas, mesmo com uma testemunha, Carla ficara chocada ao ver quanto dinheiro a garota havia economizado. Havia anos os comerciantes vinham cobrando acima do valor de mercado, sabendo que Mário tinha bolsos fundos. A mulher mais velha percebera que a garota tinha talento e a mandava sair o máximo possível, vendo também que ela precisava dos pequenos toques da liberdade. Algumas nunca se acostumavam à condição de escravas e lentamente caíam em depressão e ocasionalmente em desespero. Carla gostava de ver o rosto de Alexandria se iluminar diante da ideia de uma saída.

Achava que a garota poderia estar guardando uma ou duas moedas do que recebia, mas o que importava? Ela estava economizando prata para a casa, de modo que, se guardava algum bronze ocasional, Carla não se incomodava.

– Vá andando. Quero você de volta em duas horas, nem um minuto a mais, entendeu?

– Entendi, Carla. Duas horas. Obrigada.

A mulher riu para ela, lembrando-se de quando era jovem e o mundo era um lugar cheio de possibilidades. Sabia tudo sobre as visitas de Alexandria a Bant, o artesão de metal. Parecia que o velho gostava dela. Havia muito pouca coisa na casa que Carla não ficasse sabendo cedo ou tarde, e sabia que no quarto de Alexandria havia um pequeno disco de bronze que ela havia decorado com uma cabeça de leão usando as ferramentas de Bant. Era uma bela peça.

Enquanto olhava a figura esguia desaparecer numa esquina, Carla imaginou se aquilo seria um presente para Caio. Bant dissera que a garota tinha talento para o trabalho. Talvez porque ela estivesse fazendo por amor.

O MERCADO ERA um tumulto de cheiros e multidões em redemoinhos, mas pela primeira vez Alexandria não se demorou com os itens da lista. Completou o serviço rapidamente, conseguindo bons preços, mas deixando a discussão antes de eles serem cortados até o osso. Os vendedores pareciam gostar das discussões com a garota bonita, erguendo as mãos para o céu e chamando testemunhas para ver o que ela estava exigindo. Ela sorria para eles, e para alguns o sorriso fazia o preço baixar ainda mais do que eles podiam acreditar depois de ela ter saído. Certamente mais do que suas esposas poderiam crer.

Com os pacotes enfiados em duas sacolas de tecido, Alexandria correu para seu verdadeiro destino, uma joalheria minúscula no fim das barracas. Estivera ali muitas vezes para olhar os desenhos do sujeito. A maioria das peças era de bronze ou estanho. A prata raramente era trabalhada em joias, e o ouro era caro demais, a não ser que peças específicas fossem encomendadas. O artesão era um homem baixo, vestido com túnica rústica e um grosso avental de couro. Ele a viu entrar na loja minúscula e parou de trabalhar num pequeno anel de ouro para ficar de olho na garota. Tabbic não era um homem que confiasse nos outros, e Alexandria podia sentir seu olhar firme enquanto ela examinava suas mercadorias.

Finalmente juntou coragem e foi falar com ele.

– O senhor compra peças?

– Às vezes – foi a resposta. – O que você tem?

Ela tirou o disco de bronze de um bolso da túnica, e ele o pegou, erguendo-o à luz do dia para ver o desenho. Segurou-o por longo tempo, e ela não ousou falar, com medo de provocar raiva. Mesmo assim ele não disse nada, simplesmente ficou revirando-o nas mãos, examinando cada marca no metal.

– Onde conseguiu isto? – perguntou finalmente.

– Eu mesma fiz. O senhor conhece Bant?

O homem assentiu lentamente.

– Ele está me ensinando.

– Isso é grosseiro, mas consigo vender. A execução é tosca, mas o desenho é muito bom. O rosto do leão está bem gravado, só que você não é muito hábil com o martelo e o ponteiro. – Ele virou o disco novamente. – Diga a verdade agora. Onde conseguiu bronze para fazer isso?

Alexandria olhou-o nervosa. Ele devolveu o olhar sem piscar, mas seus olhos pareciam gentis. Rapidamente, ela contou sobre as barganhas no mercado e sobre como tinha economizado algumas moedas minúsculas do dinheiro da casa, o bastante para comprar o círculo de metal numa barraca de badulaques.

Tabbic balançou a cabeça.

– Então não posso ficar com ele. Não é seu para você vender. As moedas pertenciam a Mário, de modo que o bronze também é dele. Deveria dá-lo a ele.

Alexandria sentiu lágrimas ameaçando surgir. Tinha gastado tanto tempo com aquela pequena peça, e agora tudo tinha resultado em nada. Olhou, quase hipnotizada, enquanto ele a virava outra vez. Depois o artesão colocou-a em suas mãos.

Arrasada, ela pôs o disco no bolso.

– Desculpe – disse.

Ele se virou de novo em sua direção.

– Meu nome é Tabbic. Você não me conhece, mas tenho reputação de honestidade e algumas vezes de orgulho. – Ele estendeu outro círculo de metal, de cor prateada acinzentada. – Isso é estanho. É mais macio que o bronze e você vai achar mais fácil de trabalhar. Pode ser muito bem polido e não descolore muito, só fica opaco. Leve, e me devolva quando tiver feito alguma coisa com ele. Eu prendo um alfinete e vendo como broche de capa para um legionário. Se for tão bom quanto o de bronze, posso conseguir uma moeda de prata por ele. Pego de volta o preço do estanho e do alfinete, e você fica com seis, talvez sete quadrantes. É uma transação comercial, entende?

– E o seu lucro? – perguntou Alexandria com os olhos arregalados diante da mudança da sorte.

– Nada com este primeiro. Estou fazendo um pequeno investimento no talento que acredito que você tem. Dê lembranças a Bant quando estiver com ele de novo.

Alexandria guardou o círculo de estanho e de novo precisou lutar contra as lágrimas. Não estava acostumada a gentilezas.

– Obrigada. Darei o bronze a Mário.

– Faça isso, Alexandria.

– Como... como o senhor sabe meu nome?

Tabbic pegou o anel em que estava trabalhando quando ela entrou.

– Bant não fala de muitas outras coisas quando o vejo.

ALEXANDRIA PRECISOU correr para chegar antes do fim das duas horas, mas seus pés eram leves e ela sentia vontade de cantar. Transformaria o disco de estanho num objeto lindo, e Tabbic iria vendê-lo por mais do que uma moeda de prata, e pediria mais, até que seu trabalho trouxesse peças de ouro, e um dia ela juntaria os lucros e compraria a liberdade. Livre. Era um sonho dourado.

Quando entrou na casa de Mário, o cheiro dos jardins encheu seus pulmões e ela ficou parada um momento, apenas respirando o ar do fim de tarde. Carla apareceu e pegou as sacolas e as moedas, feliz como sempre diante da economia. Se a mulher notou algo diferente na garota, não disse nada, mas sorriu quando levou os suprimentos para o depósito fresco no porão, onde não se estragariam tão depressa.

Sozinha com seus pensamentos, Alexandria não viu Caio a princípio, e não o estava esperando. Ele passava a maior parte dos dias com uma programação tão rígida quanto a do tio, voltando à casa tarde, somente para comer e dormir. Os guardas do portão deixavam-no entrar sem comentários, acostumados às suas idas e vindas. Ele levou um susto ao ver Alexandria no jardim e ficou parado um momento, simplesmente desfrutando do que via. A noite estava chegando com a pouca pressa do fim do verão, quando o ar é suave e a luz tem um toque de cinza durante horas, antes de desaparecer.

Ela se virou quando ele veio se aproximando e sorriu.

– Você parece feliz – disse Caio, sorrindo de volta.

– Ah, estou.

Ele não a havia beijado desde aquele dia no estábulo, na propriedade do campo, mas sentiu que a hora finalmente chegara. Marco tinha ido embora, e a casa parecia deserta.

Curvou o pescoço, e o coração martelou dolorosamente com uma coisa quase parecida com medo.

Sentiu o calor dela antes que os lábios se tocassem e então pôde sentir seu gosto, e segurou-a num abraço natural, enquanto os dois pareciam se encaixar sem esforço ou planejamento.

– Não posso dizer com que frequência pensei nisso – murmurou ele.

Ela olhou em seus olhos e soube que havia um presente que poderia lhe dar, e descobriu que queria.

– Venha a meu quarto – sussurrou, pegando sua mão.

Como num sonho, Caio a acompanhou pelo jardim até o quarto dela.

Carla os viu se afastando.

– Já não era sem tempo – murmurou.

A PRINCÍPIO CAIO se preocupou com a hipótese de ser desajeitado, ou pior, rápido, mas Alexandria guiou seus movimentos, e as mãos dela eram frescas em sua pele. Ela pegou um pequeno frasco de óleo perfumado numa prateleira e ele ficou olhando-a derramar algumas gotas espessas nas palmas das mãos. Tinha um cheiro intenso que encheu seus pulmões enquanto ela montava sobre ele, esfregando-o suavemente no peito e mais abaixo, fazendo-o ofegar. Ele pegou um pouco do óleo na própria pele e estendeu a mão para os seios de Alexandria, lembrando-se da primeira vez em que os tinha visto subir e descer suavemente no pátio da propriedade, havia tanto tempo. Apertou a boca gentilmente contra um, depois outro, sentindo o gosto da pele e movendo os lábios sobre os mamilos com óleo. Ela abriu a boca ligeiramente, os olhos se fechando ao toque dele. Depois se curvou para beijá-lo, e seu cabelo desatado cobriu os dois.

À medida que a tarde escurecia eles se juntaram com ansiedade, e depois mais uma vez com um jeito de brincadeira e uma espécie de deleite. Havia pouca luz no quarto sem as velas, mas seus olhos brilhavam e os membros eram de um ouro escuro enquanto ela se movia debaixo dele.

Caio acordou antes do amanhecer e encontrou o olhar dela em seu rosto.

– Essa foi minha primeira vez – disse ele em voz baixa. Algo nele tinha lhe dito para não fazer a pergunta, mas precisava saber. – Foi a primeira para você?

Ela sorriu, mas era um sorriso triste.

– Eu gostaria que tivesse sido. Gostaria mesmo.

– Você fez... com Marco?

Os olhos dela se arregalaram um pouco. Será que ele era de fato tão inocente a ponto de não perceber o insulto?

– Ah, eu teria feito, claro – respondeu com azedume –, mas ele não pediu.

– Desculpe – disse Caio, ruborizando. – Eu não quis...

– Ele disse que nós fizemos?

Caio ficou com o rosto impassível ao dizer:

– Sim, ele contou vantagem a seu respeito.

– Vou enfiar uma adaga no olho dele na próxima vez em que o vir. Deuses! – Alexandria estava furiosa, juntando as roupas para se vestir.

Caio assentiu sério, tentando não sorrir ao pensamento de Marco voltando cheio de inocência.

Vestiram-se às pressas, já que nenhum dos dois queria fofocas sobre Caio ter saído do quarto dela antes de o sol nascer. Ela deixou o alojamento dos escravos com ele e os dois se sentaram juntos no jardim, roçados por um quente vento noturno que se movia em silêncio.

– Quando posso vê-la de novo? – perguntou ele em voz baixa.

Ela desviou o olhar e ele pensou que a resposta não viria.

– Caio... adorei cada momento da noite passada: o toque, a sensação, o gosto. Mas você vai se casar com uma filha de Roma. Sabia que eu não sou romana? Minha mãe era de Cartago, foi apanhada na infância, escravizada e depois transformada em prostituta. Eu nasci tarde. Não deveria ter nascido tão tarde. Ela nunca foi muito forte depois de eu nascer.

– Eu amo você – disse Caio, sabendo que era verdade pelo menos naquele momento e esperando que isso bastasse. Queria lhe dar algo que mostrasse que ela era mais que apenas uma noite de prazer.

Alexandria balançou a cabeça levemente ao ouvir suas palavras.

– Se você me ama, deixe-me ficar aqui na casa de Mário. Sei fazer joias e um dia vou ganhar o suficiente para comprar minha liberdade. Posso ser feliz aqui como nunca seria se me permitisse amar você. Eu poderia, mas você seria um soldado e partiria para lugares distantes do mundo, e eu veria sua mulher e seus filhos e teria de cumprimentá-los na rua. Não me transforme em sua prostituta, Caio. Vi essa vida e não a quero. Não me faça lamentar a noite passada. Não quero lamentar uma coisa boa.

– Eu poderia libertá-la – sussurrou ele, sentindo dor. Nada parecia fazer sentido.

Os olhos dela relampejaram de raiva, rapidamente controlada.

– Não, não poderia. Ah, você pode tirar meu orgulho e assinar minha liberdade segundo a lei romana, mas eu teria ganhado essa liberdade em sua cama. Sou livre onde interessa, Caio. Agora sei disso. Para ser uma cidadã livre segundo a lei, devo trabalhar honestamente e me comprar de volta. Depois estarei por conta própria. Hoje conheci um homem que disse ter honestidade e orgulho. Eu tenho as duas coisas, Caio, e não quero perder nenhuma delas. Não vou esquecer você. Venha me ver daqui a vinte anos e eu lhe darei um pendente de ouro, feito com amor.

– Eu virei – disse ele. Em seguida se inclinou e beijou seu rosto, depois se levantou e saiu do jardim perfumado.

Foi para as ruas da cidade e andou até estar perdido e exausto demais para sentir algo que não fosse entorpecimento.

23

Quando a lua nasceu, Mário franziu a testa para o centurião.

– Minhas ordens foram claras. Por que não me obedeceu?

O homem gaguejou um pouco ao responder:

– General. Presumi que tivesse havido um erro. – Seu rosto estava pálido enquanto falava. Sabia das consequências. Soldados não mandam mensagens para questionar ordens, apenas obedecem, mas o que fora pedido era loucura.

– Você recebeu ordem para pensar em táticas contra uma legião romana. Especificamente para descobrir meios de anular sua maior mobilidade fora dos portões. Que parte não entendeu? – A voz de Mário estava séria e o homem empalideceu ainda mais ao ver sua pensão e seu posto desaparecendo.

– Eu... Ninguém espera que Sila ataque Roma. Ninguém jamais atacou a cidade...

– Você está dispensado para as fileiras – interrompeu Mário. – Mande chamar Otávio, seu segundo em comando. Ele assumirá seu lugar.

Alguma coisa no homem desmoronou. Com mais de quarenta anos, nunca mais veria uma promoção.

– Senhor, se eles vierem, gostaria de estar nas primeiras fileiras para enfrentá-los.

– Para se redimir?

O homem assentiu, pálido.

– Concedido. Seu rosto será o primeiro que eles verão. E eles virão, não como cordeiros, mas como lobos.

Mário viu o homem abalado se afastar rigidamente e balançou a cabeça. Tantos achavam difícil acreditar que Sila iria se virar contra sua cidade amada! Para Mário era uma certeza. As notícias que recebia diariamente eram de que Sila finalmente havia quebrado a espinha do exército rebelde comandado por Mitrídates, queimando boa parte da Grécia até os alicerces durante o processo. Mal se passara um ano, e ele voltaria como herói conquistador. O povo lhe daria qualquer coisa. Com uma posição tão forte, não havia chance de deixar a legião no campo ou numa cidade vizinha enquanto ele e seus colegas voltavam em silêncio para seus assentos no Senado e continuavam como sempre. Esse era o jogo que Mário tinha feito. Ainda que não houvesse mais nada que pudesse encontrar para admirar no sujeito, Sila era um excelente general, e Mário sabia o tempo todo que ele poderia vencer e voltar.

– Agora a cidade é minha – murmurou com a voz densa, olhando em volta enquanto os soldados construíam fortificações sobre as pesadas portas para protegerem-se das flechas. Imaginou aonde seu sobrinho teria ido e notou distraidamente como o tinha visto pouco nas últimas semanas. Cansado, coçou a parte superior do nariz, sabendo que estava se pressionando demais.

Tinha economizado sono durante um ano enquanto montava suas linhas de suprimentos, armava seus homens e planejava o cerco futuro. Roma tinha sido recriada como uma cidade-fortaleza e não havia um único ponto fraco em qualquer das muralhas. A cidade iria aguentar, ele sabia, e Sila se arrebentaria diante das portas.

Seus centuriões eram escolhidos a dedo, e a perda de um naquela manhã fora fonte de irritação. Cada homem recebera as promoções devido à flexibilidade, à capacidade de reagir diante de situações novas, preparados para esse momento, quando a maior cidade do mundo enfrentaria seus próprios filhos em batalha – e iria destruí-los.

CAIO ESTAVA BÊBADO. Parou na beirada de um balcão com uma taça de vinho cheia, tentando firmar a vista. Uma fonte jorrava no jardim abaixo e ele decidiu, tonto, enfiar a cabeça na água. A noite estava quente o bastante.

O barulho da festa era uma mistura confusa de música, risos e gritos bêbados quando voltou para dentro. Passava da meia-noite e ninguém restava sóbrio. As paredes estavam tremulando com as lamparinas, lançando uma luz íntima nas pessoas. Os escravos enchiam cada taça assim que era esvaziada, o que vinha acontecendo havia horas.

Uma mulher roçou o corpo em Caio e passou o braço sobre seu ombro, rindo, fazendo-o derramar vinho tinto no piso de mármore. Os seios dela estavam descobertos e ela puxou sua mão livre contra eles e apertou os lábios nos dele.

Caio interrompeu o beijo para respirar e ela tomou seu vinho, esvaziando a taça num só gole. Jogando-a por cima do ombro, enfiou a mão nas dobras da toga dele, acariciando-o com habilidade erótica. Ele beijou-a de novo e cambaleou para trás sob o peso bêbado da mulher, até se apoiar numa coluna perto do balcão. Ele podia sentir a frieza do mármore nas costas.

A multidão nada via. Muitos estavam apenas parcialmente vestidos, e a piscina no meio da sala borbulhava de casais escorregadios. O anfitrião tinha trazido uma quantidade de garotas escravas, mas a devassidão havia se espalhado com a bebida, e àquela altura os últimos cem convidados estavam prontos para aceitar praticamente tudo.

Caio gemeu quando a estranha abriu a boca nele, e ele sinalizou para um escravo pedindo outra taça de vinho. Derramou algumas gotas no peito nu e olhou enquanto o líquido escorria até a boca que trabalhava, distraidamente esfregando o vinho com os dedos nos lábios macios da mulher.

A música e o riso cresciam em volta. O ar estava quente e úmido do vapor da piscina e da luz das lamparinas. Ele terminou o vinho e jogou a taça no escuro sobre o balcão, sem ouvi-la bater no jardim abaixo. Era sua quinta festa em duas semanas e ele achara que estava cansado demais para sair de novo, mas Dirácio era conhecido por dar festas loucas. As outras quatro tinham sido exaustivas e ele percebeu que aquilo poderia ser seu fim. Sua mente parecia ligeiramente distanciada, uma observadora dos amontoados se retorcendo ao redor. Na verdade, Dirácio estivera certo em dizer que as festas iriam ajudá-lo a esquecer, mas mesmo depois de tantos meses cada momento com Alexandria ainda estava ali para ser chamado à mente. O que ele perdera era o sentimento de maravilha e júbilo.

Fechou os olhos e esperou que as pernas o sustentassem de pé até o fim.

AJOELHADO, MITRÍDATES cuspiu sangue no chão, por cima da barba, mantendo a cabeça baixa. Parecendo um touro, tinha matado muitos soldados na batalha da manhã, e mesmo agora, com os braços amarrados e sem suas armas, os legionários romanos caminhavam cautelosamente a seu redor. O grego riu para eles, mas foi um som amargo. Em volta estavam caídos centenas de homens que tinham sido seus amigos e seguidores, e o cheiro de sangue e de entranhas abertas pairava no ar. Sua mulher e suas filhas tinham sido arrancadas da barraca e estripadas por soldados de olhos frios. Seus generais tinham sido empalados e seus corpos balançavam frouxos, mantidos de pé em estacas do tamanho de um homem. Era um dia ruim para ver tudo acabar.

Sua mente recuou pelos meses, sentindo novamente o gosto da rebelião, o orgulho, enquanto gregos fortes vinham de todas as cidades para lutar sob sua bandeira. Tudo parecera possível durante um tempo, mas agora havia apenas cinzas. Lembrou-se da primeira fortaleza a cair, e da incredulidade e vergonha nos olhos do prefeito romano enquanto era obrigado a vê-la queimar.

– Olhe para as chamas – sussurrou Mitrídates para ele. – Isto será Roma. – O romano tentou responder, mas Mitrídates o silenciou passando uma adaga por sua garganta, diante da comemoração ruidosa de seus homens.

Agora era o único que restava do grupo de amigos que tinham ousado se livrar do jogo romano.

– Eu fui livre – murmurou através do sangue, mas as palavras não conseguiram alegrá-lo como antigamente.

Trombetas soaram e cavalos galoparam por um caminho livre até onde Mitrídates esperava, sentado sobre os calcanhares. Levantou a cabeça hirsuta, com o cabelo comprido caindo sobre os olhos. Os legionários ali perto ficaram em posição de sentido e em silêncio, e ele soube quem devia ser. Um olho estava grudado com sangue, mas pelo outro conseguia ver uma figura dourada descer de um garanhão e entregar as rédeas a outra. A toga branca impecável parecia incongruente naquele campo de morte. Como era possível alguma coisa no mundo ficar intocada pelo sofrimento de uma tarde tão cinzenta?

Escravos espalharam juncos sobre a lama para fazer um caminho até o rei ajoelhado. Mitrídates se empertigou. Eles não iriam vê-lo dobrado e implorando, não com suas filhas caídas tão perto, numa imobilidade pacífica.

Cornélio Sila caminhou até o homem e ficou imóvel, olhando. Como se por um arranjo dos deuses, o sol escolheu esse momento para vir de trás das nuvens, e seu cabelo louro escuro brilhou enquanto ele tirava um gládio de prata brilhante de uma bainha simples.

– Você me deu muito trabalho, sua alteza – disse Sila em voz baixa.

Diante daquelas palavras, Mitrídates franziu a testa.

– Eu me esforcei ao máximo para isso – respondeu sério, sustentando o olhar do homem com seu olho bom.

– Mas agora acabou. Seu exército está destruído. A rebelião chegou ao fim.

Mitrídates deu de ombros. De que servia declarar o óbvio?

– Não participei da morte de sua mulher e suas filhas – prosseguiu Sila. – Todos os soldados envolvidos nisso foram executados a meu comando. Não faço guerra contra mulheres e crianças, e lamento que elas tenham sido tiradas de você.

Mitrídates balançou a cabeça como se quisesse limpá-la das palavras e dos súbitos clarões de memória. Tinha escutado sua amada Lívia gritando seu nome, mas havia legionários em volta, armados com porretes para pegá-lo vivo. Ele perdera a adaga na garganta de um homem, e sua espada ficara presa nas costelas de outro. Mesmo então, com o grito dela nos ouvidos, tinha quebrado o pescoço de um homem que o atacara, mas quando parara para pegar uma espada caída os outros o haviam deixado sem sentidos e, ao acordar, ele se viu amarrado e espancado.

Olhou para Sila, procurando zombaria. Em vez disso achou apenas seriedade, e acreditou. Desviou o olhar. Será que aquele homem esperava que Mitrídates, o rei, risse e dissesse que tudo estava perdoado? Os soldados eram homens de Roma, e aquela figura dourada era o chefe deles. Um caçador não era responsável por seus cães?

– Aqui está minha espada – disse Sila, oferecendo-a. – Jure por seus deuses que não vai se levantar contra Roma durante meu tempo de vida, e o deixarei vivo.

Mitrídates olhou para o gládio de prata, tentando esconder a surpresa. Tinha se acostumado ao fato de que morreria, mas subitamente ter a oferta de viver era como arrancar cascas de feridas ocultas. Estava na hora de enterrar sua mulher.

– Por quê? – grunhiu através do sangue que secava.

– Porque acredito que você é um homem de palavra. Já houve morte bastante hoje.

Mitrídates assentiu em silêncio e Sila o rodeou com a espada impoluta para cortar as amarras. O rei sentiu os soldados ficarem tensos ao ver o inimigo livre mais uma vez, mas ele os ignorou, estendendo a mão e segurando a lâmina com as mãos machucadas. O metal era frio contra a pele.

– Juro.

– Você tem filhos. E eles?

Mitrídates olhou para o general romano, imaginando o quanto ele sabia. Seus filhos estavam no leste, buscando apoio para o pai. Voltariam com homens e suprimentos e um novo motivo para vingança.

– Eles não estão aqui. Não posso responder por meus filhos.

Sila manteve a lâmina ainda segura pelo outro.

– Não, mas pode alertá-los. Se eles voltarem e levantarem a Grécia de novo contra Roma enquanto eu viver, lançarei sobre seu povo uma escala de sofrimento que ele jamais conheceu.

Mitrídates assentiu e deixou a mão se soltar da lâmina. Sila a embainhou e se virou, caminhando até o cavalo sem olhar para trás.

Cada romano à vista se moveu com ele, deixando Mitrídates sozinho de joelhos, rodeado pelos mortos. Rigidamente ele se levantou, encolhendo-se por fim sob a quantidade de dores que o açoitava. Observou os romanos desmontarem acampamento e irem para o oeste, de volta ao mar, os olhos frios e perplexos.

Sila cavalgou em silêncio pelas primeiras léguas. Seus amigos trocavam olhares, mas durante um tempo ninguém ousou romper o silêncio. Finalmente Pádaco, um rapaz bonito do norte da Itália, pôs a mão no ombro de Sila e o general puxou as rédeas, olhando-o interrogativamente.

– Por que o deixou vivo? Ele não virá contra nós na primavera?

Sila deu de ombros.

– Pode ser, mas se fizer isso pelo menos é um homem que sei que posso vencer. Talvez seu sucessor não cometa erros tão facilmente. Eu poderia passar mais seis meses reunindo cada um de seus seguidores que ficaram vivos em minúsculos acampamentos de montanha, mas o que ganharíamos além do ódio deles? Não, o verdadeiro inimigo, a verdadeira batalha... – Ele parou e olhou para o horizonte no oeste, quase como se pudesse ver todo o caminho até as portas de Roma. – A verdadeira batalha ainda não foi travada, e nós já passamos muito tempo aqui. Em frente. Vamos juntar a legião na costa para a travessia até em casa.

24

Caio se apoiou no parapeito de pedra da janela e viu o sol surgir sobre a cidade. Escutou Cornélia se remexendo na cama atrás e sorriu consigo mesmo ao olhá-la. Ela continuava dormindo, o cabelo dourado e comprido se derramando sobre o rosto e os ombros enquanto se revirava inquieta. No calor da noite eles tinham precisado de pouca coisa para se cobrir, e as pernas longas da garota estavam reveladas quase até o quadril pelo tecido leve que ela havia arrepanhado com a mão pequena e puxado para perto do rosto.

Por um momento seus pensamentos voltaram a Alexandria, mas sem dor. Os primeiros meses tinham sido difíceis, mesmo com amigos como Dirácio para distraí-lo. Agora podia olhar para trás e se encolher diante da própria ingenuidade e falta de jeito. Mas havia tristeza também. Nunca mais poderia ser aquele garoto inocente.

Tinha se encontrado com Metela e assinado um documento que tornava Alexandria propriedade da casa de Mário, sabendo que podia confiar no tio para ser gentil com ela. Também tinha deixado uma quantia de peças de ouro, tirada dos fundos de sua propriedade, para ser entregue a ela no dia em que Alexandria comprasse a liberdade. Ela ficaria sabendo quando estivesse livre. Era um pequeno presente, considerando o que ela lhe dera.

Caio riu ao sentir a excitação surgir de novo, sabendo que precisaria se mexer antes que a casa acordasse. O pai de Cornélia, Cina, era outro dos pesos-pesados que Mário estava adulando e tentando controlar. Não era um homem que devesse ser contrariado, e ser descoberto no quarto de sua filha amada significaria a morte até para o sobrinho de Mário.

Olhou-a novamente e suspirou enquanto pegava suas roupas. Mas ela valera a pena, valera tremendamente o risco. Três anos mais velha que ele, ainda era virgem, o que o surpreendeu. Ela era apenas sua, e isso lhe deu uma satisfação calma, e, mais do que isso, um pouco da antiga alegria.

Tinham se conhecido numa reunião formal das famílias dos senadores, em celebração pelo nascimento dos gêmeos de um dos *nobilitas*. No meio do dia não havia nada como a liberdade licenciosa de uma das festas de Dirácio, e a princípio Caio tinha se sentido entediado com as congratulações e os discursos intermináveis. Então, num momento calmo, ela viera para ele e mudara tudo. Estava usando um vestido dourado escuro, quase castanho, com brincos e um colar do mesmo metal rico. Ele a desejou desde o primeiro momento e gostou dela com a mesma rapidez. Ela era inteligente, confiante e o queria. Era uma sensação inebriante. Ele se esgueirou pelos telhados até a janela de seu quarto, olhando-a dormir, com o cabelo desalinhado e revolto.

Lembrou-se de tê-la visto levantando-se da cama e sentando-se com as pernas debaixo do corpo e as costas retas. Passaram-se alguns segundos antes que ele percebesse que ela estava sorrindo. Caio suspirou enquanto vestia as roupas e as sandálias.

Com Sila fora da cidade durante um ano inteiro enquanto a rebelião grega crescia em ferocidade, foi fácil para Caio esquecer que em algum momento haveria contas a ser acertadas. Mas Mário tinha trabalhado desde o primeiro dia para o momento em que os estandartes de Sila ficassem visíveis no horizonte. A cidade ainda estava cheia de empolgação e medo, como vinha acontecendo havia meses. A maioria tinha ficado, mas um fluxo contínuo de mercadores e famílias deixando a cidade mostrava que nem todo habitante compartilhava a confiança de Mário no resultado. Em todas as ruas havia lojas fechadas com tábuas, e o Senado criticava muitas das decisões tomadas, levando Mário à fúria quando voltava para casa de madrugada. Era uma tensão que Caio mal podia compartilhar, tendo os prazeres da cidade para distraí-lo.

Olhou Cornélia mais uma vez enquanto apertava a toga e via os olhos dela se abrindo. Foi até ela e beijou-a nos lábios, sentindo uma onda de desejo. Baixou uma das mãos até seu seio e sentiu-a estremecer enquanto ele tentava respirar.

– Virá me ver de novo, Caio?

– Virei – respondeu ele sorrindo, e para sua surpresa descobriu que falava a verdade.

– UM BOM GENERAL deve estar preparado para qualquer eventualidade – disse Mário enquanto entregava os documentos a Caio. – Essas são ordens de pagamento. São o mesmo que ouro em sua mão, tirado do tesouro da cidade. Não espero que sejam pagas de volta, são um presente para você.

Caio olhou a quantia e se esforçou para sorrir. Era grande, mas mal cobriria as dívidas que ele contraíra com os emprestadores de dinheiro. Mário não pudera ficar de olho no sobrinho enquanto os preparativos para a volta de Sila continuavam, e Caio esgotara as linhas de crédito naqueles primeiros meses depois de Alexandria, comprando mulheres, vinho e esculturas – tudo para melhorar sua posição numa cidade que só respeitava o ouro e o poder. Com riqueza emprestada, Caio chegara como um jovem leão a um ambiente social cínico. Até os que desconfiavam de seu tio sabiam que Caio era um homem a ser observado, e nunca havia problema com as quantias de dinheiro cada vez maiores que ele exigia, à medida que os ricos lutavam pelo direito de ser o próximo a oferecer financiamento ao sobrinho de Mário.

Mário percebeu o desapontamento de Caio e o interpretou como preocupação pelo futuro.

– Eu espero vencer, mas só um idiota não se prepararia para o pior quando Sila está envolvido. Se as coisas não acontecerem como planejei, pegue as ordens de pagamento e saia da cidade. Incluí uma referência que lhe dará ingresso numa embarcação de legião para levá-lo a algum posto distante do império. Também escrevi documentos nomeando-o filho de minha casa. Você poderá entrar em qualquer regimento e fazer nome durante alguns anos.

– E se o senhor esmagar Sila, como espera?

– Então continuaremos com seu progresso em Roma. Garantirei para você um posto que inclua participação vitalícia no Senado. Esses postos são guardados com ciúme quando chegam as eleições, mas não deve ser impossível. Vai nos custar uma fortuna, mas então você estará dentro, será verdadeiramente um dos escolhidos. Quem sabe aonde o futuro o levará depois disso?

Caio riu, envolvido pelo entusiasmo do tio. Usaria os papéis para pagar as piores dívidas. Claro, as vendas de cavalos seriam na semana seguinte, e o boato era que príncipes árabes estavam trazendo novas raças de cavalos de guerra, garanhões gigantescos que podiam ser guiados com o toque mais suave. Custariam uma fortuna, uma fortuna como a que ele segurava na mão. Enfiou os papéis na toga enquanto saía. Os agiotas precisariam esperar um pouco mais, tinha certeza.

Na noite fresca do lado de fora da casa de Mário, Caio avaliou suas opções durante a madrugada. Como sempre, a cidade escura não estava silenciosa, e ele não se sentia pronto para dormir. Comerciantes e carroceiros xingavam-se mutuamente, ferreiros martelavam, alguém riu numa casa próxima e ele pôde ouvir pratos sendo quebrados. A cidade era um lugar cheio de vida, de um modo com o qual sua propriedade no campo jamais poderia se comparar. Caio adorava.

Poderia ir ouvir os oradores no fórum, à luz de tochas, talvez juntando-se num dos debates intermináveis com outros jovens nobres até que o alvorecer os fizesse ir para casa. Ou poderia procurar a casa de Dirácio e satisfazer outros apetites. Era sensato não se aventurar sozinho nas ruas escuras, pensou, lembrando-se dos avisos de Mário sobre os vários *raptores* que espreitavam nos becos escuros, prontos para o roubo ou o assassinato. A cidade não era segura à noite, e era fácil se perder no labirinto de ruas tortuosas e sem nome. Uma volta errada poderia levar o caminhante a um beco cheio de imundície humana e grandes poças de urina, ainda que o cheiro já fosse aviso suficiente.

Um mês antes ele poderia ter reunido companheiros para uma noitada, mas o rosto de uma garota vinha aparecendo cada vez mais em seus pensamentos. Longe de diminuir, seu desejo por ela parecia alimentado pelo contato. Cornélia estaria pensando nele, nos aposentos da propriedade de seu pai. Ele iria até lá e escalaria o muro, passando pelos guardas da casa mais uma vez.

Riu consigo mesmo, lembrando-se do medo súbito quando escorregou na última escalada, pendurado sobre as pedras duras da rua abaixo. Estava começando a conhecer cada centímetro daquele muro, mas um erro poderia lhe custar duas pernas quebradas ou coisa pior.

– Você vale os riscos, garota – sussurrou consigo mesmo, olhando o ar da noite transformar sua respiração em fumaça enquanto andava pelas ruas sem iluminação até seu destino.

25

A propriedade de Cina começava a despertar para o dia de trabalho tão cedo quanto qualquer outra em Roma, com os serviçais esquentando água, acendendo fogões, varrendo, limpando e preparando as roupas da família antes que ela acordasse. Antes que o sol tivesse se erguido totalmente, uma escrava entrou no quarto de Cornélia, procurando as roupas a serem recolhidas para lavar. Seus pensamentos estavam nas muitas tarefas a serem realizadas antes da refeição leve no meio da manhã, e a princípio não notou nada. Então seus olhos se desviaram para onde uma perna musculosa se esparramava na lateral da cama. Ela congelou ao ver o casal adormecido, ainda entrelaçado.

Depois de um momento de indecisão, seus olhos se iluminaram de malícia e ela respirou fundo, rompendo a cena com gritos furiosos.

Caio rolou nu para fora da cama e caiu no chão agachado. Avaliou a situação num segundo, mas não perdeu tempo amaldiçoando a si mesmo. Pegou a toga e a espada e partiu para a janela. A escrava correu para a porta, ainda gritando, e Cornélia cuspiu xingamentos atrás dela. Passos trovejantes soaram, e a aia Clódia entrou no quarto, o rosto tomado de ultraje. Girou a mão e acertou o rosto da escrava, cortando o grito com um som seco de carne e fazendo-a cair.

– Saia depressa, garoto – disse Clódia rispidamente a Caio, enquanto a escrava gemia no chão. – É melhor você avaliar todo o problema que isso vai causar!

Caio assentiu, mas antes de chegar à janela se virou e voltou pelo quarto até Cornélia.

– Se eu não for, eles vão me matar como intruso. Diga-lhes meu nome e que você é minha, que vou me casar com você. Diga que eu mato quem lhe fizer mal.

Cornélia não respondeu, apenas estendeu a mão e o beijou.

Ele se afastou rindo.

– Deuses, solte-me! É uma bela manhã para uma caçada.

Ela o observou, divertindo-se quando as nádegas brancas dele apareceram no parapeito e sumiram, pronta para se recompor para o drama que viria.

Os guardas de seu pai entraram no quarto primeiro, guiados pelo capitão mal-humorado que a cumprimentou e foi até a janela, olhando para baixo.

– Vão logo – gritou para seus companheiros. – Irei pelos telhados atrás dele, vocês o interceptem embaixo. Colocarei a pele dele em minha parede por causa disso. Perdão, senhora – disse como um adeus a Cornélia, o rosto vermelho desaparecendo.

Ela lutou para não rir de tensão.

CAIO ESCORREGOU e tropeçou nas telhas, arranhando a pele dos cotovelos e dos joelhos ao sacrificar a segurança em troca de uma velocidade perigosa. Ouviu o capitão gritando atrás, mas não olhou. As telhas ofereciam pouco apoio, e tudo que ele realmente podia fazer era controlar a velocidade da queda enquanto escorregava na direção do beiral e da rua abaixo. Blasfemou quando seu deu conta de que suas sandálias haviam ficado no quarto de Cornélia. Como poderia pular descalço? Certamente quebraria ossos, e a caçada acabaria. Teve de largar a toga para salvar o gládio, de longe o mais valioso dos dois itens. Conseguiu se agarrar à beira do telhado e se arrastou sobre ele, não se arriscando a ficar de pé para o caso de arqueiros estarem esperando. Não seria incomum um homem da riqueza de Cina ter um pequeno exército em sua propriedade, assim como Mário.

Agachando-se, soube que estava fora das vistas do capitão, que xingava e bufava atrás, e olhou em volta desesperadamente, procurando um modo de sair daquela encrenca. Teria de se soltar do telhado. Se ficasse, eles simplesmente revistariam cada parte até encontrá-lo e jogá-lo de cabeça ou arrastá-lo até Cina para receber a punição. Com o calor da traição, Cina ficaria surdo aos pedidos, e a morte se seguiria rapidamente, pela acusação de estupro. Na verdade, Caio percebeu que Cina nem precisaria fazer acusações, simplesmente chamaria um lictor e mandaria o sujeito executá-lo no ato. Se Cina quisesse, podia mandar que Cornélia fosse estrangulada para salvar a honra de sua casa, mas Caio sabia que o velho adorava sua única filha. Se acreditasse mesmo que ela fosse sofrer, teria ficado para lutar, mas achava que a garota estaria segura contra a fúria do pai.

Lá embaixo, onde o telhado se projetava sobre a rua, Caio podia ouvir os gritos dos guardas da casa formando um círculo que bloqueava todas as saídas. Atrás dele o barulho de sandálias com reforço de ferro sobre as telhas estava ficando mais próximo, por isso respirou fundo para se acalmar e correu, esperando que a velocidade e o equilíbrio o mantivessem sobre a superfície traiçoeira por tempo suficiente para encontrar a segurança. O capitão da guarda gritou em reconhecimento quando ele saiu do abrigo, mas Caio não tinha tempo de olhar para trás. O telhado mais próximo ficava muito longe para ser alcançado num pulo, e o único lugar plano em todo o complexo era uma torre de sino com uma pequena janela.

Alcançou o parapeito com um salto desesperado quando suas pernas perderam finalmente todo o apoio e ele se alçou, passando por cima, ofegando em grandes haustos o ar frio da manhã. A torre do sino era minúscula, com degraus descendo para a casa principal abaixo. A princípio Caio sentiu-se tentado a descer correndo por eles, mas então surgiu um plano em sua mente e ele controlou a respiração e alongou alguns músculos enquanto esperava o capitão chegar à janela.

Instantes depois, o sujeito bloqueou a luz do sol e seu rosto se iluminou ao ver o rapaz acuado na torre do sino. Os dois se entreolharam um momento e Caio observou com interesse o pensamento atravessando o rosto do outro homem: ele poderia ser morto ao entrar. Caio assentiu para ele e recuou para lhe permitir a entrada.

O capitão deu-lhe um sorriso maligno, ofegando da corrida.

– Você deveria ter me matado quando teve a chance – disse ele desembainhando a espada.

– Você teria caído do telhado, e eu preciso das suas roupas, especialmente essas sandálias – respondeu Caio calmamente, desembainhando por sua vez o gládio e ficando de pé, aparentemente sem perceber a própria nudez.

– Vai me dizer alguma coisa antes de eu matá-lo? Só para eu ter algo que contar ao meu senhor, você sabe – disse o capitão, movendo-se levemente para uma posição de luta, com os joelhos dobrados.

– Você vai me dar suas roupas? É uma manhã muito bonita para uma matança – contrapôs Caio sorrindo tranquilo.

O capitão começou a responder e Caio atacou, mas sua espada foi desviada para o lado. O sujeito estivera esperando um movimento assim, e estava preparado. Caio percebeu rapidamente que estava diante de um opositor hábil e se concentrou, cônscio de cada movimento na dança. O espaço era pequeno demais e a escada estava entre eles, ameaçando mandar um dos dois rolando para baixo.

Eles negacearam e se golpearam por todo o espaço, procurando fraquezas. O capitão ficou perplexo com a habilidade do jovem. Tinha comprado o cargo na guarda de Cina depois de vencer um torneio de espadas na cidade e sabia que era melhor que a maioria dos homens, porém seus ataques eram desviados com rapidez e precisão. Mas não estava preocupado. Na pior das hipóteses poderia simplesmente se segurar até a chegada de ajuda, e assim que os homens descobrissem onde eles estavam lutando outros seriam mandados escada acima para dominar o intruso. Parte dessa confiança deve ter aparecido em seu rosto enquanto Caio finalmente partia para a ofensiva, tendo avaliado o oponente.

Caio deu uma estocada por entre a guarda do capitão e cortou seu ombro. O sujeito recebeu o ferimento com um grunhido, mas Caio desviou sua resposta e abriu um rasgo no peitoral de couro. O capitão se pegou de costas na parede da pequena torre de sino, e então um golpe cortante em seus dedos mandou seu gládio escada abaixo, fazendo barulho e ricocheteando na queda. A mão lhe parecia inútil, e o homem olhou nos olhos de Caio, esperando o corte que acabaria com ele.

Caio mal diminuiu o ritmo. Virou sua espada no último segundo, de modo que a parte lisa bateu na têmpora do sujeito e o derrubou sem sentidos no piso.

Mais gritos soaram abaixo e ele começou a despir o capitão, com os dedos trabalhando febrilmente.

– Ande, ande... – murmurava consigo mesmo. Sempre tenha um plano, alertara Rênio uma vez, mas afora roubar as roupas do homem Caio não tivera tempo de pensar no resto da fuga.

Séculos depois estava vestido. O capitão recomeçou a se mexer, e Caio o acertou de novo com o punho, assentindo quando os movimentos convulsos pararam. Esperava não tê-lo matado. O sujeito estava fazendo seu trabalho, e sem malícia. Caio respirou fundo. Escada ou janela? Parou apenas um segundo, pôs seu gládio na bainha do capitão, agora em sua cintura, e desceu pela escada até a casa principal.

Mário apertou os punhos ao ouvir a notícia do mensageiro ofegante.

– Quantos dias eles estão atrás de você? – perguntou o mais calmo que pôde.

– Se forçarem a marcha, não podem ser mais de três ou quatro. Vim o mais rápido possível, trocando de cavalos, mas a maioria dos homens de Sila já havia desembarcado quando parti. Esperei para ter certeza se era a força principal, e não somente um ardil.

– Fez bem. Viu Sila?

– Vi, mas a distância. Parecia ser um desembarque integral de suas forças voltando a Roma.

Mário jogou uma moeda de ouro para o homem, que a pegou no ar. Mário se levantou.

– Então devemos estar prontos para a recepção. Reúna o resto da escolta. Vou preparar mensagens de boas-vindas para você levar a Sila.

– General? – perguntou o mensageiro, surpreso.

– Não faça perguntas. Ele não é o herói conquistador que voltou para nós? Encontre-me aqui dentro de uma hora para receber as cartas.

Sem outra palavra, o homem fez uma reverência e saiu.

O CAPITÃO FOI encontrado quando desceu cambaleando nu da torre do sino, segurando a cabeça. Não havia sinal do intruso, apesar da busca exaustiva que continuou durante toda a manhã. Um dos soldados se lembrou de um homem vestido como o capitão, que tinha ido verificar uma rua secundária, mas não podia se lembrar de detalhes suficientes para dar uma boa descrição. Ao meio-dia a busca foi interrompida, e nesse ponto a notícia da volta de Sila chegara às ruas de Roma. Uma hora depois, um dos guardas da casa notou um pequeno pacote encostado no portão da casa e o abriu, encontrando o uniforme, a bainha e as sandálias do capitão, que xingou ao recebê-los.

Caio foi chamado à presença de Mário naquela tarde e tinha preparado uma defesa para seus atos. Mas o general não parecia ter ouvido falar do escândalo e apenas sinalizou para ele se sentar com seus centuriões.

– Sem dúvida vocês já devem ter ouvido dizer que Sila desembarcou com suas forças no litoral e está a apenas três ou quatro dias da cidade.

Os outros assentiram e apenas Caio teve de tentar esconder o choque.

– Faz um ano e quatro meses desde o dia em que Sila partiu para a Grécia. Tive tempo suficiente para preparar uma volta ao lar adequada.

Alguns dos homens soltaram risinhos em resposta, e Mário deu um riso sério.

– Esta não é uma tarefa tranquila. Todos vocês são homens em quem confio, e nada que direi aqui deve sair desta sala. Não discutam isso com suas esposas, amantes ou amigos de maior confiança. Não tenho dúvida de que Sila tem espiões na cidade observando cada movimento meu. Ele deve saber de nossos preparativos e chegará totalmente alertado para a prontidão de Roma para uma guerra civil.

As palavras, finalmente ditas, gelaram o coração de todos que ouviram.

– Não posso revelar todos os meus planos nem mesmo agora, a não ser para dizer o seguinte: se Sila chegar vivo à cidade, e talvez isso não aconteça, vamos tratar sua legião como um inimigo agressor, destruindo-a no campo. Temos suprimentos de grãos, carne e sal para muitos meses. Vamos lacrar a cidade contra ele e destruí-lo nas muralhas. Agora mesmo, enquanto falamos, o tráfego de entrada e saída de Roma foi interrompido. A cidade está isolada.

– E se ele deixar a legião no campo e vier exigir sua entrada de direito? – perguntou um homem que Caio não conhecia. – O senhor vai se arriscar à ira do Senado, declarar-se ditador?

Mário ficou quieto por longo tempo, depois levantou a cabeça e falou em voz baixa, quase num sussurro.

– Se Sila vier sozinho, precisarei matá-lo. O Senado não vai me rotular de traidor do Estado. Tenho o apoio dele em tudo que faço.

Era verdade: não havia sequer um homem influente que ousasse apresentar uma moção ao Senado condenando o general. A posição era clara.

– Agora, senhores, suas ordens para amanhã.

CORNÉLIA ESPEROU pacientemente até seu pai ter terminado, permitindo que a fúria dele passasse, deixando-a intocada.

– Não, papai. O senhor não vai rastreá-lo. Ele será meu marido e o senhor vai lhe dar as boas-vindas em sua casa quando chegar o momento.

Cina ficou roxo de fúria.

– Prefiro ver o corpo dele apodrecer! Ele entra como um ladrão em minha casa e você fica aí sentada como um bloco de mármore e diz que eu devo aceitar? Não aceito, não enquanto o corpo dele não estiver jogado aos meus pés.

Cornélia deu um suspiro baixo, esperando que o discurso arrefecesse. Fechando os ouvidos contra os gritos, contou as flores que podia ver pela janela. Finalmente o tom de voz mudou e ela voltou a atenção de novo para o pai, que a olhava em dúvida.

– Eu o amo, papai, e ele me ama. Sinto muito se trouxemos vergonha à casa, mas o casamento vai limpar tudo, apesar das fofocas no mercado. O senhor me disse que eu podia escolher o homem que quisesse, lembra?

– Você está grávida?

– Não que eu saiba. Não haverá sinal quando nos casarmos, nenhuma demonstração pública.

Seu pai assentiu, parecendo velho e cansado.

Cornélia se levantou e pôs a mão em seu ombro.

– O senhor não vai se arrepender.

Cina grunhiu em dúvida.

– Eu o conheço, o violador da sua inocência?

Cornélia sorriu, aliviada com a mudança de humor.

– Conhece, tenho certeza. É o sobrinho de Mário, Caio Júlio César.

O pai deu de ombros.

– Já ouvi o nome.

26

Cornélio Sila estava tomando vinho resfriado à sombra de sua barraca, olhando o acampamento da legião. Era a última noite em que teria de ficar longe de sua amada Roma. Estremeceu ligeiramente à brisa, talvez antecipando o conflito que viria. Será que sabia de cada aspecto do plano de Mário ou a velha raposa iria surpreendê-lo? As mensagens de boas-vindas oficiais estavam sobre a mesa, ignoradas como mera formalidade que eram.

Pádaco veio cavalgando e parou o animal rapidamente, com as pernas traseiras se dobrando ao virar. Sila sorriu para ele. Tão jovem, e um homem tão belo, notou consigo mesmo.

– O acampamento está seguro, general – gritou Pádaco enquanto desmontava. Cada centímetro de sua armadura estava polido e brilhando, o couro macio e escurecido com óleo. Um jovem Hércules, pensou Sila enquanto recebia a saudação e a respondia. Mas leal até a morte, como um cão mimado.

– Amanhã à noite entraremos na cidade. Esta é a última noite de terreno ruim e vida de bárbaro – disse Sila, preferindo a imagem simples à realidade de camas macias e finos lençóis de sua barraca de general. Seu coração estava com os homens, mas as privações da vida de legionário jamais tinham atraído o cônsul.

– Vai contar seus planos, Cornélio? Todos os outros estão ansiosos para saber como cuidará de Mário.

Pádaco tinha chegado um pouco perto demais em seu entusiasmo e Sila ergueu a mão.

– Amanhã, meu amigo. Amanhã será o momento certo para os preparativos. Esta noite vou me recolher mais cedo, depois de mais um pouco de vinho.

– Vai querer... companhia? – perguntou Pádaco em voz baixa.

– Não. Espere. Mande duas das prostitutas mais bonitas. Talvez eu veja se tenho alguma coisa nova a aprender.

Pádaco baixou a cabeça como se tivesse sido golpeado. Recuou até o cavalo e trotou para longe.

Sila olhou sua partida tensa e suspirou, jogando o resto de vinho da taça no chão preto. Era a terceira vez que o rapaz se oferecia, e Sila precisaria encarar o fato de que ele estava se tornando um problema. O limite entre a adoração e o rancor era fino no jovem Pádaco. Melhor mandá-lo para alguma outra legião antes que causasse problemas que não pudessem ser ignorados. Suspirou mais uma vez e entrou na barraca, baixando a cortina de couro sobre a entrada.

As lamparinas tinham sido acesas pelos escravos, o chão estava coberto de tapetes e tecidos. Óleos perfumados queimavam numa taça minúscula, uma mistura rara da qual ele gostava. Sila respirou fundo e captou movimento vindo da direita. Recuou para trás da linha de ataque e sentiu o ar se mover quando algo passou rapidamente acima. Chutou com as pernas fortes e o atacante foi derrubado. Quando o assassino caiu, Sila agarrou a mão que segurava a faca. Ergueu-se de modo a ficar com o peso sobre o peito do homem e sorriu ao ver sua expressão mudar da raiva e do medo para a surpresa e o desespero.

Sila não era um homem frouxo. Certo, não gostava dos testes de coragem mais extremos dos romanos, nos quais ferimentos e cicatrizes demonstravam proeza, mas treinava todos os dias e lutava em todas as batalhas. Seus pulsos eram como de metal, e ele não teve dificuldade para virar a lâmina para dentro até apontá-la para a garganta do homem.

– Quanto Mário lhe pagou? – perguntou em tom de desprezo, a voz demonstrando pouca tensão.

– Nada. Eu o mataria por prazer.

– Amador em palavras *e* atos! – continuou Sila, apertando a faca mais perto da carne ofegante. – Guardas! Atendam ao seu cônsul! – rosnou, e em segundos o homem estava pressionado contra o chão e Sila pôde se levantar e espanar o pó do corpo.

O capitão da guarda tinha entrado com os soldados. Estava pálido, mas conseguiu fazer uma saudação limpa em posição de sentido.

– Parece que um assassino entrou no acampamento e na barraca de um cônsul de Roma sem ser questionado – disse Sila em voz baixa, mergulhando as mãos numa tigela de água perfumada sobre uma mesa de carvalho e estendendo-as para ser enxugadas por um escravo.

O capitão da guarda respirou fundo para se acalmar.

– A tortura vai nos revelar os nomes de quem o mandou. Eu mesmo supervisionarei o interrogatório. Demito-me de meu posto pela manhã, general, com sua permissão.

Sila continuou como se o sujeito não tivesse falado.

– Não gosto de ser atacado em minha própria barraca. Parece um incidente muito comum e de mau gosto para perturbar meu repouso.

Ele parou e pegou a adaga, ignorando a luta frenética de seu dono enquanto os soldados o amarravam com uma pressão maligna. Em seguida estendeu a lâmina fina para o nervoso capitão.

– Você me deixou desprotegido. Tome isso. Vá à sua barraca e corte sua garganta com ela. Mandarei recolher seu corpo em... duas horas?

O homem assentiu rigidamente pegando a adaga. Fez outra saudação e se virou nos calcanhares, marchando para fora da tenda.

Pádaco pôs a mão quente no braço de Sila.

– Você foi ferido?

Sila puxou o braço, irritado.

– Estou bem. Deuses, foi só um homem. Mário deve ter uma opinião muito baixa sobre mim.

– Não sabemos se era apenas um homem. Porei guardas em volta de sua barraca esta noite.

Sila balançou a cabeça.

– Não. Deixar Mário pensar que me amedrontou? Vou ficar com as duas prostitutas que você me trará e me certificar de que uma delas fique acordada a noite inteira. Traga-as e se livre de todo mundo. Acho que estou com apetite para uma diversãozinha maligna.

Pádaco fez uma saudação elegante, mas Sila viu os lábios cheios se franzirem enquanto ele se virava e pensou de novo. O sujeito era definitivamente um risco. Não voltaria a Roma. Algum tipo de acidente – uma queda de seu glorioso capão. Perfeito.

Finalmente estava sozinho e se sentou numa cama baixa, alisando o material macio. Houve uma tosse feminina, baixa, do lado de fora, e Sila sorriu com prazer.

As duas garotas que entraram ao seu chamado eram limpas, ágeis e estavam ricamente vestidas. Ambas eram lindas.

– Maravilhoso – suspirou Sila dando um tapinha na cama. Apesar de todas as suas falhas, Pádaco tinha um bom olho para mulheres realmente lindas, um dom desperdiçado, em suas circunstâncias.

MÁRIO FRANZIU a testa para o sobrinho.

– Não questiono sua decisão de se casar! Cina será um apoio útil em sua carreira. Vai ser bom para você, tanto política quanto pessoalmente, casar-se com a filha dele. Mas *questiono* o seu senso de tempo. Com a legião de Sila provavelmente chegando às portas da cidade amanhã de tarde, você quer que eu arranje um casamento com tamanha pressa?

Um legionário foi rapidamente até o general, tentando fazer uma saudação enquanto segurava uma braçada de pergaminhos e documentos. Mário levantou a mão para que ele parasse.

– O senhor discutiu alguns planos comigo, para o caso de as coisas não darem certo amanhã, não foi? – perguntou Caio, com a voz baixa.

Mário assentiu e se virou para o guarda.

– Espere lá fora. Eu o chamarei quando tiver terminado aqui.

O homem tentou outra saudação e saiu rapidamente da sala do general no alojamento. Assim que ele estava fora do alcance da audição, Caio falou de novo.

– Se de algum modo as coisas derem errado para nós... e eu tiver de fugir da cidade, não vou deixar Cornélia para trás, sem nos casarmos.

– Ela não pode ir com você! – disse Mário rispidamente.

– Não. Mas eu não posso deixá-la sem a proteção do meu nome. Ela pode estar grávida. – Caio odiava admitir até onde ia o relacionamento. Era uma coisa particular entre os dois, mas somente Mário poderia conseguir que os sacrifícios e sacerdotes estivessem preparados no curto tempo que restava, e ele precisava entender.

– Sei. O pai dela sabe de... sua intimidade?

Caio assentiu.

– Então temos sorte por ele não estar à porta com um chicote. Bastante justo. Vou fazer com que cerimônias breves sejam preparadas. Amanhã ao amanhecer?

Caio deu um sorriso súbito, aliviado de uma tensão que sentia pressioná-lo.

– Assim é melhor – brincou Mário em resposta. – Deuses, Sila nem mesmo está à vista, e muito longe de tirar Roma de mim. Acho que você está pensando muito no pior resultado. Amanhã à noite sua pressa pode parecer ridícula quando pusermos a cabeça de Sila numa estaca, mas não importa. Vá. Compre um manto de casamento e presentes. Mande que todas as contas sejam enviadas a mim. – Ele deu um tapinha nas costas de Caio. – Ah, e fale com Cátia na saída; é uma senhora madura que faz uniformes para os homens. Ela vai pensar em algumas coisas e em onde consegui-las em pouco tempo. Vá!

Caio saiu rindo.

Assim que ele se foi, Mário chamou seu ordenança com um grito e abriu os pergaminhos sobre a mesa, segurando as bordas com lisos pesos de chumbo.

– Certo, garoto – disse ao soldado. – Chame os centuriões para outra reunião. Quero ouvir novas ideias, por mais estranhas que pareçam. Deixei escapar alguma coisa? O que Sila planeja?

– Talvez o senhor já tenha pensado em tudo, general.

– Nenhum homem pode pensar em tudo; só podemos estar preparados para qualquer coisa – Mário sinalizou, despachando o homem.

CAIO ENCONTROU Cabera jogando dados com dois legionários de Mário. O velho estava entretido no jogo e Caio controlou a impaciência enquanto ele fazia outra jogada e batia as palmas idosas, cheio de prazer. Moedas foram passadas, e Caio segurou o braço dele antes que outra partida pudesse começar.

– Falei com Mário. Ele pode arranjar a cerimônia para amanhã ao amanhecer. Preciso de ajuda para deixar tudo pronto.

Cabera olhou-o atentamente enquanto guardava os ganhos na velha túnica marrom. Assentiu para os soldados e um deles apertou sua mão um tanto pesaroso antes de se afastar.

– Estou ansioso para conhecer essa garota que tem tamanho impacto sobre você. Imagino que seja terrivelmente linda, não é?

– Claro! É uma jovem deusa. Olhos doces e castanhos e cabelos dourados. Você não pode imaginar.

– Não. Nunca fui jovem. Nasci um velho enrugado, para surpresa de minha mãe – respondeu Cabera sério, fazendo Caio rir. Ele se sentia ébrio de empolgação, com a sombra ameaçadora da chegada de Sila empurrada para o fundo da mente.

– Mário me deu liberdade para gastar, mas as lojas fecham muito cedo. Não temos tempo a perder. Venha! – Caio puxou Cabera pelo braço e o velho riu, gostando do entusiasmo.

ENQUANTO A TARDE ia escurecendo sobre a cidade, Mário deixou os centuriões e saiu para fazer outra inspeção das defesas nas muralhas. Espreguiçou-se enquanto andava e sentiu e ouviu as costas estalando, doloridas de ficar curvado sobre os planos durante tantas horas. Uma voz de alerta em sua mente lembrou-o de como era tolice andar na cidade depois do escurecer, mesmo com o toque de recolher atuando. Desconsiderou-a, dando de ombros. Roma jamais iria feri-lo. Ela amava demais o filho, ele sabia.

Como se em resposta a seus pensamentos, sentiu o vento quente e revigorante no rosto, secando o suor que tinha brotado no alojamento apinhado. Quando Sila estivesse fora do caminho ele cuidaria de construir um lugar maior para a legião de Roma. Havia um ajuntamento de casebres ao lado do alojamento que poderia ser arrasado por ordem do Senado. Viu aquilo em sua própria mente e se imaginou recebendo líderes estrangeiros nos grandes salões. Eram apenas sonhos, mas agradáveis enquanto ele andava pelas ruas silenciosas, com apenas o estalar das sandálias rompendo a imobilidade total.

Podia ver as silhuetas de seus homens recortadas contra o céu estrelado muito antes de chegar até eles. Alguns estavam parados, outros andavam em suas rotas prescritas e superpostas aleatoriamente. Num olhar podia ver que todos estavam em alerta. Bons homens. Quem sabia o que os esperava na próxima vez em que a noite caísse? Deu de ombros mais uma vez e ficou satisfeito por ninguém poder vê-lo nas ruas escuras. Sila viria e seria recebido com aço. Não havia sentido em se preocupar, e Mário respirou fundo, limpando os pulmões, deixando de lado tudo que lhe ia por dentro. Sorriu animado quando a primeira de muitas sentinelas o fez parar.

– Bom garoto. Segure essa lança com firmeza. Um *pilum* é uma arma temível numa mão forte. É isso. Pensei em dar umas voltas por aqui. Não estava suportando a espera, sabe? E você?

A sentinela fez uma saudação, séria.

– Eu não me incomodo, senhor. O senhor pode passar.

Mário bateu no ombro da sentinela.

– Bom homem. Eles não passarão por você.

– Não, senhor.

O legionário olhou-o se afastar e assentiu consigo mesmo. O velho continuava faminto.

Mário subiu a escada até a nova muralha que sua legião tinha construído acima e ao redor dos velhos portões de Roma. Era uma construção sólida e maciça, de pesados blocos entrelaçados com uma grande passarela no topo, onde um muro menor protegeria seus homens dos arqueiros. Pousou as mãos na pedra lisa e olhou para a noite. Se ele fosse Sila, como tomaria a cidade?

As legiões de Sila tinham máquinas de sítio, bestas pesadas, lançadores de pedras e catapultas. Mário tinha usado cada uma daquelas armas e as temia. Sabia que, além de pedras grandes para lançar contra a muralha, Sila poderia carregar suas armas com tiros menores que rasgariam os defensores lentos demais para se abaixar. Ele usaria fogo, lançando barris de petróleo por cima da muralha para incendiar as construções internas. Com barris suficientes os homens na muralha seriam iluminados por trás, tornando-se alvos fáceis para os arqueiros. Mário tinha retirado algumas construções de madeira de perto da muralha, as casas tendo sido desmanteladas rápida e eficientemente por seus homens. As que não puderam ser destruídas tinham um enorme suprimento de água a postos, com equipes treinadas para usá-la. Era uma nova ideia para Roma, uma ideia que ele precisaria examinar quando a batalha estivesse terminada. A cada verão incêndios destruíam casas na cidade, algumas vezes se espalhando para outras antes de serem impedidos por uma rua larga ou uma grossa parede de pedras. Um pequeno grupo preparado com água poderia...

Esfregou os olhos. Tempo demais pensando e planejando. Havia semanas não dormia mais que algumas horas, e o esforço estava começando a se refletir em sua vitalidade.

A muralha só poderia ser escalada com escadas de mão. Ela era forte, mas as legiões romanas eram treinadas para tomar fortalezas e castelos. Atualmente as técnicas eram quase comuns. Mário murmurou sozinho, sabendo que a sentinela mais próxima estava longe demais para ouvir sua voz.

– Eles nunca lutaram contra romanos, especialmente romanos defendendo sua própria cidade. Essa é nossa verdadeira vantagem. Conheço Sila mas ele também me conhece. Eles têm a mobilidade, nós temos a fortaleza e o moral. *Meus* homens não estão atacando a amada Roma, afinal de contas.

Animado por esses pensamentos, seguiu por sobre a seção da muralha. Falou com cada homem e, lembrando nomes aqui e ali, perguntou-lhes sobre seu progresso, sobre suas promoções e sobre seus entes queridos. Não havia sugestão de fraqueza em nenhum com quem falou. Eram como cães de caça com olhos brilhantes, ansiosos para matar por ele.

Quando tinha caminhado pela seção e descido novamente para as ruas escuras abaixo, Mário sentiu-se animado pela fé simples dos homens nele. Faria com que vencessem. Eles fariam com que ele vencesse. Cantarolou uma canção militar baixinho enquanto andava de volta para o alojamento, e seu coração estava leve.

27

Caio Júlio César sorriu, apesar do sentimento de fraqueza ansiosa que adejava em seu estômago. Com ajuda da costureira de Mário, tinha mandado serviçais fazerem compras e organizarem o evento durante a maior parte da noite. Sabia que a cerimônia teria de ser simples, e estava pasmo ao ver quantos membros da *nobilitas* tinham comparecido numa manhã fria. Os senadores tinham vindo, trazendo famílias e escravos ao templo de Júpiter. Cada olhar que encontrava o seu era seguido por um sorriso, e os odores suaves de flores e madeira perfumada queimando eram fortes no ar. Mário e Metela estavam na entrada do templo de mármore, e Metela enxugava lágrimas dos olhos. Caio assentiu para os dois nervosamente enquanto esperava a chegada da noiva. Repuxou as mangas de sua túnica de casamento, cortada baixa em volta do pescoço para revelar uma ametista numa fina corrente de ouro.

Desejou que Marco estivesse ali. Seria bom ter alguém que realmente o conhecesse. Todos os outros faziam parte do mundo para o qual estava entrando: Tubruk, Cabera, Mário, até a própria Cornélia. Com uma pontada, percebeu que para fazer com que tudo aquilo parecesse real precisava de alguém que pudesse encará-lo e conhecer toda a jornada até aquele ponto. Em vez disso, Marco estava longe, em terras distantes, o aventureiro que sempre quisera ser. Quando voltasse, o dia do casamento seria apenas uma lembrança que ele jamais poderia compartilhar.

Fazia frio no templo, e por um instante Caio estremeceu, sentindo a pele se arrepiar com os pelos se eriçando. Estava num cômodo cheio de gente que não o conhecia.

Se seu pai tivesse sobrevivido, Caio poderia ter se virado para ele enquanto todos esperavam Cornélia. Os dois poderiam ter compartilhado um sorriso ou uma piscadela que dissesse: "Olhe o que eu fiz."

Caio sentiu lágrimas chegando aos olhos e virou a cabeça para o teto abobadado, desejando que elas não se derramassem no rosto. O enterro do pai tinha sido o fim dos momentos de paz de sua mãe. Tubruk havia balançado a cabeça quando Caio perguntou se ela poderia vir. O velho gladiador a amava mais que ninguém, Caio sabia. Talvez sempre a tivesse amado.

Caio pigarreou e arrastou os pensamentos de volta para o presente. Precisava deixar a infância para trás. Havia muitos amigos na sala, disse a si mesmo. Tubruk era como um tio com seu afeto carrancudo, e Mário e Metela pareciam tê-lo aceitado sem reservas. Marco deveria estar ali. Ele lhe devia isso.

Caio esperou que Cina se mostrasse agradável. Não tinha falado com ele desde o pedido formal de que a mão de Cornélia fosse passada do pai para o marido. Não fora uma reunião feliz, ainda que o senador tivesse mantido a dignidade a pedido dela. Pelo menos fora generoso com o dote. Cina tinha lhe dado a escritura de uma grande casa na cidade, numa área próspera de Roma. Com escravos e guardas como parte do presente, Caio sentira uma tranquilidade preocupada da parte do sujeito. Agora sua filha estaria segura, não importava o que acontecesse. Franziu a testa. Precisaria se acostumar ao novo nome, jogando fora o velho com os outros adereços da juventude. Júlio. O nome de seu pai. Tinha um bom som ao ouvido, mas ele achava que sempre seria Caio para os que conhecia desde a infância. Seu pai não vivera para vê-lo adotar o nome adulto, e isso o entristeceu. Imaginou se o velho podia ver o filho único e esperou que sim, desejando apenas um momento a mais para compartilhar com ele o orgulho e o amor que sentia.

Virou-se e deu um sorriso débil para Cabera, que o observava com expressão azeda, o cabelo ralo ainda desgrenhado por ter tido de acordar a uma hora que considerava insana. Também vestia uma túnica marrom nova, para a ocasião, adornada com um broche simples de estanho, com o desenho de uma lua gorda se destacando orgulhosa no metal. Júlio o reconheceu como trabalho de Alexandria e sorriu para Cabera, que em resposta coçou vigorosamente uma axila. Júlio continuou sorrindo, e depois de alguns segundos as feições antigas se abriram numa resposta alegre, apesar das preocupações.

O futuro era sombrio para Cabera, como sempre acontecia quando ele fazia parte de um destino em particular. O velho sentia novamente a irritação por só conseguir perceber os caminhos que tinham pouco contato com sua vida, mas nem mesmo a dor de suas apreensões podia impedi-lo de sentir prazer na alegria juvenil que vinha de Júlio como uma onda quente.

Havia algo de maravilhoso num casamento, mesmo num casamento arranjado com tanta rapidez como aquele. Todos estavam felizes, e ao menos por aquele pouco tempo os problemas podiam ser esquecidos, ou pelo menos ignorados até o escurecer.

Júlio ouviu passos no mármore atrás dele e se virou, vendo Tubruk sair de seu banco e se aproximar do altar. O administrador da propriedade parecia forte, bronzeado e saudável como sempre, e Júlio apertou seu braço, sentindo-o como uma âncora no mundo.

– Você pareceu meio perdido aqui em cima. Como está se sentindo? – perguntou Tubruk.

– Nervoso. Orgulhoso. Surpreso por tantos terem aparecido.

Tubruk olhou com novo interesse a multidão e se virou com as sobrancelhas erguidas.

– A maioria dos poderosos de Roma está nesta sala. Seu pai teria orgulho de você. Eu tenho orgulho de você. – Ele parou um momento, sem saber se deveria continuar. – Sua mãe queria vir, mas estava fraca demais.

Júlio assentiu, e Tubruk deu-lhe um soco afetuoso no braço antes de voltar ao banco, algumas fileiras atrás.

– Em meu povoado simplesmente pegamos a garota pelo cabelo e a arrastamos até a cabana – murmurou Cabera, chocando o sacerdote e o arrancando de sua expressão beatífica. Vendo isso, o velho continuou animado: – Se não desse certo, bastava dar uma cabra ao pai dela e pegar uma das irmãs. É muito mais simples assim, nada de ressentimentos e leite de cabra grátis para o pai. Eu tinha um rebanho de trinta cabras quando era garoto, mas precisei dar a maioria delas, ficando apenas com o suficiente para me manter. Não foi uma decisão sensata, mas é difícil de se arrepender, não é?

O sacerdote tinha ruborizado diante daquelas referências casuais a práticas bárbaras, mas Júlio apenas deu um risinho.

– Seu velho safado. Você só gosta de chocar esses cidadãos romanos empertigados.

Cabera bufou alto.

– Talvez – admitiu, lembrando-se do problema que tinha causado quando tentara oferecer sua última cabra em troca de uma noite de prazer. Na época parecera fazer sentido, mas o pai da garota pegou uma lança na parede e perseguiu o jovem Cabera até os morros, onde ele teve de se esconder durante três dias e três noites.

O sacerdote olhou Cabera enojado. Ele próprio era *nobilitas*, mas em sua função religiosa usava uma toga creme com capuz que deixava apenas o rosto de fora. Esperava a noiva pacientemente com os outros. Júlio tinha explicado que a cerimônia deveria ser o mais simples possível porque seu tio quereria partir o quanto antes. O sacerdote havia coçado o queixo, obviamente chateado com aquilo, antes que Júlio enfiasse uma pequena bolsa cheia de moedas em sua túnica como "oferenda" ao templo. Até os *nobilitas* tinham contas e dívidas. Seria um serviço curto. Depois de Cornélia ser levada e entregue pelo pai, haveria orações a Júpiter, Marte e Quirino. Um áugure fora pago em ouro para prever riqueza e felicidade para os dois. Em seguida viriam os votos, e Júlio colocaria uma aliança de ouro simples no dedo dela. Ela seria sua mulher. Ele seria o marido dela. Sentiu o suor umedecer as axilas e tentou afastar o nervosismo.

Virou-se e olhou direto nos olhos de Alexandria, que usava um vestido simples e um broche de prata. Havia lágrimas brilhando em seus olhos, mas ela assentiu para ele, e alguma coisa se tranquilizou por dentro.

Música suave começou ao fundo, crescendo até encher o teto abobadado como a fumaça que se derramava dos incensórios. Júlio olhou ao redor, prendeu o fôlego e tudo o mais foi esquecido.

Cornélia estava ali, alta e ereta num vestido creme com um fino véu dourado, a mão no braço do pai, claramente incapacitado de afastar um sorriso enorme do rosto. O cabelo dela tinha sido tingido de uma cor mais escura, e os olhos pareciam da mesma cor quente. Na garganta havia um rubi do tamanho de um ovo de pássaro, preso em ouro e contrastando com o tom mais claro da pele. Ela era linda e frágil. Havia uma pequena guirlanda na cabeça, feita de verbena e doces flores de manjerona. Ele podia sentir o perfume das flores enquanto Cornélia e seu pai se aproximavam. Cina soltou o braço quando os dois chegaram perto de Júlio, permanecendo um passo atrás.

– Entrego Cornélia aos seus cuidados, Caio Júlio César – disse ele formalmente.

Júlio assentiu.

– Aceito-a aos meus cuidados. – Em seguida se virou e ela piscou para ele.

Quando se ajoelharam, Júlio sentiu novamente o perfume de flores dela e não pôde se impedir de ficar olhando para sua cabeça baixa. Imaginou se a teria amado se não tivesse conhecido Alexandria, ou se a tivesse conhecido antes de ir às casas onde mulheres podiam ser compradas por uma noite ou mesmo uma hora. Não estivera preparado para aquilo, não naquela época, um ano e uma vida atrás. As orações eram um murmúrio pacífico sobre a cabeça deles, e Caio se sentiu contente. Seus olhos estavam suaves como a escuridão do verão.

O resto da cerimônia foi um borrão para ele. Os votos simples foram ditos: "Aonde você for, eu irei." Ele se ajoelhou sob as mãos do sacerdote durante o que pareceu uma eternidade, e então eles estavam ao sol, e a multidão aplaudia e gritava "*Felicitas!*", e Mário estava se despedindo dele com um forte tapa nas costas.

– Agora você é um homem, Júlio. Ou muito em breve ela vai torná-lo! – disse ele em voz alta, com um brilho no olhar. – Você tem o nome de seu pai. Ele teria orgulho de você.

Júlio devolveu o abraço com força.

– Quer que eu vá para as muralhas agora?

– Acho que podemos poupá-lo por algumas horas. Apresente-se a mim às quatro da tarde. Metela já terá terminado de chorar, imagino.

Riram um para o outro como meninos, e Júlio foi deixado por um momento, sozinho com sua noiva numa multidão que lhes dava os parabéns. Alexandria se aproximou e ele sorriu, subitamente nervoso. O cabelo escuro da garota estava amarrado com um fio de metal, e a visão dela fez sua garganta apertar. Havia muita história naqueles olhos escuros.

– É um broche lindo que você está usando – disse ele.

Ela ergueu a mão e encostou na joia.

– Você ficaria surpreso em saber quantas pessoas perguntaram sobre ele hoje. Já recebi alguns pedidos.

– Negócios no dia do meu casamento! – exclamou ele, e ela assentiu sem embaraço.

– Que os deuses abençoem sua casa – disse ela com formalidade.

Alexandria se afastou e ele se virou, vendo Cornélia olhá-lo com ar interrogativo. Ele beijou-a.

– Ela é muito bonita. Quem é? – perguntou a noiva, sua voz traindo um toque de preocupação.

– Alexandria, uma escrava da casa de Mário.

– Ela não se comporta como uma escrava – retrucou Cornélia, hesitante.

– Estou ouvindo ciúme? – indagou Júlio rindo.

Cornélia não sorriu, e ele segurou suas mãos gentilmente.

– Você é tudo que eu quero. Minha linda esposa. Venha à nossa nova casa e eu a mostrarei.

Cornélia relaxou quando ele a beijou, decidindo descobrir tudo que poderia sobre a jovem escrava com a joia.

A CASA NOVA não tinha móveis nem escravos. Eles eram os únicos, e suas vozes ecoavam. A cama era um presente de Metela, feita de madeira escura esculpida. Pelo menos havia um colchão sobre o estrado e lençóis macios.

Durante alguns minutos eles pareceram desajeitados, incômodos com o peso dos novos títulos.

– Acho que você poderia tirar minha toga, esposa – disse Júlio com a voz leve.

– Tirarei, esposo. Você poderia desatar meu cabelo, talvez.

Então a velha paixão retornou e a falta de jeito foi esquecida durante toda a tarde, enquanto o calor aumentava lá fora.

Júlio ofegou, o cabelo úmido de suor.

– Estarei exausto esta noite – disse entre duas respirações.

Uma leve ruga franziu a testa de Cornélia.

– Vai ter cuidado?

– De jeito nenhum. Vou me jogar no conflito. Talvez eu próprio comece uma batalha, só para impressionar você.

Os dedos dela traçaram uma linha no peito dele, encrespando a pele lisa.

– Você poderia me impressionar de outros modos.

– Agora não – gemeu ele –, espere um pouco.

Os olhos dela brilharam com malícia enquanto movia os dedos delicados.

– Talvez eu fique impaciente demais para esperar. Acho que posso despertar seu interesse.

Depois de alguns instantes ele gemeu de novo, amarrotando os lençóis com as mãos apertadas.

ÀS QUATRO HORAS Júlio estava batendo na porta do alojamento, mas disseram que o general tinha voltado à muralha, caminhando por uma seção depois da outra. Júlio havia trocado a toga por um uniforme simples de legionário, de tecido e couro. Seu gládio estava pendurado no cinto e ele carregava um elmo sob o braço. Sentia a cabeça ligeiramente leve depois das horas passadas com Cornélia, mas descobriu que era capaz de deixar aquele desejo num compartimento dentro de si. Voltaria para ela como o jovem amante, mas naquele momento era um soldado, sobrinho de Mário, treinado por Rênio.

Encontrou Mário conversando com um grupo de oficiais e ficou a alguns passos de distância, observando os preparativos. Mário tinha dividido sua legião em pequenos grupos móveis de 16 homens, cada um com tarefas definidas, mais flexíveis que ter cada homem de cada centúria na muralha. Todos os batedores informavam que Sila vinha em linha reta para a cidade, sem qualquer tentativa de negacear ou confundir. Parecia que arriscaria um ataque direto, mas Mário ainda suspeitava de algum outro plano que se tornaria evidente quando o exército surgisse à vista. Terminou de dar as últimas ordens e apertou a mão de cada oficial antes que eles fossem para seus postos. O sol tinha descido abaixo do zênite e havia apenas algumas horas até o início da noite.

Virou-se para o sobrinho e riu de sua expressão séria.

– Quero que você percorra a muralha comigo com novos olhos. Diga tudo que puder melhorar. Observe os homens, suas expressões, o modo como se comportam. Avalie o moral.

Júlio continuava sério, e Mário suspirou, exasperado.

– E sorria, garoto. Eleve o espírito deles. – Ele se inclinou mais perto. – Muitos desses homens estarão mortos de manhã. Eles são profissionais, mas mesmo assim conhecerão o medo. Alguns não estarão felizes em enfrentar nosso próprio povo em guerra, apesar de eu ter tentado afastar os piores da primeira muralha de assalto. Diga algumas palavras para o maior número deles que você puder, sem conversas longas, apenas reconheça o que estão fazendo e elogie. Pergunte seus nomes e depois use-os ao responder. Pronto?

Júlio assentiu, empertigando-se. Sabia que o modo como se apresentava aos outros afetava a maneira como o viam. Se caminhasse com os ombros e a coluna eretos, os homens o levariam a sério. Lembrou-se de seu pai ensinando aos garotos como liderar soldados.

– Mantenham a cabeça erguida e não peçam desculpas a não ser que seja absolutamente necessário. E nesse caso façam isso apenas uma vez, em voz alta e clara. Jamais gemam, jamais implorem, jamais reclamem. Pensem antes de falar com um homem e, quando necessário, usem poucas palavras. Os homens respeitam o silêncio; desprezam quem fala demais.

Rênio tinha ensinado como matar um homem do modo mais rápido e eficiente possível. Júlio ainda estava aprendendo a conquistar lealdade.

Caminharam lentamente por um trecho da muralha, parando e falando com cada soldado e passando alguns minutos a mais com o líder da seção, ouvindo ideias e sugestões e elogiando a prontidão dos homens.

Júlio captou olhares e sustentou-os enquanto assentia. Os soldados o cumprimentavam, com tensão evidente. Ele parou perto de um homenzinho de peito largo que ajustava uma poderosa besta de metal, encravada na própria pedra da muralha.

– Qual é o alcance?

O soldado prestou continência habilmente.

– Com o vento por trás, trezentos passos, senhor.

– Excelente. A máquina pode ser apontada?

– Um pouco, por enquanto nada de preciso. A oficina está trabalhando num pedestal móvel.

– Ótimo. Ele parece realmente uma coisa mortal.

O soldado sorriu orgulhoso e passou um trapo sobre o mecanismo de guincho que faria os braços pesados recuarem até a trava.

– Ela, senhor. Uma coisa tão perigosa assim só pode ser feminina.

Júlio deu um risinho enquanto pensava em Cornélia e em seus músculos doloridos.

– Qual é o seu nome, soldado?

– Lépido, senhor.

– Vou querer ver quantos inimigos ela derruba, Lépido.

O homem sorriu novamente.

– Ah, serão alguns, senhor. Ninguém entrará em minha cidade sem a permissão do general.

– Muito bem.

Júlio foi em frente, sentindo um pouco mais de confiança. Se todos os homens fossem tão firmes quanto Lépido, não poderia haver no mundo um exército capaz de tomar Roma. Alcançou o tio, que estava aceitando uma bebida de uma garrafa de prata e cuspindo o conteúdo.

– Doce Marte! O que é isso? Vinagre?

O oficial lutou para não sorrir.

– Ouso dizer que o senhor está acostumado a safras melhores, senhor. A alma está um pouco grosseira.

– Grosseira! Veja bem, ela esquenta – disse Mário, inclinando a garrafa mais uma vez. Finalmente enxugou a boca com as costas da mão. – Excelente. Mande um bilhete para o intendente de manhã. Creio que uma garrafinha para os oficiais deve ser a coisa certa para o frio das noites de inverno.

– Certamente, senhor – respondeu o homem, franzindo a testa ligeiramente enquanto tentava calcular os lucros que teria como único fornecedor para sua legião. A resposta obviamente o satisfez, e ele fez uma saudação elegante enquanto Júlio passava.

Finalmente Mário chegou à escada que descia até a rua no fim da seção. Júlio tinha falado ou cumprimentado com a cabeça cada um dos cerca de cem soldados naquela parte da muralha. Seus músculos faciais estavam rígidos e ele sentia um pouco do orgulho do tio. Aqueles eram homens bons, e era fantástico saber que estavam prontos para colocar a vida às suas ordens. O poder era algo sedutor, e Júlio gostava do calor do poder que irradiava de seu tio. Sentiu uma empolgação crescente enquanto esperava com sua cidade a chegada de Sila e da escuridão.

ESTREITAS TORRES de madeira tinham sido postas a intervalos em volta da cidade. À medida que o sol se punha, um vigia gritou de uma delas, e a notícia foi passada numa velocidade feroz. O inimigo estava no horizonte, marchando para a cidade. Os portões foram fechados.

– Finalmente! A espera estava me irritando – gritou Mário, saindo rapidamente de seu alojamento enquanto as trombetas de aviso soavam pela cidade, notas longas como gemidos.

As reservas ocuparam suas posições. Os poucos romanos que ainda estavam nas ruas correram para suas casas, trancando as portas e pondo barricadas contra os invasores. O povo se importava pouco com quem governava a cidade, desde que suas famílias estivessem em segurança.

As reuniões do Senado tinham sido adiadas naquele dia, e os senadores também estavam em seus palacetes espalhados pela cidade. Nenhum deles tinha tomado as estradas para o oeste, mas alguns haviam mandado as famílias para longe, para propriedades no campo, em vez de deixá-las correndo risco. Alguns se levantaram com sorrisos tensos, foram para os balcões e olharam para o horizonte enquanto as trombetas gemiam pela cidade que ia escurecendo. Outros se deitavam em banheiras ou camas, e tinham escravos para aliviar os músculos tensos de medo. Roma nunca fora atacada em sua história. Eles sempre tinham sido fortes demais. Até Aníbal tinha preferido enfrentar as legiões romanas no campo, em vez de atacar a cidade propriamente dita. Fora preciso um homem como Cipião para cortar a cabeça dele e do irmão. Teria Mário a mesma capacidade, ou seria Sila a segurar Roma em sua mão sangrenta no final? Um ou dois dos senadores queimavam incenso em seus altares privados, para os deuses domésticos. Haviam apoiado Mário enquanto este ia segurando Roma com mais força, obrigados a ficar a seu lado em público. Muitos tinham apostado a vida em seu sucesso. Sila nunca fora um homem de perdoar.

28

Tochas foram acesas por toda a cidade enquanto a noite caía. Júlio imaginou o que os deuses veriam se olhassem para baixo, um grande olho brilhante na negra vastidão da Terra? Olhamos para cima enquanto eles olham para baixo, pensou.

Estava junto de Cabera, no nível do chão, ouvindo a notícia gritada pelos vigias da muralha e repassada cada vez mais para dentro da cidade, uma veia de informação para os que não podiam ver nem ouvir coisa alguma. Por cima, apesar dos ruídos próximos, podia-se ouvir o barulho distante de milhares de homens armados e cavalos em movimento. O som preenchia a noite suave e ficava mais alto à medida que eles se aproximavam.

Agora não havia dúvida. Sila estava trazendo sua legião pela Via Sacra até os portões da cidade, sem qualquer tentativa de subterfúgio. Os vigias informaram sobre uma serpente de homens iluminada por tochas, estendendo-se por quilômetros na escuridão, com a cauda desaparecendo nos morros. Era uma formação de marcha para terras amigáveis, não uma aproximação cuidadosa para chegar perto de um inimigo. A confiança daquela marcha fez com que muitos levantassem as sobrancelhas e imaginassem o que, afinal, Sila estava planejando. Uma coisa era certa: Mário não era homem de se acovardar diante da confiança.

SILA APERTOU os punhos entusiasmado enquanto os portões e as muralhas da cidade-fortaleza começavam a brilhar com a luz refletida de sua legião. Milhares de guerreiros e metade desse número em pessoal de apoio marchavam pela noite. O ruído era rítmico e ensurdecedor, a batida dos pés na estrada de pedra ecoando pela cidade e pela noite. Os olhos de Sila brilhavam nas chamas das tochas, e ele levantou casualmente a mão direita. O sinal foi repassado, com grandes trombetas uivando no escuro, provocando respostas por toda a serpente de soldados.

Parar uma legião em movimento requeria habilidade e treino. Cada seção precisava se imobilizar em ordem, ou o resultado seria um empilhamento, com a precisão perdida no caos. Sila se virou e olhou para o morro, assentindo satisfeito enquanto cada centúria se imobilizava, com as tochas seguras em mãos imóveis. Demorou quase meia hora desde o primeiro sinal até as últimas fileiras, mas finalmente todos estavam parados na Via Sacra, e o silêncio natural do campo pareceu fluir de volta sobre eles. Sua legião esperava as ordens, brilhando em ouro.

Sila varreu o olhar sobre as fortificações, imaginando os sentimentos confusos dos homens e cidadãos lá dentro. Eles estariam imaginando o motivo de sua parada, sussurrando nervosos um para o outro, passando a notícia para os que não podiam ver aquela procissão grandiosa. Os cidadãos ouviriam as trombetas ecoando e ficariam esperando o ataque a qualquer momento.

Sorriu. Mário também estaria inquieto, esperando o próximo movimento. Ele precisaria esperar, aquela era a fraqueza principal da posição fortificada – só era possível se defender e representar um papel passivo.

Sila se demorou sinalizando para que lhe levasssem vinho fresco. Ao fazer isso notou a postura bastante rígida de um tocheiro. Por que o homem estaria tão tenso? Inclinou-se para a frente na sela e notou o fino fio de óleo fervente que tinha escapado da tocha e escorria lentamente para a mão nua do escravo. Sila observou os olhos do homem saltando para o líquido quente. Haveria chama no óleo escorrido? Sim, o calor seria terrível; o óleo iria se grudar enquanto queimava. Sila observou com interesse, notando o suor na testa do homem e apostando consigo mesmo o que aconteceria quando o calor tocasse a pele.

Ele acreditava em presságios nesses momentos; diante das próprias portas de Roma sabia que os deuses estariam olhando. Seria aquilo uma mensagem deles, um sinal para Sila interpretar? Certamente ele era amado pelos deuses, como demonstrava sua posição elevada. Seus planos estavam feitos, mas o desastre sempre era possível com um homem como Mário. As chamas tremulantes no óleo tocaram a pele do escravo. Sila ergueu uma sobrancelha, a boca se retorcendo de surpresa. Apesar da agonia óbvia, o homem se manteve imóvel como uma rocha, deixando o óleo passar pelos nós dos dedos e continuar o caminho até o pó da estrada. Sila pôde ver as chamas iluminarem a mão com um suave brilho amarelo, e no entanto o escravo não se movia!

– Escravo! – gritou ele.

O homem se virou para olhar o senhor.

Satisfeito, Sila sorriu diante da firmeza dele.

– Está dispensado. Banhe essa mão. Sua coragem é um bom presságio para esta noite.

O homem assentiu agradecido, apagando as chamas minúsculas com a outra mão. E saiu rapidamente, com o rosto vermelho e ofegando por ser liberado. Sila aceitou graciosamente uma taça de prata e brindou às muralhas da cidade, com os olhos sombrios enquanto a virava e provava o vinho. Nada a fazer agora além de esperar.

MÁRIO SEGUROU irritado a borda da grossa muralha.

– O que ele está fazendo? – murmurou consigo mesmo. Podia ver a legião de Sila estendendo-se pela distância, parada a poucas centenas de passos da porta que se abria para a Via Sacra. À sua volta seus homens esperavam, tensos como ele.

– Eles estão fora do alcance dos projéteis, general – observou um centurião.

Mário controlou um ataque de mau humor.

– Eu sei. Se eles chegarem ao alcance, comecem a atirar imediatamente. Acertem-nos com tudo. Eles nunca tomarão a cidade naquela formação.

Não fazia sentido! Só uma frente larga tinha chance contra um inimigo bem preparado. A marcha em ponta de lança simples não tinha chance de romper as defesas. Apertou o punho em fúria. O que tinha deixado de ver?

– Toquem as trombetas no momento em que alguma coisa mudar – ordenou ao líder de seção e voltou através das fileiras até a escada que descia à cidade abaixo.

Júlio, Cabera e Tubruk esperaram pacientemente Mário chegar, observando-o enquanto ele conferenciava com os conselheiros, que não tinham nada de novo a oferecer, a julgar pelas cabeças balançando. Tubruk afrouxou o gládio da bainha, sentindo o nervosismo leve que sempre vinha antes do derramamento de sangue. Aquilo estava no ar, e ele ficou satisfeito por ter permanecido acordado durante o dia quente. Caio – não, agora era Júlio – quase o tinha mandado para casa no campo, mas algo nos olhos do ex-gladiador impedira a ordem.

Júlio desejou que o grupo de amigos pudesse estar completo. Teria apreciado o conselho de Rênio e o estranho senso de humor de Marco. Além disso, se realmente houvesse uma luta, havia poucas pessoas melhores de se ter ao lado. Também afrouxou a espada, raspando com barulho a lâmina contra a borda metálica da bainha algumas vezes, para liberar qualquer obstrução. Era a quinta vez que fazia isso em cinco minutos, e Cabera bateu em seu ombro, fazendo-o levar um pequeno susto.

– Os soldados sempre reclamam da espera. Eu prefiro-a à matança. – Cabera sentia os caminhos tortuosos do futuro se comprimindo pesados contra ele, e foi apanhado entre o desejo de levar Júlio para segurança e subir na muralha para enfrentar o primeiro ataque. Qualquer coisa para fazer com que os caminhos se revelassem em acontecimentos simples!

Júlio examinou a muralha, notando o número e as posições dos homens, as hábeis mudanças de guarda, os testes nas balestras e nas armas de matar exércitos. As ruas estavam silenciosas enquanto Roma prendia o fôlego, mas ainda assim nada se movia ou mudava. Mário estava batendo pernas, rugindo ordens que seria melhor serem deixadas para os homens de confiança sob seu comando. Parecia que a tensão o estava afetando.

As intermináveis correntes de carregadores finalmente estavam imóveis. Não havia mais água a ser transportada, e as pilhas de flechas e projéteis estavam todas em posição. Somente os passos ofegantes de um mensageiro vindo de outra parte da muralha rompiam a tensão a intervalos de alguns minutos. Júlio podia ver a preocupação no rosto de Mário, quase piorada pela notícia de que nada estava acontecendo. Estaria Sila realmente disposto a arriscar o pescoço com uma entrada legal na cidade? Sua coragem poderia render admiradores se ele fosse pessoalmente até as portas, mas Júlio tinha certeza de que ele seria morto por uma flecha "acidental" quando se aproximasse. Mário não deixaria uma serpente tão perigosa viva se ela chegasse ao alcance de um arco.

Seus pensamentos foram interrompidos quando um mensageiro passou rapidamente. Naquele momento a cena mudou. Júlio viu com horror consternado quando homens da seção mais próxima da muralha foram subitamente dominados por trás, por seus próprios companheiros. Tão atentos estavam na legião que esperava lá fora que uma grande quantidade caiu em alguns segundos. Carregadores de água largaram os baldes e enfiaram adagas nos soldados mais próximos, matando homens antes mesmo de estes perceberem que estavam sob ataque.

– Deuses! – sussurrou. – Eles já estão dentro!

No momento em que desnudou seu gládio e sentiu, mais que viu, Tubruk fazer o mesmo, viu uma flecha incendiada se iluminar calmamente num braseiro e subir na noite. Enquanto ela fazia um arco acima, o silêncio do assassinato foi quebrado. Fora das muralhas a legião de Sila rugiu como se o inferno tivesse se rompido.

Na escuridão da rua abaixo, Mário estivera de costas para a muralha quando notou a expressão dolorida de um centurião. Girou a tempo de ver o homem gadanhando o ar, empalado numa adaga longa que tinha sido enfiada em suas costas.

– O que é isso? Sangue dos deuses... – Ele inalou um enorme hausto de ar para alertar as seções mais próximas e, ao fazer isso, viu uma flecha em chamas subir no negrume da noite sem estrelas.

– A mim! Primogênita, para a porta! Sustentem a porta! Soem o alarme total! Eles estão vindo!

Sua voz estalou, mas os tocadores de trombetas estavam caídos em poças de seu próprio sangue. Um ainda lutou com os agressores, agarrando-se ao fino tubo de bronze apesar dos golpes malignos que seu corpo sofria. Mário pegou a espada que estava em sua família havia gerações. Seu rosto estava negro de fúria. Os dois homens estavam mortos e Mário levou a trombeta aos lábios, sentindo o gosto do sangue no metal.

Ao seu redor, no escuro, outras trombetas responderam. Sila tinha vencido o primeiro momento, mas ele prometeu que nada estava terminado.

JÚLIO VIU que o grupo vestido de mensageiros estava armado e convergindo para onde Mário se encontrava com uma trombeta ensanguentada e a espada brilhante já escura de sangue. A muralha se erguia atrás dele, tremulando com as sombras das tochas.

– Comigo! Eles estão querendo pegar o general na confusão – rosnou para Tubruk e Cabera, atacando a parte de trás do grupo enquanto gritava.

Seu primeiro golpe pegou no pescoço um dos homens, que corria, quando pararam para passar por grupos em luta. Finalmente os homens de Mário pareciam ter acordado para o fato de que o inimigo estava sob disfarce, mas a luta era difícil e, em meio às cores relampejantes e aos golpes do combate, nenhum homem sabia quais grupos eram amigos e quais eram inimigos. Era uma trama devastadora, e dentro das muralhas tudo era caos.

Júlio passou sua lâmina pelo músculo de uma coxa, na corrida pisando o corpo que desmoronou, e sentindo satisfação quando ossos escorregaram e se partiram sob sua sandália. A princípio ficou surpreso ao ver que o grupo não parava para lutar, mas rapidamente percebeu que tinham ordens para assassinar Mário e não estavam prestando atenção a qualquer outro perigo.

Tubruk derrubou outro com um salto, caindo também nas pedras do chão. Cabera, atirando a adaga, pegou mais um homem de Sila no lado do corpo e o fez cambalear. Júlio deixou sua espada fazer um movimento circular enquanto passava, e sentiu um choque satisfatório subindo pelo braço quando a arma fez contato e depois se soltou.

Adiante Mário estava sozinho, e outras figuras vestidas de preto convergiam para ele. O general rugiu num desafio ao vê-las chegando, e de repente Júlio soube que era tarde demais. Mais de cinquenta homens atacavam o general. Todos os seus soldados na área estavam mortos ou agonizantes. Um ou dois ainda gritavam frustrados, mas eles também não podiam chegar a seu tio.

Mário cuspiu sangue e catarro, e levantou a espada ameaçadoramente.

– Venham, rapazes. Não me façam esperar – rosnou com os dentes trincados, a raiva mantendo o desespero a distância.

Júlio sentiu um punho forte puxar sua gola e arrastá-lo até parar. Rugiu de raiva e sentiu o braço da espada ser batido de lado enquanto girava para enfrentar a ameaça. Pegou-se olhando o rosto sério de Tubruk.

– Não, garoto. É tarde demais. Vá embora enquanto pode.

Júlio lutou para se soltar, xingando com fúria incoerente.

– Solte-me! Mário está...

– Eu sei. Não podemos salvá-lo. – O rosto de Tubruk estava frio e pálido. – Seus homens estão longe demais. Fomos deixados de lado por um momento, mas há muitos deles. Viva para vingá-lo, Caio. Viva.

Júlio girou, ainda seguro, e a 15 metros de distância viu Mário cair sob uma massa de corpos, alguns dos quais estavam frouxos e aparentemente sem ossos, mortos por seus golpes. Os outros tinham porretes, ele viu, e batiam incessantemente no general, espancando-o numa ferocidade insensata.

– Não posso fugir – disse Júlio.

Tubruk xingou.

– Não, mas pode recuar. Esta batalha está perdida. A cidade está perdida. Olhe, os traidores de Sila estão nos portões. A legião estará em cima de nós se não nos mexermos agora. Venha. – Sem esperar mais argumentos, Tubruk pegou o jovem pelas axilas e começou a puxá-lo para longe, com Cabera pegando o outro braço.

– Vamos pegar os cavalos e atravessar a cidade até uma das outras portas. Depois vamos para o litoral, pegar a galera de uma legião. Você deve ir para longe. Poucos dos que apoiaram Mário estarão vivos de manhã – continuou Tubruk, sério.

O jovem estava quase frouxo, seguro por ele, e então se enrijeceu de medo enquanto a noite se enchia de outras formas negras ao redor. Espadas foram apertadas contra suas gargantas e Júlio se retesou esperando a vinda da dor, quando uma ordem rompeu a noite.

– Esses, não. Eu os conheço. Sila ordenou que fossem deixados vivos. Peguem as cordas.

Eles lutaram, mas não havia o que fazer.

MÁRIO SENTIU sua espada ser puxada da mão e ouviu o barulho quando ela foi largada nas pedras perto dali. Sentia os golpes surdos dos porretes não como dor, mas simplesmente como impactos, fazendo a cabeça bater de um lado para o outro em meio ao aperto dos corpos. Sentiu uma costela se partir com a dor que parecia uma lança de gelo, então seu braço se torceu e o ombro se deslocou com um estalo. Voltou à consciência e afundou novamente quando alguém bateu em seus dedos, quebrando-os. Onde estavam seus homens? Sem dúvida viriam salvar sua vida. Não era assim que deveria ser, não era desse modo que ele vira seu fim. Aquele não era o homem que tinha entrado em Roma adiante do grande triunfo, usando púrpura e atirando moedas de prata para o povo que o amava. Agora não passava de uma coisa partida da qual escorria o sangue e a vida para as pedras afiadas, e imaginava se algum dia seus homens viriam salvá-lo, ele que os amava como um pai ama os filhos.

Sentiu a cabeça puxada para trás e esperou que uma lâmina passasse pela garganta exposta. Ela não veio, e depois de longos segundos de agonia seus olhos se concentraram na massa negra e ameaçadora da porta da Sacra. Figuras enxameavam até lá, e corpos estavam dobrados sobre ela como um traje obsceno. Ele viu a barra gigantesca ser levantada por grupos de homens e depois a fresta de luz de tochas brilhando. O grande portão se abriu, e a legião de Sila estava ali parada, ele próprio à frente, usando um aro de ouro para prender o cabelo e uma toga branca com sandálias douradas. Mário piscou para afastar o sangue dos olhos e ouviu a distância um entrechoque renovado de armas quando a Primogênita veio de toda a cidade num jorro para salvar seu general.

Era tarde demais. O inimigo já estava dentro, e ele tinha perdido. Iriam queimar Roma, ele sabia. Nada poderia impedir isso agora. Suas tropas seriam derrotadas e haveria uma chacina, com a cidade pilhada e destruída. Amanhã, se Sila ainda vivesse, herdaria um manto de cinzas.

O aperto no cabelo de Mário se intensificou, para levantar mais sua cabeça, uma dor distante em meio a todas as outras. Mário sentiu uma raiva gélida do homem que caminhava tão poderosamente até ele, mas era uma raiva misturada com o respeito por um inimigo valoroso. Um homem não era julgado por seus inimigos? Então Mário era realmente grande. Seus pensamentos vaguearam e voltaram, nublados pelos golpes violentos. Perdeu a consciência apenas por um segundo, voltando a si quando um soldado de rosto brutal deu tapas em suas bochechas, fazendo careta para o sangue que saiu em suas mãos. O homem começou a enxugá-las na túnica imunda, mas uma voz forte e clara soou.

– Tenha cuidado, soldado. Suas mãos têm o sangue de Mário. Creio que é necessário um pouco de respeito.

O homem olhou boquiaberto para o conquistador, claramente sem conseguir compreender. Deu alguns passos para a multidão crescente de soldados, mantendo as mãos rigidamente longe do corpo.

– Tão poucos entendem, não é, Mário, o que é nascer para ser grande. – Sila se moveu de modo que Mário pudesse olhá-lo no rosto. Seus olhos brilhavam com uma satisfação que Mário tinha esperado jamais ver. Desviando o olhar, ele juntou o sangue da garganta e deixou que escorresse para o queixo. Não havia energia para cuspir, e ele não tinha desejo de trocar sutilezas secas nos momentos anteriores à morte. Imaginou se Sila pouparia Metela, e soube que provavelmente não. Júlio... esperava que ele tivesse escapado, mas provavelmente seu sobrinho também era um dos corpos que os rodeavam.

Os sons da batalha cresceram ao fundo, e Mário ouviu o próprio nome sendo entoado enquanto seus homens lutavam para chegar a ele. Tentou não sentir esperança; era doloroso demais. A morte viria em segundos. Seus homens só poderiam ver seu cadáver.

Sila bateu nos dentes com uma unha, o rosto pensativo.

– Sabe, qualquer outro general eu simplesmente executaria e depois negociaria com a legião para cessar hostilidades. Afinal de contas, sou cônsul e estou em meus direitos. Deve ser simples permitir que as forças opostas se recolham para fora da cidade e levar meus homens para o alojamento. Mas acredito que seus homens continuarão até que o último deles esteja de pé, o que custaria mais centenas dos meus. Você não é o general do povo, amado pela Primogênita? – Ele bateu nos dentes de novo, e Mário lutou para se concentrar e ignorar a dor e o cansaço que ameaçavam arrastá-lo de volta para a escuridão. – Com você, Mário, devo usar uma solução especial. Esta é minha oferta. Ele pode me ouvir? – perguntou a um dos homens que Mário não podia ver. Mais tapas o acordaram do estupor. – Ainda está conosco? Diga a seus homens que aceitem minha autoridade legal como cônsul de Roma. A Primogênita deve se render e minha legião deve ter o direito de se alojar na cidade sem incidente ou ataque. Eles já estão aqui de qualquer modo, você sabe. Se fizer isso, permitirei que você viva em Roma com sua mulher, protegido por minha honra. Se recusar, nenhum de seus homens será deixado vivo. Vou destruí-los de rua em rua, de casa em casa, junto com todos que lhe demonstraram favor ou apoio, com suas esposas, filhos e escravos. Resumindo, vou apagar seu nome dos anais da cidade, de modo que não sobreviva nenhum homem que o chamou de amigo. Entende, Mário? Ponham-no de pé e o sustentem. Deem-lhe água para aliviar a garganta.

Mário ouviu as palavras e tentou mantê-las nos pensamentos redemoinhantes, com peso de chumbo. Não confiava na honra de Sila mais que até a distância de um cuspe, mas sua legião seria salva. Eles seriam mandados para longe de Roma, claro, teriam alguma tarefa degradante guardando minas de estanho no norte distante contra os selvagens que se pintavam, mas ficariam vivos. Ele tinha jogado e perdido. O desespero sombrio o preencheu, tornando forte o gume da dor enquanto ossos partidos se mexiam sob o aperto violento dos homens de Sila, homens que não teriam ousado encostar um dedo nele havia apenas um ano. Seu braço pendia frouxo, entorpecido e parecendo separado do corpo, mas isso não importava mais. Um último pensamento o impediu de falar imediatamente. Deveria se demorar na esperança de que seus homens pudessem vencer e fazer com que a situação pendesse para seu lado? Virou a cabeça e viu a massa dos homens de Sila se abrindo em leque para garantir a posse das ruas na área e percebeu que a chance de uma retaliação rápida havia desaparecido. De agora em diante seria o tipo de luta mais sujo, mais maligno, e a maior parte de sua legião ainda estava nas muralhas em volta da cidade, incapaz de entrar na luta. Não.

– Concordo. Dou minha palavra. Deixe meus homens mais próximos me virem, para que eu possa lhes dar a ordem.

Sila assentiu, o rosto contraído de suspeita.

– Milhares morrerão se você disser uma inverdade. Sua mulher será torturada até a morte. Deixe que isso tenha um fim. Tragam-no.

Mário gemeu de dor enquanto era arrastado da sombra da muralha para onde o clamor de armas era intenso.

Sila assentiu para seus auxiliares.

– Soem o toque de interromper luta – disse com rispidez, a voz traindo o primeiro nervosismo desde que Mário o tinha visto. As trombetas soaram e imediatamente a primeira e segunda fileiras recuaram dois passos do inimigo, mantendo posição com as espadas sangrentas.

A legião de Mário tinha deixado as muralhas do lado sudeste da cidade, vindo num enxame pelas ruas. Os homens se juntavam em cada beco e cada rua, os olhos brilhantes de fúria e sede de sangue. Atrás dele, a cada segundo, mais outros se reuniam enquanto as muralhas da cidade ficavam sem defensores. Quando Mário foi levantado para falar, um grande uivo brotou de seus homens, um ruído animal de vingança. Sila se manteve firme, mas os músculos ao redor dos olhos se retesaram em resposta. Mário respirou fundo para falar e sentiu a pressão de uma adaga na coluna.

– Primogênita. – A voz de Mário era um grasnido, e ele tentou de novo, encontrando a força. – Primogênita. Não há desonra. Nós não fomos traídos, e sim atacados pelos homens de Sila que foram deixados para trás. Agora, se vocês me amam, se algum dia me amaram, *matem todos eles e queimem Roma*!

Ele ignorou a agonia da adaga rasgando a carne, mantendo-se forte diante de seus homens por um longo momento enquanto eles rugiam num júbilo feroz. Então seu corpo desmoronou.

– Fogos do inferno! – rugiu Sila quando a Primogênita se adiantou. – Formem fileiras de quatro. Formação de escaramuça e lutem. Sexta companhia comigo. Atacar! – Desembainhou a espada enquanto a companhia mais próxima se juntava ao redor para protegê-lo. Já podia sentir o cheiro de sangue e fumaça no ar, e ainda faltavam horas para a madrugada.

29

Marco olhou por cima do parapeito, forçando os olhos para as distantes fogueiras do acampamento inimigo. Era uma terra bela, mas não havia nada de suave. Os invernos matavam os velhos e fracos e até os arbustos tinham um ar encolhido, derrotado, grudando-se às fendas íngremes das passagens nas montanhas. Depois de mais de um ano como batedor nas colinas, sua pele era de um castanho escuro e o corpo encordoado com músculos rijos. Tinha começado a desenvolver o que os soldados mais velhos chamavam de "coceira", a capacidade de farejar uma emboscada, de ver um rastreador e se mover sem ser visto sobre pedras no escuro. Todos os rastreadores experientes tinham a coceira, e se isso não acontecesse dentro de um ano nunca a iriam adquirir, e nunca seriam de primeira classe.

Marco fora promovido para comandar oito homens depois de ter descoberto com sucesso uma emboscada dos bárbaros peles-azuis, dirigindo seus batedores ao redor e chegando por trás do inimigo. Seus homens os haviam cortado em pedaços e só depois alguém observou que eles tinham seguido o líder sem argumentar. Era a primeira vez que ele vira os nômades selvagens tão de perto, e a visão de seus rostos tingidos de azul ainda penetrava nos sonhos depois de uma comida ruim ou de um vinho barato.

A política da região era controlar e pacificar a área, o que na prática significava carta branca para matar quantos selvagens pudessem. As atrocidades eram comuns. Guardas romanos se perdiam e eram encontrados empalados, com as entranhas expostas ao sol brutal. A misericórdia e a gentileza eram rapidamente destruídas no calor, no pó e nas moscas. A maioria das ações eram pequenas – não era possível uma batalha organizada, do tipo tão amado pelos legionários romanos, num terreno tão hostil e irregular. As patrulhas saíam e voltavam com duas cabeças ou alguns homens a menos. Parecia um impasse, com nenhum dos lados tendo força para o extermínio.

Depois de 12 meses assim, os ataques contra as caravanas de suprimentos subitamente se tornaram mais frequentes e brutais. Junto com várias outras unidades, os homens de Marco tinham sido acrescentados aos guardas encarregados dos suprimentos, para garantir que os barris d'água e as provisões salgadas chegassem aos postos mais isolados.

Sempre fora claro que aquelas construções eram farpas sob a pele dos bárbaros, e os ataques contra os pequenos fortes de pedra nos morros eram comuns. A legião substituía os homens estacionados nesses postos a intervalos regulares e muitos voltavam ao acampamento permanente com histórias terríveis sobre cabeças jogadas por sobre os parapeitos ou notícias de sangue encontrado nas muralhas quando o sol nascia.

A princípio os serviços de guarda de caravana não tinham sido onerosos para Marco. Cinco de seus homens eram experientes, tranquilos e realizavam as tarefas sem alarde ou reclamação. Dos outros três, Japek reclamava constantemente, parecendo não se importar por não ser apreciado pelos outros. Rúpis estava perto da aposentadoria e fora rebaixado de posto depois de algum fracasso no comando, e o terceiro era Pépis. Cada um apresentava diferentes problemas, e Rênio apenas balançou a cabeça quando Marco pediu conselho.

– São seus homens, resolva você – foram suas únicas palavras sobre o assunto.

Marco tinha tornado Rúpis seu segundo no comando, encarregado de quatro dos homens, na esperança de que aquilo restaurasse um pouco do orgulho dele. Em vez disso Rúpis pareceu receber o cargo como algum insulto obscuro, e praticamente ria de desprezo sempre que Marco lhe dava uma ordem. Depois de pensar um pouco, Marco tinha ordenado que Japek anotasse cada uma de suas reclamações à medida que elas lhe ocorressem, formando um catálogo que ele permitiria que Japek apresentasse ao centurião no acampamento permanente. O sujeito era famoso por não suportar idiotas, e Marco ficou satisfeito ao notar que nenhuma reclamação fora para o pergaminho que tinha mandado pegar no depósito da legião. Um pequeno triunfo, talvez, mas estava lutando para aprender as habilidades de lidar com pessoas ou, como dizia Rênio, fazer com que elas fizessem o que você queria sem ficarem chateadas a ponto de fazer malfeito. Quando pensava nisso, Marco sorria diante do fato de que Rênio era o único professor de diplomacia que tivera.

Pépis era o tipo de problema que não poderia ser resolvido com algumas palavras ou um soco. Ele tivera um início promissor no alojamento permanente, crescendo depressa em tamanho e compleição com boa comida e exercício. Infelizmente tinha tendência a roubar dos depósitos, com frequência levando o produto dos roubos para Marco, o que lhe causara enorme embaraço. Nem o fato de ser obrigado a devolver tudo que pegara e de ter levado uma surra pequena mas forte com chicotadas curara Pépis do hábito, e eventualmente o centurião da Punho de Bronze, Leônides, tinha mandado o garoto a Marco com um bilhete que dizia: "*Sua responsabilidade. De volta a você.*"

O serviço de guarda havia começado bem, com o tipo de eficiência que Marco tinha começado a ver como coisa garantida, mas que ele achou que não era o padrão em todo o império. Tinham partido uma hora antes do alvorecer, seguindo pelos caminhos que levavam aos escuros morros de granito. Quatro carros de boi tinham sido carregados com barris bem amarrados, e 32 soldados foram postos no serviço de guarda. Estavam sob o comando de um velho batedor chamado Péritas, que tinha vinte anos de experiência e não era idiota. No total era uma força formidável, seguindo pelos caminhos sinuosos dos morros, e apesar de Marco ter sentido olhos ocultos sobre eles quase desde o início, era um sentimento ao qual se acostumara rapidamente. Sua unidade recebeu a tarefa de atuar como batedores, e Marco estava liderando dois dos homens por um íngreme barranco de pedras soltas e musgo seco quando chegaram cara a cara com umas cinquenta figuras com a pele pintada de azul, totalmente armadas para a guerra.

Durante alguns segundos os dois grupos meramente se olharam boquiabertos, e então Marco se virou e desceu correndo a encosta, com seus dois companheiros apenas ligeiramente mais lentos. Atrás deles um grande grito se ergueu, tornando desnecessário qualquer chamado de alerta para a caravana. Os peles-azuis se derramaram por cima da borda da laje escondida e caíram sobre os guardas da caravana com suas espadas longas levantadas e gritos selvagens cortando o ar da montanha.

Os legionários não pararam para admirar. Enquanto os peles-azuis atacavam, flechas foram postas nos arcos e uma onda de morte passou zumbindo sobre a cabeça de Marco e de seus homens, dando-lhes tempo de chegar ao caminho e se virar para enfrentar o inimigo. Marco se lembrou de ter desembainhado o gládio e de ter matado um guerreiro que gritara para ele no momento em que enfiara a lâmina em sua garganta.

Por um momento os legionários foram suplantados. Sua força estava nas unidades, mas no caminho difícil era cada homem por si, e havia poucas oportunidades de juntar os escudos com outro. Mesmo assim Marco viu que cada romano estava de pé e golpeando, o rosto sério e sem ceder diante do horror azul da tribo. Mais homens caíram de ambos os lados, e Marco se viu de costas para uma carroça, abaixando-se sob uma espada para enterrar sua lâmina curta numa barriga azul e ofegante, empurrando-a de lado. Os intestinos pareciam de um amarelo vivo que contrastava com a tintura azul, percebeu alguma parte dele enquanto se defendia de outros dois. Cortou a mão de um deles na altura do pulso e talhou mais um guerreiro na virilha enquanto este tentava saltar na carroça. O bárbaro que rosnava caiu na poeira sufocante e Marco pisoteou-o às cegas, cortando o bíceps do próximo. Aquilo pareceu demorar muito tempo e, quando os inimigos finalmente pararam e correram, subindo os barrancos em busca de cobertura, Marco ficou surpreso ao ver o sol no mesmo lugar onde estava quando eles atacaram. No máximo alguns minutos haviam se passado. Olhou em volta procurando sua unidade e ficou aliviado ao ver rostos que conhecia bem, ofegando e sujos de sangue, mas vivos.

Muitos não tiveram tanta sorte. Rúpis nunca mais rosnaria de novo. Estava caído com as pernas esparramadas de encontro a uma das carroças, com um enorme sorriso vermelho aberto na garganta. Doze outros tinham sido trucidados no ataque, e em volta deles havia quase trinta dos corpos ainda azuis, pingando sangue em sua terra. Era uma visão feia, e as moscas já estavam chegando em enxames para o festim.

Enquanto Marco chamava Pépis para lhe trazer uma jarra d'água, Péritas tinha começado a montar a guarda de novo, chamando os comandantes para um rápido relatório. Marco pegou a jarra com Pépis e correu até a frente da coluna.

Parecia que o calor e a poeira tinham feito evaporar toda a umidade de Péritas no passar dos anos, deixando apenas uma espécie de madeira dura e olhos que espiavam o mundo com indiferença divertida. De todo o grupo ele era o único que estava montado. Assentiu quando Marco fez sua saudação.

– Poderíamos voltar, mas acho que vimos o pior que eles têm a oferecer no momento. Se levássemos os corpos de volta, seria uma pequena vitória para os selvagens, por isso vamos em frente. Amarrem os mortos às carroças e mudem a guarda. Quero os homens mais descansados servindo como batedores, só para o caso de surgirem mais problemas. Parabéns aos que surpreenderam o inimigo e fizeram com que ele se mostrasse antes da hora. Provavelmente salvaram algumas vidas romanas. São menos de cinquenta quilômetros até o forte na colina, por isso é melhor nos apressarmos. Alguma pergunta?

Marco olhou o horizonte. Não havia o que perguntar. Homens morriam, eram cremados e mandados de volta a Roma. Essa era a vida no exército. Os que sobreviviam recebiam promoções. Ele não percebera que havia tanta sorte envolvida quanto parecia haver, mas Rênio tinha assentido ao ser perguntado, e observou que, ainda que os deuses pudessem ter prediletos heroicos, uma flecha não se importa com quem ela mata.

O VERDADEIRO PROBLEMA começou quando a companhia depauperada chegou aos últimos quilômetros da viagem. Tinham começado a ver peles-azuis vigiando-os do mato baixo, um lampejo de cor aqui e ali. Não tinham gente bastante para mandar uma unidade atacar, e os peles-azuis nunca tinham usado armas com projéteis, por isso os legionários simplesmente os ignoravam e mantinham as mãos nas espadas.

Quanto mais perto chegavam do forte, mais inimigos podiam ver. Pelo menos vinte mantinham o passo num nível mais elevado que o caminho, usando as árvores e o mato baixo como cobertura, ocasionalmente saindo em espaço aberto para gritar e zombar dos sérios soldados de Roma. Péritas, sem tirar a mão do punho da espada, franziu a testa enquanto seu cavalo continuava trotando.

Marco ficava esperando uma lança ser atirada. Imaginava um dos guerreiros azuis mirando-o e praticamente podia ver o ponto entre as omoplatas onde a ponta entraria. Eles certamente carregavam lanças, mas pareciam evitar atirá-las, ou pelo menos era o que acontecera no passado. Mas isso não fazia com que aquele ponto parasse de coçar. Começou a desejar que o forte estivesse perto, e ao mesmo tempo morria de medo do que poderiam encontrar. Mais de uma tribo devia ter se reunido; certamente nenhum dos homens tinha visto tantos peles-azuis num só lugar. Se algum deles vivesse para relatar ao resto da legião, teria de alertá-la de que as tribos tinham crescido em confiança e número.

Finalmente fizeram uma curva na trilha e viram o último segmento da jornada, oitocentos metros de caminho cada vez mais íngreme até uma pequena fortaleza numa colina cinzenta. Percorrendo as terras planas em volta do afloramento havia mais homens azuis. Alguns até estavam acampados à vista da fortaleza e observavam a caravana com olhos semicerrados. Passos nas rochas podiam ser ouvidos atrás deles, e pedras desalojadas por pés rápidos e descalços caíam e ricocheteavam no chão. Com cada homem absolutamente tenso, eles tinham começado a lenta subida até a fortaleza, os carroceiros acenando e estalando os chicotes nervosamente.

Marco não pôde ver vigias e começou a ter um sentimento sombrio de medo. Eles não conseguiriam chegar – e o que encontrariam se conseguissem?

A lenta marcha continuou até estarem suficientemente perto para ver os detalhes do forte. Ainda não havia soldados sobre as fortificações, e Marco soube, com o coração apertado, que ninguém estaria vivo lá dentro. Estava com a espada fora da bainha e balançava-a nervosamente ao caminhar.

De repente um grande uivo se ergueu de cada pele-azul em volta. Marco tinha arriscado um olhar para trás no caminho e viu o que deviam ser cem guerreiros partindo para eles.

Péritas veio cavalgando pela fila de legionários.

– Abandonem as carroças! Vão para o forte. Vão! – gritou, e de repente todos estavam correndo.

Os uivos aumentaram num júbilo selvagem atrás dele enquanto os carroceiros saltavam e corriam os últimos trinta metros. Marco segurou a espada longe do corpo e correu, não ousando olhar para trás de novo. Podia ouvir o som de pés duros e descalços e o grito agudo do ataque dos peles-azuis perto demais. Viu o portão se aproximando e passou por ele num amontoado de soldados empurrando e se embolando, virando-se imediatamente para gritar encorajamento aos homens mais vagarosos.

A maioria conseguiu. Apenas dois homens, cansados ou apavorados demais para correr, foram alcançados, virando-se no último instante como animais acuados e destruídos por muitas lâminas. O metal vermelho e úmido foi levantado em desafio enquanto os sobreviventes fechavam e trancavam o portão, e Péritas desceu de seu cavalo gritando para revistarem e garantirem a segurança do forte. Quem poderia entender o raciocínio doentio dos selvagens? Talvez eles tivessem mais homens esperando dentro, apenas pelo prazer de pegá-los quando achassem que tinham alcançado a segurança.

Mas o forte estava vazio, a não ser pelos corpos. Um destacamento de cinquenta homens cuidava de cada forte, com vinte cavalos. Homens e animais estavam caídos onde tinham sido mortos e em seguida mutilados. Até os cavalos estavam com as entranhas fétidas esparramadas no chão de pedra, e nuvens de moscas azul-escuras zumbiam no ar quando eram perturbadas. Dois homens vomitaram ao serem atingidos pelo cheiro, e o coração de Marco se encolheu ainda mais. Estavam numa armadilha, com apenas a doença e a morte no futuro. Lá fora os peles-azuis cantavam e gritavam.

30

Antes que a noite caísse, Péritas fez com que os corpos dos legionários fossem trancados num depósito vazio no porão. Os cavalos mortos representaram um problema mais difícil. Todas as armas tinham sido retiradas do forte, e não se podia encontrar um machado em lugar algum. As carcaças escorregadias podiam ser levantadas por cinco ou seis homens trabalhando juntos, mas não podiam ser carregadas pelas escadas de pedras para ser postas sobre as muralhas. No fim, Péritas havia empilhado os corpos pesados e frouxos contra o portão para atrapalhar os atacantes. Era o melhor que podiam fazer. Ninguém imaginava que sobreviveria à noite, e o medo e a resignação pairavam pesados sobre todos. Em cima da muralha, Marco olhava as fogueiras do acampamento com olhos apertados.

– O que não entendo – murmurou para Pépis – é por que deixaram que entrássemos no forte. Eles o tomaram uma vez e devem ter perdido algumas vidas, então por que não acabaram conosco na estrada?

Pépis deu de ombros.

– São selvagens, senhor. Talvez gostem de um desafio ou de nos humilhar. – O garoto continuou com sua tarefa de afiar lâminas numa pedra de amolar gasta e côncava. – Péritas disse que sentirão nossa falta no acampamento, quando não chegarmos pela manhã, e que vão mandar uma força de ataque amanhã à noite, talvez até mais cedo. Não precisaremos nos sustentar durante muito tempo, mas não acho que os peles-azuis vão nos dar esse tempo. – Ele continuou a passar a pedra numa lâmina prateada. – Acho que poderíamos sustentar este lugar durante um dia, talvez. Eles têm os números, certo, mas só isso. Veja bem. Eles conseguiram tomá-lo uma vez.

Marco parou quando um canto começou na escuridão ali perto. Se forçasse a vista, podia ver figuras dançando, as silhuetas contra as chamas das fogueiras.

– Alguém está se divertindo esta noite – murmurou.

Sua boca ficou cheia d'água. O poço do forte tinha sido envenenado com carne podre e tudo que era comestível fora retirado. Para dizer a verdade, se os reforços não chegassem em um ou dois dias, a sede faria o serviço para os peles-azuis. Talvez eles pretendessem que os romanos morressem de garganta seca ao sol escaldante. Isso combinaria com as histórias cruéis que tinha ouvido sobre eles, relembradas pelos nervosos soldados enquanto a noite caía sobre o forte.

Pépis olhou por cima da muralha, para o escuro, e fungou.

– Um deles está mijando na muralha lá embaixo – falou, com a voz entre o ultraje e a diversão.

– Cuidado. Não se incline nem levante muito a cabeça – respondeu Marco enquanto encostava sua própria cabeça na pedra áspera, tentando olhar por sobre a borda, expondo-se o mínimo possível.

Espantosamente perto e diretamente abaixo deles havia um pele-azul cambaleante, segurando suas partes e molhando o forte com urina escura em curtos arcos. A figura sorridente viu o movimento acima e pulou, recuperando-se depressa. Acenou para os dois que o olhavam e balançou a genitália na direção deles.

– Acho que o sujeito bebeu um pouco demais – murmurou Marco, rindo mesmo contra a vontade. Olhou o homem puxar um odre gordo pendurado ao redor do corpo e virá-lo na boca, derramando mais do que bebia. Tonto, o pele-azul enfiou a rolha depois da terceira tentativa e sinalizou para cima de novo, gritando alguma coisa em sua língua engrolada.

Cansado de não ter resposta, deu dois passos e caiu de cara no chão.

Marco e Pépis ficaram olhando. O sujeito estava imóvel.

– Não está morto. Dá para ver o peito se movendo. Talvez completamente bêbado – sussurrou Pépis. – Pode ser uma armadilha. Todo mundo diz que os peles-azuis são ardilosos.

– Talvez, mas eu só posso ver um deles e posso pegá-lo. Seria bom ter aquele vinho. Vou descer lá. Consiga uma corda. Posso me pendurar na muralha e voltar antes que haja perigo.

Pépis foi correndo cumprir a ordem e Marco se concentrou na figura caída e no terreno em volta. Avaliou os riscos e deu um sorriso irônico. Todos iriam morrer à noite ou de madrugada, então de que importavam os riscos? A tensão com o problema diminuiu e ele relaxou. Na morte quase certa havia algo que o acalmava. Pelo menos ele beberia alguma coisa. O odre de vinho tinha parecido suficientemente cheio para render o equivalente a uma taça para quase todos eles.

Pépis amarrou a ponta da corda e a deixou se desenrolar em silêncio pela queda de seis metros. Marco certificou-se de que seu gládio estivesse seguro e desalinhou o cabelo do garoto.

– Até daqui a pouco – sussurrou, passando a perna sobre o parapeito e desaparecendo na escuridão abaixo. O breu era tão fechado que Pépis mal podia entrevê-lo descendo até a figura imóvel, com o gládio desembainhado e pronto na mão.

Marco sentiu a coceira de novo e trincou o maxilar. Alguma coisa estava errada, e era tarde demais para evitar a armadilha. Estendeu um pé para sacudir o pele-azul e não se surpreendeu quando o sujeito pulou de súbito. Marco cortou a garganta dele antes que a expressão de triunfo pudesse se formar totalmente. Então mais dois homens azuis se levantaram da terra. Era a presença deles que tinha sentido, escondidos em covas rasas e deitados perfeitamente imóveis durante horas, com disciplina quase inumana. Provavelmente tinham se enterrado para esperar antes mesmo que a caravana romana aparecesse, percebeu Marco enquanto atacava. Não eram selvagens, eram guerreiros.

Pareciam ser apenas três – jovens em busca de status ou de uma primeira matança. Tinham se levantado com espadas nas mãos, e o primeiro golpe de Marco foi bloqueado com um som alto de metal que o fez se encolher. Haveria mais deles chegando. Precisarei sair antes que todo o exército de peles-azuis chegasse.

A lâmina de Marco deslizou sobre a do guerreiro coberto de terra e se chocou contra uma grosseira guarda de bronze. O homem deu um riso de desprezo e Marco socou-o no estômago com o outro punho, puxando a espada de volta e atravessando-o com ela enquanto ele se dobrava numa surpresa dolorosa. O sujeito desmoronou enquanto as veias do pescoço se partiam e bateu no chão em espasmos.

O terceiro não era tão hábil quanto o companheiro, mas Marco podia ouvir os gritos e soube que seu tempo estava acabando. Sua pressa o tornou descuidado, e ele se abaixou tarde diante de um golpe que lanhou sua orelha e fez um arranhão no couro cabeludo.

Deslizou para a esquerda e enfiou a lâmina no coração do sujeito pela lateral, através das costelas manchadas de azul. Enquanto o guerreiro caía com um grito gorgolejante, Marco pôde ouvir pés correndo, dos quais se lembrava nitidamente quando da chegada atabalhoada ao forte durante a tarde. Era tarde demais para correr até a corda, por isso se virou, tirou o odre do primeiro cadáver, puxando a rolha e tomando um gole longo enquanto a noite em volta se enchia de espadas e sombras azuis.

Formaram um círculo em volta, com as espadas prontas, olhos brilhantes mesmo no escuro. Marco pôs o odre de vinho junto aos pés e levantou o gládio. Eles não fizeram qualquer movimento e ele viu olhares percorrerem os corpos. Longos segundos se estenderam em silêncio, então um deles se adiantou, grande, careca e azul, segurando uma espada comprida e curva.

O guerreiro apontou para a distância e sinalizou para Marco, que balançou a cabeça e apontou de volta para o forte. Alguém deu um riso zombeteiro, mas um curto sinal com a mão do homem fez com que silenciasse. O guerreiro se adiantou sem medo, com a espada apontada para a garganta de Marco. Com o outro braço apontou novamente para as fogueiras do acampamento e depois para o jovem romano. O círculo se apertou em silêncio e Marco pôde sentir a proximidade dos homens atrás dele.

– Torturado até a morte sobre o fogo, é isso – falou, apontando também para as fogueiras.

O guerreiro azul assentiu, sem que os olhos jamais se afastassem de Marco. Falou algumas palavras de comando e outro guerreiro pôs a mão na lâmina da espada de Marco, pegando-a gentilmente.

– Ah, *desarmado* e torturado até a morte, eu não tinha entendido a princípio – continuou Marco, forçando a voz a soar agradável e sabendo que eles não entendiam. Sorriu e eles sorriram de volta.

Deixaram o forte para trás no escuro, e foi provavelmente apenas sua imaginação que captou por um momento um vislumbre de Pépis observando, sua silhueta contra o céu, quando olhou para trás.

ENTRARAM COM PASSOS confiantes no acampamento dos peles-azuis levando o prisioneiro. Marco podia ver que estavam se preparando para a guerra. Armas estavam empilhadas, e os guerreiros dançavam e uivavam ao redor das fogueiras, cuspindo o que devia ser álcool puro, a julgar pelas chamas azuis que irrompiam e tremulavam quando os jorros de líquido as alcançavam. Eles gritavam e lutavam, e mais de um estava sentado passando uma lama clara nos braços e no rosto – a fonte da tintura azul, pensou Marco.

Mal teve tempo de perceber tudo isso antes de ser empurrado de joelhos ao lado da fogueira, e uma taça grosseira de barro, com um líquido transparente, foi posta em suas mãos. Seus olhos lacrimejaram quando ele inalou o álcool que evaporava, mas engoliu tudo e recusou a oferta de mais uma taça, querendo manter a cabeça limpa. Os guardas se acomodaram no chão em volta e pareciam estar comentando suas roupas e seus modos entre si. Certamente isso implicava apontar e rir muito. Marco os ignorava, imaginando se haveria chance de fugir. Olhava as espadas dos guerreiros mais próximos, notando que estavam fora dos cintos e largadas no capim, perto das mãos. Talvez pudesse agarrar uma...

Trombetas soaram e interromperam sua concentração. Enquanto todos olhavam para a fonte do som, Marco deu mais uma olhada para a espada mais próxima e viu que a mão do guerreiro estava pousada sobre ela. Enquanto seu olhar subia, encontrou os olhos do sujeito e deu uma risada quando o homem corpulento balançou a cabeça e sorriu, revelando dentes apodrecidos.

A trombeta era segura pelo primeiro pele-azul velho que Marco tinha visto. Devia ter uns cinquenta anos e, diferentemente dos corpos duros e musculosos dos jovens guerreiros, ele tinha uma barriga grande que fazia projetar a túnica e balançava quando mexia os braços magros. Devia ser um líder, já que os guerreiros reagiam rapidamente às ordens que ele gritava. Três figuras de aparência hábil desembainharam suas espadas compridas e assentiram para amigos no círculo. Pequenos tambores foram apanhados e soaram em um ritmo acelerado. Os três homens estavam relaxados, de pé, enquanto o ritmo preenchia a noite, e depois se moveram, mais rápido do que Marco acharia possível. As espadas eram como raios de luz do alvorecer e os movimentos eram fluidos, fundindo-se um no outro, muito diferentes das sequências romanas que Marco tinha aprendido.

Podia-se ver que a luta era encenada, mais uma dança que um torneio de violência. Os homens giravam e saltavam, e suas espadas zumbiam ao cortar o ar quente da noite.

Marco ficou olhando fascinado até o fim, quando novamente os homens retomaram suas posições relaxadas e os tambores pararam. Os guerreiros gritaram e Marco se juntou a eles sem embaraço, retesando-se quando o velho se aproximou.

– Você gosta? Eles são hábeis? – disse o homem com um sotaque forte.

Marco disfarçou a confusão e concordou, com a expressão cuidadosamente vazia.

– Esses homens tomaram seu pequeno forte. Eles são os krajka, os melhores de nós, sim?

Marco assentiu.

– Seus homens lutam bem, mas os krajka treinam assim que ficam de pé, sim, ainda crianças. Vamos tomar de volta todos os seus fortes feios desse modo, sim? Pedra a pedra e espalhando cinzas. Vamos fazer isso.

– Quantos... krajka existem? – perguntou Marco.

O velho sorriu, mostrando apenas três dentes em gengivas pretas.

– Não o bastante. Treinamos com os que vieram com você hoje. Outros guerreiros precisam ver como seu povo luta, sim?

Marco o encarou incrédulo. O futuro era claramente sombrio para os que estavam no forte. Tinham tido permissão de chegar à segurança do forte somente para que os jovens peles-azuis pudessem ter o gosto de sangue contra a defesa reduzida. Era de arrepiar. A legião acreditava que os peles-azuis tinham inteligência próxima à dos animais. Qualquer prisioneiro capturado ficava louco, mordendo as cordas e se matando em qualquer coisa afiada, se não pudesse escapar. Essa evidência de planejamento cuidadoso – e um deles falando língua civilizada – iria despertá-los para uma ameaça que não levavam suficientemente a sério.

– Por que os homens não me mataram? – perguntou Marco. Lutava para continuar calmo enquanto o velho se inclinava mais perto de seu rosto e o hálito azedo o envolvia.

– Eles muito impressionados. Três homens você matou com espada curta. Matou como homem, não com arco ou atirando lança. Eles trazem você para me mostrar, como uma coisa estranha, sim?

Uma curiosidade, um romano bom em matar. Adivinhou o que viria em seguida, antes que o velho falasse.

– Não bom ter jovens guerreiros admirando romano. Você luta com krajka, sim? Se ganhar, volta ao forte. Se krajka mata você, então todos homens veem e têm esperança em dias futuros, sim?

Marco concordou. Não havia opção. Olhou para as chamas e tentou adivinhar se eles deixariam que usasse seu gládio.

PELES-AZUIS TINHAM vindo de todas as outras fogueiras, o que os deixou mal defendidos. Marco percebeu que os homens no forte não tinham como saber daquela oportunidade. Ainda veriam os pontos de luz na escuridão da montanha e não saberiam que a maior parte deles tinha ido ver a luta.

Marco teve permissão de se levantar, e um círculo foi marcado com adagas enfiadas no chão. Os peles-azuis se juntaram fora do círculo, alguns com amigos sobre os ombros, para que pudessem ver. Para qualquer lado que se virasse, Marco podia ver uma enorme parede de carne azul e dentes amarelos rindo. Notou a quantidade de olhos com as bordas rosadas e supôs que fosse alguma coisa na tintura que irritava a pele. O pele-azul mais velho e barrigudo entrou no círculo e seriamente entregou o gládio a Marco, recuando cauteloso. Marco o ignorou. Não era preciso ter olhar de batedor para sentir a hostilidade em volta. Perca e seja cortado em pedaços para mostrar a superioridade deles. Vença e seja destroçado pela turba. Por um momento fugaz imaginou o que Caio faria e sorriu diante do pensamento. Caio teria matado o líder assim que ele entregasse a espada. A coisa não poderia ficar pior, afinal de contas.

O líder continuava visível, com a barriga se projetando no espaço circular, mas de algum modo não parecia certo correr e espetar o velho. Talvez eles o deixassem ir. Olhou mais uma vez os rostos em volta e deu de ombros. Não era muito provável.

Gritos baixos, de comemoração, foram dados quando um dos krajka entrou no círculo, com os guerreiros se separando brevemente e depois se empurrando novamente para o lugar, querendo uma boa visão. Marco o olhou de cima a baixo. Era muito mais alto que um pele-azul mediano e tinha uns sete centímetros a mais do que ele, mesmo depois de tudo que tinha crescido após sair de Roma. Estava com o peito nu, e os músculos se mexiam facilmente sob a pele pintada. Marco achou que os dois tinham um alcance provavelmente igual. Seus braços eram longos, com pulsos fortes devido às horas de treino com espada. Sabia que tinha uma chance, não importando o quanto o homem fosse bom. Rênio ainda trabalhava com ele todo dia, e Marco estava ficando sem oponentes para desafiá-lo nos treinos.

Observou o homem alto se mover e andar. Olhou em seus olhos e não encontrou hesitação. O homem não sorria e não entenderia insultos. Ele andou pela borda do círculo, sempre se mantendo fora do alcance para o caso de Marco tentar um ataque imprevisto. Marco girava em seu lugar, observando-o o tempo todo até que ele assumiu posição do lado oposto, a seis metros de distância. Tática, tática. Rênio dizia para nunca parar de pensar. O objetivo era vencer, e não ser justo. Marco se encolheu quando o homem desembainhou sua espada comprida que ia do quadril até o chão, uma enorme distância de bronze polido. Havia o gume. Ele não tinha realmente notado antes, mas os peles-azuis usavam armas de bronze, e os duros gládios de ferro logo tirariam o gume da espada, se ele pudesse sobreviver aos primeiros golpes. Seus pensamentos disparavam. O bronze ficava cego, era mais macio que o ferro.

O homem chegou mais perto e afrouxou os ombros desnudos. Estava usando apenas um calção, com os pés descalços, e parecia tremendamente atlético, movendo-se como um grande felino.

Marco gritou para o líder.

– Se eu matá-lo estou livre, não é?

Um enorme grito de zombaria veio da multidão, fazendo-o imaginar quantos entendiam sua língua. O velho pele-azul assentiu, sorrindo, e sinalizou com a mão para que começassem.

Marco deu um pulo quando os tambores soaram sobre o burburinho da multidão. Seu oponente relaxou visivelmente enquanto os ritmos eram tocados. Marco o observou abaixar-se para uma postura de lutador, com a espada imóvel. Os centímetros extras da lâmina lhe dariam uma vantagem no alcance, pensou Marco, girando os ombros. Levantou a mão e deu um passo atrás para tirar a túnica. Era um alívio estar livre dela no calor sufocante, piorado pela fogueira próxima e pela multidão suarenta. O som dos tambores se intensificou e Marco concentrou o olhar na garganta do homem. Aquilo enervava alguns oponentes. Ficou absolutamente imóvel enquanto o outro cambaleava devagar. Dois estilos diversos.

O krajka mal pareceu se mover, mas Marco sentiu o ataque e se desviou para o lado, fazendo a lâmina de bronze errá-lo. Não usou o gládio contra a lâmina, tentando avaliar a velocidade do sujeito.

Um segundo golpe, continuação suave do primeiro, veio contra seu rosto e Marco levantou o gládio desesperadamente, com um tinir de metal. As lâminas escorregaram juntas e ele sentiu um suor novo brotar no couro cabeludo. O homem era rápido e fluido, com golpes matadores que pareciam não passar de piparotes e fintas. Marco bloqueou outro golpe direcionado à sua barriga, em seguida deu um passo e projetou a espada na direção do corpo azul.

Mas o corpo não estava ali, e Marco caiu, se esparramando no chão duro. Levantou-se rapidamente, notando que o krajka permanecera longe para deixá-lo ficar de pé. Então não seria uma matança rápida. Marco assentiu para ele, o maxilar trincado. Não sinta raiva, disse a si mesmo, nem vergonha. Lembrou-se das palavras de Rênio. Não importa o que aconteça na batalha, desde que no fim o inimigo esteja a seus pés.

O krajka deu um salto leve para encontrá-lo. No último segundo a espada de bronze saltou para a frente e Marco foi obrigado a se abaixar sob ela. Dessa vez não prosseguiu com uma estocada por baixo do golpe e viu a prontidão do homem para reverter a espada num movimento para baixo. *Ele já lutou com romanos!* O pensamento relampejou na mente de Marco. O homem conhecia seu estilo de lutar, talvez até o tivesse aprendido com alguns dos legionários que haviam desaparecido nos meses anteriores, antes de matá-los.

Era espantoso. Tudo que tinha aprendido vinha de Rênio, um soldado e gladiador treinado em Roma. Não tinha outra estratégia. O krajka certamente era um mestre em sua arte.

A espada de bronze saltou e Marco bloqueou-a. Concentrou-se na garganta azul que pulsava levemente e ainda podia ver os braços balançando e os movimentos sinuosos do corpo. Deixou um golpe passar perto e se afastou de outro, avaliando a distância perfeitamente. No meio-tempo golpeou como uma serpente e conseguiu uma linha vermelha na lateral do corpo do krajka.

A multidão ficou subitamente silenciosa, chocada. O krajka ficou perplexo e deu dois passos deslizantes para longe de Marco. Franziu a testa e Marco viu que ele não tinha sentido o arranhão. Apertou com a mão a linha vermelha e olhou para ela, o rosto vazio. Depois deu de ombros e dançou de novo, com a espada de bronze parecendo um borrão em meio à luz e às sombras.

Marco sentiu o ritmo dos movimentos e começou a trabalhar contra o estilo floreado, rompendo a suavidade, fazendo com que o krajka saltasse para trás, para longe de uma espada estendida rigidamente, e de novo quando a sandália rígida de Marco pisou com força na ponta de seus dedos.

Marco avançou, sabendo que a confiança do oponente estava vacilando. Cada passo era acompanhado por um golpe que se tornava outro, um padrão fluido que imitava o estilo usado pelo krajka contra ele. O gládio se tornou uma extensão do braço, um espinho em sua mão, que exigia pouco para matar. O krajka deixou um golpe contra a garganta passar à distância de um fio de cabelo, e Marco pôde sentir o olhar quente acima do seu. O homem estava furioso por não ter vencido com facilidade. Outro golpe foi dado e de novo os pés descalços foram esmagados sob as duras sandálias romanas.

O krajka soltou um gemido estrangulado e girou, saltando no ar como um espírito, como Marco tinha visto os outros fazerem antes. Era um movimento da dança, e a espada de bronze girou com ele, saindo do giro sem ser vista e cortando a pele de Marco no peito. A multidão rugiu e, quando o homem pousou, Marco segurou a lâmina de bronze com a mão esquerda nua.

O krajka olhou pasmo nos olhos de Marco e pela primeira vez em toda a batalha descobriu que eles o estavam olhando de volta, frios e negros. Congelou sob aquele olhar e a hesitação o matou. Sentiu o gládio de ferro entrar em sua garganta e a umidade do sangue jorrando e roubando-lhe as forças. Teria gostado de puxar sua espada de volta, cortando os dedos como gravetos maduros demais, mas não restava força, e ele caiu se esparramando, parecendo não ter ossos, aos pés de Marco.

Marco respirou lentamente e pegou a espada de bronze, notando o gume torcido e amassado onde ele tinha segurado. Podia sentir o sangue escorrendo do corte na palma, mas podia mexer os dedos rigidamente. Então esperou que a multidão corresse e o matasse.

Os homens ficaram em silêncio durante um tempo, e nesse silêncio a voz do velho pele-azul gritou ordens ásperas. Marco manteve o olhar no chão e as espadas frouxas nas mãos. Percebeu passos e se virou quando o velho pele-azul segurou seu braço. Os olhos do homem estavam sombrios de perplexidade e alguma outra coisa.

– Venha. Eu mantenho a palavra. Você volta aos amigos. Vamos pegar todos vocês de manhã.

Marco assentiu, mal ousando acreditar que fosse verdade. Procurou algo para dizer.

– Ele era um excelente lutador, o krajka. Nunca lutei tão bem.

– Claro. Ele era meu filho. – O velho pareceu mais velho enquanto falava, como se anos estivessem se assentando em seus ombros, esmagando-o. Guiou Marco para fora do círculo e apontou para a noite. – Vá para casa agora.

Ele ficou em silêncio enquanto Marco lhe entregava a espada de bronze e se afastava para a escuridão.

O FORTE ESTAVA totalmente negro no escuro à medida que Marco se aproximava. Enquanto ainda estava a alguma distância, assobiou uma canção para que os soldados o ouvissem e não pusessem a seta de uma besta em seu peito quando se aproximasse.

– Estou sozinho! Pépis, jogue aquela corda de volta – gritou para o silêncio.

Houve barulho quando outros foram olhar por cima da borda.

Uma cabeça apareceu acima dele no escuro e Marco reconheceu as feições azedas de Péritas.

– Marco? Pépis disse que os peles pegaram você.

– Pegaram, mas me soltaram. Vocês vão me jogar uma corda ou não? – disse Marco rispidamente. Estava frio longe das fogueiras, e ele segurava a mão machucada na axila, para manter quentes os dedos rígidos. Podia ouvir conversas sussurradas acima, e xingou Péritas por sua cautela. Por que os bárbaros fariam uma armadilha quando simplesmente podiam esperar que todos morressem de sede?

Finalmente uma corda veio pela muralha e ele subiu, com os braços queimando de cansaço. Em cima havia mãos para puxá-lo para a laje interna, e então ele quase foi derrubado por Pépis, que o abraçou.

– Pensei que eles iam comê-lo – disse o garoto. Seu rosto sujo estava riscado pelo choro, e Marco sentiu uma pontada de pena por tê-lo trazido àquele lugar funesto para sua última noite.

Estendeu a mão e desalinhou o cabelo de Pépis afetuosamente.

– Não, garoto. Disseram que eu era duro demais. Eles gostam de gente nova e macia.

Pépis ofegou horrorizado e Péritas deu um risinho.

– Você tem a noite inteira para contar o que aconteceu. Acho que ninguém vai dormir. Eles são muitos?

Marco olhou para o homem mais velho e entendeu o que não podia ser dito abertamente diante do garoto.

– O bastante – respondeu em voz baixa.

Péritas olhou para longe e assentiu consigo mesmo.

AO ALVORECER, MARCO e os outros esperavam tensos o ataque, os olhos lacrimejantes pela falta de sono. Todos os homens estavam na muralha, balançando a cabeça nervosamente ao menor movimento de um pássaro ou uma lebre no mato baixo. O silêncio era assustador, mas quando uma espada caindo o interrompia, um bom número de homens xingava o soldado que a tinha deixado escorregar.

Então, a distância, ouviram as trombetas metálicas de uma legião romana ecoando nos morros. Péritas correu pela passarela estreita no lado interno da muralha e gritou de alegria enquanto viam três centúrias surgirem nas trilhas das montanhas, em marcha acelerada.

Passaram-se apenas alguns minutos antes que uma voz soasse:

– Chegando ao forte! – E os portões foram abertos.

Os comandantes da legião não tinham demorado em mandar uma força de ataque quando a caravana demorou a voltar. Após os ataques recentes, eles queriam uma demonstração de força e tinham marchado no escuro pelo terreno difícil, caminhando mais de trinta quilômetros durante a noite.

– Vocês viram algum sinal dos peles-azuis? – perguntou Péritas franzindo a testa. – Havia centenas em volta do forte quando chegamos. Estávamos esperando um ataque.

Um centurião balançou a cabeça e franziu os lábios.

– Vimos sinais deles, restos de fogueiras e lixo. Parece que saíram à noite. Não dá para saber como os selvagens pensam, você sabe. Um dos feiticeiros deles provavelmente viu algum pássaro do azar ou algum tipo de presságio.

Ele olhou o forte em volta e sentiu o fedor dos corpos.

– Parece que temos trabalho a fazer aqui. As ordens são para ficar neste lugar até sermos substituídos. Vou mandar cinquenta homens com vocês para o acampamento permanente. De agora em diante ninguém se move sem uma grande força armada. Este é um território hostil, você sabe.

Marco abriu a boca para falar, e Péritas o virou rapidamente com uma mão em seu ombro, mandando-o embora com um leve empurrão.

– Nós sabemos – disse ele, virando-se para preparar seus homens para a marcha até em casa.

31

O bando de rua já estava vestido com caras peças de tecido, roubadas de alguma loja ou costureira. Levavam jarros de argila cheios de vinho tinto para a rua de pedras enquanto cambaleavam e tropeçavam.

Alexandria olhou pelos portões trancados da casa de Mário, franzindo a testa.

– A imundície de Roma – murmurou consigo mesma. Com todos os soldados da cidade engajados em batalha, não tinha demorado muito para aqueles que gostavam do caos saírem às ruas. Como sempre, eram os pobres que mais sofriam. Sem qualquer tipo de proteção, casas eram invadidas e tudo de valor era carregado por saqueadores que gritavam e zombavam.

Alexandria pôde ver que uma das peças de tecido estava manchada de sangue, e seus dedos coçaram de desejo por um arco para mandar uma flecha na boca bêbada do sujeito.

Abaixou-se atrás da guarita quando eles passaram, encolhendo-se quando uma mão grande se estendeu para sacudir o portão, testando a resistência. Ela agarrou o martelo que tinha apanhado na oficina de Bant. Se tentassem pular o portão, ela estava pronta para arrebentar a cabeça de alguém. Seu coração batia forte quando eles pararam, e ela pôde ouvir cada palavra engrolada que trocaram.

– Há um bordel na Via Tântio, pessoal. A gente podia conseguir serviço de graça – disse uma voz rouca.

– Eles devem ter guardas, Brac. Eu não deixaria um posto como aquele, você deixaria? E garantiria que fosse pago pelo meu serviço. Aquelas putas devem querer ter um homem forte para protegê-las. O que queremos é outra mulherzinha com duas filhas jovens. Vamos nos oferecer para cuidar delas enquanto o marido está longe.

– Mas eu sou o primeiro. Da última vez não consegui grande coisa – disse a primeira voz.

– Eu fui demais para ela, foi por isso. Depois de mim, a mulher não quer outro.

O riso era áspero e brutal, e Alexandria estremeceu enquanto eles se afastavam.

Ouviu passos leves atrás e girou, levantando o martelo.

– Tudo bem, sou eu – disse Metela com o rosto pálido. Tinha ouvido o fim da conversa. As duas mulheres estavam com lágrimas nos olhos.

– Tem certeza disso, senhora?

– Bastante, Alexandria, mas você precisa fugir. Será pior se ficar aqui. Sila é um homem vingativo, e não há motivo para você ser apanhada em seu despeito. Vá procurar Tabbic. Está com o papel que assinei?

– Claro. É a coisa mais preciosa que tenho.

– Mantenha-o em segurança. Os próximos meses serão difíceis e perigosos. Você precisará de prova de que é uma mulher livre. Invista o dinheiro que Caio deixou para você e fique em segurança até que a legião da cidade tenha restaurado a ordem.

– Gostaria de poder agradecer a ele.

– Espero que um dia você tenha essa chance. – Metela foi até as barras e as destrancou, olhando para um lado e outro da rua. – Agora vá, depressa. Por enquanto o caminho está livre, mas precisa correr até o mercado. Não pare para nada, entendeu?

Alexandria assentiu rigidamente, não precisando de mais instruções depois do que tinha ouvido. Olhou a pele pálida e os olhos escuros de Metela e sentiu o medo tocá-la.

– Só me preocupo com a senhora nesta casa grande, sozinha. Quem vai cuidar da senhora com a casa vazia?

Metela ergueu a mão num gesto gentil.

– Não tema por mim, Alexandria. Tenho amigos que vão me tirar da cidade. Encontrarei uma terra estrangeira e quente e ficarei por lá, longe de toda a intriga e das dores de uma cidade que cresce. Algum lugar antigo me atrai, onde toda a luta da juventude seja apenas uma lembrança distante. Fique na rua principal. Não posso relaxar enquanto o último membro de minha família não estiver em segurança.

Alexandria sustentou o olhar dela por um segundo, os olhos brilhantes de lágrimas. Então assentiu e passou pelo portão, fechando-o com firmeza e se afastando rapidamente.

Metela olhou-a ir, sentindo cada um de seus anos em comparação com os passos leves da garota. Invejava a capacidade dos jovens para recomeçar, sem olhar para o que era antigo. Metela ficou olhando até Alexandria virar uma esquina, e depois olhou para dentro, para sua casa vazia, cheia de ecos. A grande casa e os jardins finalmente estavam vazios.

Como Mário podia não estar ali? Era um pensamento fantasmagórico. Ele estivera longe com tanta frequência, em longas campanhas, mas sempre voltava, cheio de vida, espirituosidade e força. A ideia de que ele não voltaria mais era um ferimento profundo que ela não iria examinar. Era mais fácil imaginar que ele estava longe com sua legião, conquistando novas terras ou construindo gigantescos aquedutos para reis estrangeiros. Ela dormiria e, quando acordasse, a dor terrível que a sugava por dentro teria sumido, e ele estaria ali para abraçá-la.

Sentiu cheiro de fumaça no ar. Desde o ataque de Sila contra a cidade, três dias antes, houvera incêndios que não eram combatidos e saltavam furiosos de casa em casa, de rua em rua. Ainda não tinham alcançado as casas de pedra dos ricos, mas o fogo que rugia em Roma acabaria consumindo todas, empilhando cinzas sobre cinzas até que nada restasse dos sonhos.

Metela olhou para a cidade que ia descendo do morro. Encostou-se numa parede de mármore e sentiu a frieza como um conforto contra o calor denso. Havia vastas nuvens pretas de fumaça que se espalhavam, subindo no ar vindas de uma dúzia de pontos e se espalhando numa camada cinza, a cor do desespero. Gritos chegavam com o vento enquanto os soldados lutavam sem misericórdia e os raptores nas ruas matavam ou estupravam tudo que cruzava seu caminho.

Esperava que Alexandria chegasse em segurança. Os guardas da casa tinham desertado na manhã em que souberam da morte de Mário. Metela achava que tinha sorte por eles não a terem matado na cama e saqueado a casa, mas a traição ainda doía. Eles não haviam sido tratados bem e com justiça? O que restava como apoio para os pés num mundo onde a palavra de um homem podia desaparecer à primeira brisa quente?

Tinha mentido para Alexandria, claro. Para ela não havia como sair da cidade. Se era perigoso mandar uma jovem escrava numa jornada por algumas poucas ruas, era impossível para uma dama conhecida transportar sua riqueza por entre os lobos que assolavam as ruas de Roma procurando esse tipo de oportunidade. Talvez ela pudesse ter se disfarçado de escrava, até mesmo viajado com uma delas. Com sorte, poderiam ter saído vivas, mas Metela achava mais provável que fossem feridas, sofressem abusos e fossem deixadas para os cães em algum lugar. Há três dias não havia lei em Roma, e para alguns isso era uma liberdade inebriante. Se fosse mais jovem e corajosa poderia ter corrido o risco, mas Mário tinha sido sua coragem por tempo demais.

Com ele podia suportar as zombarias das damas da sociedade especulando pelas costas sua falta de filhos. Com ele podia encarar o mundo com um útero vazio e ainda sorrir, e não ceder aos gritos. Sem ele não podia enfrentar as ruas sozinha e recomeçar como uma refugiada sem dinheiro nenhum.

Sandálias com reforços de metal passaram correndo pelo portão, e Metela sentiu um tremor começar nos ombros e percorrer o corpo. Não demoraria muito até que a luta chegasse àquela área, e os saqueadores e assassinos que se moviam com

Sila quebrariam os portões de ferro da velha casa de Mário. Ela recebera relatórios durante os primeiros dois dias, até que seus mensageiros também a abandonaram. Os homens de Sila tinham jorrado para dentro da cidade, tomando e sustentando rua após rua, usando a vantagem que Mário criara para eles. Espalhada por todas as muralhas, a Primogênita não pudera trazer o grosso de suas forças contra o invasor durante a maior parte da primeira noite de luta, e então Sila havia penetrado e estava contente em continuar uma batalha que se arrastava, puxando suas máquinas de sítio para esmagar barricadas e cobrir as ruas atrás de si com as cabeças dos homens de Mário. Diziam que o grande templo de Júpiter fora queimado, com chamas tão quentes que as placas de mármore rachavam e explodiam, derrubando as colunas e as grossas vigas, lançando-as na praça com ruídos de trovão. O povo dizia que era um presságio, que os deuses estavam insatisfeitos com Sila, mas mesmo assim ele parecia estar vencendo.

Então os relatórios tinham terminado, e à noite ela soube que os rítmicos cantos de vitória ecoando por Roma não vinham das gargantas da Primogênita.

Pôs a mão no ombro e segurou a alça da veste, afastando-a da pele. Empurrou-a para longe e pegou a outra. Num momento seu vestido caiu num amontoado e ela saiu nua, de costas para o portão enquanto caminhava pelos arcos e pelas portas, entrando cada vez mais na casa. O ar era mais fresco em sua pele descoberta, e ela tremeu de novo, dessa vez com um toque de prazer. Que estranho estar nua naqueles cômodos formais!

Enquanto andava, tirou pulseiras dos braços e anéis dos dedos, colocando o punhado de metal precioso numa mesa. A aliança de casamento com Mário ela manteve, porque tinha prometido a ele nunca tirá-la. Soltou o cabelo das faixas e o deixou cair pelas costas numa onda, sacudindo a cabeça para fazer os caracóis tombarem.

Estava descalça e limpa quando entrou no salão de banhos e sentiu o vapor cobri-la com um traço mínimo de umidade brilhante. Respirou-o e deixou o calor encher os pulmões.

A piscina era funda, e a água fora recém-aquecida, a última tarefa dos escravos e serviçais que partiram. Soltou um pequeno suspiro quando entrou na piscina límpida, tornada de um azul-escuro por causa do fundo de mosaico. Por alguns segundos, fechou os olhos e pensou nos anos com Mário. Nunca havia se incomodado com os longos períodos que ele passava longe de Roma e de casa com a Primogênita. Se soubesse como o tempo seria curto, teria ido com ele, mas não era o momento para arrependimentos sem sentido. Novas lágrimas escorreram sob as pálpebras sem esforço ou qualquer alívio de tensão.

Lembrou-se de quando ele foi convocado pela primeira vez, e do prazer que Mário sentia a cada ascensão em posto e autoridade. Ele fora glorioso na juventude, e o amor que faziam era alegre e despreocupado. Metela era uma menina inocente quando o jovem soldado musculoso a tinha pedido em casamento. Não sabia do lado feio da vida, da dor à medida que cada ano passava sem filhos para trazer alegria. Cada uma de suas amigas tinha parido filho após filho berrando, e algumas faziam seu coração se partir só de olhá-las, só por sentir o súbito vazio. Aqueles foram os anos em que Mário passava um tempo cada vez maior longe, incapaz de suportar as fúrias e acusações da esposa. Por um tempo ela havia esperado que ele tivesse um caso, e dissera que aceitaria um filho de uma união dessas como se fosse seu.

Ele tinha segurado sua cabeça com ternura e a beijado suavemente, dizendo:

– Só há você, Metela. Se o destino nos tirou esse único prazer, não vou cuspir no olho dele.

Ela havia pensado que nunca poderia acabar com os soluços que saíam de sua garganta. Finalmente ele levantou-a e a levou para a cama, onde foi tão gentil que ela chorou de novo, no fim. Mário tinha sido um bom marido, um bom homem.

Estendeu a mão para a beira da piscina sem abrir os olhos. Seus dedos encontraram a fina faca de ferro que tinha deixado ali. Uma das dele, conquistada depois de sua centúria sustentar um morro durante uma semana contra um enorme exército de selvagens. Segurou a faca entre dois dedos e guiou-a às cegas para o pulso. Respirou fundo e sua mente ficou turva e cheia de paz.

A lâmina cortou, e o estranho foi que realmente não doeu. A dor era algo distante, quase não percebida enquanto seu olho interior revivia antigos verões.

– Mário. – Pensou que tinha dito o nome em voz alta, mas o cômodo estava calmo e silencioso, e a água azul tinha ficado vermelha.

CORNÉLIA FRANZIU a testa para o pai.

– *Não* vou sair daqui. Esta é minha casa e é tão segura quanto qualquer outra da cidade neste momento.

Cina olhou em volta, notando o portão pesado que bloqueava a casa da rua lá fora. A casa que ele tinha dado como dote era simples, com apenas oito cômodos, todos num único andar. Era uma casa linda, mas ele teria preferido uma que fosse feia, com um alto muro de tijolos em volta.

– Se uma turba vier pegá-la, ou os homens de Sila, querendo estuprar e destruir... – A voz dele tremeu de emoção contida enquanto falava, mas Cornélia se manteve firme.

– Tenho guardas para cuidar de uma turba e nada em Roma vai impedir Sila se a Primogênita não puder. – A voz de Cornélia estava calma, mas por dentro dúvidas a atormentavam. Certo, a casa de seu pai era construída como uma fortaleza, mas aquela pertencia a ela e a Júlio. Era ali que ele viria procurá-la, se sobrevivesse.

A voz de seu pai cresceu até quase se tornar um guincho.

– Você não viu como as ruas estão! Bandos de animais procurando alvos fáceis. Eu mesmo não conseguiria sair sem meus guardas. Muitas casas foram incendiadas ou saqueadas. É o caos. – Cina coçou o rosto e sua filha viu que ele não tinha se barbeado.

– Roma vai superar isso, papai. O senhor não queria se mudar para o campo quando os tumultos aconteceram há um ano? Se eu tivesse ido embora, não teria conhecido Júlio e não estaria casada.

– Eu gostaria de ter ido! – disse Cina rispidamente, a voz furiosa. – Gostaria de ter levado você. Você não estaria aqui, correndo perigo, com...

Ela chegou mais perto do pai e tocou seu rosto.

– Calma, papai, calma. Você vai se machucar com todas essas preocupações. Esta cidade já viu levantes. Isso vai passar. Ficarei em segurança. O senhor deveria ter se barbeado.

Havia lágrimas em seus olhos, e Cornélia foi envolvida num abraço esmagador.

– Acalme-se, velho. Agora estou em situação delicada.

O pai esticou os braços, olhando-a com uma interrogação.

– Grávida? – perguntou, a voz rouca de afeto.

Cornélia assentiu.

– Minha linda garota – disse ele, abraçando-a novamente, mas com cuidado.

– O senhor será avô – sussurrou ela em seu ouvido.

– Cornélia. Você deve vir agora. Minha casa é mais segura que esta. Por que correr tanto risco? Venha para casa.

A palavra era poderosa demais. Ela queria que ele a levasse em segurança, queria demais ser uma menininha outra vez, mas não podia. Balançou a cabeça, sorrindo tensa para tentar afastar o espinho da rejeição.

– Deixe mais guardas, se isso o deixa feliz, mas agora esta é minha casa. Meu filho nascerá aqui, e quando Júlio puder voltar à cidade, virá aqui primeiro.

– E se ele tiver sido morto?

Ela fechou os olhos diante da súbita pontada de dor, sentindo lágrimas ardendo sob as pálpebras.

– Papai, por favor... Júlio *vai* voltar para mim. Eu... eu tenho certeza.

– Ele sabe sobre o filho?

Ela ficou de olhos fechados, obrigando a fraqueza a passar. Não iria ficar soluçando, ainda que parte dela quisesse enterrar a cabeça no peito do pai e deixar que ele a levasse embora.

– Ainda não.

Cina se sentou num banco perto de um laguinho murmurante no jardim. Lembrou-se das conversas com o arquiteto quando estivera preparando a casa para a filha. Parecia ter sido há muito tempo. Suspirou.

– Você me derrota, garota. O que direi à sua mãe?

Cornélia sentou-se junto dele.

– Diga que estou bem, feliz, e que darei à luz dentro de uns sete meses. Diga que estou preparando minha casa para o nascimento, e ela vai entender. Mandarei mensagens a vocês quando as ruas estiverem calmas de novo e... que temos comida suficiente e estamos com boa saúde. É simples.

A voz de seu pai estava ligeiramente embargada enquanto ele tentava encontrar uma nota de firmeza.

– É melhor que esse Júlio seja um bom marido para você, e um bom pai. Mandarei chicoteá-lo se não for. Deveria ter feito isso quando ouvi dizer que ele estava correndo pelo meu telhado atrás de você.

Cornélia passou a mão pelos olhos, pressionando a preocupação de volta para dentro. Obrigou-se a sorrir.

– Não há crueldade no senhor, papai, portanto não tente fingir que há.

Ele fez uma careta, e o silêncio se estendeu por longos instantes.

– Vou esperar mais dois dias e então mandarei meus guardas a levarem para casa.

Cornélia apertou o braço do pai.

– Não. Eu não sou mais sua. Júlio é meu marido e ele vai esperar que eu esteja aqui.

Então as lágrimas não puderam mais ser contidas, e ela começou a soluçar. Cina puxou-a e a abraçou com força.

SILA FRANZIU a testa enquanto seus homens corriam para garantir a posse das ruas principais, o que lhes daria acesso ao grande fórum e ao coração da cidade. Depois da primeira tentativa sangrenta, a batalha por Roma tinha corrido bem para ele, com área após área sendo tomada com escaramuças rápidas e brutais, e depois sustentada contra um inimigo desorganizado. Antes que o sol tivesse subido totalmente, a maior parte do leste de Roma estava sob seu controle, criando uma grande área em que eles poderiam descansar e se reagrupar. Então surgiram problemas táticos. Com as áreas que ele controlava se expandindo numa linha, Sila tinha um número cada vez menor de homens para sustentar os limites, e sabia que estava sempre em perigo de sofrer algum tipo de ataque que juntasse muitos homens contra uma seção onde os seus estivessem muito espalhados.

O avanço ficou mais lento e suas ordens fluíam cada vez mais rapidamente, movendo unidades ou fazendo com que parassem. Ele sabia que precisaria ter uma base segura antes de pedir qualquer tipo de rendição. Depois das últimas palavras de Mário, Sila aceitou que havia uma chance de que os soldados dele lutassem até o último homem – a lealdade daqueles homens era lendária, mesmo num sistema em que aquele tipo de lealdade era estimulada e alimentada. Precisava fazer com que perdessem a esperança, e um avanço lento faria isso.

Agora estava parado numa praça aberta, no topo da colina Célio. Todas as ruas atrás dele, até a Porta Celimontana, eram suas. Os incêndios tinham sido apagados e sua legião estava entrincheirada desde ali até a Porta Raudusculana, na ponta sul das muralhas da cidade.

Na pequena praça estavam quase cem de seus homens, divididos em grupos de quatro. Cada um tinha se apresentado como voluntário, e ele ficou tocado. Seria isso que Mário sentira quando seus homens ofereceram a vida por ele?

– Vocês têm suas ordens. Continuem em movimento e causem devastação. Se estiverem em menor número, afastem-se até poderem atacar de novo. Vocês são minha sorte e a sorte da legião. Vão com os deuses.

Como se fossem um só, eles o saudaram e Sila devolveu a saudação, o braço rígido. Achava que a maioria ia estar morta em menos de uma hora. Se fosse noite eles teriam sido mais úteis, mas à luz do dia eram pouco menos que uma distração. Olhou o último grupo de quatro se espremer pela barricada e correr por uma rua lateral.

– Enrolem o corpo de Mário e ponham numa sombra fresca – disse a um soldado próximo. – Não sei quando teremos tempo para organizar um funeral decente para ele.

Um súbito jorro de flechas foi lançado de duas ou três ruas de distância. Sila olhou com interesse, notando o local mais provável para os arqueiros e esperando que alguns de seus esquadrões de quatro homens estivessem na área. As flechas pretas passaram por cima e caíram em volta, batendo nas pedras da praça que Sila tinha adotado como posto de comando temporário. Um de seus mensageiros caiu com uma flecha cravada no peito, e outro gritou, mas não parecia ter sido tocado. Sila franziu a testa.

– Guarda. Leve aquele mensageiro a algum lugar aqui perto e o açoite. Os romanos não gritam nem desmaiam ao ver sangue. Certifique-se de que eu veja um pouquinho do dele em suas costas quando vocês voltarem.

O guarda assentiu e o mensageiro foi levado em silêncio, aterrorizado com a hipótese de a punição ser aumentada.

Um centurião veio correndo e fez uma saudação.

– General, esta área está segura. Devo soar o toque de avanço lento?

Sila o encarou.

– Estou irritado com o ritmo que estamos estabelecendo. Dê o toque de atacar para esta seção. Deixe os outros nos alcançarem como puderem.

– Ficaremos expostos a ataques pelo flanco, senhor – gaguejou o homem.

– Questione de novo uma ordem minha na guerra e mandarei enforcá-lo como um criminoso comum.

O homem ficou pálido e virou para dar a ordem.

Sila trincou os dentes, irritado. Ah, quem lhe dera um inimigo que o encontrasse em campo aberto! Aquela luta na cidade era invisível e violenta. Homens rasgando uns aos outros com lâminas, fora das vistas em becos distantes. Onde estavam as cargas gloriosas? As armas cantando na batalha? Mas ele seria paciente, e com o tempo iria esmagá-los no desespero. Ouviu o toque de atacar e viu seus homens erguerem as barricadas, preparando-se para carregá-las adiante. Sentiu o sangue acelerar, reanimado. Que eles tentassem flanqueá-lo, com tantos esquadrões misturando-se para atacá-los por trás.

Sentiu cheiro de fumaça nova no ar e pôde ver chamas lambendo as altas janelas nas ruas em frente. Gritos soavam acima do entrechoque eterno de armas, e figuras desesperadas subiam em lajes de pedra, dez, doze metros acima da confusão que se espalhava embaixo. Eles morreriam nas grandes pedras das ruas. Sila viu uma mulher perder o apoio e cair de cabeça no meio-fio. A queda transformou-a numa boneca retorcida. Fumaça redemoinhava em suas narinas. Mais uma rua, depois outra.

Seus homens moviam-se rapidamente.

– Adiante! – instigou, sentindo o coração bater mais rápido.

Orso Férito abriu um mapa de Roma numa pesada mesa de madeira e olhou os rostos dos centuriões da Primogênita ao redor.

– A linha que marquei é o território sob o controle de Sila. Ele luta numa linha que se expande e é vulnerável a um ataque em ponta de lança em quase qualquer parte. Sugiro que ataquemos aqui e aqui ao mesmo tempo. – Ele indicou os dois pontos no mapa, olhando os outros homens em volta na sala. Como Orso, estavam cansados e sujos. Poucos tinham dormido mais de uma hora ou duas de cada vez nos últimos três dias de batalha e, como os soldados, estavam próximos da exaustão completa.

O próprio Orso estava no comando de cinco centúrias quando testemunhou o assassinato de Mário nas mãos de Sila. Tinha ouvido o último grito de seu general e ainda queimava de fúria ao pensar no pretensioso Sila enfiando uma lâmina num homem que Orso amava mais que ao próprio pai.

O dia seguinte havia sido o caos, com centenas morrendo dos dois lados. Orso mantivera o controle sobre seus homens, lançando ataques curtos e sangrentos e depois recuando antes que os reforços pudessem ser trazidos. Como muitos dos homens de Mário, ele não nascera em família nobre e crescera nas ruas de Roma. Sabia lutar nas ruas e becos que tinha percorrido quando garoto, e antes do alvorecer do segundo dia tinha emergido como o líder não oficial da Primogênita.

Sua influência foi sentida imediatamente quando começou a coordenar os ataques e as defesas. Algumas ruas Orso entregava, considerando-as estrategicamente sem importância. Ordenava que os ocupantes saíssem das casas, punha fogo e mandava seus homens recuarem sob cobertura de flechas. Por outras ruas eles lutavam repetidamente, concentrando as forças disponíveis em impedir que Sila atravessasse. Muitos foram perdidos, mas a entrada de cabeça na cidade tivera a velocidade reduzida e fora impedida em muitas áreas. A coisa não terminaria rapidamente, e Sila tinha uma luta nas mãos.

Independentemente de como a mãe de Orso o havia chamado, ele sempre fora Orso, o urso, para seus homens. Seu corpo atarracado e boa parte do rosto eram cobertos de pelos grossos e pretos até as bochechas. Os ombros musculosos estavam sujos de sangue seco e, como os outros na sala que tinham sido obrigados a abrir mão do gosto romano pela limpeza, ele fedia a fumaça e suor velho.

A sala de reunião fora escolhida ao acaso, uma cozinha na casa de alguém. O grupo de centuriões tinha vindo da rua e aberto o mapa. O dono estava em algum lugar do andar de cima. Orso suspirou olhando o mapa. Rupturas eram possíveis, mas eles precisariam da sorte dos deuses para vencer Sila. Olhou os rostos em volta da mesa; era difícil não se encolher diante da esperança que via refletida ali. Ele não era nenhum Mário, e sabia disso. Se o general tivesse permanecido vivo para estar naquela sala, eles teriam uma chance. Como a coisa estava...

– Eles não têm mais de vinte a cinquenta homens em qualquer ponto da linha. Se rompermos rapidamente, com duas centúrias em cada posição, talvez possamos retalhá-los antes que os reforços cheguem.

– E depois? Vamos atrás de Sila? – perguntou um dos centuriões. Mário saberia o nome dele, pensou Orso.

– Não podemos ter certeza de onde a cobra se posicionou. Ele é bem capaz de montar uma barraca de comando como isca para assassinos. Sugiro que recuemos imediatamente, deixando alguns homens em roupas civis procurando uma oportunidade de matá-lo.

– Os homens não vão ficar satisfeitos. Não é uma vitória esmagadora, e eles querem uma.

Orso reagiu irado.

– Os homens são legionários da melhor legião de Roma. Farão o que for ordenado. Este é um jogo de números, se é que é um jogo. Eles têm mais. Nós controlamos um terreno semelhante com muito menos homens. Eles podem se reforçar mais rápido que nós e... têm um comandante muito mais experiente. O melhor que podemos fazer é destruir cem homens dele e recuar, perdendo o menor número possível dos nossos. Sila ainda tem o mesmo problema de defender uma linha cada vez mais longa.

– Nós temos o mesmo problema, até certo ponto.

– Nem de longe é tão ruim. Se eles romperem, será para a vastidão da cidade, onde podem ser flanqueados com facilidade e mortos. Ainda estamos no controle da maior área. Quando rompermos as fileiras deles, será para entrar direto no coração do território ocupado.

– Onde eles estão com mais homens, Orso. Não estou convencido de que seu plano vá dar certo – continuou o homem.

Orso o olhou.

– Qual é o seu nome?

– Bar Galieno, senhor.

– Ouviu o que Mário gritou antes de ser morto?

O homem ficou ligeiramente vermelho.

– Ouvi, senhor.

– Eu também. Estamos defendendo nossa cidade e os habitantes de um invasor ilegal. Meu comandante está morto. Assumi o comando temporário até que a crise atual termine. A não ser que você tenha alguma coisa útil para acrescentar à discussão, sugiro que espere lá fora e eu digo quando terminarmos. Está claro? – Ainda que a voz de Orso permanecesse calma e educada durante toda a troca de palavras, todos os homens na sala podiam sentir a raiva saindo dele como uma força física. Era preciso um pouco de coragem para não se afastar.

Bar Galieno falou em voz baixa:

– Eu gostaria de permanecer.

Orso bateu no ombro dele e olhou para outro lado.

– Qualquer coisa que tivermos e que seja capaz de lançar um projétil, inclusive cada homem que tenha um arco, vai se juntar nesses dois pontos daqui a uma hora. Vamos acertá-los com tudo, e depois duas centúrias atacarão as defesas deles ao meu sinal. Vou liderar o ataque através da área do velho mercado, já que conheço bem o lugar. Bar Galieno vai liderar o outro. Alguma pergunta?

Houve silêncio à mesa. Galieno olhou Orso nos olhos e assentiu.

– Então juntem seus legionários, homens. Vamos dar orgulho ao velho. O grito é "Mário". O sinal serão três toques curtos. Daqui a uma hora.

SILA SE AFASTOU dos homens ensanguentados que ofegavam à sua frente. Dos cem que tinha mandado para a refrega havia horas, somente onze tinham voltado para dar notícia, e todos estavam feridos.

– General, os esquadrões móveis só tiveram sucesso parcial – disse um soldado, esforçando-se por permanecer ereto com a fraqueza dos pulmões ofegantes. – Causamos muito dano na primeira hora e imagino que tenhamos derrubado mais de cinquenta inimigos nas pequenas escaramuças. Onde foi possível, nós os pegamos sozinhos ou em pares, e os suplantamos como o senhor ordenou. Depois a notícia deve ter corrido, e fomos perseguidos pelas ruas. Quem os estava comandando deve conhecer a cidade muito bem. Alguns dos nossos foram para os telhados, mas havia homens esperando lá em cima. – Ele parou para respirar novamente e Sila esperou com impaciência que o homem se acalmasse. – Vi vários homens derrubados por mulheres ou crianças que saíam das casas com facas. Eles hesitaram em matar civis e foram destroçados. Meu próprio esquadrão se perdeu para um grupo semelhante da Primogênita, que tinha retirado a armadura e carregava apenas espadas curtas. Tínhamos corrido durante muito tempo, e eles nos acuaram num beco. Eu...

– Você disse que tinha informações a dar. Fui claro desde o início ao dizer que os grupos móveis causariam apenas dano limitado. Esperava espalhar o medo e o caos, mas parece que resta alguma disciplina na Primogênita. Um dos auxiliares de Mário deve ter assumido o controle tático geral. Ele vai querer contra-atacar rapidamente. Seus homens viram algum sinal disso?

– Sim, general. Eles estavam trazendo homens discretamente pelas ruas. Não sei quando ou onde vão atacar, mas haverá algum tipo de escaramuça em breve.

– Não valeu oitenta de meus homens, mas foi útil o bastante para mim. Vão até os cirurgiões. Centurião! – gritou ele para um homem ali perto. – Ponha todos os homens nas barricadas. Eles vão tentar romper nossas fileiras. Triplique o número de homens na linha.

O centurião assentiu e sinalizou para que os mensageiros levassem a notícia aos postos da linha.

De repente o céu ficou preto com flechas, um enxame de morte que zumbia e picava. Sila olhou-as cair. Apertou os punhos e trincou o maxilar enquanto elas vinham girando até onde ele estava. Homens ao seu redor se jogaram no chão, mas ele ficou ereto e não piscou, os olhos brilhando.

As flechas choviam e faziam barulho em volta, mas ele não foi tocado. Virou-se e riu de seus conselheiros e oficiais nervosos. Um estava de joelhos, puxando uma flecha do peito e cuspindo sangue. Dois outros tinham os olhos vidrados no céu, imóveis.

– Um bom presságio, não acham? – disse ele ainda sorrindo.

Adiante, em algum lugar na cidade, uma trombeta deu três toques curtos, e um rugido se ergueu em resposta. Sila ouviu um nome entoado acima do barulho, e por um momento conheceu a dúvida.

– Má-rio! – rosnava a Primogênita. E eles vieram.

32

Alexandria bateu com força à porta da pequena joalheria. Tinha de haver alguém ali! Sabia que ele poderia ter deixado a cidade como tantos outros, e o pensamento de que podia simplesmente estar atraindo atenção a deixou pálida. Alguma coisa fez barulho na rua próxima, como uma porta se abrindo.

– Tabbic! Sou eu, Alexandria! Deuses, abra, homem! – Ela deixou o braço cair, ofegando. Gritos vieram de perto e seu coração martelou doidamente. – Ande. Ande – sussurrou.

Então a porta foi aberta. Tabbic estava olhando furioso, com uma machadinha na mão. Quando a viu, ficou aliviado e parte da raiva se dissipou.

– Entre, garota. Os animais estão soltos esta noite – falou irritado. Olhou para um lado e outro da rua. Parecia deserta, mas ele podia sentir olhos observando.

Dentro, ela quase desmaiou de alívio.

– Metela... me mandou, ela...

– Tudo bem, garota. Você pode explicar depois. Minha mulher e meus filhos estão lá em cima, comendo. Vá se juntar a eles. Você está em segurança aqui.

Ela parou um momento e se virou para ele, incapaz de se conter.

– Tabbic. Eu tenho documentos e tudo. Sou livre.

Ele chegou perto e olhou em seus olhos, com um sorriso se abrindo.

– E quando não foi? Suba agora. Minha mulher deve estar se perguntando que confusão é essa.

NADA HAVIA nos manuais de batalha sobre atacar uma barricada que atravessava uma rua da cidade. Orso Férito simplesmente rugia o nome de seu general morto e se lançava sobre o entulho de carroças e portas quebradas, nos braços do inimigo. Duzentos homens vinham atrás.

Enterrou seu gládio na primeira garganta que viu, e só deixou de ser cortado porque escorregou na barricada que se mexeu e rolou pelo outro lado. Levantou-se girando a arma e foi recompensado por um som satisfatório de osso esmagado. Seus homens estavam à volta, cortando e matando. Orso não sabia como estavam se saindo ou quantos tinham morrido. Só sabia que o inimigo estava na frente e que tinha uma espada na mão. Rosnou e cortou o braço de um homem no ombro, quando o sujeito estava levantando o escudo para bloqueá-lo. Agarrou o escudo com o braço frouxo caindo e o usou para tirar dois homens do caminho usando o ombro, passando por cima deles. Um dos dois golpeou com a espada para cima e ele sentiu um jorro quente nas pernas mas não prestou atenção. A área estava limpa, mas o fim da rua ia se enchendo de homens. Viu o capitão inimigo soar o toque de atacar e recebeu carga a toda velocidade no espaço aberto. Soube num momento como era ser um guerreiro frenético de uma das nações selvagens que Roma tinha conquistado. Era uma estranha liberdade. Não havia dor, apenas uma distância revigorante do medo e da exaustão.

Mais homens caíram sob sua espada, e a Primogênita empurrava todos que estavam à frente, cortando e levando a morte com o metal brilhante.

– Senhor! As ruas laterais. Eles têm mais reforços!

Orso quase empurrou a mão que puxava seu braço, mas então seu treinamento veio à tona.

– São muitos. Recuando, pessoal! Matamos um bom número deles por enquanto! – Em seguida ergueu a espada em triunfo e começou a correr de volta por onde tinham vindo, ofegando enquanto via o número de mortos de Sila. Mais de cem, se podia avaliar.

Aqui e ali estavam rostos conhecidos. Um ou dois se remexiam debilmente, e ele se sentiu tentado a parar, mas de trás vinha o barulho de sandálias na pedra, e Orso sabia que precisavam alcançar as barricadas ou ficariam presos, de costas para elas.

– Vamos, pessoal. Má-rio!

O grito foi respondido de todos os lados, e de novo eles estavam subindo. No topo, Orso olhou para trás e viu os mais lentos de seus homens sendo derrubados e pisoteados. A maioria tinha conseguido sair, e quando ele se virou para descer do outro lado, os arqueiros da Primogênita dispararam de novo por cima de suas cabeças, derrubando mais corpos para morrer na rua de pedras, gritando e se retorcendo. Orso riu enquanto corria, a espada pendendo por causa da exaustão que ameaçava desarmá-lo. Enfiou-se numa casa e parou ofegante, com as mãos apoiadas nos joelhos. O corte na coxa era feio, e o sangue corria livremente. Sentia a cabeça leve e só conseguiu murmurar enquanto mãos o afastavam da barricada.

– Não podemos parar aqui, senhor. Os arqueiros só podem nos dar cobertura até ficarem sem flechas. Precisamos avançar mais uma ou duas ruas. Venha, senhor.

Ele registrou as palavras, mas não tinha certeza se havia respondido. Para onde fora sua energia? A perna estava fraca. Esperava que Bar Galieno tivesse se saído igualmente bem.

BAR GALIENO estava caído em seu próprio sangue, com a espada de Sila encostada na garganta. Sabia que estava morrendo e tentou cuspir no general, mas não conseguiu produzir mais que um borbulhar de líquido. Seus homens tinham encontrado uma centúria recém-reforçada do outro lado da barricada, e praticamente foram derrotados no primeiro ataque. Depois de minutos de luta furiosa, tinham rompido uma parede de pedras empilhadas e madeira, e se jogado na massa de soldados além. Seus homens tinham levado muitos, mas o inimigo era simplesmente demasiado. A linha não era fina, de jeito nenhum.

Bar sorriu consigo mesmo, revelando dentes sangrentos. Ele *sabia* que Sila podia se reforçar rapidamente. Era uma pena não ter tido chance de dizer isso a Orso. Esperava que o sujeito peludo tivesse se saído melhor do que ele, caso contrário a legião estaria sem líder outra vez. Era tolice se arriscar numa aventura assim, mas muitos deles tinham morrido naquele pavoroso primeiro dia de tumulto e execuções. Ele *sabia* que Sila iria reforçar.

– Acho que ele está morto, senhor – Bar ouviu uma voz dizendo.

E escutou a resposta de Sila.

– Que pena. Ele tinha uma expressão estranhíssima. Queria perguntar em que estava pensando.

ORSO ROSNOU para o centurião que tentava ajudá-lo a ficar de pé. Sua perna doía e ele estava com uma muleta sob uma axila, mas não se sentia à vontade para ser ajudado.

– Ninguém voltou? – perguntou.

– Perdemos as duas centúrias. Aquela seção tinha sido reforçada logo antes de atacarmos, senhor. Não parece que essa tática vá funcionar de novo.

– Então tive sorte – grunhiu Orso. Ninguém o encarou. E tivera mesmo, atacando uma seção da parede onde a força era menor. Bar Galieno devia ter rido ao provar que estava certo. Era uma pena que não pudesse pagar uma bebida para o sujeito.

– Senhor? Alguma ordem? – perguntou um dos centuriões.

Orso balançou a cabeça.

– Ainda não. Mas terei quando souber em que pé estamos.

– Senhor. – O homem mais jovem hesitou.

Orso girou para encará-lo.

– O que é? Desembuche, garoto.

– Alguns dos homens estão falando em se render. Estamos com as forças pela metade, e Sila tem as rotas de suprimento para o mar. Não podemos vencer, e...

– Vencer? Quem disse que venceríamos? Quando vi Mário morrer, soube que não poderíamos vencer. Percebi então que Sila iria partir a coluna vertebral da Primogênita antes que um número suficiente pudesse se juntar para lhe causar alguma dificuldade real. Isso não tem a ver com vitória, garoto, tem a ver com lutar por uma causa, seguindo ordens e honrando a vida e a morte de um grande homem.

Ele olhou os homens reunidos na sala. Somente alguns não podiam sustentar seu olhar, e ele soube que estava entre amigos. Sorriu. Como Mário teria dito?

– Um homem pode esperar toda a vida por um momento assim e nunca chegar a ele. Alguns simplesmente ficam velhos e acabados, jamais tendo a chance. Nós vamos morrer jovens e fortes, e eu não gostaria que fosse de outro modo.

– Mas, senhor, talvez pudéssemos sair da cidade. Ir para as montanhas...

– Venham para fora. Não vou gastar minha garganta com vocês, seus veados.

Orso grunhiu e foi mancando até a porta. Na rua havia cerca de uma centena de soldados da Primogênita, cansados e sujos, com bandagens enroladas em cortes. Já pareciam derrotados, e esse pensamento lhe deu as palavras.

– Sou um soldado de Roma! – Sua voz, que por natureza era profunda e rouca, chegou até eles, empertigando costas. – Tudo que sempre quis foi cumprir meu tempo e me aposentar numa boa terra. Não queria perder a vida em algum território estrangeiro e ser esquecido. Mas então me vi servindo a um homem que era muito mais meu pai do que meu pai jamais foi. Vi sua morte e ouvi suas palavras, e pensei: Orso, talvez seja aqui que você vai ficar, meu filho. E talvez isso já baste, afinal de contas. Alguém aqui acha que vai viver para sempre? Que outros homens plantem repolho e ressequem ao sol. Eu morrerei como um soldado, nas ruas da cidade que amo, em sua defesa.

Sua voz baixou um pouco, como se ele estivesse contando um segredo. Os homens se inclinaram para perto, e outros se juntaram à multidão crescente.

– Eu entendo esta verdade. Poucas coisas valem mais que os sonhos ou as esposas, os prazeres da carne ou os filhos. Mas algumas coisas valem, e esse conhecimento é que nos torna homens. A vida é apenas um dia quente e curto entre noites longas. Para todos chega a escuridão, até para os que lutam e fingem que sempre serão jovens e fortes.

Ele apontou para um soldado maduro flexionando lentamente as pernas enquanto esperava.

– Tinasta! Vejo que você está testando esse seu joelho velho. Acha que a idade vai aliviar a dor? Por que esperar até que ele se dobre de fraqueza e que homens mais jovens o empurrem para o lado? Não, meus amigos; meus irmãos. Vamos enquanto a luz ainda é forte e o dia ainda brilha.

Um jovem soldado levantou a cabeça e gritou:

– Nós seremos lembrados?

Orso suspirou, mas sorriu.

– Durante um tempo, filho, mas quem se lembra dos heróis de Cartago ou de Esparta hoje em dia? *Eles* sabem como terminaram seus tempos. E isso *basta*. É tudo que há.

O jovem perguntou em voz baixa:

– Então não há chance de vencermos?

Orso mancou até ele, usando o apoio da muleta.

– Filho, por que não sai da cidade? Alguns de vocês podem conseguir, se passarem de fininho pelas patrulhas. Você não precisa ficar.

– Eu sei, senhor. – O jovem fez uma pausa. – Mas vou ficar.

– Então não há necessidade de adiar o inevitável. Juntem os homens. Todos em posição para atacar as barricadas de Sila. Quem quiser ir embora, que vá, com minha bênção. Que encontrem outras vidas em algum lugar e nunca digam a ninguém que um dia lutaram por Roma quando Mário morreu. Uma hora, senhores. Juntem as armas mais uma vez.

Orso olhou em volta enquanto os homens verificavam as espadas e as armaduras, como tinham sido treinados para fazer. Um bom número deles deu-lhe tapinhas no ombro enquanto iam para as posições, e ele sentiu que o coração explodiria de orgulho.

– São bons homens, Mário – murmurou consigo mesmo. – Bons homens.

33

Cornélio Sila estava sentado preguiçosamente num trono de ouro, sobre um mosaico de um milhão de ladrilhos brancos e pretos. Perto do centro de Roma, sua propriedade ficara intocada pelos tumultos, e era um prazer estar de volta e de novo no poder.

A legião de Mário havia lutado quase até o último homem, como ele tinha previsto. Apenas alguns poucos tinham tentado fugir no final, e Sila os havia caçado sem misericórdia. Vastas trincheiras de fogo cercavam as muralhas da cidade, e disseram-lhe que os milhares de corpos queimariam durante dias, ou mesmo semanas, antes que as cinzas finalmente esfriassem. Os deuses notariam aquele sacrifício para salvar sua cidade escolhida, ele tinha certeza.

Roma precisaria ser limpa quando as fogueiras se apagassem. Não havia uma única parede que não estivesse marcada com a cinza oleosa que vinha flutuando e fazia arder os olhos das pessoas.

Ele havia denunciado os membros da Primogênita como traidores, e suas terras e bens foram transmitidos ao Senado.

Famílias tinham sido arrastadas para as ruas por vizinhos ciumentos de suas posses. Centenas de outros foram executados, e o trabalho ainda continuava. Seria uma marca amarga na gloriosa história das sete colinas, mas que opção ele tinha?

Sila ficou pensando enquanto uma jovem escrava se aproximava com uma taça de suco de fruta gelado. Era cedo demais para tomar vinho, e ainda havia muitas pessoas a ver e condenar. Roma se ergueria de novo em glória, ele sabia, mas para que isso acontecesse os últimos amigos e apoiadores de Mário – os últimos inimigos de Sila – precisariam ser arrancados da terra boa e saudável.

Encolheu-se quando tomou um gole da taça dourada, e passou um dedo sobre o olho inchado e pelas bordas de um corte arroxeado na bochecha direita. Tinha sido a luta mais dura de sua vida, fazendo a campanha contra Mitrídates empalidecer em comparação.

A morte de Mário lhe veio à mente de novo, como acontecia frequentemente nos últimos dias. Impressionante. O corpo fora salvo dos incêndios. Sila pensou em mandar fazer uma estátua do sujeito em cima de uma das colinas. Isso mostraria sua própria grandeza em ser capaz de honrar os mortos. Ou simplesmente poderia jogá-lo nas valas com os outros. Não era importante.

A sala em que se encontrava estava quase vazia. Um teto em abóbada mostrava um padrão de Afrodite em estilo grego. Ela olhava para ele com amor, uma linda mulher nua com os cabelos enrolados em volta do corpo. Ele queria que os que o conhecessem soubessem que era amado pelos deuses. A garota escrava com a jarra estava a alguns passos de distância, pronta para encher sua taça a um gesto. A única outra presença no quarto era seu torturador, ali perto com um pequeno braseiro e as hediondas ferramentas da profissão arrumadas numa mesa à sua frente. O avental de couro já estava sujo do trabalho da manhã, e ainda havia mais a fazer.

Portas de bronze quase tão grandes quanto as que se abriam para o Senado estrondearam ao ser golpeadas por uma luva de metal. Elas se abriram para revelar dois de seus legionários arrastando um soldado corpulento com os pulsos e os pés amarrados. Puxaram-no pelos mosaicos brilhantes na direção de Sila, e ele pôde ver que o rosto do homem já fora espancado, o nariz estava quebrado. Um escriba veio atrás dos soldados e consultou um pedaço de pergaminho para ver os detalhes.

– Este é Orso Férito, senhor – entoou o escriba. – Foi encontrado sob uma pilha dos homens de Mário e identificado por duas testemunhas. Ele liderou alguns dos traidores durante a resistência.

Sila ficou de pé com agilidade e foi até a figura, sinalizando para os guardas o deixarem cair. O homem estava consciente, mas uma mordaça de pano sujo o impedia de produzir algo mais que grunhidos animais.

– Cortem a mordaça. Vou interrogá-lo – ordenou Sila, e isso foi feito rápida e brutalmente, uma lâmina trazendo sangue novo e um gemido do homem prostrado.

– Você liderou um dos ataques, não foi? Foi você? Meus homens dizem que você assumiu o comando depois de Mário. É você esse homem?

Orso Férito levantou os olhos com uma fagulha de ódio. Seu olhar percorreu o hematoma e o corte no rosto de Sila e ele sorriu, revelando dentes partidos e ensanguentados. A voz parecia arrastada de algum poço profundo, e crocitou:

– Eu faria de novo.

– É. E eu também – respondeu Sila. – Ceguem-no, e depois o enforquem. – Em seguida assentiu para o torturador, que tirou um ferro incandescente do braseiro, segurando a parte mais escura com uma pinça enorme. Orso lutou enquanto seus braços eram amarrados com tiras de couro, os músculos se retorcendo. O torturador ficou impassível enquanto trazia o metal suficientemente perto para chamuscar os cílios, e depois apertou, recompensado por um grunhido baixo, animal.

Sila terminou de beber em sua taça sem sentir o gosto do suco. Olhava sem prazer, parabenizando-se pela falta de emoção. Não era um monstro, sabia, mas as pessoas esperavam um líder forte, e era o que teriam. Assim que o Senado pudesse se reunir de novo, ele iria se declarar ditador e assumiria o poder dos reis antigos. Então Roma veria uma nova era.

O inconsciente Férito foi arrastado para ser executado, e Sila teve apenas alguns minutos a sós antes que a porta estrondeasse novamente e outros soldados entrassem com o pequeno escriba. Dessa vez ele conhecia o jovem que cambaleava entre os homens.

– Júlio César – disse ele. – Capturado no auge da animação, imagino. Deixem-no de pé, senhores; este não é um homem comum. Retirem sua mordaça, com gentileza.

Sila olhou para o rapaz e ficou satisfeito em notar como ele se empertigava. O rosto tinha alguns ferimentos, mas Sila sabia que seus homens teriam sido cautelosos em não arriscar o desprazer do general causando muitos danos antes do julgamento. Ele era alto, cerca de um metro e oitenta, e o corpo era musculoso e bronzeado. Olhos azuis espiavam friamente, e Sila pôde sentir a força do homem chegando até ele, parecendo preencher a sala até serem apenas os dois, enquanto soldados, torturador, escriba e escrava eram esquecidos.

Sila inclinou a cabeça ligeiramente para trás e sua boca se esticou e se abriu numa expressão satisfeita.

– Metela morreu, sinto muito em dizer. Tirou a própria vida antes que meus homens pudessem entrar e salvá-la. Eu a deixaria ir, mas você... você é um problema diferente. Sabia que o velho capturado com você escapou? Ele parece ter tirado as próprias amarras e libertado o outro. Companheiros muito incomuns para um jovem cavalheiro. – Ele viu a fagulha de interesse no rosto do outro. – Ah, sim. Tenho homens procurando os dois, mas até agora não tivemos sorte. Se meus homens o tivessem amarrado com eles, ouso dizer que você estaria livre agora. O destino pode ser uma amante volúvel; o fato de ser membro da *nobilitas* o deixa aqui, e aquelas escórias do esgoto livres.

Júlio ficou quieto. Não esperava viver uma hora a mais, e de repente viu que nada que pudesse dizer teria sentido ou utilidade. Ficar furioso com Sila somente iria diverti-lo, e implorar aumentaria sua crueldade. Permaneceu quieto, olhando-o intensamente.

– O que sabemos sobre ele, escriba? – perguntou Sila ao homem com o pergaminho.

– É sobrinho de Mário, filho de Júlio. Ambos mortos. A mãe, Aurélia, ainda está viva, mas louca. É dono de uma pequena propriedade a alguns quilômetros da cidade. Tem dívidas consideráveis com casas particulares, quantias não reveladas. Marido de Cornélia, filha de Cina, casado na manhã da batalha.

– Ah – disse Sila, interrompendo. – O âmago do assunto. Cina não é meu amigo, mas é astuto demais para ter apoiado Mário abertamente. É rico; entendo por que você quereria o apoio do velho, mas sem dúvida sua vida vale mais. Eu lhe ofereço uma opção simples. Deixe Cornélia de lado e jure lealdade a mim e eu o deixo viver. Caso contrário, meu torturador está esquentando as ferramentas de novo. Mário quereria que você vivesse, meu jovem. Faça a escolha certa.

Júlio continuou olhando furioso. O que ele sabia sobre Sila não o ajudava. Seria um truque cruel fazê-lo negar aqueles a quem amava antes de executá-lo de qualquer modo.

Como se sentisse seus pensamentos, Sila repetiu:

– Divorcie-se de Cornélia e viverá. Um ato simples assim envergonhará Cina, enfraquecendo-o. Você estará livre. Todos esses homens são testemunhas de minha palavra como governante de Roma. Qual é sua resposta?

Júlio permaneceu perfeitamente imóvel. Odiava aquele homem. Ele havia matado Mário e aleijado a República que seu pai tinha amado. Não importando o que perdesse, a resposta era clara, e as palavras precisavam ser ditas.

– Minha resposta é não. Acabe com isso.

Sila piscou, surpreso, e depois riu alto.

– Que família estranha! Sabe quantos homens morreram nesta mesma sala nos últimos dias? Sabe quantos foram cegados, castrados e queimados? No entanto você zomba de minha misericórdia? – Ele riu novamente, e o som era áspero sob a cúpula que ecoava. – Se eu deixá-lo livre você tentará me matar?

Júlio assentiu.

– Dedicarei os anos que me restarem a isso.

Sila riu para ele com prazer genuíno.

– Foi o que pensei. Você é intrépido, e o único da *nobilitas* a recusar uma barganha comigo. – Sila parou um momento, levantando a mão para sinalizar ao torturador, que estava a postos. Então sua mão baixou languidamente. – Você pode ir. Deixe minha cidade antes do pôr do sol. Se voltar enquanto eu estiver vivo, mandarei matá-lo sem julgamento ou audiência. Cortem as cordas, senhores. Os senhores amarraram um homem livre. – Ele deu um risinho, depois ficou imóvel quando as cordas caíram em círculos retorcidos aos pés de Júlio. O rapaz esfregou os pulsos, mas sua expressão era imóvel como pedra.

Sila se levantou do trono.

– Levem-no ao portão e deixem-no ir. – Ele se virou para encarar Júlio. – Se alguém perguntar por quê, diga que foi porque você me faz lembrar de mim mesmo, e que talvez eu tenha matado homens suficientes hoje. Só isso.

– E minha mulher? – gritou Júlio enquanto seus braços eram seguros de novo pelos guardas.

Sila deu de ombros.

– Talvez eu a pegue como amante, se ela aprender a me satisfazer.

Júlio lutou feito louco, mas não pôde se soltar enquanto era arrastado para fora.

O escriba se demorou perto da porta.

– General? Isso é sensato? Afinal de contas ele é sobrinho de Mário...

Sila suspirou e aceitou outra taça de líquido frio da garota escrava.

– Que os deuses nos salvem dos homens *pequenos*. Eu lhe digo meu motivo. Já alcancei tudo que sempre quis, e o tédio espreita. É bom deixar alguns perigos para me ameaçar.

Seu olhar se focalizou na distância.

– É um rapaz impressionante. Acho que talvez haja dois Mários dentro dele.

A expressão do escriba mostrou que não entendia nada.

– Devo trazer o próximo, cônsul?

– Por hoje chega. Os banhos estão aquecidos? Bom, os líderes do Senado jantarão comigo esta noite, e quero estar revigorado.

SILA SEMPRE mandava que sua piscina ficasse o mais quente que ele podia suportar. Isso o relaxava maravilhosamente. Os únicos auxiliares eram duas garotas escravas de sua casa, e ele saiu nu da água sem qualquer embaraço diante delas, que também estavam nuas, a não ser por pulseiras e colares de ouro.

Ambas tinham sido escolhidas pela beleza, e ele ficou satisfeito enquanto as deixava secar a água do seu corpo. Era bom para um homem olhar coisas belas. Fazia o espírito se elevar acima do nível dos animais.

– A água trouxe meu sangue à superfície, mas estou me sentindo preguiçoso – murmurou para elas, andando alguns passos até uma comprida mesa de massagem. A mesa era macia sob ele, e Sila se sentiu relaxar completamente. Fechou os olhos, ouvindo as duas mulheres amarrarem os finos feixes de bétula, colhidos naquela manhã e ainda verdes.

As duas escravas pararam junto a seu corpo vermelho do calor. Cada uma segurava um longo feixe dos galhos cortados, quase como uma vassoura, com cerca de um metro. A princípio quase o acariciaram com os galhos de bétula, deixando leves marcas brancas na pele.

Ele gemeu ligeiramente e elas pararam

– Senhor, gostaria com mais força? – perguntou uma delas, timidamente. Sua boca estava roxa e machucada das atenções dele na noite anterior, e suas mãos tremiam ligeiramente.

Ele sorriu sem abrir os olhos e se esticou na mesa. Aquilo era esplendidamente revigorante.

– Ah, sim – respondeu sonolento. – Vão com tudo, garotas, vão com tudo.

34

Júlio estava parado com Cabera e Tubruk nas docas, o rosto cinzento e frio. Em contraste, como se para zombar dos acontecimentos soturnos de sua vida, o dia estava quente e perfeito, com apenas uma brisa fraca vinda do mar para trazer alívio aos viajantes sujos de poeira. Tinha sido uma fuga frenética da cidade fétida. A princípio ele estivera sozinho, num cavalo derreado que foi tudo que pôde comprar com um anel de ouro. Fazendo uma careta, rodeou as valas com os cadáveres queimando e trotou para a principal estrada de pedra, indo para a costa no oeste.

Então ouviu um grito familiar e viu seus amigos saírem das árvores adiante. Tinha sido um encontro alegre ao se verem todos vivos, mas o humor ficou sombrio quando contaram suas histórias.

Mesmo naquele primeiro momento Júlio pôde ver que Tubruk tinha perdido parte da vitalidade. Parecia macilento e sujo, e contou brevemente como tinham vivido como animais nas ruas, onde todo tipo de horror acontecia durante o dia e ficava pior à noite, quando gritos e choro eram as únicas pistas. Ele e Cabera tinham concordado em aguardar uma semana na estrada para o litoral, esperando que Júlio pudesse ganhar a liberdade.

– Depois disso – disse Cabera –, nós íamos roubar algumas espadas e arrancar você de lá.

Tubruk riu, e Júlio pôde ver que eles tinham ficado mais próximos no tempo que passaram juntos. Isso não conseguiu melhorar seu humor. Júlio contou sobre a crueldade frívola de Sila, e seus dedos se apertaram com ódio renovado enquanto as palavras saíam.

– Voltarei a Roma. Vou cortar os bagos dele se tocar em minha mulher – sussurrou, afinal.

Os companheiros não conseguiram sustentar seu olhar durante muito tempo, e até o humor costumeiro de Cabera tinha desaparecido durante um tempo.

– Ele pode escolher a mulher que quiser em Roma, Caio – murmurou Tubruk. – Sila é o tipo de homem que gosta de revirar a faca um pouco. O pai dela vai mantê-la a salvo, até tirá-la de Roma se houver perigo. O velho vai pôr seus guardas em cima do próprio Sila se houver ameaça a ela. Você sabe disso.

Júlio assentiu, os olhos distantes, precisando ser persuadido. A princípio quisera ir até ela sob a cobertura da noite, mas o toque de recolher estava de volta, e andar pelas ruas significaria morte instantânea.

Pelo menos Cabera tinha conseguido arranjar algumas coisas valiosas nos dias que passara nas ruas com Tubruk. Um bracelete de ouro que encontrara nas cinzas lhes rendeu cavalos e subornos para passar pelos guardas da porta. As ordens de pagamento que Júlio ainda carregava junto à pele eram grandes demais para ser trocadas fora de uma cidade, e era irritante precisar contar com algumas moedas de bronze quando a riqueza em papel estava tão próxima, mas inútil para eles. Júlio nem tinha certeza se a assinatura de Mário ainda seria válida, mas achou que o general astucioso teria pensado nisso. Ele havia se preparado para praticamente tudo.

Júlio tinha gastado algumas de suas valiosas moedas mandando cartas, entregando-as a legionários que estavam voltando à cidade ou saindo para o litoral e a Grécia.

Cornélia saberia que ele estava em segurança, pelo menos, mas iria se passar muito tempo antes que Júlio pudesse vê-la de novo. Até que pudesse voltar com força e apoio, simplesmente não poderia voltar, e a amargura disso o devorava por dentro, deixando-o vazio e cansado. Marco ouviria falar do desastre em Roma e não viria às cegas para procurá-lo quando seu período de serviço terminasse. Isso era apenas um pequeno consolo. Como jamais antes, ele sentia falta do amigo.

Mil outros pesares o assombravam ao chegar à mente, dolorosos demais para que ele os deixasse enraizar. Seu mundo tinha mudado fundamentalmente. Mário não podia estar morto. O mundo estava vazio sem ele.

CANSADOS DEPOIS de dias na estrada, os três fizeram os cavalos trotarem até o agitado porto a oeste de Roma. Tubruk falou primeiro, depois de terem desmontado e amarrado os cavalos num poste diante de uma hospedaria.

– As bandeiras de três legiões estão aqui. Seus documentos vão lhe garantir um cargo em qualquer uma delas. Esta aqui é baseada na Grécia, aquela no Egito e a última está indo numa viagem de negócios para o norte. – Tubruk falava com calma, mostrando que seu conhecimento sobre os movimentos do império não tinham desaparecido no tempo que passara administrando a propriedade no campo.

Júlio sentia-se desconfortável e exposto nas docas, mas aquela não era uma decisão para ser tomada às pressas. Se Sila mudasse de ideia, agora mesmo poderia haver homens armados vindo matá-los ou levá-los de volta a Roma.

Tubruk não podia dar muito conselho. Certo, ele havia reconhecido as bandeiras das legiões, mas sabia que estava 15 anos desatualizado em relação à reputação dos oficiais. Sentia-se frustrado por ter de colocar uma decisão tão séria nas mãos dos deuses. Pelo menos dois anos da vida de Júlio seriam passados na unidade pela qual eles decidissem, e poderiam acabar jogando cara ou coroa.

– Eu gosto da ideia do Egito – disse Cabera, olhando pensativo para o mar. – Faz muito tempo desde que espanei das sandálias a poeira de lá. – Ele podia sentir o futuro se curvando em volta dos três. Poucas vidas tinham escolhas tão simples, ou talvez todas tivessem, mas a maioria não pudesse vê-las chegando. Egito, Grécia ou o norte? Cada um chamava numa direção diferente. O garoto deveria escolher sozinho, mas pelo menos o Egito era quente.

Tubruk estudou as galeras que balançavam atracadas, procurando alguma para descartar. Cada uma era guardada por legionários alertas, e havia muitos homens sobre as embarcações oscilantes, consertando, lavando ou reformando depois de viagens por todo o mundo.

Deu de ombros. Presumia que depois de a agitação ter acabado e Roma estar pacífica ele voltaria à propriedade. Alguém precisava manter aquele lugar vivo.

– Marco e Rênio estão na Grécia. Você poderia se encontrar com eles lá, se quisesse – sugeriu Tubruk, virando-se para olhar a estrada, procurando poeira levantada por rastreadores.

– Não. Não realizei nada além de me casar e de ser expulso de Roma por meu inimigo – murmurou Júlio.

– O inimigo de seu tio – corrigiu Cabera.

Júlio se virou lentamente para o velho, o olhar inabalável.

– Não. Agora ele é meu inimigo. Na hora certa garantirei que ele morra.

– Na hora certa, talvez – disse Tubruk. – Hoje você precisa ir embora e aprender a ser soldado e oficial. Você é jovem. Este é não é o seu fim, ou o de sua carreira. – Tubruk sustentou o olhar dele por um segundo, pensando no quanto Júlio estava ficando parecido com o pai.

Por fim o rapaz assentiu brevemente antes de se virar. Examinou os navios outra vez.

– É o Egito. Sempre quis ver a terra dos faraós.

– Excelente escolha – disse Cabera. – Você vai adorar o Nilo, e as mulheres são perfumadas e lindas. – O velho ficou satisfeito ao ver Júlio sorrir pela primeira vez desde que tinham sido capturados na noite. Era um bom presságio, pensou.

Tubruk deu a um garoto uma pequena moeda para ele vigiar os cavalos durante uma hora, e os três foram na direção da galera que tinha as bandeiras da legião do Egito. Enquanto se aproximavam, a agitação dos trabalhadores ficou ainda mais aparente.

– Parece que estão se preparando para partir – observou Tubruk, apontando o polegar para os barris de suprimentos sendo carregados por escravos. Carne salgada, óleo e peixe eram levados por sobre a fina lâmina d'água até os braços dos escravos suarentos a bordo, cada barril anotado e marcado numa lousa com a típica eficiência romana. Tubruk assobiou para um dos guardas, que veio até ele.

– Precisamos falar com o capitão. Ele está a bordo? – perguntou.

O soldado fez uma avaliação rápida e pareceu satisfeito, apesar do pó da estrada. Tubruk e Júlio, pelo menos, pareciam soldados.

– Está. Vamos zarpar na maré do meio-dia. Não posso garantir que ele vá recebê-los.

– Diga que o sobrinho de Mário está aqui, recém-chegado da cidade. Vamos esperar – respondeu Tubruk.

As sobrancelhas do soldado se ergueram, e seu olhar foi até Júlio.

– Está certo, senhor. Vou dizer a ele imediatamente.

O homem se virou para a doca e seguiu pela prancha estreita até o convés da galera. Desapareceu atrás da elevada estrutura de madeira que dominava o navio e que, supôs Júlio, abrigava o alojamento do capitão. Enquanto esperavam, Júlio notou as características da embarcação enorme, os buracos na lateral para os remos que seriam usados para tirá-la do porto e que na batalha dariam a velocidade para abalroar navios inimigos, as enormes velas quadradas que seriam içadas ao vento.

O convés estava livre de objetos soltos, como convinha a uma embarcação romana. Tudo que pudesse causar ferimento em mar bravio era bem amarrado. Escadas levavam ao nível inferior em vários lugares, e cada uma podia ser fechada com uma escotilha aparafusada para impedir que as ondas pesadas entrassem depois da tripulação. Parecia um navio bem cuidado, mas enquanto não se encontrasse com o capitão não saberia como as coisas seriam nos próximos dois anos de sua vida. Sentia cheiro de alcatrão, sal e suor, cheiros de um mundo estranho que ele não conhecia. Sentia-se estranhamente nervoso e quase riu sozinho.

Das sombras do convés veio um homem alto, com uniforme completo de centurião. Parecia duro e bem-arrumado, com cabelos grisalhos curtos e o peitoral polido com um brilho de bronze ao sol. Sua expressão era atenta enquanto descia a prancha até a doca e cumprimentava os três que esperavam.

– Bom dia, senhores. Sou o centurião Gadítico, capitão deste navio para a legião Terceira Pártica. Partiremos na próxima maré, de modo que não posso lhes dar muito tempo, mas o nome do cônsul Mário tem muito peso, mesmo agora. Digam o que desejam e verei o que posso fazer.

Direto ao ponto, sem rodeios. Júlio sentiu que gostava do sujeito. Enfiou a mão na túnica e pegou o maço de papéis que Mário tinha lhe dado. Gadítico pegou-o e rompeu o lacre com o polegar. Leu rapidamente, franzindo a testa, assentindo ocasionalmente.

– Isso foi escrito antes de Sila ter retomado o controle? – perguntou com os olhos ainda no pergaminho.

Júlio sentiu vontade de mentir, mas achou que estava sendo testado por esse homem.

– Foi. Meu tio não... esperava que Sila tivesse sucesso.

Os olhos de Gadítico não se abalaram enquanto avaliavam o rapaz à sua frente.

– Lamentei quando soube que ele havia perdido. Era um homem popular e bom para Roma. Esses papéis foram assinados por um cônsul; são perfeitamente válidos. Mas estou no meu direito de lhe recusar abrigo até que sua situação pessoal em relação a Cornélio Sila me seja esclarecida. *Aceitarei* sua palavra se você for um homem de confiança.

– Eu sou, senhor.

– Você é procurado por algum crime?

– Não.

– Está evitando algum tipo de escândalo?

– Não.

De novo o homem sustentou seu olhar durante alguns segundos, mas Júlio não se desviou. Gadítico dobrou os papéis e os colocou dentro da roupa.

– Vou permitir que você faça o juramento para o cargo mais baixo de oficial, de *tesserarius*. O avanço acontecerá rapidamente se você demonstrar capacidade; será devagar ou inexistente se você não demonstrar. Entendido?

Júlio assentiu, mantendo o rosto impassível. Os dias de vida mansa na sociedade de Roma tinham passado. Este era o aço do império que permitia à cidade relaxar na maciez e na alegria. Ele precisaria se provar, desta vez, sem o benefício de um tio poderoso.

– E esses dois, como se encaixam? – perguntou Gadítico, sinalizando para Tubruk e Cabera.

– Tubruk é administrador de minha propriedade. Ele vai voltar. O velho é Cabera, meu... serviçal. Gostaria que ele me acompanhasse.

– É velho demais para os remos, mas encontraremos serviço para ele. Ninguém fica à toa num navio que eu comando. Todo mundo trabalha. Todo mundo.

– Entendido, senhor. Ele tem alguma habilidade como curador.

Cabera tinha ficado com uma expressão ligeiramente vítrea, mas concordou depois de uma pausa.

– Isso servirá. Você assinará um contrato de dois ou cinco anos? – perguntou Gadítico.

– Dois para começar, senhor. – Júlio manteve a voz firme. Mário tinha-o alertado para não se dedicar à vida de soldado por meio de contratos longos, para manter as opções em aberto e obter mais experiência.

– Então bem-vindo à Terceira Pártica, Júlio César – disse Gadítico, sério. – Agora suba a bordo e procure o intendente para saber sobre seu catre e seus suprimentos. Verei você dentro de duas horas, para o juramento.

Júlio se virou para Tubruk, que apertou sua mão e seu pulso.

– Os deuses favorecem os bravos, Júlio – disse o velho guerreiro, sorrindo. Em seguida se virou para Cabera. – E você, fique longe de bebidas fortes, mulheres fracas e homens que têm seus próprios dados. Entendeu?

Cabera fez um som vulgar com a boca.

– *Eu* tenho meus próprios dados.

Gadítico fingiu não notar a troca de palavras enquanto atravessava a prancha até o navio.

O velho sentiu o futuro se assentar enquanto a decisão era tomada, e um ponto de tensão em seu crânio desapareceu quase antes de ele perceber que aquilo estava ali. Pôde notar o súbito ânimo de Júlio e sentiu seu próprio humor melhorar. Os jovens nunca se preocupavam com o futuro ou o passado, não por muito tempo. Enquanto subiam a bordo da galera os acontecimentos sombrios e sanguinolentos de Roma pareciam pertencer a outro mundo.

Júlio subiu no convés que se movia e respirou fundo, enchendo os pulmões.

Um soldado jovem, com vinte e poucos anos, estava ali perto com um ar maroto. Era alto e sólido, com o rosto cheio de antigas marcas de acne.

– Pensei que devia ser você, peixe da lama – disse ele. – Reconheci Tubruk na doca.

Por um momento Júlio não reconheceu o homem. Depois houve um estalo.

– Suetônio?

O homem se enrijeceu ligeiramente.

– Tesserário Prando para você. Sou comandante da guarda desta centúria. Oficial.

– Você está assinando contrato como oficial, não é, Júlio? – disse Cabera com clareza.

Júlio olhou para Suetônio. Nesse dia não estava com paciência para se incomodar com os sentimentos do sujeito.

– Por enquanto – respondeu ele a Cabera, depois se virou para o antigo vizinho. – Há quanto tempo você está nesse posto?

– Alguns anos – respondeu Suetônio, enrijecendo-se.

– Verei se posso fazer melhor que isso – disse Júlio. – Quer me mostrar meu alojamento?

A raiva pelos modos rudes coloriu as feições de Suetônio. Sem outra palavra, virou-se de costas para eles, andando pelo convés.

– Um velho amigo? – murmurou Cabera enquanto iam atrás.

– Na verdade, não. – Júlio não disse mais nada, e Cabera não pediu detalhes. Haveria tempo suficiente no mar para ouvir todos eles.

Por dentro, Júlio suspirou. Dois anos de sua vida seriam passados com aqueles homens, e já seria difícil sem ter Suetônio ali para se lembrar dele como um moleque de cara lisa. A unidade atravessaria o Mediterrâneo, sustentando territórios romanos, garantindo o comércio seguro pelo mar, talvez até mesmo participando de batalhas em terra ou no mar. Deu de ombros diante dos pensamentos. Sua experiência na cidade tinha mostrado que não havia sentido em se preocupar com o futuro – sempre seria uma surpresa. Ele ficaria mais velho e mais forte, e subiria de posto. Por fim teria força suficiente para voltar a Roma e olhar Sila nos olhos. Então eles veriam.

Com Marco a seu lado haveria uma prestação de contas, um pagamento pela morte de Mário.

35

Marco esperava pacientemente na câmara externa dos aposentos do prefeito do acampamento. Para passar o tempo antes de ser admitido na reunião que determinaria seu futuro, leu de novo a carta de Caio. A carta viajara durante muitos meses e tinha sido levada de mão em mão por legionários que passavam cada vez mais perto da Ilíria. Finalmente fora incluída num maço de ordens para a Quarta da Macedônia e entregue ao jovem oficial.

A morte de Mário fora um golpe terrível. Marco quisera poder mostrar ao general que sua fé nele tivera bons fundamentos. Queria agradecer a ele como um homem, mas agora era impossível. Apesar de nunca ter conhecido Sila, imaginou se o cônsul seria um perigo para si e para Caio – agora Júlio.

Sorriu ao saber da notícia do casamento e se encolheu ao ler as breves linhas sobre Alexandria, adivinhando muito mais do que Júlio tinha revelado. Cornélia parecia um anjo, pelo que Júlio escrevia. Era realmente a única boa notícia em toda a carta.

Seus pensamentos foram interrompidos pela porta pesada abrindo-se para as salas internas. Um legionário saiu e fez uma saudação. Marco se levantou e repetiu o gesto com elegância.

– O prefeito vai recebê-lo agora – disse o homem.

Marco assentiu e marchou para dentro da sala, ficando em posição de sentido à distância regulamentar de um metro da mesa de carvalho do prefeito, sobre a qual havia somente uma jarra de vinho, um frasco de tinta e alguns pergaminhos bem-arrumados.

Rênio estava lá, parado junto ao canto com uma taça de vinho. Leônides também, o centurião da Punho de Bronze. Carac, o prefeito do campo, levantou-se quando o rapaz entrou e sinalizou para que ele se sentasse. Marco sentou-se rigidamente numa cadeira pesada.

– À vontade, legionário. Isto não é uma corte marcial – murmurou Carac com o olhar indo aos documentos sobre a mesa.

Marco tentou relaxar um pouco a postura.

– Seus dois anos terminam em uma semana, como sem dúvida você sabe – disse Carac.

– Sim, senhor.

– Sua ficha é excelente até hoje. Comando de um *contubernium*, ações bem-sucedidas contra bárbaros locais. Vencedor do torneio de espada da Punho de Bronze no mês passado. Ouvi dizer que os homens o respeitam, apesar de sua juventude, e o veem como confiável em momentos de crise; alguns dizem que especialmente em momentos de crise. A opinião de um oficial é de que você se sai bem no dia a dia, mas que se destaca em batalha ou em dificuldade. Um traço valioso num jovem oficial adequado para a vida ativa numa legião. Talvez seja bom para você que o império esteja se expandindo. Haverá serviço ativo em qualquer lugar que você deseje.

Marco assentiu cautelosamente, e Carac sinalizou para Leônides.

– Seu centurião fala bem de você e do modo como acabou com os roubos daquele garoto... Pépis. A princípio houve algumas conversas sobre se você poderia fundir sua individualidade numa legião, mas você tem sido honesto e obviamente leal para com a Quarta da Macedônia. Resumindo, garoto, eu gostaria de que assinasse outro contrato, com promoção para o comando de meia Centúria. Mais pagamento e status, com tempo para treinar para os torneios de espada, se necessário. O que diz?

– Posso falar com liberdade, senhor? – perguntou Marco, o coração martelando no peito.

Carac franziu a testa.

– Claro.

– É uma oferta generosa. Os dois anos com a Macedônia foram felizes para mim. Tenho amigos aqui. No entanto... senhor, cresci na propriedade de um romano que não era meu pai. O filho dele e eu éramos como irmãos, e jurei que iria apoiá-lo, que seria sua espada quando fôssemos homens. – Marco podia sentir o olhar de Rênio enquanto continuava. – No momento ele está com a Terceira Pártica, uma legião naval, restando pouco mais de um ano de serviço. Quando ele voltar a Roma, eu gostaria de estar com ele, senhor.

– Rênio me explicou parte da história entre esse... Caio Júlio e você. Entendo muito bem esse tipo de lealdade. É o que nos torna mais do que feras no campo, talvez. – Carac sorriu alegre e Marco olhou rapidamente para os outros dois, surpreso ao não ver a censura que temera.

Leônides falou, a voz calma e baixa.

– Você acha que nós não entenderíamos? Filho, você é muito jovem. Servirá em muitas legiões antes de ser aposentado com uma fazenda. Mas mais importante que tudo é que sirva a Roma, constantemente e sem reclamar. Nós três dedicamos a vida a esse objetivo: vê-la grande e forte, invejada pelo mundo.

Marco olhou os três em volta e captou Rênio sorrindo enquanto cobria a boca com a taça de vinho. Juntos eram a personificação do que ele esperava ser na infância, ligados por crenças, lealdade e sangue, formando algo impossível de ser quebrado.

Carac estendeu a mão para um documento feito de pergaminho grosso.

– Rênio estava convencido de que este era o único modo de mantê-lo na legião por tempo suficiente para participar da competição de espada Greca neste inverno. É um contrato de um ano e um dia. – Ele entregou o pergaminho, e Marco sentiu a garganta apertar de emoção.

Ele tinha achado que precisaria devolver seu equipamento de oficial e pegar o pagamento antes de começar uma longa jornada de volta à Itália. Receber aquela oferta quando o futuro tinha parecido tão sombrio era como um presente dos deuses. Imaginou o quanto Rênio tivera de fazer, e subitamente decidiu que não se importava. Queria ficar com a Macedônia e na verdade se sentira dividido entre a lealdade ao amigo de infância e a satisfação que havia encontrado com sua família, a legião.

Agora tinha mais um ano para crescer e prosperar. Seus olhos se arregalaram ligeiramente enquanto lia o latim complexo do documento. Carac notou.

– Você vê que incluímos a promoção. Você comandará uma meia centúria sob as ordens de Leônides, prestando contas diretamente ao *optio* dele, Dárito. Sugiro que comece no posto com a mente aberta. Cinquenta homens não são oito. Os problemas serão novos e o treinamento para a guerra implica habilidades complexas. Será um ano difícil e desafiador, mas acho que talvez você goste.

– Vou gostar, senhor. Obrigado. É uma honra.

– Uma honra merecida, meu jovem. Ouvi contar o que aconteceu no acampamento dos peles-azuis. As informações que você trouxe nos ajudaram a reformular a política em relação a eles. Quem sabe talvez até possamos comerciar com eles dentro de alguns anos.

Carac estava claramente gostando de ser o portador de boas notícias para o rapaz, e Rênio ficou olhando com ar de aprovação.

Este será o meu ano, prometeu Marco a si mesmo enquanto lia o documento até o final, notando quantas onças de óleo e sal poderia tirar dos depósitos, quanto receberia para reparos e danos, e assim por diante. O novo posto tinha uma centena de coisas que precisava aprender, e depressa. O pagamento também era uma enorme melhoria. Ele sabia que a família de Júlio poderia sustentá-lo se pedisse, mas o pensamento de que poderia depender de caridade ao voltar para Roma era horrendo. Agora poderia economizar um pouco e ter algumas moedas de ouro na volta.

Um pensamento o assaltou.

– Você vai ficar com a Macedônia? – perguntou a Rênio.

O guerreiro deu de ombros e tomou um gole de vinho.

– Provavelmente. Eu gosto da companhia. Mas, veja bem, já passei muito da idade de aposentadoria. Carac precisa fazer malabarismo com o pagamento sempre que tem de mandá-lo. Eu gostaria de ver o que Sila fez naquele lugar. Ouvi dizer que ele está controlando Roma com mão de ferro. Não me incomodaria em verificar se ele está cuidando bem da velha garota e, ao contrário de você, não estou preso por nenhum contrato como mestre de espada.

Carac suspirou.

– Eu gostaria de ver Roma de novo. Faz 14 anos desde que tive um posto lá pela última vez, mas sabia como ia ser quando entrei para o serviço. – Ele serviu taças de vinho para todos, enchendo a que Rênio estendeu. – Um brinde a Roma, senhores, e ao próximo ano.

Eles se levantaram e bateram as taças com sorrisos tranquilos, cada um deles muito longe de casa.

Marco pousou sua taça, pegou a pena no tinteiro e assinou seu nome completo no documento formal.

"Marco Brutus."

Carac estendeu a mão sobre a mesa e apertou com força o braço direito dele.

– Uma boa decisão, Brutus.

Nota do autor

Há muito pouca informação histórica sobre os primeiros anos da vida de Júlio César. Até onde foi possível, dei a ele o tipo de infância que um garoto de uma família pouco importante em Roma poderia ter. Algumas de suas habilidades podem ser deduzidas a partir de realizações posteriores, claro. Por exemplo, a capacidade de nadar salvou sua vida no Egito, quando tinha 52 anos. O biógrafo Suetônio disse que ele tinha grande habilidade com espadas e cavalos, além de uma resistência surpreendente, preferindo marchar a cavalgar e mantendo a cabeça descoberta em qualquer tempo. Sinto dizer que Rênio é fictício, mas era costume empregar especialistas em vários campos. Sabemos de um tutor vindo de Alexandria, que ensinou retórica a César, e podemos ler o elogio relutante de Cícero à capacidade de César para falar com habilidade e emoção quando necessário. Seu pai morreu quando Júlio tinha apenas 15 anos e é verdade que pouco depois Júlio se casou com a filha de Cina, Cornélia, possivelmente por amor.

Apesar de Mário ser seu tio pelo lado paterno, e não pelo de Aurélia, como coloquei, o general era em grande parte o tipo de personagem apresentado aqui. Em flagrante oposição à lei e ao costume, foi cônsul por sete vezes. Anteriormente um homem só podia entrar para uma legião se possuísse terras e recebesse rendimentos dela, mas Mário aboliu essa exigência e conseguiu uma lealdade fanática da parte de seus soldados. Foi Mário que tornou a águia o símbolo das legiões romanas.

A guerra civil entre Sila e Mário compõe uma grande parte deste livro, mas achei necessário simplificar a ação com objetivos dramáticos. Cornélio Sila realmente cultuava Afrodite, e aspectos do seu estilo de vida escandalizavam até a tolerante sociedade romana. Mas era um general extremamente hábil, que já servira sob o comando de Mário numa campanha na África, cujo crédito ambos reivindicaram.

Quando Mitrídates se rebelou contra a ocupação romana no leste, tanto Mário quanto Sila quiseram ir contra ele, vendo a campanha como algo fácil e como uma chance de obter grandes riquezas. Em parte por motivos pessoais, Sila liderou seus homens contra Roma e Mário em 88 a.C., dizendo que iria "livrá-la dos tiranos". Mário foi obrigado a fugir para a África, voltando mais tarde com o exército que tinha reunido lá. O Senado simplesmente não podia enfrentar esses líderes tão poderosos e deixou que ele voltasse, declarando Sila inimigo do Estado enquanto estava longe, lutando contra Mitrídates. Mário foi eleito cônsul pela última vez, mas morreu durante o tempo em que ocupava o cargo, deixando o confuso Senado em situação difícil. A princípio eles buscaram a paz, mas Sila estava em posição forte, depois de uma vitória esmagadora na Grécia. Ele realmente deixou Mitrídates viver, mas confiscou vastas riquezas, saqueando tesouros antigos. Comprimi os anos, fazendo Mário morrer no primeiro ataque, o que pode ser um fim rápido e injusto para um homem tão carismático.

Quando voltou da campanha na Grécia, Sila liderou seus exércitos numa vitória rápida contra os que eram leais ao Senado, finalmente marchando sobre a cidade de novo em 82 a.C. Exigiu então o papel de ditador e foi nessa condição que conheceu Júlio César, trazido diante de Sila como um dos que tinham apoiado Mário. Apesar de Júlio ter se recusado peremptoriamente a se divorciar de Cornélia, Sila não mandou matá-lo. Supostamente, o ditador disse que via "muitos Mários nesse César", o que, se for verdade, é uma tremenda percepção de seu caráter, como espero ter explorado neste livro.

O tempo de Sila como ditador foi um período brutal para a cidade. O cargo especial que ele ocupava e do qual abusava fora criado como uma medida de emergência para tempos de guerra, semelhante em conceito à lei marcial nas democracias modernas. Antes de Sila, limites de tempo extremamente rígidos acompanhavam o título, mas ele conseguiu evitar essas restrições e, ao fazê-lo, deu um golpe fatal na República. Uma das leis que ele aprovou proibia que forças armadas se aproximassem da cidade, até para os tradicionais desfiles de triunfo. Morreu aos sessenta anos, e por um tempo pareceu que a República poderia florescer de novo com a velha força e autoridade. Na Grécia, nessa época, com 22 anos, havia um jovem chamado César que tornou isso impossível. Afinal de contas, Mário e Sila tinham mostrado a fragilidade da República diante de uma ambição determinada. Só podemos especular como o jovem César foi afetado quando ouviu Mário dizer: "Abram espaço para seu general" e viu a multidão ser trucidada à vista da sede do Senado.

As histórias desses personagens, especialmente as escritas logo depois desse período por Plutarco e Suetônio, são uma leitura espantosa. Ao pesquisar a vida de César a pergunta que sempre voltava era "*Como* ele fez isso?". Como um jovem se recupera do desastre de estar no lado derrotado numa guerra civil a ponto de seu próprio sobrenome passar a significar rei? Tanto *czar* quanto *Kaiser* são palavras derivadas desse nome e ainda eram usadas *dois mil* anos depois.

Às vezes as histórias podem ser um tanto cruas, mas eu recomendaria *Caesar*, de Christian Meier, a qualquer leitor interessado nos detalhes que precisei omitir. Há tantos incidentes fascinantes que foi um grande prazer lhes dar vida. Os acontecimentos do segundo livro são ainda mais espantosos.

C. Iggulden

fim do volume 1

ATENDIMENTO AO LEITOR E VENDAS DIRETAS

Você pode adquirir os títulos da BestBolso através do Marketing Direto do Grupo Editorial Record.

- Telefone: (21) 2585-2002
  (de segunda a sexta-feira, das 8h30 às 18h)
- E-mail: mdireto@record.com.br
- Fax: (21) 2585-2010

Entre em contato conosco caso tenha alguma dúvida, precise de informações ou queira se cadastrar para receber nossos informativos de lançamentos e promoções.

Nossos sites:
www.edicoesbestbolso.com.br
www.record.com.br

EDIÇÕES BESTBOLSO

Alguns títulos publicados

1. *Entre dois palácios*, Nagib Mahfuz
2. *O palácio do desejo*, Nagib Mahfuz
3. *O jardim do passado*, Nagib Mahfuz
4. *O diário de Anne Frank*, Otto H. Frank e Mirjam Pressler
5. *O negociador*, Frederick Forsyth
6. *O poderoso chefão*, Mario Puzo
7. *A ilha do dia anterior*, Umberto Eco
8. *O primo Basílio*, Eça de Queirós
9. *Mensagem*, Fernando Pessoa
10. *O grande Gatsby*, F. Scott Fitzgerald
11. *Suave é a noite*, F. Scott Fitzgerald
12. *O silêncio dos inocentes*, Thomas Harris
13. *Pedro Páramo*, Juan Rulfo
14. *Ardil-22*, Joseph Heller
15. *Ramsés, o filho da luz*, Christian Jacq
16. *Uma mente brilhante*, Sylvia Nasar
17. *O príncipe das marés*, Pat Conroy
18. *O homem de São Petersburgo*, Ken Follett
19. *Robinson Crusoé*, Daniel Defoe
20. *Acima de qualquer suspeita*, Scott Turow
21. *Fim de caso*, Graham Greene
22. *O poder e a glória*, Graham Greene
23. *As vinhas da ira*, John Steinbeck
24. *A pérola*, John Steinbeck
25. *O cão de terracota*, Andrea Camilleri
26. *As seis mulheres de Henrique VIII*, Antonia Fraser
27. *Fera de Macabu*, Carlos Marchi
28. *O príncipe e o mendigo*, Mark Twain
29. *O pianista*, Władysław Szpilman
30. *Doutor Jivago*, Boris Pasternak

EDIÇÕES
BestBolso

Este livro foi composto na tipologia Minion, em corpo 10,5/13, e impresso em papel off-set 63 g/m² no Sistema Cameron da Divisão Gráfica da Distribuidora Record.